HEIKE MECKELMANN

Küstenschatten

HEIKE MECKELMANN

Küstenschatten

Kriminalroman

Bisherige Veröffentlichungen im Gmeiner-Verlag:
Fehmarn – Insel im Aufwind (2017), Küstenschrei (2016)

*Personen und Handlung sind frei erfunden.
Ähnlichkeiten mit lebenden oder toten Personen
sind rein zufällig und nicht beabsichtigt.*

Besuchen Sie uns im Internet:
www.gmeiner-verlag.de

Im Ehnried 5, 88605 Meßkirch
Telefon 07575/2095-0
info@gmeiner-verlag.de

1. Auflage 2017

Lektorat: Claudia Senghaas, Kirchardt
Herstellung: Mirjam Hecht
Brückendarstellungen im Buch: © Miriam Lange
Umschlaggestaltung: U.O.R.G. Lutz Eberle, Stuttgart
unter Verwendung eines Fotos von: © ohenze / fotolia.com
Druck: GGP Media GmbH, Pößneck
Printed in Germany
ISBN 978-3-8392-2036-8

Der Stolz einer Mutter zeigt sich
in den Herzen ihrer Kinder

Nicolas, Svenja und Sascha ... ich liebe euch. Ihr gebt mir
Inspiration und Liebe.

Hebt der Nebel seinen Vorhang, zeigt das Böse sein Gesicht.

Die Schattenwelt auf Fehmarn zeigt ihre grausame Seite manchmal dann, wenn der Nebelschleier über der Ostsee seine Kraft verliert.

PROLOG

Entspannt schlich er von hinten heran, und presste die 20 Zentimeter Klinge, unterhalb des fünften Rippenbogens, durch den Stoff der Jacke. Das Messer, scharf wie eine Rasierklinge, glitt in den Rücken, als durchtrennte es ein zartes Stück Lammfleisch. Ein wohliges Kribbeln durchströmte seine Lenden, als er die Schneide im Fleisch wie einen Bohrer rotieren ließ. *Die Schmerzen müssen unerträglich sein*, mutmaßte er, als das gequälte Gurgeln durch die Finger drang, die er auf den Mund des Mannes gepresst hatte. In aller Seelenruhe zog er die Messerklinge mit einem schmatzenden Geräusch heraus und trieb sie erneut zwischen die Knochen. Es erfüllte ihn mit Genugtuung und entlockte ihm ein diabolisches Grinsen. Er beobachtete ohne eine einzige Gefühlsregung, wie das Opfer versuchte, mit der Hand nach hinten zu greifen, um an die Stelle zu gelangen, an der er zustieß. Sein Opfer erlitt Höllenqualen und drehte den Körper marionettengleich langsam Richtung Angreifer. Diesen Augenblick genoss der besonders. Das Flackern der Angst in den Augen des Gegenübers, die Fassungslosigkeit. Mit einem Lächeln, einer gnadenlosen Gelassenheit nahm er das blutbesudelte

Messer und führte es blitzartig von der linken zur rechten Halsschlagader. Das Blut quoll in einem dicken Schwall aus der klaffenden Wunde heraus. »Gut, dass du am Geländer stehst«, flüsterte er heiser. »So habe ich nicht viel Arbeit mit deinem roten warmen Saft.« Er zog die Klinge, die einseitig mit einer Sägefläche ausgestattet war, erneut kräftig durch das Fleisch und die filigranen Knochen der Wirbelsäule. Perfektion war alles, was er benötigte, um sein Ziel zu erreichen. Er wiederholte das Spiel ein weiteres Mal, bis das Messer sich durch die Puffer der Wirbel gearbeitet hatte. Er wusste, dass es nicht einfach war, jemanden zu köpfen, wenn man keine Säge oder entsprechendes Werkzeug bei sich trug. Aber er besaß genug Kraft, die Dinge, die er anfing, sauber zu Ende zu führen.

Das Blut tropfte auf den Fußboden und es wurde Zeit, die Geschichte zu beenden. Ein letzter Hieb, dann trennte sich der Kopf mit gebrochenem Blick toter Augen vom Rest des Körpers und rollte durch die rote sämige Masse über den gummierten Belag. Er wusste, dass ihm nur wenige Minuten blieben, bis das Licht wieder anging. …

KAJA SPIELT NICHT MEHR MIT

Sonores Wummern gewaltiger Motoren dröhnte aus dem Maschinenraum der Scandline Fähre. Kreuzte sich mit salzhaltigem Regen und eiskalt peitschendem Wind aus Nordost, der mit Stärke acht bis neun über das gespenstisch leere Deck fegte. Der Sturm übertönte die stattfindende, angespannte Unterhaltung.

Auf dem Oberdeck des weißen Fährschiffes, das im regelmäßigen Takt zwischen Rødby und Puttgarden verkehrte, befanden sich außer zwei Personen, die von Weitem nur schemenhaft erkennbar waren, keine Menschenseele. Es war kurz nach 21 Uhr. Nur vereinzelte Skandinavier und LKW-Fahrer verschiedenster Nationalitäten hielten sich auf dem Schiff auf, um von Dänemark ins benachbarte Deutschland überzusetzen. Sie saßen gelangweilt und müde im überschaubaren Restaurationsbereich. Auf wenig gepolsterten, bunt überzogenen Sesseln. Warteten dösend darauf, dass die Fähre endlich im Zielhafen von Puttgarden anlegte, damit sie ihre Reise, wohin auch immer sie diese führte, fortsetzen konnten.

Trotz des heftigen Windes gab es auf dem Schiff kaum nennenswerte Bewegungen. Es lag dank vieler tausend Bruttoregistertonnen bleischwer auf der aufgewühlten Ostsee. Ohne Mühe glitt sein Bug durch das tiefschwarze nasse Element des *Kleinen Belt*, teilte die hohen Wellen, wie ein scharfes Messer weich gewordene Butter. Die Fähre fuhr selbst bei Windstärke zehn bis elf … also eigentlich immer.

Wahrscheinlich fühlten auch die Gäste nur leichtes Wanken, was allenfalls ein Kribbeln in Beinen und Magengegend verursachte. Anders, als es bei kleineren Booten beobachtet werden konnte, die trotz stürmischen Wetters, bei Stärken um fünf Beaufort hinaus auf die offene See fuhren und wie Miniaturspielzeuge über die tobende Ostsee gejagt wurden. Aber wer, außer vielleicht ein paar Wahnsinnigen, schipperte schon bei Windstärke fünf, geschweige denn acht bis neun mit einer Nussschale auf der wütenden Ostsee herum?

Die weiße Fähre hingegen glitt durch die dunkle, raue See mit Ziel Richtung Puttgarden durch die Dunkelheit. Es schien, als gleite sie geradewegs in einen riesigen schwarzen Schlund. Wäre sie selbst nicht beleuchtet wie ein Tannenbaum zu Weihnachten, könnte man annehmen, es handelte sich um ein umherirrendes Geisterschiff.

»Nein, lass mich. Ich will nicht mehr! Hörst du? Fass mich nicht an!«

Kaja stand in einer windgeschützten Ecke hinter dem riesigen dunkelblauen Schornstein, der eher einem überdimensionalen Legostein ähnelte. Aus dessen vier hintereinander angereihten Schloten grauer Rauch nach oben stieg, der gleich wieder vom Wind vertrieben wurde. Sie trat einen Schritt zurück auf den wabenähnlichen Gummibelag und rutschte in ihren weißen Nike-Sportschuhen gefährlich hin und her. Die zierliche Frau wischte sich sprühenden, salzig schmeckenden Regen aus den Augenwinkeln und schob die linke Hand über ihre Augenbrauen um durch die verkrustete, blind gewordene Glasscheibe, die zum Loungebereich führte in den dahinter liegenden Wartebereich zu sehen.

Der fünfjährige Tim lag seelenruhig schlafend, in einen dunkelblauen Anorak eingekuschelt auf einer der schmalen Bänke. Fest umklammerte er den bunten Rucksack mit dem aufgenähten Puh in seinen Armen, als könne dieser ihn daran hindern, von der Sitzbank zu fallen. Aus dem geöffneten Reißverschluss lugte der Kopf eines augenscheinlich ziemlich geliebten Stoffbären heraus. Das abgenutzte Fell und der berühmte Knopf im Ohr hatten den früheren Glanz verloren. »Der ist doch nur abgeknuddelt«, schrie Tim seine Mutter an, wenn sie das fleckige Bärentier entsorgen wollte. Die kalten Glasaugen des Kuscheltieres fixierten Kaja, als signalisierten sie eine Warnung.

Sie atmete tief durch und wandte sich dem fast zwei Meter großen Hünen zu, der sich mit verschränkten Armen vor der Brust, bedrohlich vor ihr aufbaute. Er hatte die linke Augenbraue verächtlich hochgezogen, und starrte sie danach durch zusammengekniffene Augen unablässig an.

Wie ein Tier in Lauerstellung beobachtete er jede noch so kleine Bewegung der jungen Frau, deren angstvoller Blick unruhig von einer Seite zur anderen wanderte.

»Ich will nicht mehr. Lass mich endlich in Ruhe«, zischte Kaja erneut. Der Wind heulte, sodass man ihre Worte kaum hörte. »Ich hab dir gesagt, dass ich nicht mehr kann. Wir gehen vor die Hunde.« Sie wippte nervös mit den Füßen auf und ab und deutete mit dem Kopf in Tims Richtung, ohne ihr Gegenüber aus den Augen zu verlieren. Fahrig knetete sie ihre Finger und blickte für eine Sekunde aufs nachtschwarze Wasser. Eine Bö peitschte ihr eine weitere Ladung Regen ins Gesicht, so dass der bullige Typ kurz aus ihrem Blick verschwamm. Mit der linken Hand wischte sie hastig die Flüssigkeit vom Mund, spuckte angewidert aus. Sie versuchte, seine Mimik zu deuten. Wenn sie ihn jetzt nicht überzeugte, hatte sie keine Chance jemals seinen Fängen zu entkommen. Das wurde ihr augenblicklich klar und ein eiskalter Schauer lief ihr trotz der Kälte den Rücken hinunter.

Andrey machte einen Satz und packte ihr Handgelenk. Kaja riss sich los und wich panisch zur Seite. Sie spürte plötzlich die harte Reling. Zitternd versuchte sie, mit einer Hand das eisige Metallgeländer zu packen. Mit der anderen strich die 35-jährige Prostituierte die langen braunen Haare aus dem Gesicht, um nicht die Kontrolle über die Situation zu verlieren.

Eine Narbe wurde auf der linken Wange sichtbar, die sich von der Augenbraue bis zum Mundwinkel wulstig herabsenkte. Sie warf die Mähne zurück, als Andrey mit gesenktem Kopf auf sie zukam. Durch seine Größe und ungelenken Gebärden ähnelte er einem Grizzlybären, der in der nächsten Sekunde zum Angriff überging.

Kaja stellte ihren Körper in Position, um einem Übergriff ausweichen zu können. Während sie wie ein in die Enge getriebenes Tier lauerte, brummten die Motoren und dröhnten in ihren Ohren, wie zu laut eingestellte Bässe einer Musikanlage. Sie versuchte, sich mit einer schnellen Drehung aus der brisanten Lage zu befreien und aus der Umklammerung zu lösen.

Andrey durchschaute ihren Plan und hielt sie fest in der Zange. »Du wirst genau das machen, was ich dir sage«, fauchte er gefährlich. Den osteuropäischen Akzent des Mannes konnte man nicht überhören. »Ich hab schon ganz anderen Weibern auf die Sprünge geholfen, Schlampe«, schnaubte er. Er grinste, sodass die von Pockennarben übersäte Fratze des Bulligen im Halbschatten noch verzerrter aussah. Eine Bö drückte sie wieder zurück ans Geländer. Das kalte Eisen schmerzte. Sie war gefangen. Gefangen zwischen seinen Pranken, gefangen auf einem Kahn, von dem es kein Entkommen gab.

Wenn ihr hier etwas passierte, wer würde sie vermissen? Niemand außer ihrem Zuhälter Phillip Jöns wusste, dass sie auf diesem Schiff fuhren. Es war ein Leichtes, eine Person auf einem Boot verschwinden zu lassen, darüber war sie sich absolut im Klaren. Sie erinnerte sich an einen Roman, den sie vor Kurzem gelesen hatte und in dem Menschen von Kreuzfahrtschiffen verschwanden, ohne dass auch nur irgendjemand Notiz davon nahm. Keine Leiche, kein Verbrechen. Sie wurde panisch, als ihr bewusst wurde, in welcher Gefahr sie sich befand.

In Zeitlupentempo baute Andrey sich wie ein Roboter vor ihr auf. Er beugte den kahl geschorenen, kantigen Schädel und kam ihrem Gesicht so nah, dass sie seinen nach Alkohol stinkenden Atem roch, der sich sofort pelzig auf ihre Zunge legte. Ihr wurde übel.

Warum kommt niemand nach draußen? Warum hilft mir niemand?

Kaja drehte den Kopf zur Seite, sah hilfesuchend über das verwaiste Deck, und sog gierig die kalte Nachtluft in ihre Lungen, als drückte ihr etwas die Kehle zu.

»Andrey, lass mich gehen«, flehte sie, und versuchte die Taktik zu ändern. Vielleicht konnte sie sein Mitleid erregen, obwohl sie wusste, dass es aussichtslos war. »Tim braucht mich und ich kann nicht mehr. Was ist, wenn die Bullen uns irgendwann erwischen. Die verstehen keinen Spaß mit Dealern. Das weißt du doch am besten.« Kaja wischte Wassertropfen von ihren Lippen.

»Dann gehen wir beide in den Knast … und was ist mit meinem Sohn?«, schrie sie. Andrey saß bereits mehrfach wegen schwerer Körperverletzung und Drogendelikten ein. Ihm war es gleichgültig. Es machte auf ihn keinerlei Eindruck. Kaja liefen Tränen über das schmale Gesicht, ohne dass sie etwas dagegen ausrichten konnte. Schniefend zog sie den Schleim hoch, der aus ihrer Nase tropfte.

»Ich tauche unter. Du kannst Phillip sagen, ich bin nach Dänemark abgehauen. Ihr seht mich nie wieder, ehrlich. Behalte die Kohle. Ich gebe sie dir. Ehrenwort!« Sie sah ihn bittend an und deutete auf den Rucksack in Tims Armen. »Lass uns verschwinden.« Sie hob beschwörend die Finger ihrer Hand.

Im Rumpf des Schiffes fing es an zu grollen. Die Fähre stoppte auf. Die Gischt der Bugwelle schäumte aufbrausend gegen das Metall. Kaja spürte, dass das Fährschiff deutlich an Geschwindigkeit verlor. Unsicher blickte sie sich um. Sie benötigte einen Plan, einen Fluchtweg, wenn sie hier lebend herauskommen wollte. Sie wusste, dass sie bereits zu viel gesagt hatte. Er konnte sie nicht mehr gehen lassen. Sie selbst hatte ihm die Vorlage gegeben, die Frau, die sich verzweifelt zu wehren versuchte, verschwinden zu lassen und das Drogengeld einzukassieren. Seine offizielle Version würde lauten, dass die Nutte mit dem Kind und dem Geld im Rucksack abgehauen war.

Andrey fing plötzlich an, gefährlich die Fratze zu verziehen. *Die Schlampe ist mir schon lange ein Dorn im Auge. Sie bekommt immer mehr Macht über Phillip, der mich immer mehr Botendienste erledigen lässt. Ich hab die Schnauze voll von dem Flittchen*. »Du kannst dich entscheiden. Entweder du machst weiter und ich besorge es dir, wenn mir danach ist oder … du weißt, was passiert.«

Kaja las in dem vernarbten Gesicht, wie in einem Horrorroman von Stephen King. Sie suchte für eine Sekunde durch das blinde Fenster den Blickkontakt zu ihrem Sohn.

Tim, der von alledem nicht das Geringste mitbekam, lag noch immer schlafend auf der Bank und umklammerte eisern seinen Rucksack.

Sie wusste, dass ihr kaum Zeit blieb, um den Fußabtreter ihres Zuhälters davon zu überzeugen, dass sie keineswegs mehr die Richtige für diesen gefährlichen Job war.

Ein ohrenbetäubender Knall, der sich wie ein Schuss anhörte, ließ sie blitzartig herumfahren. Das gesamte Licht am Oberdeck war ausgegangen. Um sie herum beängstigende Dunkelheit. Sie nahm Andrey nur als Schatten wahr und wich erschreckt wieder in ihre Ecke zurück.

Der muskulöse Mann fletschte die Zähne wie ein tollwütiger Hund und fing höhnisch an zu lachen. Er sah seine Chance gekommen. »Na, das kommt mir sehr entgegen«, grinste er und flüsterte kaum hörbar: »Glaubst du wirklich, ich könnte Phil das einfach stecken? Dass du mit dem Gör abgehauen bist? Eben mal so?« Er machte eine theatralische Handbewegung und schnippte mit den Fingern. »Für wie blöd hältst du mich eigentlich? Was denkst du, Schlampe? Dann bin ich tot, verstehst du?« Langsam fuhr er mit der Handkante am eigenen Hals entlang. »Tot! Nee Süße. Das wird dein Schicksal und das deines Balges.« Er deutete in die Wartelounge, machte einen Schritt auf sie zu und presste ihren zitternden Körper erneut mit seinem ganzen Gewicht gegen das Geländer. Kajas Zwerchfell quetschte zusammen und drückte ihr die Luftwege ab. Das Metall schmerzte wie eine eiserne Faust in ihrem Rücken. Ihre Augen füllten sich mit Tränen und sie versuchte, krampfhaft wie ein Fisch auf dem Trockenen, Luft zu schnappen. Sie spürte den Schwindel, der sie erfasste.

»Außerdem ist das für dich doch bisher ein gutes Geschäft gewesen«, flüsterte er heiser. »Während wir hier wie ein verliebtes Pärchen Zeit totgeschlagen haben, und ein bisschen Koks verticken, brauchtest du deine Pussy nicht hinzuhalten. Du hättest dankbarer sein sollen.«

Kaja zog angeekelt ihre schmalen Schultern nach vorn, um ihren Körper wie mit einen Schild zu schützen. Die Angst lähmte sie und eine böse Vorahnung machte sich in ihren Eingeweiden breit. Der Regen hatte ihre Kleidung durchnässt und klebte an ihrer Haut. Sie zitterte am ganzen Leib. In ihrem Kopf kreisten plötzlich unzählige Impulse. *Mit Andrey ist nicht zu spaßen. Er genießt es, Macht über mich zu haben, wenn Phil nicht in der Nähe ist. Dann fühlt der Saukerl sich stark. Und für ihn wäre es ein Leichtes, mich über die Reling zu stoßen und Phillip davon zu überzeugen, dass ich tatsächlich abgehauen bin. Und Tim? Was passiert dann mit ihm. Würde er ihn … ?* Es war, als erriet er ihre Gedanken.

»Oder war es dir lieber, die Beine breitzumachen, he?«, riss er sie zurück. »War doch ein cooler Deal, den du an Land gezogen hast oder nicht? Und Spaß hättest du auch mit mir haben können, wärst du nicht so stur. Wir hatten doch jede Menge Gelegenheiten.« Er zeigte mit dem Zeigefinger über das Deck. »Und ein geiler Typ bin ich allemal.«

Es knisterte, als würde jemand zwei Drähte mit gegensätzlichen Polen aneinanderhalten. Die Neonröhren knackten, als versuchten sie, von alleine wieder in Gang zu kommen. Kaja fokussierte den blauen Funken mit ihrem Blick. Der Wind blies ihr kalt ins Gesicht.

Andrey nahm eine Hand, zerrte den Reißverschluss ihrer Jacke auf, schob den Pullover hoch, zerriss den Verschluss ihres BH und packte Kajas kleine feste Brust, bis sie vor Schmerzen stöhnte. Sie konnte sich keinen Zentimeter aus der Umklammerung lösen. Niemand sah sie. Kaja war hier draußen auf dem dunklen leeren Deck völlig auf sich selbst gestellt. Die schwache Beleuchtung aus dem Wartebereich reichte nicht aus, um auf sich aufmerksam zu machen. Während Andreys andere Hand hart zwischen ihre Schenkel glitt, wünschte sie, dass er den Halt verlor und über die Brüstung stürzte. Sie beugte sich zurück, in der Hoffnung, dass er in die Tiefe flog. Dass die schwarze Ostsee ihn verschluckte und nie wieder freigab. Aber er tat ihr den Gefallen nicht. Felsenfest stand er auf leicht gespreizten Beinen vor ihr und benahm sich wie ein wildes Tier. Er starrte sie mit glasigen Augen keuchend an. Fixierte seine Beute, bevor er sie ihrem Schicksal übergab.

Langsam zerrte er mit den perfekt weißen Zähnen den um ihren Hals geschlungenen Schal ein Stück herunter und fuhr mit rauer Zunge über ihre weiche, feuchte Haut, unter der die Halsschlagader zuckte. Kaja hatte das Gefühl, als begrabschten mindestens acht unsichtbare Hände sie schmerzhaft und brutal. Trotz ihrer Größe von nur einem Meter fünfundsechzig verbog sich ihr Oberkörper gefährlich nach hinten. Aus den Augenwinkeln erkannte sie die weiße Gischt der Bugwelle, die sie trotz der Gefahr, in der sie sich befand, an aufgeschäumte Milch erinnerte. Der Blick in die Tiefe ließ sie aufschreien. Todesangst durchströmte sie. Die Reling presste sich immer tiefer ins Fleisch. »Lass mich«, röchelte sie und versuchte mit letzter Kraft, sich zurückzuschieben. Dabei hatte sie nicht bemerkt, dass es aufgehört hatte zu regnen und der Wind nicht mehr mit aller Gewalt über die Fähre fegte. Dafür zog von Osten eine dicke Nebelwand zu ihnen herüber, die sich trübe über das Schiff verteilte, das sie jetzt tatsächlich an ein umherirrendes Geisterschiff erinnerte. Die Geräusche waren auf einmal wattig und gedämpft. Und das Licht aus dem Wartesaal war nicht mehr als ein mattes Schimmern.

Andrey wich zurück, weil er einen Laut vernahm. Kaja ließ augenblicklich das Eisengestänge los und rammte ihm ihr

Knie in den Unterleib. Sie keuchte und schob sich ein paar Zentimeter zur Seite, während er für eine Sekunde die Kontrolle verlor und sich krümmte. »Schlampe«, schrie er wütend und hielt mit der Hand die Stelle, in der ihn das Kniegelenk getroffen hatte. »Du landest als Fischfutter in der Brühe. Und deinen Balg schick ich dir hinterher.« Der Osteuropäer zerrte an ihrem Oberarm. Er packte hasserfüllt ihren Hals und würgte sie, bis sie anfing, mit den Armen zu rudern. Sie spürte, wie sie den Halt verlor und für kurze Zeit wie ein nasser Sack in der Luft hing. Kaja röchelte. Sie kämpfte um ihr Leben und riss den Mund auf, um gierig Sauerstoff in ihre Lungen zu ziehen. Langsam wurde ihr schwarz vor Augen.

Im Inneren der Fähre saßen sie auf Sesseln und druselten nichts ahnend vor sich hin.

Andrey blickte eiskalt auf die zierliche Frau und senkte seinen Arm, bis sie rutschigen Boden unter ihren Füßen spürte. Er nahm die Hand vom Hals, ballte sie zur Faust und schlug sie ihr ohne Vorwarnung mit hartem Schlag in den Unterleib. Kaja taumelte gurgelnd in die Ecke von Schornstein und Schiffsgeländer und sackte zusammen. Sie hielt den Bauch. »Bitte nicht«, bettelte sie. Sie quälte sich zur Seite, um der nächsten Attacke auszuweichen.

Andrey beugte sich wütend zu ihr herunter und holte erneut aus. Die schmächtige Frau zog ihren Kopf wie eine Schildkröte zwischen die Schultern und krümmte den Körper wie ein Embryo. Seine Hand landete im nirgendwo. »Tim!«, hauchte sie, wissend, dass sie ihrem Ende entgegensah.

Ihr fünfjähriger Sohn, ihre einzige Liebe, ihr ein und alles. Er war die Frucht einer der vielen verabscheuungswürdigen Nächte, in denen Männer für Geld ihren Körper benutzten. Kaja wollte ihn abtreiben, als sie erfuhr, dass einer dieser Typen sie geschwängert hatte. Sie kämpfte mit ihren Gefühlen und entschied sich trotz der Umstände, das Kind zu behalten. Sie wartete so lange, bis es sich nicht mehr verheimlichen ließ und auch Phillip es kaum mehr übersehen konnte. Sie bezog Prügel, als sie es ihm gestand und versuchte, so gut es ging, ihren Bauch vor den Schlägen des Zuhälters zu schützen. Sie und das Kind hatten Glück. Sie bekam einen Sohn, Tim. Jöns nahm es gezwungenermaßen hin. Schließlich war sie sein *bestes Pferd* im Stall. Er sorgte dafür, dass der Junge sofort nach der Geburt bei einer älteren Prostituierten, die nicht mehr auf der Straße arbeitete, untergebracht wurde und schickte sie, sobald sie wieder genesen war, wieder anschaffen.

Kaja stöhnte und ließ den Kopf auf den Boden sinken. Sie hatte ihre letzten Kraftreserven mobilisiert und spürte, wie diese sie verließen. Der Nebel wand sich wie eine Schlange um sie.

Oh Gott Tim, was soll ich tun? Lieber Gott hilf mir! Als ihr Peiniger der wehrlosen Frau einen Stoß mit dem derben Stiefel ins Gesicht versetzen wollte, schloss sie die Augen, um sich endgültig ihrem Schicksal hinzugeben.

Das wars, sie schluckte. *Fischfutter in der Ostsee …*

Kaja spürte die Vibration der Maschinen an ihrer Schläfe und in jeder Faser ihres Körpers. »Tim«, hauchte sie mit letzter Kraft. »Tim«, dann verlor sie die Besinnung.

MAX HAT PLÄNE

Fast zur gleichen Zeit, ein anderer Ort

Pfeifend ging Max um die Kiste aus Eichenholz herum und drehte den Lautstärkeregler am Radiogerät, das auf einem kleinen Holzhocker neben ihm stand, um die Musik besser hören zu können. Die Antenne war gegen die Wand gerichtet, damit das Gerät einigermaßen guten Empfang bekam. Der 56-Jährige hatte zusätzlich einen Metallbügel so zurechtgebogen, dass er als verlängerter Arm der Sendeantenne diente. »Morning has broken« dudelte durch den kahlen, kalten Raum. Max liebte dieses Lied. Das schwarze T-Shirt, dass er an diesem Tag trug, war mit lachsfarbenem Puder bestäubt, das er pfeifend mit einem dicken weichen Pinsel auf ihre bleichen Wangen auftrug.

»Nicht zu viel und nicht zu wenig«, flötete er bestens gelaunt vor sich hin. »Schön sollst du aussehen. Eine Nuance Pfirsich, ein Hauch Leben. Ein zarter Nudeton für die blassen Lippen. Sonst brauchst du nichts.« Der Mann trat einen Schritt zurück und betrachtete sein Werk. »Du sollst ja nicht daherkommen, als wärst du einem Kasperletheater entsprungen.« Er kicherte. »Oder als hätte eine Kosmetikerin in ihrem Übereifer zu tief in die Tiegel gegriffen.« Er liebte es, wenn sie aussahen, als kämen sie gerade von einem Spaziergang an der frischen Luft.

Max pustete das Puder vom T-Shirt und wischte sich die bestäubten Hände an einem dunklen Frotteehandtuch ab, das direkt neben ihm an einem Messinghaken an der Wand hing. Er ging zurück an die Holzkiste, die auf einem grau gestrichenen, gemauerten Podest thronte. Über der Kiste pendelte eine flackernde, knisternde Neonröhre, die links und rechts mit Ketten an der Decke befestigt war. Bei jeder Bewegung quietschte das Lampengehänge wie eine alte Tür.

Der 1,92 Meter stattliche Mann hob die Hand und zog die Röhre ein wenig zu sich herüber, um das Gesicht mehr auszuleuchten. Allerdings verursachte das kalte Neonlicht genau den gegenteiligen Effekt. Sie sah eher aus wie eine Figur aus »Madame Tussauds Wachsfigurenkabinett«. Bleich und irgendwie tot.

Hier unten im Keller war die Lampe die einzige Lichtquelle, die den Raum ausleuchtete und lange harte Schatten an den gekalkten Wänden tanzen ließ. Man kam nur von außen dank einer Treppe hinunter in den Kellerraum, der sich im angrenzenden Anbau seines weit über hundert Jahre alten Hauses befand. Kein Fenster erhellte das Kellergewölbe.

Jedem normalen Menschen flößte der Blick in dieses Kellergeschoss Angst ein. Ein Gruselkabinett. Nicht so Max: Er liebte das Arbeiten hier unten seit Jahrzehnten und war argwöhnische und makabere Andeutungen gewöhnt.

Er guckte in die Kiste, griff nach einem rasiermesserähnlichen Gegenstand, der auf einer Art Aluminiumanrichte lag und mit diversen medizinischen Instrumenten um die Wette glänzte. Die metallischen Teile erinnerten eher an den Operationssaal einer Klinik und passten irgendwie überhaupt nicht in dieses dunkle Kellergewölbe. Er blickte kurz auf die Aluminiumtür, die sich neben dem Tisch aufbaute und hinter der ein Kühlraum lag.

Irgendwo im Gewölbe tropfte ein Wasserhahn. Das leise, monotone Plätschern konnte Max trotz Musik hören und es beruhigte ihn, obwohl es ihn gleichzeitig nervte, wenn Wasser einfach sinnlos im Abfluss verschwand. Allerdings war er bisher nicht dazu gekommen, die Dichtung zu erneuern.

Max sog die nach Methylalkohol und Gruft riechende Kellerluft tief ein. Für ihn war es wie ein Joint, der ihn beflügelte und zugleich berauschte. Es war frisch, aber das machte Max nicht das Geringste aus. Im Gegenteil. Er kam allein aufgrund seiner stattlichen Figur leichter ins Schwitzen als Normalgewichtige und liebte diese kühlen Räume, die gleichzeitig einen hervorragenden Weinkeller abgaben.

Max genoss Wein. Am liebsten trank er roten halbtrockenen Dornfelder. »Ein toller Traubenwein von tiefroter Farbe, mit kräftigem Bukett. Vollmundig, samtig weich und sehr fruchtig«, sagte er zu seiner holländischen Frau Lena, wenn er wieder einmal eine Sendung mit 20 Flaschen bekam, die schon ein paar Euro mehr kosteten. Max schwenkte den guten Tropfen gern im Glas und betrachtete den rubinroten Film, den er hinterließ. Er war ein Genießer und trank seinen Wein gerne allein. Dort unten baute er ein Regal in eine der Nischen, die genau die richtige Temperatur für den Dornfelder abgab. Gesunde zwölf Grad.

Bedächtig strich er mit den Fingern durch das graue Haar, schaute durch den Raum und wischte mit dem Handrücken Schweißtropfen von der Stirn.

»Gleich geschafft. Dann kannst du nach Hause.« Fast glücklich checkten die blaugrauen Augen ein letztes Mal die Tote vor sich.

Max schien zufrieden mit dem Ergebnis. Er neigte den

Kopf und betrachtete sein Werk von allen Seiten. Zufrieden nickte er. Ein Lächeln umspielte die vollen Lippen.

DER TOTENGRÄBER

Der Totengräber, wie Freunde ihn gern nannten, um ihn aufzuziehen, war einer mehrerer Bestattungsunternehmer auf Fehmarn. Einer der alteingesessenen. Seine Großeltern gründeten das Beerdigungsunternehmen vor über 70 Jahren, und er selbst übernahm vor einer halben Ewigkeit den Betrieb in dritter Generation. Nicht, dass er den Umgang mit Toten gesucht hatte. Er war, um es einfach auszudrücken, hineingewachsen. Spielte bereits als kleiner Knirps zwischen Särgen und Urnen und es schien selbstverständlich, dass er in das florierende Unternehmen einstieg. Da gab es von Seiten des strengen Vaters keinerlei Kompromiss. Im Laufe der Zeit gewöhnte er sich an den Gedanken, den Rest des Lebens unten im Kellergewölbe zu verbringen und die Verstorbenen herzurichten. *Am Ende ist es ja kein schlechter Job. Und gestorben wird immer,* dachte er jedes Mal, wenn er aus irgendeinem Grund mit sich haderte. Das machte diesen Arbeitsplatz zudem sicher bis in den Tod.

Und verdienen konnte man mit dem Tod auch anständig.

Max legte letzte Hand an bei der verstorbenen 89-Jährigen. Strich ihr noch einmal über die frisierten Haare. Dann senkte er langsam den Deckel des 3.000 Euro teuren Eichensarges. Anschließend setzte er sich auf den Sims vor dem Sarg, zog eine Schachtel Zigaretten aus der Hosentasche, entnahm einen Glimmstengel und zündete ihn an. Genüsslich zog er an seiner Kippe und schloss müde die Augen. Es war Freitag gegen 23 Uhr.

KOPFLOS

Was glaubst du, wer du bist. Langsam zog er das rasierklingenscharfe Messer aus der Innentasche der Jacke, sah es lächelnd an, hauchte dagegen und leckte mit der Zunge über das glänzende, kühle Metall. *Dir werd ich's zeigen.* Lautlos schlich er von hinten an sein Opfer heran, das so beschäftigt war, dass es ihn nicht einmal wahrnahm. Die Dunkelheit spielte ihm zu.

Der Mann, der einen heißen Schmerz im Rücken gespürt hatte, sich umdrehte und die Klinge auf sich zurasen sah, fasste ungläubig mit der Hand an die klaffende Wunde. Warmes Blut drang im Takt des Herzschlags heraus. Mit weit aufgerissenen Augen starrte er auf die Schattenfigur, die ihm lächelnd gegenüberstand. Aus seinem Mund, entsetzt zum Schrei geöffnet, kam nur gurgelndes Grunzen. *Du machst mir das nicht kaputt.* Sekunden später setzte der Mörder das Messer erneut am Hals des Opfers an und trennte den Kopf mit einem tiefen Schnitt vom Körper.

Er packte den Schädel des Toten und schleuderte ihn von sich. Anschließend hievte er die leblose Gestalt hoch, zerrte sie zur Brüstung und hebelte sie darüber. Ein letzter Blick in den Abgrund, dann verschwand er so lautlos, wie er gekommen war.

SCHATTENFAHRT

Die Fähre glitt weiter über die Ostsee Richtung Puttgarden. Kaja kam stöhnend zu sich. Sie stemmte sich auf ihre blutenden Hände. Mühsam zog sie ihren erschlafften Körper am Geländer hoch und schleppte ihn, ohne sich nur ein einziges Mal umzudrehen, hinter den Schornstein, um einen Augenblick Kräfte zu sammeln. Sie atmete tief durch und schloss für einen Moment die Augen. Ihr Leib schmerzte von den Schlägen und Blut benetzte ihre Lippen. Sie hielt den Bauch und versuchte, hochzukommen. Nebelschwaden waberten über den Boden und Kaja kam schleppend auf die Beine.

Wo ist Andrey? Was ist passiert, als ich ohnmächtig war? Ihr Schädel brummte und jeder Knochen tat ihr weh. Wo war ihr Peiniger? Es ergab keinen Sinn. Warum hatte er sie liegen lassen? Sie schüttelte sich, hielt sich am kalten Geländer fest und humpelte los. *Ich muss hier weg!*

Sie sah ängstlich über das Deck und machte ein paar Schritte vorwärts. Dann stand sie vor der Glastür zur Lounge. Mit dem Ärmel ihrer Jacke versuchte Kaja, den metallisch schmeckenden Saft von den Lippen zu entfernen. Sie wusste nicht, ob sie alles beseitigt hatte, aber es musste genügen. Sie hatte keine Zeit. Zerstreut fuhr sie die Hand durch ihre Haare und brachte sie, so gut es ging, in Ordnung.

Entfernt konnte die junge Frau trotz dicker Nebelsuppe, die sie wie ein Mantel umgab, schwach glimmende Lichter erkennen. *Da draußen ist die Schattenküste*, dachte sie und eine Gänsehaut zog über ihren zitternden Körper. *Und das Puttgarden*, mutmaßte sie und schlug fahrig auf den roten runden Knopf, der in Brusthöhe neben der Glastür angebracht war. »Geh auf, geh endlich auf«, flüsterte sie, während sie sich, vor Schmerzen gekrümmt, umsah. Mit leisem Zischlaut öffnete die Tür schließlich. Die verletzte Frau riss sich zusammen, humpelte auf ihren Sohn zu. Gefolgt von müden Blicken aufgeschreckter LKW-Fahrer, die hier in der Wartelounge ihre Pausenzeiten einhielten und sich nicht weiter für sie interessierten. Zwei schlürften Kaffee aus Pappbechern, drei andere machten ein Nickerchen auf grauen Drehsesseln. Kaja ging zur Bank und zerrte Tim hoch. Mit letzter Kraft zog sie ihn auf ihre Arme und schleppte sich die breite ausladende Teakholztreppe hinunter, die auf dem Gang endete, in dem Restaurants und Shops sich aneinanderreihten. Immer wieder rückte sie das schlafende Kind zurecht, damit es nicht herunterrutschte. *Wo muss ich jetzt lang?*, fragte sie sich unsicher. Kopfschüttelnd entschied sie sich für die rechte Seite. Die dürftige Notbeleuchtung wies ihr den Weg. *Ich kann mir nicht mal Hilfe holen, weil die Bullen sonst blöde Fragen stellen könnten. Es ist zum Heulen.*

Die mit einem Lochmuster aufbereiteten Rollläden der Duty-free-Geschäfte im Gang waren ohne Ausnahme bereits heruntergelassen. Niemand bewegte sich mit ihr auf dem langen, mit Linoleum ausgelegten Weg, der sie zum vermeintlichen Ausgang führte. Es war warm, doch ihr war unendlich kalt. Hier unten erinnerte sie die Fähre noch mehr an ein Geisterschiff. Keine Menschenseele, egal wohin sie blickte.

Die wenigen Passagiere an Bord saßen entweder auf ihren Sesseln, oder hatten sich mittlerweile zu ihren Fahrzeugen in den Bauch des Schiffes verpieselt. Fußgänger fuhren um diese Zeit nicht mit dem Fährschiff nach Fehmarn. *Je näher ich an die Ausgangstür gelange, umso lauter knarrt es hier. Wie gruselig. Wie in einer Geisterbahn.* Auf der gesamten Fähre glimmte immer noch einzig die Notbeleuchtung, und alle paar Sekunden knisterten vereinzelt Neonröhren, als versuchten sie, von alleine wieder in Gang zu kommen. Kleine kurze Sequenzen, als Blitze erkennbar, wechselten sich mit der Dunkelheit in den Glaszylindern ab. *Alles ist so unwirklich, so gespenstig. Im Moment ist es mir nur recht, alleine hier unten zu sein. So kann ich wenigstens sehen, ob mich jemand verfolgt. Auch wenn es wesentlich gefährlicher ist. Wenn er mich entdeckt, bin ich erledigt.*

Es dröhnte und röhrte im Inneren der Fähre. Sie hatte das Zeitgefühl verloren, wusste nicht, wie viel Zeit seit ihrer Bewusstlosigkeit vergangen war.

Das Schiff stoppte auf und fuhr an die Anlegestelle heran. Kaja drehte sich immer wieder ängstlich um. Aber nichts geschah. Es blieb leer im Gang, der ihr wie ein Tunnel erschien und an dessen Ende die Tür zum Ausgang sichtbar wurde. Sie drückte ihren Sohn fester an ihren geschwächten Körper. *Hier unten riecht es ekelhaft nach Putzmitteln und Frittenfett,* dachte sie und atmete nur durch den Mund, um den für sie unangenehmen Geruch nicht inhalieren zu müssen. *Mir wird gleich schlecht.* Als sie sich umdrehte, knackte es auf einmal dermaßen laut, dass sie panisch zusammenzuckte. Überall auf dem Gang setzte plötzlich die Beleuchtung wieder ein. *Jetzt muss ich hier schnellstens weg.* Sie seufzte. Dann sah sie eine Frau in dunkelblauer Hose und weißem Poloshirt auf sich zukommen, die sie vorhin beim Betreten des Schiffes, an einer der Kassen wahrgenommen hatte. Müde schlich sie in Richtung der Toiletten. »Hallo, können Sie mir helfen?«, rief Kaja und sah ängstlich um sich. »Wo muss ich denn jetzt aussteigen?« Sie machte eine ungelenke Handbewegung zu den beiden gegenüberliegenden Ausgängen. Sie wollte diesen verdammten Kahn endlich verlassen. Kaja wusste wohl noch, wo sie eingestiegen waren, aber jetzt, hier unten, einsam und gottverlassen, sah alles irgendwie gleich aus. Die Frau fing an zu lächeln und antwortete mit dänischem Akzent. »Weiß nich, kein Ahnung. Is frag mal Steuermann. Komm sofort wieder. Du wartest.« Damit verschwand sie genauso schnell, wie sie gekommen war, über die Teakholztreppe in den oberen Bereich. Endlose Zeit verstrich, aber niemand erschien. Kaja pustete müde eine Haarsträhne aus dem Gesicht. Die Dänin kam allerdings nicht zurück, obwohl sie ihr vor ein paar Minuten noch helfen wollte. Trostlose, gespenstische Leere. *So ein riesiger Kahn und keine Menschenseele, wo gibt es denn so was?*

Sie hievte Tim wieder in ihre Arme, die langsam anfingen, sich taub anzufühlen. Er war ein Fliegengewicht, aber über die Zeit fühlte er sich an wie ein Sack Zement. Sie zwängte sich in einen Türeingang, der nicht von jedermann sofort eingesehen werden konnte.

Da näherte sich wie aus dem Nichts ein Hüne. Kaja erschrak und machte wie ein ertapptes Schulmädchen einen Schritt auf ihn zu. Er sah sie knurrig an. Man sah dem breitschultrigen Mann an, dass er den Feierabend herbeisehnte. Durch die Aufschrift auf seinem T-Shirt erkannte sie, dass es sich zweifelsfrei um einen Sicherheitsmitarbeiter der Fährgesellschaft handelte. Die Erleichterung sah man ihr an. Ihre Gesichtszüge entspannten von einer Sekunde zur anderen. Mutig stellte sie sich ihm entgegen, als wolle sie erzwingen, mit ihr zu reden. »Wo bitte komme ich vom Schiff?«, fragte sie entschlossen.

Der Hüne sah sie verständnislos an. »Sie kommen *hier* gar nicht raus. Die Gangway bleibt zu«, raunzte der Riesenkerl in Bassstimme, die fast ein wenig an den deutschen Sänger Ivan Rebroff erinnerte, und zog die Augenbrauen bis zum Anschlag hoch. Er sah die junge Frau genauso mürrisch an, wie seine Stimme klang.

Kaja blickte entsetzt in das Gesicht, das von tiefen Furchen durchzogen war. »Wie die Tür bleibt zu? Ich muss doch wieder runter von diesem Schiff!« Ängstlich sah sie den Mann an, der die Hände in die Hüften stemmte, und ihr griesgrämig gegenüberstand. Dann wuselte er mit einer der großen Pranken durch die dünnen aschblonden Haare, bis sie wirr vom Kopf abstanden. Er starrte sie an und plötzlich fingen die grünen Augen an zu glänzen. Er betrachtete mitleidig das ungleiche Pärchen, und ihm wurde anscheinend klar, dass er sich im Ton vergriffen hatte. Sein Gesicht entspannte urplötzlich, bekam weichere Züge und er griente versöhnlich.

»Nun ham Sie mal keine Angst, junge Frau«, brummte er. »Um diese Zeit lassen wir die Tür zur Gangway zu. Es ist schon spät, Sie verstehn?« Er nickte bedeutungsvoll. »Sie müssen über das Eisenbahndeck.«

Verdutzt sah Kaja den Mann an, als hätte er ihr gerade gesagt, sie müsste wieder mit zurück nach Dänemark. »Eisenbahndeck? Ich will an Land, zu Fuß, nicht mit dem Zug fahren.« Kaja schüttelte entgeistert den Kopf. Verstand er sie nicht oder wollte er nicht verstehen. Sie wurde wütend. »Ich trage hier einen gefühlten Sack Zement auf dem Arm und Sie schicken mich in den Keller?«

Der Beamte lachte lauthals auf. Sein Adamsapfel hüpfte auf und ab. »Mensch, Mädel. Du sollst nicht in den Keller und nicht mit dem Zug fahren, du sollst nur über das Eisenbahndeck nach *draußen an Land*. Das ist der einzige Weg hier raus.« Er kratzte sich amüsiert den Schädel.

»Aber wo muss ich denn jetzt lang? Ich kenn mich auf diesem Riesenkahn nicht mehr aus.« Die Frau bekam Schweißausbrüche. Immer wieder rutschte der Kleine ein paar Zentimeter weiter herunter. »Sie sehen doch, dass ich ihn bald nicht mehr halten kann.«

»Keine Panik. Ich zeig euch, wo' s langgeht. Da links die Glastür. Ihr müsst die Treppe runter und dann durch die Eisentür.« Er guckte auf die junge Frau, die ihn unglücklich ansah, und winkte ab. »Ach was solls, ich bring Se. Sie gehen unten über das Deck auf die andere Seite, bis die LKWs raus sind. Ein Mitarbeiter kommt und bringt euch zum Tor. Bis dahin verstanden? Alles okay?« Kaja nickte kraftlos. Noch einmal biss sie die Zähne zusammen und folgte dem Mann zum Parkdeck hinunter. Er öffnete ihr die quietschende Tür, hielt sich zum Gruß die Hand an die Schläfe und verschwand genauso schnell wieder, wie er vor ein paar Minuten erschienen war. Wie eine Nebelschwade auf dem Wasser.

Kaja spürte Erleichterung, als sie die Gänge verlassen hatte. Die Gefahr, von ihrem Peiniger entdeckt zu werden, war hier unten im Bauch der Fähre weit weniger gegeben.

Motorenlärm dröhnte wie ein Presslufthammer in ihrem Kopf und am liebsten hätte sie sich die Ohren zugehalten. Dazu kam der Gestank des übel riechenden Diesels, der sich auf den Flimmerhärchen ihrer Nase einnistete. *Hört das mit dem Mief denn hier überhaupt nicht mehr auf*, dachte sie und drängte ihren schmalen Körper zwischen gewaltigen, eng aneinandergereihten Trucks hindurch, bis die gegenüberliegende Seite des Unterdecks erreicht war. Normalerweise stand im imposanten Bauch des Fährschiffes zu den parkenden Fahrzeugen noch ein Eisenbahnzug, was Schienen belegten, die von einem zum anderen Ende des Schiffsbodens verliefen. Aber zu dieser nachtschlafenden Zeit gab es nicht einmal mehr einen Zug auf der Fähre. *Das Motorengeräusch ist hier unten genauso wenig zu ertragen, wie der Mief. Wundert mich, dass Tim überhaupt schläft, bei dem Lärm.* Der allerdings hielt den Hals seiner Mutter wie eine Kralle fest umschlungen. *Wie selig ist der Schlaf der Kinder*, dachte sie und atmete flach durch die Nase.

Der schmale Betonsteig war kaum einen Meter breit. Kaja musste aufpassen, dass sie nicht gegen die Seitenaufbauten der LKWs stieß, die nur Millimeter neben ihr standen und ihr wie Hochhäuser erschienen. *Die Dinger werden auch immer monströser. Sehen ja fast schon aus, wie amerikanische Trucks. Aber da ist ja sowieso alles eine Nummer gigantischer*, dachte sie, zog ihre Augenbrauen hoch und scheuerte an der kalten Stahlwand entlang, bis sie vor dem Ausgang stehen blieb. Aus dem Augenwinkel nahm die junge Frau hinter ihrer Schulter einen Schatten wahr und drehte sich blitzschnell um. Augenblicklich funkten ihre Antennen wieder Alarmbereitschaft. Ihr Körper verkrampfte sich und ihre Nackenhaare stellten sich auf. *Ist er mir jetzt doch gefolgt? Hat er mich gefunden*? Ihr Herz fing wie verrückt an zu rasen. Rasch machte sie einen Satz und zwängte sich, so gut es mit dem Kind ging, zwischen zwei Fahrzeuge, die ihr genau gegenüberstanden und einen schmalen Sicherheitsabstand einhielten. Sie presste Tims Kopf eng gegen ihre Brust, und hoffte, dass es sich bei dem Schatten nur um Einbildung handelte. Der Puls hämmerte unter ihrer Haut und sie hielt die Luft an. Ihr Hals trocknete aus und sie sammelte Spucke im Mund, um nicht zu allem Übel noch laut husten zu müssen. Der Fahrer, der hinter ihr im Führerhaus saß, konnte die Frau nicht sehen, weil er in eine Zeitung vertieft war. Er hielt das Blatt so dicht vor die Augen, dass er sie gar nicht hätte sehen können. Ängstlich drehte Kaja den Oberkörper in seine Richtung und duckte sich. Sie musste auf der Hut sein, verdrängte ihre Schmerzen und lehnte sich geschwächt gegen die Metallwand des rückwärtigen Hängers. Alles in ihr war bereit zum Angriff. Wie ein gejagtes Tier, das in einer unübersichtlichen Ecke kauerte, verharrte sie zwischen den Trucks. Sie schob den Kopf zur Seite, um den Gang einzusehen. *Da ist niemand. Vielleicht dreh ich jetzt komplett durch. Wo ist er? Wo, verdammt noch mal?* Kaja verharrte regungslos. Das Herz hämmerte wild und unkontrolliert in ihrem Brustkorb.

Plötzlich dröhnte und rumpelte es erneut im Inneren des Schiffes. Die weiß gestrichene Bugklappe des Fährschiffes öffnete sich Zentimeter für Zentimeter mit lauten Kratzgeräuschen, während die Fähre sich weiterhin im Anlegemanöver bewegte. Die LKW-Fahrer starteten unüberhörbar wie auf Befehl gleichzeitig die Motoren und drückten durchdringend auf die Pedale. Es klang wie das Aufheulen von Rennwagenmotoren kurz vor dem Start eines Autorennens auf dem Nürburgring. Kaja fuhr zusammen und sprang geschockt einen Schritt zur Seite. Sie musste ihr Versteck verlassen, verlor das Gleichgewicht, stolperte, und landete ohne Vorwarnung auf dem harten Betonsteig. Während sie krampfhaft versuchte, Tim mit einer Hand zu halten, der sich reckte und gähnend den Mund öffnete, stützte sie sich mit der anderen auf und schlug dabei mit den Kniegelenken auf das Metall. Sie spürte auf einmal ein brennendes Reißen in Handgelenk und Knien, das wie ein Stromschlag durch ihren Körper jagte und ihr Tränen in die Augen trieb. Sie liefen unaufhaltsam über das Gesicht. Kaja wurde von einem Weinkrampf geschüttelt. Es war, als wollte der Schmerz der letzten Stunden aus ihr heraus. Die Anspannung, die Angst um ihr Leben und das ihres Kindes waren eindeutig zu viel. Sie versuchte, sich aufzuraffen, aber ihr fehlte die Kraft, wieder auf die Beine zu gelangen. Das Handgelenk blutete und der Stoff ihrer Jeans wies Risse auf, aus denen ebenfalls Blut drang, das sich mit Dreck vom Boden vermischte. Es brannte höllisch.

Der Fahrer, der vor ein paar Minuten noch in eine Zeitung vertieft, jetzt darauf wartete, endlich losfahren zu können, beobachtete den Sturz. Er stellte sofort die Zündung ab und schwang sich aus dem Führerhaus. Vorsichtig legte er Kaja die Hand auf die Schulter, damit er sie nicht erschreckte, und half ihr auf die zitternden Beine. Tim erwachte und rieb verwundert mit seinen kleinen Fäusten die Augen. »Mama, was is los. Warum liegen wir hier?«

»Schlaf weiter Schatz, alles ist gut«, versuchte Kaja, den Jungen zu beruhigen, und strich ihm über die lockigen Haare. Der Fahrer des LKW redete beruhigend in einer ihr unbekannten Sprache auf sie ein und sie schüttelte einfach nur noch kraftlos den Kopf. Sie winkte ab und deutete ihm an, wieder einzusteigen. Als sie aufrecht stand, lehnte sie sich an die kalte Stahlwand des Schiffes und wartete. Für einen Moment schloss sie die Augen und klammerte sich an ihr Kind. Tim schnorchelte bereits wieder selig.

Kaja drückte ihn fest an ihre Brust und umarmte ihn mit beiden Händen.

Dann war die Klappe offen. Ein moderner, weißer Truck mit haushohen Aufbauten und einem zusätzlichen Anhänger rauschte mit hoher Geschwindigkeit von der Plattform. Noch einmal drehte sie sich unsicher um und wartete, bis die LKWs die übergroße Ladefläche verlassen hatten. *Ein wenig erinnert mich das alles hier an Pinocchio, im Bauch des Wals,* dachte sie. Es war der Lieblingsfilm ihres Sohnes, den sie mindestens ein Mal im Monat mit ihm anschaute. Trotz unsäglicher Schmerzen lächelte Kaja, während sie Tim liebevoll ansah.

»Mama, will schlafen. Will nich aufstehen!« Tim plapperte, hielt die Augen jedoch weiterhin geschlossen.

»Pst, musst du nicht, schlaf weiter, kleiner Mann. Mami

ist da.« Kaja zog den Riemen ihres Rucksacks an und schlich den kalten Weg zum Ausgang. Niemand folgte ihr. *Aber der wird mich suchen, da bin ich absolut sicher …*

Schließlich lag jede Menge Drogengeld in Tims buntem Kinderrucksack. 135.000 Euro! Versteckt in seinem Teddy, in dem vorher die Drogen deponiert waren. Koks, Marihuana. Das ganze ekelhafte Zeug verpackt in Tütchen, die unauffällig über die Grenze nach Dänemark gelangten. Es handelte sich um einen regen Grenzverkehr, der zwischen den Ländern in einer üblen, undurchsichtigen Grauzone abgewickelt wurde.

Das sah Phillip Jöns völlig anders.

Weniger Aufsehen, als mit einem kleinen Balg an der Hand, konnte man Jöns Ansicht nach nicht erregen.

Damit war die Sache für ihn erledigt. Dass er viel Kohle einstrich, davon sprach er nie. Phil, wie er in der Szene genannt wurde, hatte den skandinavischen Markt für sich entdeckt und ausgekundschaftet, mit wem man welche Geschäfte auf der anderen Seite der Grenze machen konnte. Die Dealer trafen unauffällig auf einer der Fähren zusammen und tauschten ihre Ware in den Toiletten, ohne dass es irgendjemanden interessierte.

Abnehmer für den Stoff gab es in Skandinavien genug.

Andrey Below, Jöns Handlanger, machte, was er von ihm verlangte. Kaja war nicht begeistert. Sie wollte nie Drogendealerin werden und ihren Sohn auf keinen Fall in die Sache hineinziehen. Wie viel Panik hatte sie davor, dass Tim eines Tages Schaden nahm … das Milieu war schmutzig, derbe und unberechenbar. Aber bis er so alt war, das Ganze zu durchschauen, bis dahin musste sie längst mit ihm aus der Stadt verschwunden sein. Sie hatte nicht die geringste Wahl. Die Diskussionen, die sie bei Gegenwehr mit seinen Fäusten führte, prägten sie und flößten ihr Respekt ein. Sie dachte nur an das Geld, das er ihr dafür versprach, und daran, nicht mehr anschaffen gehen zu müssen. »Mit einem Gör an der Hand kontrolliert euch niemand. Brauchst keine Manschetten haben!«

»Und wenn sie uns erwischen?«

Er zuckte gefühllos mit den Schultern. »Was geht mich das an. Was soll schon passieren?« Ihm konnte es egal sein. Er kam überhaupt nicht mit den Drogen in Verbindung. »Denk an deinen Blagen. Dir wird dann sicher die passende Antwort einfallen«, sagte er lapidar. Kajas Herz fing jedes Mal heftig an zu rasen, denn sie wusste: Phillip meinte es ernst.

Aber wie so oft in den letzten Monaten, fuhren sie auch dieses Mal problemlos wieder nach Puttgarden zurück, ohne eine einzige Kontrolle zu erleben. Niemand schöpfte Verdacht, kein Schwein hielt sie auf. Doch heute war alles anders. Ihr Leben und das ihres Sohnes standen auf dem Spiel …

Sie wusste, dass sie endgültig aus dem Dunstkreis der Hamburger Szene verschwinden musste. *Phil wird mich suchen, wenn er von Andrey erfährt, was passiert ist. Und er wird mich finden und umbringen, da bin ich sicher.* Sie zitterte wie ein Hund, der aus den Fluten der eiskalten Ostsee heraustrabte und schlotternd am Strand stand.

Plötzlich tauchte ein Mann aus der Dunkelheit auf. Kaja zuckte zusammen und blieb erstarrt stehen.

CHARLOTTE UND KATRIN GEHT ES WIEDER GUT

Im Kachelofen knisterte ein Feuer und wohlige Wärme breitete sich im Wohnzimmer aus.

Charlotte Hagedorn saß mit dicken Wollsocken, langer Leinenhose und flauschigem Pullover bekleidet auf dem Sofa und versuchte, durch heftiges Pusten, den heißen Tee abzukühlen. Ihre Nichte Katrin Duvenstedt hatte sich in den Ohrensessel ihrer Tante gekuschelt, der gegenüber des Sofas vor dem Fenster stand, und hielt ebenfalls ihr Getränk in Händen.

Draußen war es stockdunkel, was für diese Jahreszeit keineswegs ungewöhnlich war und die Regentropfen klatschten im Takt eines Trommelsolos unaufhörlich gegen die große Fensterscheibe. Wieder einmal.

»Der Februar bringt bisher nichts als Kälte, Nebel und Regen«, sagte Charlotte deprimiert.

»Das hört aber auch diesen Monat überhaupt nicht mehr auf mit dem miesen Wetter«, ergänzte sie. »Da wird man ja ganz rammdösig.« Katrin blickte über den Rand des Bechers hinweg und schielte nach draußen. »Ach Tantchen, was willst du denn auch im Februar anstellen? Ist doch sowieso alles kahl und ungemütlich. Du hast es doch hier drinnen schön gemütlich und kuschelig. Was willst du denn mehr?« Katrin schmunzelte und nahm einen Schluck Holundertee.

Sie spürte, dass Charlotte unruhig wurde, wenn sie allzu lange auf dem Hintern sitzen musste, ohne irgendetwas anstellen zu können.

Der Überfall lag mehrere Monate zurück und Charlotte hatte die unsägliche Geschichte zum Glück einigermaßen schadlos überstanden. Dennoch spürte Katrin, dass tief drinnen in ihrer Tante die Angst wachte, auch wenn sie niemals ein Wort darüber verlor.

Einziges sichtbares Zeichen dieser grauenvollen Nacht war die Narbe am Handgelenk. Stifte mussten die Knochen so lange zusammenhalten, bis sie irgendwann wieder zusammengewachsen waren.

Die Zeit nach den Ereignissen war eine schmerzhafte und traurige Zeit. Katrin legte ihrer Tante des Öfteren ihre Überlegung dar, das einsame Haus am Sund zu verkaufen, um eine etwas belebtere Wohngegend zu suchen.

Charlotte konnte und wollte sich allerdings nicht entscheiden, obgleich sie mehrere interessante Angebote erhalten hatte.

»Ne, zu groß, zu klein, zu alt, zu …« Irgendetwas hatte sie bisher immer auszusetzen gehabt. Katrin wusste, dass sie niemals aus diesem Haus ausziehen würde, wenn nicht etwas Dramatisches passierte, was ihr keine andere Wahl ließ.

Um sie aufzumuntern, sagte sie: »Was hältst du davon, wenn wir beide heute Abend lecker essen gehen. Ist doch Wochenende und ich hab … ehrlich gesagt, *keine* Lust auf Brot.«

Charlotte sah ihre Nichte erstaunt an und lächelte. Sie war erleichtert, dass Katrin den Unfall, und alles, was damit zusammenhing, so schadlos überstanden hatte. Sie hatte sich gut erholt, seit sie aus Hamburg hierher gezogen war. Die paar Pfund mehr am Körper kleideten sie besonders gut. In ihren Haaren leuchteten seit kurzem ein paar blonde Lichter, und sie trug nicht mehr nur Surf- und Sportklamotten. »Die Hose steht dir richtig gut«, sagte Charlotte.

»Du sollst nicht ausweichen. Gehen wir essen oder gehen wir essen?«

»Ach Mädchen, wo willst du denn um diese Uhrzeit hin?«

»Wieso, ist doch nicht Mitternacht«, lachte sie. »Ist doch gerade mal 19 Uhr!«

Katrin stand auf und ging ans Fenster. Die Jeanshose und der dazu passende kurze Pullover unterstrichen ihre gute Figur. »Dieses Friesenblau steht dir aber auch besonders gut«, versuchte Charlotte abzulenken.

»Tantchen, nu sag schon. Auf was hast du Appetit? Grieche, Italiener, Chinese?« Sie drehte sich um, und sah ihre Tante fragend an.

Charlotte ist seit dem Unfall gealtert, dachte Katrin. *Aber der Kurzhaarschnitt steht ihr wirklich gut.* Ihre Tante trug die Haare seit ein paar Wochen kürzer und hatte die blonden Strähnen herauswachsen lassen.

Die weißen Haare standen ihr allerdings ebenso gut, wenn nicht sogar besser und passten hervorragend zu ihrer bunten Kleidung und den kunstvoll drapierten Hüten, die sie meistens trug.

Katrin war sich sicher, dass die Zeit auch die Wunden ihrer Tante heilen würde.

»Ich hätte, ganz ehrlich, Lust, mal zum Margaretenhof nach Neujellingsdorf zu fahren. Da war ich eine Ewigkeit nicht mehr.«

»In den teuren Schuppen? Was die Leute erzählen …«, antwortete Charlotte verblüfft.

Katrin hob die Hand und stoppte ihre Tante. »Papperlapapp. Was du immer hast. Das Essen ist top und die Preise sind echt angemessen.« Sie blickte Charlotte verwundert an. »Wer erzählt bloß so einen Blödsinn. Ich möchte dort auf jeden Fall heute hin. Und du kommst mit! Basta!«

Sie ging auf Charlotte zu und zog sie vom Sofa hoch. »Komm, Faulpelz, keine Müdigkeit vorschützen. Das wird dir auch guttun.«

Schwerfällig erhob sich Katrins Tante von der Couch und zupfte ihre bunte Strickjacke glatt. »Ach Kind, dann muss ich mich auch noch umziehen. Ich hab gar keine Lust.« Widerwillig ließ sie sich aus dem Wohnzimmer lotsen.

»Und ob! Wir gehen! Und was du anhast, kannst du anlassen. Das sieht toll aus.« Damit ging sie in den Flur und schlüpfte in die dunkelblaue Baumwolljacke, die mit maritimen Holzknöpfen verziert war.

»Du hast gut reden. Du siehst immer gut aus, egal was du anhast.«

»Ruhe!«

Sie hielt Charlotte ihren dreiviertellangen Mantel hin, damit sie hineinsteigen konnte. Ihr blieb keine andere Wahl, als sich ihrer Nichte zu ergeben.

Katrin griff nach dem Schirm und sie verließen das Haus.

Eine Viertelstunde später stiegen sie in der Dorfstraße in Neujellingsdorf aus dem Auto.

»Das liegt ja richtig idyllisch«, sagte Charlotte bewundernd.

»Sag mal, warst du vorher noch nie hier?« Sprachlos sah Katrin ihre Tante an.

»*Doch* …«, log sie.

»Quatsch, du warst noch nie hier.«

»Na ja, das war mir einfach zu teuer«, gestand sie.

»Als wenn *du* aufs Geld achten müsstest. Ich glaube es

nicht.« Katrin schüttelte ihren Kopf. »Nun lass uns mal reingehen und freue dich. Ich lade dich ein.«

Plötzlich leuchtete ein Strahlen über Charlotte Hagedorns Gesicht. »Ach Kindchen, das ist aber lieb. Hätte doch gar nicht nötig getan. Du weißt, dass ich es mir leisten könnte.«

»Na, dann genieß es. Komm, sonst sind wir durchnässt, bevor es überhaupt etwas zu essen gibt.«

Katrin hakte ihre Tante unter und sie gingen unter dem geöffneten Regenschirm ins Restaurant.

»Gemütlich«, hauchte Charlotte Katrin ins Ohr.

»Na warte erst einmal auf das Essen!«

Die Chefin kam um die Ecke und begrüßte die beiden Ankömmlinge freundlich wie alte Bekannte.

»Einen Tisch für Zwei?«, fragte Katrin. Die Besitzerin, Christine Dietrich führte sie in einen kleinen Raum mit sehr viel Atmosphäre. Zierliche Dekoration auf den Fensterbänken ließ den Alltag schnell außen vor.

»Ich setz mich ans Fenster«, sagte Charlotte leise.

»Von mir aus.« Katrin nahm ihr gegenüber Platz. Es gab nur einen weiteren Tisch in dem kleinen Raum.

»Kann ich Ihnen schon etwas zu trinken bringen?«, fragte Frau Dietrich zurückhaltend und reichte beiden eine Getränkekarte.

»Tantchen … Rotwein oder was meinst du?« Sie blickte einen kurzen Moment in die Weinkarte und legte sie danach wieder aus der Hand.

Charlotte nickte und fragte: »Dornfelder? Haben Sie Dornfelder? Halbtrocken?«

Die Besitzerin des Restaurants nickte ebenfalls und kam kurz darauf mit den bestellten Getränken zurück.

Katrin fuhr genüsslich mit der Zunge über die Lippen. »Ich weiß gar nicht, was ich essen soll. Das ist alles so lecker, und wie das klingt: *Gebratene Riesengarnelen auf cremigem*

Hummerrisotto und frischer Mango. Das nehme ich. Und vorher frisch gerollte California Sushi mit cremigem Flusskrebstatar und Lachs. Und du Tantchen?«

Charlotte sah aus, als könnte sie sich in der Karte überhaupt nicht zurechtfinden. »Haben Sie auch was, das ich kenne?«

Frau Dietrich lächelte. »Was halten Sie von *Ente mit Klößen und Rotkohl* oder *Fehmaraner Rehgulasch mit Spitzkohl, gebratener Williamsbirne und Schupfnudeln.* Das ist wirklich sehr lecker.«

Charlotte raufte sich die Haare. »Lassen Sie mir noch ein paar Minuten, bitte.« Frau Dietrich nickte und verließ den Raum.

»Hab ich dir doch gesagt, das ist alles Schickimicki. ›Schnupfnudeln‹. Wollen die mir hier Drogen andrehen.«

Katrin fing laut an zu lachen. »Tantchen, das heißt, *Schupfnudeln.* Und fehmarnscher als Reh und Ente geht doch gar nicht.«

Katrin schlug die Karte zusammen und nahm Charlotte ihre aus der Hand. »Also dann ess ich lieber das Gulasch mit diesen Dingern, na diesen Nudeln. Und vorher einen Salat.« Katrin nickte und als Frau Dietrich wieder erschien, gaben die beiden ihre Bestellungen auf.

»Na dann, Prost.« Leise klirrten die Gläser aneinander. Es war auffällig ruhig in dem Raum.

»Das ist wie im Urlaub«, schwärmte Charlotte auf einmal. »Diese Ruhe, göttlich. Kein lautes Gequassel, das man sowieso nicht hören will. Das gefällt mir hier doch besser als gedacht.« Sie strich mit ihrer Hand über die von Katrin.

»Warte erst mal bis das Essen kommt. Das ist wie Urlaub im Himmel«, sagte Katrin und lächelte.

»Sag mal, was macht eigentlich dein Kommissar aus Neustadt? Läuft da nun was oder nicht?«

Katrin sah ihre Tante fragend an. »Warum interessiert dich das so?«

»Na ja, wenn ich mich an die Telefonate in letzter Zeit erinnere«, zwinkerte diese.

»Ach, da ist nichts … wirklich nicht. Ich finde ihn ja ganz nett, aber das war es auch schon.« Katrin faltete die Serviette auseinander und legte sie über ihre Knie. »Und außerdem ist er Sven doch ähnlicher, als ich dachte.«

»Wieso das denn?« Charlotte nahm einen Schluck aus ihrem Glas.

»Ja, wie soll ich sagen. Er ist ja immer gut drauf, im Gegensatz zu Sven, aber auch irgendwie ein Luftikus, glaube ich zumindest.«

Charlotte hörte aufmerksam zu. »Er fährt alle zwei Wochen nach Hamburg ins Volksparkstadion, geht gern auf die Piste und … um ganz ehrlich zu sein, er ist mir zu jung. Das hatte ich alles zur Genüge.«

Charlotte stellte ihr Glas ungläubig auf den Tisch. »Das ist nicht dein Ernst! Oder?«

Katrin zuckte die Schultern. »Ich weiß ja auch nicht.« Sie atmete tief ein, bevor sie fortfuhr. »Ich möchte ehrlich gesagt, endlich ankommen. So wie bei dir. Ich brauch jemanden, auf den ich mich hundertprozentig verlassen kann und nicht jedes Wochenende Fußballterror und Bundesliga.«

Jetzt war es an Charlotte, den Kopf zu schütteln. »Du bist ja nun noch keine 70, so wie ich bald.«

»Nein, aber …« In diesem Moment kam die Vorspeise.

»Das sieht aber lecker aus«, schielte Charlotte Hagedorn auf Katrins Teller und sah erst dann auf ihren Caesar Salat.

»Auch nicht schlecht«, antwortete die und deutete auf die kleinen essbaren Blümchen.

»Aber nu mal Butter bei die Fische. Sven ist weg, der kommt wohl so schnell auch nicht wieder. Und dieser Thomas ist ein feiner Kerl: Freundlich, hilfsbereit, gutaussehend … was gibt es da noch … ach ja, er ist gutbezahlter Polizei*beamter*«, betonte Charlotte.

»Erst einmal, woher weißt du, ob der gut bezahlt wird? Und zweitens, ich will aber keinen Beamten, ich will einen, der mich versteht, mich ernst nimmt und mit mir gute Bücher liest, verstehst du?«

»Ne, was willst du denn mit einem, der *gute* Bücher liest. In deinem Alter liest man doch keine guten Bücher, da macht man die Geschichten live, die später zu Papier gebracht werden.« Charlotte griente.

»*Tante Charlotte!*« Katrin wurde das Gespräch peinlich und sie versuchte abzulenken. »Was du immer so erzählst. Ich wusste, du verstehst mich nicht.« Sie nahm ein Stück Sushi auf die Gabel und ließ es langsam und genüsslich im Mund verschwinden. »Göttlich.«

Nach einer weiteren Viertelstunde stand das zweite Glas Wein auf dem Tisch und die Hauptspeise auf angewärmten Tellern vor ihnen.

»Na, das sieht ja noch besser aus als die Vorspeise. Und wie das duftet.« Charlotte winkte mit der Hand den Dampf ihres Gulaschs in ihre Nase. Das Wasser lief ihr sprichwörtlich im Mund zusammen. »Das war wirklich eine gute Idee hierherzufahren«, sagte sie zufrieden.

»Was ist mit Sven? Hat er sich schon bei dir gemeldet?«

Katrin schüttelte wieder den Kopf. »Ne, und das ist auch gut so. Ich denke, wir sind doch mehr Freunde als Pärchen. Das habe ich leider erst gemerkt, als ich zu dir gezogen bin.«

Charlotte nickte. »Die Wochenenden, alles schön und gut, aber für immer. Nein, das ist es nicht.«

Katrin schob mit der Gabel letzte Krümel des Essens zusammen und legte das Besteck auf den Teller. »War das gut!«

»Ihr werdet euch aber irgendwann schon über den Weg laufen.«

»Das macht nichts. Lass ihn erst mal seinen Frust wegsurfen, dann werden wir weitersehen.« Katrin nahm ihre Serviette vom Schoß und platzierte sie zusammengefaltet neben dem Teller. »Bist du satt?«

»Mäh, wie sollt ich satt sein, ich fand kein einzig's Blättelein …«

»Nun ist ja gut, Tantchen. Sei nicht so albern. Was hältst du denn von einem superleckeren Schokoküchlein. Der hat einen flüssigen Kern. So etwas hast du vorher noch nie gegessen.«

Charlotte rieb sich mit der Hand über den gut gefüllten Bauch. »Meinst du, dass *da* noch was reinpasst?«, fragte sie, zog die Augenbrauen hoch und lächelte spöttisch.

»Nein, du hast Recht. Ich glaube, das langt. Wirklich, sonst platze ich!«

»Wie müsste er denn sein, der Mann deiner Träume?«, fing Charlotte noch einmal an.

»Was du alles wissen willst … Das kann ich dir nicht einmal sagen.« Katrin zuckte die Schultern. »Weiß nicht. Vielleicht sportlich, ruhig und ordentlich, *treu* …?«

»Na das sind ja tolle Attribute, die *du* dir wünschst. Dann mal viel Spaß beim Suchen. Das kann nur ein Beamter sein.«

»Kann ich sonst noch etwas bringen. Eine Nachspeise vielleicht oder einen Absacker?« Frau Dietrich lächelte die beiden Frauen an.

Plötzlich hörten Charlotte und ihre Nichte lautes Stimmengemurmel. Eine Frau und ein Mann betraten den kleinen Gastraum, in dem sie einen gemütlichen Abend verbracht hatten, und setzten sich lautstark schwafelnd an den Nebentisch.

»Wird Zeit, dass wir hier verschwinden«, flüsterte Charlotte.

Katrin nickte.

»Ne, ich glaube, da geht nichts mehr. Wir möchten zahlen«, antwortete sie und zog das Portemonnaie aus ihrem Rucksack.

Kurze Zeit später verließen sie satt, zufrieden und kichernd den Margaretenhof.

»Das war wirklich eine glänzende Idee! Bis auf das Gequatsche am Nebentisch. Gut, dass wir raus sind«, lachte Charlotte und drückte ihre Nichte fest an die Brust, bevor sie in den Wagen stiegen.

KAJA TAUCHT UNTER

Am offenen Tor zur Brücke wartete der versprochene Wachmann. Kaja blickte zurück, ihr fiel ein Stein vom Herzen. Niemand außer ihr und ihrem Sohn stand noch auf dem leeren Deck. Der Mann strich mit der Hand über seinen Firmenoverall und bei jeder Bewegung flimmerten die reflektierenden Leuchtstreifen. Er winkte sie ran und brachte sie auf einem dunklen schmalen Weg zu einem Eisentor, hinter dem sich ein Parkplatz offenbarte, der zum Gelände gehörte. Kaja wähnte sich seit Stunden das erste Mal in Sicherheit, erreichte humpelnd und unendlich erleichtert den Taxistand. Ein letzter Blick, sie seufzte, dann öffnete sie die hintere Wagentür des schwarzen Mercedes. Taxi Barnasch, stand in großen pinkfarbenen Buchstaben und Ziffern auf der Fahrerseite. Sie steckte den Kopf in das Innere des Wagens. »Können Sie mich bitte in die Stadt fahren? Schnell?« Sie deutete nickend auf Tim. Noch während sie die Frage stellte, drängte sie sich mit ihrem Sohn auf den Rücksitz.

Der Taxifahrer, ein Mann um die 60, nickte zurück, ließ sich von Kaja aber nicht im Geringsten aus der Ruhe bringen. Als sie sich auf dem Sitz ausbreitete, rollte er gemächlich eine zerfledderte Bildzeitung zusammen. Er rieb mit den Fingerspitzen über den kurz geschorenen grauhaarigen Schädel, der ihn offensichtlich unter seiner Strickmütze juckte. Gelassen blickte er über den silbernen Brillenrand hinweg in den Rückspiegel. Er betrachtete die junge Frau, die mit schmerzverzerrtem Gesicht und einem schlafenden Kind auf dem Schoß ständig aus dem Seitenfenster schaute. Nervös darauf wartete, dass er endlich losfuhr. »Bitte, können Sie nicht ein bisschen schneller machen?«

Mit dem Tempo einer Schildkröte antwortete er, während er den Kopf in ihre Richtung wandte. »Nu mal immer langsam mit den jungen Pferden, mien Deern. Sie sind doch wohl nicht auf der Flucht, oder? Wir sind hier auf einer Insel und da ticken die Uhren ein klein wenig langsamer. Und um diese Zeit noch einmal mehr.« Seine Stimme klang warm. Kaja spürte, dass er es keineswegs eilig hatte. *Wenn der wüsste*, dachte sie und drehte sich erneut um, um aus dem Heckfenster einen Blick zu werfen.

»Nun fahr'n Sie doch endlich los.« Die Frau, die nur noch wegwollte, betrachtete den Fahrer durch den Spiegel, wie er es vorher getan hatte.

Er erinnerte sie für einen Moment an ihren Vater. Eine gewisse Ähnlichkeit war nicht zu verleugnen. Sie hatte ihren Vater, der viel zu früh verstarb, abgöttisch geliebt und es entfachte jedes Mal ein Feuer in ihrem Herz, wenn sie durch irgendeine Gegebenheit an ihn zurückerinnert wurde. Sie schüttelte den Kopf. Wollte sich einfach nicht erinnern. Zu schwer lastete das schmerzhafte Andenken an seinen Tod auf ihrem Gemüt.

»Darf ich Sie etwas fragen?«, flüsterte sie.

»Mmh«, lautete die knappe Antwort.

»Wie heißen Sie?«

Nun blickte der Fahrer seinerseits erstaunt in den Rückspiegel. »Peter, ich heiße Peter.«

Sie nickte abermals und dachte: *Was für ein Zufall. Es ist kein Zufall. Es gibt keine Zufälle. Vielleicht ist das alles ein Wink des Himmels.* Denn wie der Umstand es wollte, trug der gute Mann vor ihr tatsächlich den gleichen Namen wie ihr Vater. Ungläubig betrachtete sie ihn und schüttelte wissend den Kopf.

Auf einmal hatte sie die Hoffnung, dass alles gut werden würde.

Peter drehte den Schlüssel im Schloss, startete den Motor und fuhr Richtung Burg. »Wo wollen Sie denn hin, Deern?«, fragte er, als das Taxi durch die kleine Ortschaft Puttgarden fuhr.

»Ist mir ehrlich gesagt egal. Ich brauch ein Zimmer, Hotel, Pension. Nur weg hier!« Kajas Stimme klang weinerlich.

»Na, Sie haben es aber wirklich eilig, was?« Der Mann hatte kein gutes Gefühl in der Magengegend, und wenn das so war, wurde er hellhörig und runzelte die faltige Stirn. Er rückte seine Mütze zurecht, zog grummelig die Augenbrauen zusammen, so dass eine tiefe Falte zwischen ihnen entstand und drückte aufs Gaspedal. Nachdenklich fuhr er mit der rechten Hand über den kurz gestutzten grauen Bart. »Mmh, ich kenn da eine kleine Pension in Burg. Vielleicht haben die noch auf. Ich bin mir nicht ganz sicher. Aber ich fahr da am besten mal hin. Ist doch recht, oder?«

Kaja nickte und blickte anschließend wieder aus dem Fenster über die dunklen Felder zu beiden Seiten. »Ist mir eigentlich völlig egal. Ich brauch nur ein Zimmer für meinen Sohn und mich«, antwortete sie. Sie konnte durch die Dunkelheit so gut wie nichts erkennen. *Wie das hier wohl am Tag aussieht*, überlegte sie.

Wenngleich sie ein bis zweimal im Monat von Puttgarden nach Dänemark fuhren, das Inselinnere hatten sie sich noch nie angesehen. Es war keine Zeit und es interessierte sie bisher nicht sonderlich. Das Ortsschild von Burg kam in Sicht. Alles war ruhig zu dieser nachtschlafenden Stunde. Vereinzelt leuchteten ein paar Lampen aus den Häusern, aber ansonsten Totenstille. Diese Insel schien tatsächlich in einer Art Winterschlaf zu verharren. Der Nebel schob sich auch hier über die dunkle Straße. Dann tauchten die ersten beleuchteten Schaufenster der Altstadt auf und der Dunst verzog sich. Es war seit einer Stunde das erste Mal, dass sie sich bewusst wurde, wie knapp sie dem Tod entronnen war. Kaja grübelte. *Der wollte mich entsorgen. Einfach so. Der hätte mich über Bord geschmissen. Fischfutter. Niemand hätte mich gefunden. Vielleicht wäre ich irgendwann irgendwo an Land gespült worden. Wenn mich die Fische nicht vorher aufgefressen hätten.* Ungläubig schüttelte sie den Kopf. Die Haare waren mittlerweile getrocknet und fielen in weichen Wellen über ihre Narbe. Sie war hübsch, um nicht zu sagen schön. Keine klassische Schönheit. Dafür war sie zu zierlich und zu drahtig. Aber sie hatte ein zartes Antlitz, mit wunderschönen schräg verlaufenden grünen Augen, die ihr einen asiatischen Einschlag verliehen.

Ein erleichtertes Seufzen entwich ihrer ausgetrockneten Kehle. Kaja hatte plötzlich übermäßigen Durst und hoffte, dass sie bald das Ziel erreichten. Erschöpft lehnte sie sich in die Sitzpolster zurück. Sie fing an zu weinen, und vergrub ihr Gesicht an der Schulter ihres Sohnes, damit der Taxifahrer die Tränen nicht sah, die ihre Wangen herunterliefen. Sie fuhren über das hubbelige Kopfsteinpflaster der Breiten Straße, durch die kleine gemütliche Altstadt. Die Leuchtreklamen und beleuchteten Schaufenster huschten an ihr vorbei und lenkten sie für einige wenige Momente ab. Interessiert schaute sie auf die dekorierten Auslagen in den Fenstern. *Schön.* … aber im Augenblick sehnte sie sich kaum nach Schaufensterauslagen und schönen Dingen. Sie wollte etwas trinken, ausgiebig duschen, ihre Wunden lecken und dann nur noch schlafen.

Der Taxifahrer hörte leises Stöhnen aus dem Fond des Wagens, blickte in den Spiegel und schmunzelte. *Ein niedliches Pärchen*, dachte er, während er in die Osterstraße einbog. Im Feuerwehrhaus brannte Licht. *Hier wird auch ständig gearbeitet*, überlegte er und setzte den Blinker. Sie hatten ihr Ziel erreicht und hielten vor einem alten Fachwerkhaus.

Die Osterstraße lag parallel zur Breiten Straße und trat mit ihren urigen Stadthäusern ebenso attraktiv in Erscheinung, wie die Innenstadt. Gegenüber gab es einen Großparkplatz, der im Sommer mit Autos vollgeparkt war. *Eigentlich alles perfekt*, dachte sie. Auf einer Insel, am Meer und doch mittendrin.

»So, mien Deern, wir sind da!«, sagte der Fahrer. Kaja fiel die leuchtende dunkelgrüne Kutscherlaterne auf, deren Licht ihren Blick auf das daneben angebrachte Schild lenkte, auf dem ein weißes Segelschiff über die Wellen glitt. In geschwungenen Lettern stand der Name »Kajüthus« darauf. *Klingt gemütlich*, dachte sie.

»Sie müssen da links im Nebenhaus klingeln, da wohnen die Pensionsleute. Viel Glück. Und Kopf hoch, wird schon wieder.«

»Was bekommen Sie?« Die junge Mutter wühlte in ihrem Rucksack und versuchte mit einer Hand ihr Portemonnaie in dem Sammelsurium von Papieren, Schminkzeug und sonstigem Kleinkram zu finden.

»Ne, lassen Sie mal, geschenkt.« Der Taxichauffeur blinzelte ihr aufmunternd zu. »Nu seh'n Sie mal zu, dass Sie den Kleinen zu Bett kriegen. Und Sie sich auch.« Er drehte sich noch einmal um und sagte: »Warten Sie, ich helf Ihnen raus. Das kann man ja gar nicht mit ansehen.« Der Taxifahrer stieg aus, öffnete die hintere Tür und half der Mutter mit dem Kind aus dem Fond des Wagens. Entschlossen marschierte er selbst zur Haustür des über hundert Jahre alten Doppelhauses, in dem die Betreiber der Pension wahrscheinlich längst schliefen. Er drückte auf den Klingelknopf. »Mann, hoffentlich schlafen die nich schon«, murmelte er. Noch einmal betätigte er den Knopf, während er seine müden Fahrgäste von der Seite betrachtete. *Armes Mädel.*

Im Flur ging das Licht an. »Da hab'n Sie aber Glück.« Durch die Glasscheibe erkannte Kaja, dass jemand barfuß von oben die Treppe hinunterkam. Ein paar Sekunden später öffnete sich die Tür, die ein geflochtenes Herz verzierte.

»Wissen Sie eigentlich, wie spät es ist?«, brummte die Pensionswirtin, die sich gähnend die Augen rieb. Die Frau Mitte 50, deren blonde Locken wirr vom Kopf abstanden, baute sich im Schlafanzug vor den Gästen auf und war keineswegs erfreut darüber, zu dieser Zeit Übernachtungsgäste zu empfangen. »Normalerweise mache ich die Tür nicht mehr auf, nur dass Sie das wissen. Ich kann richtig böse werden, wenn Leute kurz vor Mitternacht an der Tür klingeln. Wir sind schließlich kein Hotel, das die ganze Nacht auf hat.« Sie ruderte ungelenk mit den Armen, so dass Peter, der Taxifahrer, augenblicklich einen Schritt zurück machte.

Ein Grinsen konnte er sich dennoch nicht verkneifen. »Nun mal ruhig. Alles wird gut«, antwortete der Fahrer.

Die Nachtruhe war den Martins heilig. Sie hatten die kleine Privatpension im Herzen von Burg ein paar Jahre zuvor gekauft und beschlossen, die restliche Zeit bis zur Rente beruflich gemeinsam zu verbringen. Diese Pension bot der Familie interessante Möglichkeiten und sie lag nur unweit von ihrem vorherigen Domizil entfernt. Sie griffen zu, und ehe sie sich versahen, waren sie Pensionsbesitzer. Sie erfüllten sich damit quasi einen Traum. Aber es gab eben noch jede Menge zu erledigen, sodass die Tage komplett ausgefüllt waren und jede Menge Kraft kosteten. Die Nächte lagen ihnen daher besonders am Herzen.

Nele verzog den Mund und schaute auf das müde Pärchen.

»Tut mir leid«, sagte Kaja, »ich brauch dringend ein Zimmer, kann auch eine Abstellkammer sein.« Unbeholfen deutete sie auf ihren Sohn und blickte hilfesuchend zu dem väterlichen Taxifahrer.

»Nu hab'n Sie mal ein Herz. Die sind wirklich total geschafft«, brummte der Fahrer, nickte in Richtung des Jungen und zwinkerte Nele Martin entschlossen zu.

»Wer sagt denn, dass ich kein Herz habe«, sagte sie aufgebracht, stemmte die Hände in die Hüften und funkelte die kleine Gruppe nun hellwach an. Sofort fasste sie mit der rechten Hand demonstrativ dorthin, wo im Allgemeinen das Überlebensorgan schlug. Dass sie im Schlafanzug, der obendrein mit Bären bedruckt war, barfuß in der offenen Tür stand, schien sie keinesfalls zu stören. Wer sollte sich um die Uhrzeit einen Kopf um ihre Aufmachung machen? Und wenn, dann würde sie sich schon zu verteidigen wissen. Nele war schließlich nicht auf den Mund gefallen.

Auf der Straße gab es keinerlei Betrieb. Kein einziges Auto fuhr um diese nachtschlafende Zeit durch den Ort. Wenn es auch im Sommer zum Teil sehr lebhaft in Burg zuging, jetzt im Februar war Ruhe eingekehrt auf der beliebten und einzigen Ostseeinsel in Schleswig Holstein. Es wirkte alles ein wenig verlassen, dörflich, leise. Die Pensionsbetreiberin blickte auf die kleine Bande vor ihrem Haus, seufzte und sagte: »Na nun kommen Sie schon rein. Sie können ja nichts dafür. Ein Zimmer werd ich wohl noch für Sie haben. Sie brauchen *nicht* in die Besenkammer.« Sie zog ihre Augenbrauen hoch, und machte gleichzeitig eine einladende Handbewegung. Der Taxifahrer nickte zufrieden, murmelte zum

Abschied ein gediegenes »Moin, moin«, stieg in seinen Wagen und fuhr los. Nele sah dem Taxi nach, bis die Rücklichter am Ende der Osterstraße verschwanden. »Wo kommen Sie denn um diese Uhrzeit her?«, flüsterte sie neugierig geworden, während sie lautlos die Tür hinter den beiden Gästen schloss. Sie wollte nicht auch noch ihren Mann Henning aufwecken. Die Frau Mitte 30 wirkte auf sie sehr erschöpft, fast ein wenig verschüchtert und ängstlich, so wie sie sich an den Jungen klammerte, der mit geschlossenen Augen leise vor sich hin brummelte.

»Von der Fähre«, antwortete Kaja knapp. »Aber ich bin wirklich müde, *bitte* … mein Sohn muss dringend ins Bett! Ich kann ihn nicht mehr halten!«

Die Hausbesitzerin nickte: *Dem jungen Ding werd ich heute nichts Spannendes mehr entlocken*, dachte sie und sagte stattdessen: »Warten Sie kurz hier. Ich hol nur den Schlüssel für Ihr Zimmer.« Sie ging schnurstracks auf dem mit kleinen rotbraunen Fliesen ausgelegten Boden durch den erleuchteten Flur und schaute dabei auf den alten Franklinofen, der an der rechten Seite stand. In den weit geöffneten Ofentüren glimmte künstliches Flackerlicht unter aufgetürmten Holzscheiten hervor. »Oh, da hab ich doch glatt vergessen, den Schalter auszumachen«, stellte sie erstaunt fest. Wenn sie abends in ihre Wohnung ins Obergeschoss ging, und das Treppenlicht brannte, konnte man die rötliche Beleuchtung im Kamin schon mal übersehen. Nele bückte sich, drückte auf den Knopf, so dass der Ofen im Dunkeln lag. Sie schlüpfte in ihre Clogs, die unmittelbar daneben standen.

Kaja sah sich um.

Maritime Gegenstände, wohin man schaute. In der geräumigen Küche vereinten sich weiße Landhausmöbel mit alten Möbelstücken zu einem Ensemble in sämtlichen Schattierungen von Cremetönen, Pastell und dunklem Holz. Ohne zu gucken griff Nele nach links und schaltete die Pendelleuchte ein. Aus einem schicken antiken Holzkästchen an der rechten Wand entnahm sie einen Schlüssel, an dem ein kleiner messingfarbener Anker hing. Dann ging sie zurück zur Eingangstür. »Kommen Sie, ich bring Sie. Wir müssen ins Nebenhaus. Ich geb Ihnen ein ruhiges Zimmer. Das liegt zum Garten raus. Da stört Sie garantiert keiner.« Kaja nickte und folgte der Frau, die im Schlafanzug auf dem Bürgersteig vorausging, um die Haustür zu öffnen. Gemeinsam betraten sie das Kajüthus.

Die Blicke, die ihnen aus einem Wagen nachsahen, der auf der anderen Seite an der Bushaltestelle stand, sah niemand. »Wartet nur, ich hab euch im Auge. Und wenn du glaubst, du entkommst mir, dann hast du dich getäuscht. Dich hab ich auf einer Liste. Für dich hab ich mir etwas Besonderes ausgedacht, … du Schlampe.«

STRANDSPAZIERGANG AM GRÜNEN BRINK

»Cider, bei Fuß! Ciiiider …!« Der Golden Retriever ignorierte die hysterischen Schreie der Frau, die wie eine Schiffssirene über den menschenleeren Strand hallten. Mit dicken Pfoten stand er im flachen Wasser der Ostsee, das sich am Horizont mit aschgrauem Himmel zu einer schmutzigen Masse zu verschmelzen schien. Der Hund zitterte wie eine Marionette, die an viel zu langen Fäden hing, und jaulte gequält. Ein grässliches Jaulen, das unter die Haut ging und Ellen Wendhoff einfach nur nervte.

Eine Möwe, scheinbar vom Gebell des aufgebrachten Vierbeiners neugierig angelockt, zog mit ausladenden Schwingen dicht oberhalb der Wasseroberfläche, weite kreischende Kreise. Es sah aus, als wolle sie den Retriever bei seinem Gezeter unterstützen. Sie glich einem Segelflieger, der im Tiefflug über den kläffenden Hund hinwegfegte.

Irgendetwas schien ihn in ungeheure Angst zu versetzen. Heinrich Wendhoff sog gierig die nach Meer und Freiheit riechende Luft in die Nase. Er stapfte seufzend, die Hände auf dem Rücken verschränkt, neben einer meckernden Frau durch den schmalen, mit Steinen übersäten Strandabschnitt. *Kann sie nicht einmal den Mund halten*, dachte er und grummelte leise. Der Wind war kalt und zog von Nordost aus Richtung Dänemark herüber. *Das sieht fast nach Schnee aus.* Er zog den Kragen seiner dunkelblauen Steppjacke über die Lippen. So hielt er sich warm und brauchte nicht mit der keifenden Ehefrau reden, die unkontrolliert durch den Sand stapfte. *Wir haben höchstens drei Grad*, glaubte er und sah kurz zum Himmel, um die Konzentration im Anschluss wieder auf den Strand zu legen. Er musste aufpassen, dass er mit den rutschigen Sohlen der Gummistiefel nicht auf glitschigen Algen ausrutschte, die wie ein Teppich über die Steine ausgebreitet lagen. Das Naturschutzgebiet um den Grünen Brink hatte es Heinrich Wendhoff besonders angetan. Genau dort, wo sich das Wasser zurückzog und es aussah, als spazierten sie mitten im Wattenmeer der Nordsee. Einzig die kleine Bucht, in der Cider stand und bellte, war wie ein Priel mit seichtem Ostseewasser gefüllt. Für ihn beinhaltete die Ostsee, rund um Fehmarn, sehr spezielle Facetten. Der Grüne Brink gehörte eindeutig dazu. Die Salzseen, die sich in diesem Gebiet vor vielen Jahren bildeten, und zwischen Deich und Ostsee lagen, bis hin zum Niobe Denkmal. Ob am Strand oder auf dem Deich, der zum einen durch ein Wäldchen führte und zum anderen an die Lüneburger Heide erinnerte. Die Gegend gefiel ihm außerordentlich gut. Die Spaziergänge um das Eiland brachten ständig neue Eindrücke zutage. Es schien ihm an manchen Tagen, als befände er sich irgendwo in der Karibik, wenn das Licht stimmig war und die Sonne auf das türkisfarbene Meer strahlte.

Dann wieder zeigte die raue Seite der Ostsee ihr Gesicht, als könnte die Insel in den Stürmen, mit ihren zum Teil brodelnden Wellen, untergehen. Fehmarn war *sein* bevorzugtes Feriendomizil. Mehr brauchte er nicht.

Wenn nur seine Frau nicht ständig dermaßen schräg drauf wäre …

»Hol den Hund da weg«, schrie sie hysterisch.

Sie gingen ungefähr 50 Meter hinter einem Wasserlauf, der in der kleinen Bucht mündete. Heinrich tat, als hörte er sie nicht, und schaute demonstrativ Richtung Deich. Er entdeckte das Häuschen, in dem im Sommer ein gut gehender Imbiss seine Pforten öffnete.

Der Rüde senkte den Kopf, quiekte wie ein Schwein und schob den Rücken zu einem Katzenbuckel. Plötzlich sah der sonst lammfromme Hund nicht mehr lammfromm aus. Als steckte in ihm die Tollwut, knurrte er haltlos den Strand an. Weißer Schaum bildete sich vor seinem Maul und verhieß nichts Gutes. Immer wieder wich er zurück und scharrte gleichzeitig mit einer der karamellfarbenen Vorderpfoten vor einem angehäuften Berg Kraut im Sand. Zu dieser Jahreszeit lagen überall graubraune, fischig stinkende Algenberge am Naturstrand und ließen manchen Strandgänger angeekelt die Nase rümpfen. Während der Hund wie besessen den Hügel anknurrte, schüttelte er das nasse Fell, als wolle er seinen haarigen Körper von lästigem Ungeziefer befreien. Eine Armada kleinster Wassertropfen flog im hohen Bogen durch die Luft, versank in Zeitlupentempo im grauen Sand und hinterließ winzige Kraterlandschaften.

An diesem Montag im Februar war nicht nur das Wetter gruselig. Selbst die Stinklaune von Heinrichs Frau Ellen hatte sich der Wetterlage angepasst und wirkte frostig und düster. Es hatte den Anschein, als verhagelte das Umfeld ihr an diesem Vormittag völlig die Stimmung.

»Vielleicht schafft die Sonne es ja doch noch, sich gegen die schweren Wolken durchzusetzen, sollst mal sehen«, rief Heinrich, startete den Versuch, die bessere Hälfte zu besänftigen.

Schließlich geschah es ziemlich häufig auf Fehmarn, dass es am Morgen aussah, als wäre der Tag ruiniert, und dann plötzlich riss der Himmel auf und der Wind vertrieb das schlechte Wetter von der Insel. Nicht umsonst hieß es, dass Fehmarn eine besondere Wetterkarte innehatte. Aber heute schien es eher unwahrscheinlich, dass die Sonne genügend Kraft besaß, um durchzubrechen.

»Kommst du jetzt endlich, du blöder Köter?«, kreischte Ellen Wendhoff wie ein kleiner giftiger Terrier und schlang wütend die Arme um ihre schmalen Schultern, die in einer schwarzen Winterjacke steckten, was sie noch schmächtiger erscheinen ließ. Mit voller Wucht stieß sie den Sand mit ihrem Fuß in die Luft. Mit zusammengekniffenen Augen blitzte sie ihren Mann von der Seite an: »Kannst du sofort dafür sorgen, dass das Viech ruhig ist, sonst dreh ich hier gleich komplett durch!« Schnaubend drehte sie sich wie ein Kreisel um ihre eigene Achse um dann schmollend weiterzutrotten. Ihr Ehemann hatte allerdings die Befürchtung, dass sie jeden Moment in Ohnmacht fallen könnte, als er in ihr vom Schreien hochrotes Gesicht blickte.

»Schrei nicht so. Du drehst ja total am Rad«, zischte Heinrich zurück. »Bist ja lauter als der Hund. Mann Ellen …« Peinlich berührt, sah er sich um, ob nicht doch noch ein Spaziergänger am Naturstrand entlanglief. Dann schwenkte er den Blick Richtung Dänemark, als suchte er einen Fluchtweg. Entschlossen stapfte er auf den Retriever zu.

»Wer soll mich hier schon hören. Siehst du irgendjemanden?«, zeterte Ellen heiser wie ein altes Weib vom Hamburger Fischmarkt und deutete mit der Hand über den Strand. »Ich hab doch gleich gesagt, ich will nach Gran Canaria«, predigte sie weiter. »Scheiß Ostsee. Aber du musst ja auf diese beknackte Insel. Sonneninsel, dass ich nicht lache.« Wütend zerrte die Mittfünfzigerin ihre weiße Strickmütze über die roten Ohren. Lustlos stiefelte sie ihrem Mann durch den Sand hinterher, während sie versuchte, sich eine dunkelblonde Haarsträhne aus dem Gesicht zu streichen. »Blöde Insel. Ich hab ja gleich gewusst, dass hier um diese Jahreszeit nichts los ist. Alles tot hier. Aber du wolltest ja unbedingt hierher ...« Graublaue Augen blitzten ihn böse an, als sie abermals eine theatralische Geste mit der Hand über den verlassenen Strand machte.

Heinrich ignorierte ihre letzte Ansage und rückte die Pudelmütze zurecht. Die Ohren fühlten sich kalt an. Es war, als könne er mit der Wolle der Mütze gleichzeitig sein Hörorgan verschließen. Er hatte keinerlei Lust mehr, sich auf eine Diskussion einzulassen. Dabei würde er sowieso den Kürzeren ziehen, das wusste er. Und für heute hatte er wahrlich genug. *Wenn ich ins Hotel komme, werde ich mir einen genehmigen, das ist mal ganz sicher. Was sie dann macht, ist mir egal. Kann von mir aus gleich zu Bett gehen.* Er nickte bedeutungsvoll, ohne sich auch nur ein einziges Mal nach ihr umzudrehen.

Eine halbe Minute später näherte er sich seinem geliebten, vierbeinigen Freund.

Den hatte Ellen ihm, wenn auch nur widerwillig, zum fünfzigsten Geburtstag geschenkt. Der kleine Welpe saß morgens hechelnd in einem Körbchen neben Heinrichs Bett und schaute ihn mit großen braunen Augen an. Da war es um ihn geschehen.

Schon als Kind wünschte er sich einen Hund. Allerdings reichte die erhobene Hand des strengen Vaters, um alle Betteleien im Keim zu ersticken. Die Eltern besaßen kaum Geld und Platz gab es ebenfalls nicht genug. Damit geriet der Wunsch, ein eigenes Tier zu besitzen in die unterste Schublade seiner Seelenkommode. Dann kurz vor dem runden Geburtstag machten Freunde Ellen den Vorschlag, ihm doch den größten Traum zu erfüllen, und unter Protest ließ sie sich letztendlich erweichen. Seitdem war der Hund ihr allerdings ein Dorn im Auge. Ein Konkurrent. Fast sah es aus, als hätte er bereits seit Längerem ihren Platz eingenommen. Die erste Begrüßung nach einem harten Büroalltag galt logischerweise dem Retriever, der letzte Kuss ebenfalls, bevor er selig in seinem Körbchen, das natürlich immer noch neben seinem Bett stand, einschlief. Er wurde gestreichelt und betüddelt, wie sie es schon lange nicht mehr erlebt hatte. Die beiden »Männer« unternahmen stundenlange Spaziergänge und kehrten erst zurück, wenn Hunger und Durst sie heimwärts trieben. Es war, als flüchteten Heinrich und Cider vor der muckschen Hausherrin. So wie er es heute ebenfalls am liebsten getan hätte.

Maulend, mit herunterhängenden Mundwinkeln versuchte sie, ihrem Mann zu folgen, um kurze Zeit später schnaubend bei ihm zu stehen. Sie betrachtete argwöhnisch den immer weiter kläffenden Hund. Ellen schaute auf ihren Ehemann, der von seiner Frau angetrieben, am Halsband des Rüden zerrte, um ihn vom stinkenden Algenhaufen wegzuzerren.

Missmutig stemmte sie ihre blau gefrorenen Hände in die winterlich verpackten Hüften und starrte an beiden vorbei zum Himmel. Der stellte nur noch eine graue milchige Suppe dar, die, angeschoben von schwarzen Wolken aussahen, als schütteten sie sich gleich über ihnen aus. Nicht weit entfernt glitt eine der riesigen, weißen Fährschiffe fast majestätisch durchs dunkle trübe Wasser hinüber ins benachbarte Rødby. Das war der einzige Lichtblick am Horizont. Ellen nahm es seufzend zur Kenntnis, hielt sich die Hand über die Augen, um dem Schiff nachsehen zu können. »Da wäre ich jetzt auch gern drauf. Aber Richtung Karibik. Besser, als das hier«, nörgelte sie. Der Wind verschluckte ihre Worte.

»Ellen!«, schrie Heinrich auf einmal so laut, dass die Frau, die unmittelbar neben ihm stand, sichtlich zusammenzuckte und der Schreck ihren Mund in eine Art Starre versetzte. »Hör auf! Mann, das ist ja nicht mehr zu ertragen. Halt endlich deine blöde Klappe! Dusselige Kuh!« *So, nun ist es raus. Das musste einfach mal gesagt werden*, dachte er und sah sie böse an. Geschockt blieb Ellen Wendhoff wie angewurzelt stehen und starrte in seine Richtung. Dann presste sie ihre Lippen zusammen und schaute betreten zu Boden. Trotz der Kälte hatte ihr Gesicht die Farbe einer reifen Tomate angenommen. So hatte sie ihren Mann nie zuvor erlebt.

»Komm Cider, es reicht wirklich. Hör du jetzt auch mal auf. Komm, mein Guter, hör auf zu bellen.« Heinrich zog die braune Lederleine von der Schulter, streifte die Jacke wieder zurecht und verband mit einem Klicken die Metallöse am Ende der Leine mit dem Halsband. Dann bemühte er sich, den Hund heranzuziehen, der allerdings nach wie vor keine Anstalten machte, das Gekläffe einzustellen.

»Ich glaub, da liegt ein toter Fisch«, sagte Heinrich geduldig, um versöhnlichen Kontakt zu Ellen aufzunehmen. Konzentriert versuchte er herauszufinden, was sich unter dem Algenhaufen verbarg. »Oder eine Robbe«, murmelte er und wühlte mit der rechten Fußspitze angestrengt im Kraut herum.

»Du Spinn …« Hastig hielt sie die Hand vor den Mund, um nicht noch einmal eine Abfuhr zu kassieren. Sie reckte neugierig den Kopf und rückte ein bisschen näher an das vermeintliche Fischgrab heran. »Hier gibt's doch keine Robben«, tippte sich Ellen dafür wie ein zappelnder Aal mit kalkweißem Zeigefinger gegen die Stirn.

Anscheinend hatte sie die Zurechtweisung bereits wieder vergessen.

»Na klar«, antwortete er beleidigt. »Hier wurden des Öfteren Robben gesichtet.« *Du hast ja keine Ahnung*, dachte er und wühlte mit dem Fuß weiter. *Woher soll* die *auch wissen, dass ab und an einige der Tiere in der Ostsee gesichtet werden, wenn man nichts anderes als Hochglanzquatsch liest. Und nicht nur die*, fing er plötzlich an zu grinsen. *Schweinswale und an die 30 Haiarten verirrten sich ab und an bis in die westliche Ostsee.* Aber das hielt selbst er fast für ausgeschlossen, als er es im Internet gelesen hatte. *Das erzähle ich ihr lieber gar nicht erst, sonst ist der Ofen hier in Zukunft wohl komplett aus.*

Ellen befasste sich kaum mit Belangen der Natur, geschweige denn mit Informationen, die mit Heinrichs Lieblingsinsel zu tun hatten. Sie steckte ihre Nase vielmehr in irgendwelche Magazine und verschlang die Seiten der »Schönen und Reichen«. Suchte nach neuesten Trends und flanierte in der Stadt auf ausgiebigen Shoppingtouren, um das sauer verdiente Geld ihres Ehegatten zu verprassen. Nach fast 30 Jahren Ehe war nicht viel von der stets gut gelaunten, natürlich anmutenden jungen Frau übrig geblieben, in die er sich verliebt hatte. Im Laufe der Jahre hatte Heinrich sich immer mehr zurückgezogen, ging lieber ins Büro, als zu Hause das Gezeter seiner Ehefrau zu ertragen.

Dann brach er in lautes Geschrei aus:

»Oh Gott, das ist kein Fisch … Da liegt ein Toter!« Die Stimme des geschockten Mannes überschlug sich. Sofort erinnerte er sich an die Schlagzeilen im Fehmarnschen Tageblatt. Entdeckten nicht zwei junge Angler im letzten Oktober eine Leiche am Strand von Katharinenhof?

Eingebuddelt im Sand? Ermordet? Als er die Geschichte damals im Netz las, jagte ihm eine Gänsehaut nach der anderen über den Rücken. Und nun schon wieder?

Mit einem Satz sprang er einen Meter zurück und riss den Hund mit sich, der wie ein Schwein quiekte, das auf die

Schlachtbank geführt wurde. »Mensch Ellen, da liegt 'ne Leiche.« Alles Leben war aus seinem Gesicht gewichen. Bleich und mit zitterndem Zeigefinger deutete er geschockt auf die Stelle, wo er den leblosen Körper, oder was davon übrig geblieben war, entdeckt hatte.

»Ein Toter, Quatsch. Nu tickst du wirklich nicht mehr richtig.« Ellen fing durchgeknallt an zu lachen und kam ein paar Schritte näher, reckte ihren dünnen Hals, um den ein weißer Strickschal geschlungen war. »Ich seh nichts! Da ist gar nichts«, rief sie stinksauer, während sie abermals die Mütze zurechtrückte.

»Guck doch richtig hin, du blöde Ziege.« Jetzt war er es, der mit weit aufgerissenen Augen wütend in die Richtung starrte, aus der sich, durch Algen und Sand schimmernd, eine ausgefranste Halsöffnung abzeichnete. Ein neugieriger Krebs, der sich in seiner fleischigen Höhle offensichtlich gestört fühlte, ergriff, einen Fetzen Fleisch an einer der beiden Scheren, eilig die Flucht.

Nun schrie auch Ellen, wurde bleich, wankte. Sekunden später sackten ihre Beine wie ein Klappmesser zusammen und sie fiel vornüber in Ohnmacht.

Heinrich machte bestürzt einen weiteren Satz zurück und stolperte zu seiner Frau, die mit dem Gesicht nach unten im Sand lag.

»Ellen, he, komm hoch!« Er ließ die Hundeleine los, sank in die Knie, zerrte die Besinnungslose zu sich herum und schlug mit der flachen Hand gegen ihre linke Wange, dass es nur so klatschte. Ungläubig starrte er auf den Berg aufgequollenen Fleisches, dessen Ende aus dem Kraut herausragte.

»Da ist kein Kopf. Ellen, wach doch bitte auf.« Er packte sie zitternd bei den Schultern, riss ihren Körper hoch und schüttelte sie so heftig durch, dass ihr Schopf wild hin und her schlenkerte. Aber sie rührte sich nicht. Es war, als hielt er eine leblose Puppe mit beweglichen Gliedmaßen in den Händen. »Da fehlt der Kopf!«, schrie er wie ein Wahnsinniger und schlug ihr erneut ins Gesicht. Die Wange schwoll an, rötete sich und am Ende blieben die Fingerabdrücke seiner Hand als Abdrücke sichtbar zurück.

Er war fassungslos, hatte Angst um seine Frau und Angst davor, was ihn noch alles unter dem Algenhaufen erwartete.

Als Heinrich sich dessen bewusst wurde, fing er an zu würgen. Er spürte die ätzende Magensäure langsam die Speiseröhre und dann den Rachen hochkriechen, während er weiter wie ein Besessener die Frau am Boden schüttelte. Ihm war auf einmal sauübel. So etwas hatte er vorher nie gesehen. Immer wieder zog der sichtbare Teil des Leichnams den Blick Heinrichs magisch auf sich.

Selbst wenn er im Fernsehen seine Lieblingskrimiserie »Tatort« sah, schaute er in Momenten, als Leichen sich offenbarten, am liebsten zur Seite. Wartete, bis Ellen ihm mit einem Nicken ein Zeichen gab, dass der oder die Tote aus dem Bild verschwunden war.

Dann legte eine Welle den Rest der grausamen Wahrheit frei.

Hier am Strand vom Grünen Brink lag kein kompletter Mensch. Diesem hier fehlte eindeutig der Schädel. Er besaß keine Arme und nur einen zerfetzten Teil eines Oberschenkels des rechten Beines. Vom Wasser aufgeblasen wie ein Stück Schweinebacke, mit schwarzen Flecken und Kratern übersät, sah der Torso eher aus, als wären gefräßige Fische haufenweise über den Körper hergefallen. Aus unzähligen Öffnungen drangen Reste von blutleeren Gefäßen. Abgesplitterte Knochenteile, die jetzt an Land von jeder Welle seicht hin und her bewegt wurden, ragten wie erhobene Schwerter drohend in die Luft.

Heinrich hockte schlotternd neben seiner ohnmächtigen Frau, einem immer noch bellenden Hund und erbrach sich haltlos in den Sand.

Und die Möwe schrie, als wolle sie die grausame Szenerie unterstreichen …

KRIPO OLDENBURG

Westermann und Hartwig haben einen neuen Fall

Hauptkommissar Dirk Westermann öffnete mit einem Ruck die Tür zum Büro und verursachte dadurch einen Wirbel, der alle Papiere auf dem Schreibtisch durchs Zimmer segeln ließ. »Oh, Entschuldigung«, sagte er und starrte auf das Chaos. Schuldbewusst kratzte er sich mit den Fingern der linken Hand über den grauhaarigen Schopf und schob die Pfeife in den Mundwinkel.

Ernst blickte er auf den jungen Kollegen, der Sekunden zuvor geschäftig vor ihm auf einem Stuhl saß, und jetzt fuchsteufelswild aufsprang, um das flatternde Blattwerk wieder einzufangen. Westermann holte Luft und sprach im Telegrammstil: »Wir haben einen Toten. Es geht wieder los. Wir fahren nach Fehmarn … und schließ doch endlich mal das Fenster.«

Thomas Hartwig hob den Kopf und sah Dirk Westermann fassungslos an.

»Mach du zuerst mal die Tür zu! Mann. Als hätte ich hier nicht schon genügend zu tun.«

»Bleib ruhig. Du wirst sofort von deinem Schreibtisch befreit. Wir müssen augenblicklich los.«

Thomas stand mit dem eilig zusammengerafften Haufen Papier vor ihm und neigte den Kopf zur Seite.

»Das gibt's doch nicht«, schluckte er. »Was ist denn jetzt los?«

»Kann ich dir nicht genau sagen«, antwortete Hauptkommissar Dirk Westermann, der gleichzeitig auch sein Vorgesetzter war. »Erinnerst du dich noch an das Boot, das vermisst wurde? Ich glaub, der zweite Angler ist an Land angespült. Ein paar Urlauber haben eine Leiche am Strand vom Grünen Brink entdeckt. Oder sagen wir mal besser das, was davon übrig geblieben ist.« Er räusperte sich und fuhr mit der Hand über den vorhandenen Dreitagebart. »Nur der Rumpf. Die Spusi ist bereits unterwegs auf die Insel.«

Thomas Hartwig ging ans Fenster und guckte in den wolkenverhangenen Himmel. Dann schloss er den geöffneten Fensterflügel, drehte sich um und starrte Westermann an. Nur zu gut erinnerte er sich an den bizarren Mordfall im Oktober letzten Jahres, der ihm alles abgefordert hatte. *War das wirklich schon vier Monate her?* Schaudernd dachte er an seinen allerersten Kriminalfall.

Er, der eigentlich nur einen Verkehrsunfall auf der A1 bearbeiten sollte, war urplötzlich in einen Fall eingebunden, der ihm alles abverlangte. Von Unfall, Überfall, versuchtem Mord und Mord war alles dabei gewesen und mehr als einmal sagte er sich, dass er niemals mehr etwas anderes, als *normaler* Polizist sein wollte.

Er, ein ganz durchschnittlicher Hauptmeister, der in Neustadt Kleindelikte wie Diebstähle und Verkehrsunfälle bearbeitete, verfolgte auf Fehmarn einen Killer und musste zum ersten Mal in seiner gesamten Laufbahn eine Waffe benutzen.

Thomas Hartwig spürte, wie der Hals plötzlich austrocknete und er das Gefühl bekam, als drückte ihm jemand die Kehle zu. Er schluckte, ging zur Kaffeemaschine und goss sich von der schwarzen, bitteren Brühe, die bereits seit Stunden in der Glaskanne auf der Maschine vor sich hin schmurgelte, in einen der Becher. »Mmh?«, sagte er und deutete auf die Kanne mit dem Kaffee, in dem ein Löffel alleine hätte stehen können. »Auch einen?«

Westermann schüttelte den Kopf. »Den trink mal schön selbst.« Er lehnte gegen den Schreibtisch von Thomas, während der angeekelt das Gebräu hinunterspülte. Hartwig dachte an das erste Zusammentreffen mit Dirk Westermann.

Westermann, der eher ruhige, wortkarge, stets korrekt gekleidete Kommissar im Trenchcoat, mit gepflegtem Schnauzer und immer einem Zigarillo im Mundwinkel, hatte ihm eine Menge abverlangt, nachdem er ihn mit in den Fall eingebunden hatte. Der jungenhafte Thomas lächelte spitzbübisch, während er die Papiere sortierte, sie auf dem Schreibtisch akkurat ins Ablagefach schichtete und nebenbei seinen ehemals genauso akkuraten Kollegen betrachtete. »Was ist aus dem gepflegten Mann geworden, den ich kennengelernt habe? Du bist in den letzten Monaten tatsächlich zum Naturburschen mutiert! Siehst fast genauso verwegen aus wie ich«, sagte er schmunzelnd und sah an sich hinunter. »Die Jeans ist ja noch okay, aber dass du jetzt auch fast nur noch dunkelblaue Klamotten trägst … finde ich, ehrlich gesagt, richtig blöd.«

Den Trench und die Wildlederjacke hatte der Hauptkommissar gegen einen dunkelblauen Caban getauscht und den Zigarillo gegen eine maritime Pfeife aus Wurzelholz. Zu allem Überfluss trug er seit Kurzem die meiste Zeit auch noch eine dunkelblaue Strickmütze, die ihm einen ziemlich verwegenen Ausdruck verlieh.

Westermann machte sich gerade. »Können wir jetzt?«

Hartwig nickte und sagte trocken: »Na los. Aber Dirk, das muss man dir lassen. Du siehst jetzt eher aus, wie einer vom Kutter und nicht wie ein Kommissar im gehobenen Dienst«. Er lachte und griff nach seiner Jacke, die über der Stuhllehne lag. Hartwig betrachtete seinen Vorgesetzten mit einem breiten Grinsen.

»Sei bloß still, sonst …« Westermann hob die Hand und machte eine drohende Handbewegung. »Meinst wohl auch, jetzt bist du Kommissar und kannst dir alles erlauben. So einfach ist das hier nicht Freundchen.« Es gefiel ihm, zu sehen, wie der junge Polizist unter seinen Fittichen aufblühte. Westermann erkannte ziemlich schnell, dass der Job bei der Kripo genau die richtige Aufgabe für den Mann aus Neustadt war. Thomas Hartwig drückte seit März letzten Jahres noch einmal die Schulbank und ließ sich in Blitzzeit weiterbilden. »Tja, das hättest du letztes Jahr auch nicht gedacht, dass der Zufall es will, dass du Kommissar wirst. Ist gut, dass alles so gekommen ist, oder?«

Hartwig nickte. »Das sollte alles so kommen. Es gibt keine Zufälle«, antwortete er lakonisch.

Als sie den ersten gemeinsamen Fall aufgeklärt hatten, wechselte Hartwig auf Anraten und einer Belobigung von Dirk Westermann von seiner Dienststelle in Neustadt nach Oldenburg und bereitete sich intern auf die Prüfungen vor. Es gefiel ihm letztendlich doch mehr, als er geglaubt hatte, und er freute sich darauf, mit Dirk Westermann als Mentor und Partner größere Fälle in Zivil lösen zu können. Ganz anders, als er es bisher gewohnt war. Hartwig machte ein ernstes Gesicht, dann drehte er sich um und ging durch die Tür.

»Wollen wir jetzt endlich los, oder warum stehst du noch rum?«, fragte Hartwig, während er auf den Ausgang zuging.

»Ich wäre schon längst auf Fehmarn, wenn du hier nicht

so ein Chaos veranstaltet hättest«, antwortete Westermann grienend. »Wer wartet denn hier auf wen, Jungchen?«

Westermann runzelte die Stirn und folgte dem Kollegen.

»Komm, mach hinne. Zack, zack«, frozelte Hartwig und eilte mit wenigen Schritten durch den Flur. »Soll ich uns nicht gleich ein paar Sachen einpacken, falls wir wieder länger bleiben müssen?«, fragte er und drehte sich kurz um. Er grinste wie ein Schuljunge, der bei irgendeinem Mist erwischt worden war.

»Nein, lass mal gut sein. Es ist ja nun nicht immer so, dass die Brücke gesperrt ist. Der Bürgermeister hat da wohl Alarm gemacht. Habe ich zumindest gelesen. Jetzt soll die Situation zeitweise entschärft werden. Geht ja auch nicht, dass ewig die Überfahrt blockiert ist.« Westermann griff nach seiner Aktenmappe und ging neben Hartwig den Flur entlang, während er weitersprach.

»Und wenn doch, dann können wir uns ja etwas in Burg kaufen. Du verdienst ja jetzt auch ein paar Euros mehr.« Er rieb Zeigefinger und Daumen und hielt sie Hartwig unter die Nase.

»Nimm die Finger weg, die stinken nach Tabak«, rief Thomas, schlug sie unsanft zur Seite. Dann sprang er die Stufen zum Ausgang hinunter.

Die beiden verließen das Polizeirevier und fuhren Richtung Fehmarn.

SPURENSUCHE

Dirk Westermann und Thomas Hartwig stapften über die Düne am Niobe Denkmal vorbei Richtung Wasser. »Was ist das denn für ein Mast?«, fragte Hartwig und sein Kollege zuckte mit den Schultern.

»Ich glaube, ein Denkmal. Hier ist, wenn ich mich nicht irre, ein Schiff untergegangen.« Westermann deutete auf ein Schild, das vor dem weißen Holzmast auf einer Tafel angebracht war und sie blieben für einen Moment stehen. »Niobe ist der Name eines Segelschulschiffes, das am 26. Juli 1932 bei einem Sturm hier unweit der Küste unterging«, las er laut vor.

»69 Tote hat es damals gegeben.« Hartwig sah Westermann erstaunt an, während der sein Handy zückte.

»Tja, is schon manchmal ganz schön grausam das Meer. Kann auch zum Mörder werden, wenn man nicht aufpasst«, sagte Westermann und zog den Kragen der Jacke zu, als wäre ihm auf einmal kalt. »Ich denke, dass die schon aufgepasst haben, aber falls die so ein Wetter hatten, wie wir im letzten Oktober, erinnerst du dich? Dieser Dauersturm, das war doch alles andere als nett. Außerdem …«, er zeigte auf das Display, »außerdem soll eine weiße Bö das Schiff zum Kentern gebracht haben und die hatten wohl aufgrund des schönen Wetters alle Luken auf.« Erstaunt sah ihn der Kollege an.

»Was ist das denn, eine weiße Bö?«, fragte Hartwig neugierig.

Westermann überlegte, nahm seine Pfeife aus dem Mund und antwortete: »Soweit ich mich erinnere, ist das eine Gewitterbö, die wie aus dem Nichts plötzlich auftaucht.«

»Aha«, war die Antwort von Hartwig.

»Das war in der Tat komplett anderes Wetter, als zurzeit«, sagte Westermann.

Als die Männer weiter am Strand entlanggingen, war es grau und ungemütlich. Zudem zogen schwere Wolken in Zeitlupe über das Meer, die dunstigen Nebel mit sich brachten. Wie ein Netz verteilte er sich über Sand und Wasser.

»Nun lass uns mal etwas zügiger weitergehen«, sagte Dirk Westermann. »Die warten schon auf uns.« Westermann stiefelte in Lederschuhen voraus durch den verkrauteten Sand und schob sich, als sie den Tatort erreichten, unter dem Absperrband hindurch. Mindestens sechs Leute der Spurensicherung tummelten sich in dem weiträumig abgegrenzten Bereich und nahmen in Schutzanzügen und mit Handschuhen bekleidet, die Spuren auf. Als auch Thomas Hartwig die Stelle passierte, sah er, wie einer der Gruppe gerade vorsichtig Algen vom angespülten Leichnam entfernte. Er versuchte sich zusammenzureißen, nicht gleich wieder die Fassung zu verlieren und sich auf keinen Fall etwas anmerken zu lassen. Nur zu gut erinnerte er sich an seinen ersten Fall. Die Leichen, die vergraben am Strand und auf dem Schiff der Wasserschutzpolizei lagen, und die ihn dazu brachten, sich mehr als einmal ausgiebig auszukotzen.

Kommissar Jasper Veit von der Burger Polizeistation kam ihnen mit ernster Miene entgegen. »Moin. Das sieht alles gar nicht so nett aus. Der Mann liegt wahrscheinlich bereits mehrere Tage im Wasser. Macht keinen besonders guten Eindruck mehr. Aber sehen Sie selbst.« Er winkte die Polizisten hinter sich her.

Eine derart zugerichtete Leiche hatte auch er noch nicht vorher gesichtet. Dass er sich in seiner Haut unwohl fühlte, sah man ihm an. »Ich hab die Personalien der Zeugen hier, wenn Sie mögen.« Er reichte Westermann ein Notizblatt. »Die Frau liegt mit einem Schock in der Inselklinik in Burg und ihr Mann wird dort ebenfalls psychologisch betreut. Die beiden waren vollkommen fertig. Urlauber, wenn Sie versteh'n.« Veit sah die Polizeibeamten beunruhigt an. »Wir glauben nicht, dass es sich hier um einen der vermissten Angler handelt, die im Oktober über Bord gingen. Da wäre sehr wahrscheinlich kaum noch etwas übrig.« Er räusperte sich verlegen. Bedächtig schob er die Uniformmütze aus der Stirn und zuckte mit den Schultern. »Nicht erschrecken. Der Tote hat weder Kopf noch Arme und Beine. Und wie ich die Spurensicherung verstanden habe, wird es schwierig, überhaupt brauchbare Spuren zu finden. Keinerlei Fingerabdrücke, weil ... Sie verstehen?« Er zeigte auf seine Hände. Westermann kratzte sich unter der Mütze, rückte die Pfeife in den anderen Mundwinkel und nickte. Hartwig versuchte, geschickt an der Leiche vorbeizusehen.

»Wirst nicht drum rum kommen, Jungchen«, raunte der Kommissar dem Kollegen ins Ohr. Er wusste, was auf sie zukam. In seiner bisherigen Laufbahn war ihm bisher nichts erspart geblieben. Von Erstochenen, Erschossenen, mit dem Hammer Erschlagene, selbst zersägten Personen, war alles dabei. »Irgendwann schaltet man die Emotionen aus, sonst geht man vor die Hunde«, flüsterte er. »Das wirst du auch noch lernen ... müssen.«

»Können Sie mal herkommen?«, rief einer der Beamten, die gerade mit zwei Mann vor dem Rest der Leiche knieten. »Ich glaube, ich hab hier was.« Mit schnellem Schritt gingen die Polizisten Richtung Leichnam, der ungefähr drei Meter von der Wasserkante entfernt lag. Der Kriminalbiologe zeichnete mit dem Zeigefinger an der Halskante entlang. »Hier sehen Sie mal am Hals.« Vorsichtig deutete er mit dem in Handschuhen steckenden Finger auf eine kleine Hautstelle, die am Ende der ausgefransten Kante kaum sichtbar zutage kam. »Ich kann das nicht sehr gut erkennen, aber das sieht fast aus wie eine Tätowierung. Eine Flosse oder Ähnliches. Genaueres kann ich Ihnen erst sagen, wenn er in der Gerichtsmedizin liegt.«

Veit nickte, Westermann fuhr sich grübelnd über den Dreitagebart und Hartwig sah, merkwürdig fahl im Gesicht, geflissentlich an ihnen vorbei aufs Wasser, als ginge ihn das alles nichts an.

»Wo kommt die Leiche her?«, fragte Westermann und deutete übers Meer. »Können Sie mir dazu wenigstens etwas sagen?«

Der Rechtsmediziner schüttelte den Kopf. »Wir müssen zuerst feststellen, von welcher Seite der Wind die letzten Tage kam und wie die Strömung verlief.« Er zeigte Richtung Küstensaum und wandte sich erneut seiner Arbeit zu.

»Mmh, das dauert also«, sinnierte der Kommissar. Hartwig hingegen starrte wie gebannt aufs Wasser, ohne nur einmal den zerschundenen Körper im Sand anzuschauen. »Und woran ist er, ich meine die Todesursache?«, fragte Dirk Westermann weiter und zog die Strickmütze wieder über die rot gefrorenen Ohren.

»Kann ich auch noch nicht genau sagen. Bis auf die abgetrennten Gliedmaße, die den Torso aussehen lassen, als hätte ein Messer oder eine Klinge sie sauber abgetrennt. Das sieht aus, als hätte sich jemand die Mühe gemacht und ihn zerstückelt. Das spräche auf jeden Fall für Mord. Merkwürdig nur der halbe Oberschenkel hier. Der ist abgerissen.« Der Ermittler machte eine kurze Pause. »Oder aber, er ist in eine Schiffsschraube geraten. Die Merkmale sind ähnlich. Vielleicht irgendwo über Bord gegangen oder freiwillig ins Wasser. Das könnte also auch Selbstmord beziehungsweise ein Unfall gewesen sein.« Er zuckte die Schultern. »Die rausgefressenen Teile hier am Bauch und Rücken«, er drehte die Leiche vorsichtig auf die Seite und berührte die Stellen, an denen Haut und Fleisch bis auf die Knochen abgeschabt waren, »Tierfraß, schätze ich. Nichts für schwache Nerven ... wenn Sie mich fragen. Die Krater entstanden sehr wahrscheinlich von Fischen und Krebsen.« Reste von Adern hingen wie lose Kabel aus den offenen Enden heraus. »Ich denke, drei, vier Tage liegt der Körper ungefähr im Wasser. Die Haut ist wachsig und die Totenstarre wieder vorbei. Bei Wasserleichen setzt die sowieso später ein. Aber genauer ergibt das auch erst die Obduktion.« Der Rechtsmediziner wandte sich dem Torso zu und sagte ohne aufzublicken: »Ohne Kopf und Gliedmaße brauche ich mehrere Untersuchungen ... Nichts Auffälliges bis hierhin. Außer ... dass er tot ist ...« Der Rechtsmediziner versuchte, das Grinsen in seinem Gesicht zu verbergen. Die Lage, hier am Strand vom Grünen Brink war viel zu ernst, um darüber makabre Witze zu reißen.

»Das soll wohl witzig sein?«, murrte Hartwig mit zusammengekniffenen Augen und drehte sich dem älteren Kollegen zu. »Soll ich nicht schon mal ins Krankenhaus fahren, um die Spaziergänger zu vernehmen?«

»Nein, lass mal. Das machen wir zusammen. Du musst dir das jetzt hier geben. Hilft alles nichts.« Dirk Westermann sah den blassen Kollegen von der Seite an. »Komm schon. Sei kein Feigling.« Er klopfte ihm wohlwollend auf die Schulter. »Ich weiß, dass du das kannst.«

Hartwig schluckte und wandte den Blick auf die freigelegte Leiche. »Der sieht aus, als wäre er zerstückelt worden, und hätte tagelang in der Wanne gelegen«, jaulte Hartwig. Dass es sich hier um einen Mann handelte, war unweigerlich zu erkennen. Thomas verzog das Gesicht und ihm stieg langsam die Magensäure nach oben. Er fing an zu würgen. Ein Gefühl, das er nur zu gut kannte.

»He, he, nun mal ganz ruhig.« Westermann legte seinem jungen Kollegen beruhigend die Hand auf die Schulter.

»Ich kann das nicht«, sagte er angewidert und ging ein paar Meter vom Fundort weg.

»Gibt es sonst noch etwas, was wir wissen müssen?«, fragte Westermann den Beamten der Spurensicherung und überließ den Mann neben sich einen Moment sich selbst.

»Ne, wir packen gleich zusammen. Der Leichenwagen ist schon auf dem Weg und ich melde mich, wenn ich in Lübeck bin.«

Westermann nickte, zerrte Hartwig hinter sich her und ging mit ihm im Schlepptau Richtung Parkplatz.

»Lass uns jetzt erst mal zur Klinik fahren und dann zurück nach Oldenburg. Ich denke, sobald wir mehr wissen, kommen wir wieder. Wir müssen herausfinden, welche Schiffe auf der Ostsee unterwegs waren. Welche Windrichtung wir in den letzten Tagen hatten«, sagte Dirk Westermann und sah Thomas Hartwig über das Autodach hinweg schmunzelnd an. »Geht's wieder?«

Hartwig nickte und war dankbar, ins Auto steigen zu können. Eine Stunde später hatten sie mit Ellen und Heinrich gesprochen. Die Unterhaltung brachte jedoch keine weiteren Informationen, außer der Personalien der beiden verstörten Urlauber.

ZUSAMMENPRALL

Kaja lernt Lena Hartmann kennen

Ein Hauch von Chlor und feuchtwarmer Luft des Schwimmbades umgab Lena wie einen Kokon und benebelten ihre Sinne, während sie den Eingangsbereich des »FehMare« am Burger Südstrand betrat.

Sie liebte den Geruch, diese wohlige Wärme im Meerwasserwellenbad. Er symbolisierte ihre Droge, erinnerte sie an die vielen 1.000 Stunden, die sie als Kind und Jugendliche im Schwimmbad verbracht hatte. Sie war seit jeher eine begeisterte Schwimmerin. Unzählige Pokale und Medaillen, die heute in einem Karton irgendwo auf dem Dachboden verstaut und sehr wahrscheinlich verstaubten, zeugten von ihrer aktiven Phase im Schwimmkader.

Lena ging mit leichten Schritten den hell gefliesten, leeren Gang zu den Umkleidekabinen und öffnete währenddessen den Reißverschluss ihrer dunklen Daunenjacke. Sie durfte keine Zeit verlieren. Kurz nach acht waren alle Bahnen im Schwimmbecken bereits belegt, und sie versuchte stets einige Minuten vor der eigentlichen Badezeit ins Wasser zu gleiten.

Heute hatte sie dank eines unwichtigen Telefonats wichtige Sekunden verloren, die sie jetzt aufholen musste, damit sie sich nicht hinten anstellen musste, um im tieferen Wasser ihre Bahnen schwimmen zu können.

Ohne darüber nachzudenken, entnahm sie ihrer Geldbörse ein paar Münzen, warf ihre Klamotten in ihre Sporttasche, und stopfte sie anschließend in einen leeren Spind direkt vor sich.

Lena war in ihrem schwarzen Sportbadeanzug eine äußerst attraktive Erscheinung, die trotz ihrer 49 Jahre Männerherzen heftig zum Klopfen bringen konnte. Besonders die, die eigentlich wegen altersbedingter Rückenschmerzen und Gelenkproblemen, präventiv im warmen Wasser ihre Runden drehten und die 70 zum Teil locker überschritten hatten.

Nachdem sie den Spind mit einer Euromünze gefüttert und verschlossen hatte, schlüpfte sie in ihre Adidas Badelatschen und versuchte, das gelb geflochtene Nylonarmband mit dem Schrankschlüssel am Handgelenk zu befestigen. Sie benötigte mehrere Versuche, bis der Nippel endlich durch die Lasche ging. Dann verließ sie eilig die Umkleidekabine. Es war niemand außer ihr im Umkleidebereich. Fast wirkte das Bad verlassen und dennoch wusste Lena, dass das Becken bereits voll sein würde.

Mit Handtuch, Portemonnaie und Shampoo bewaffnet betrat sie den feuchtwarmen Duschraum. Auch hier gähnende Leere. Sie spürte Ärger aufkeimen und drückte energisch den Knopf, der die Dusche in Gang setzte. *Ich werde mit Sicherheit in den Nichtschwimmerbereich müssen, um überhaupt ein paar Bahnen schwimmen zu können,* dachte sie und raunzte: »Verdammt. Warum muss ich blöde Kuh auch noch ans Telefon gehen.« Warmes Wasser lief über ihre blonden, zu einem modernen Bob geschnittenen Haare, und floss dann auf ihre zart gebräunte Haut, bevor es sich im gurgelnden Abfluss direkt zwischen ihren Füßen verlor.

Normalerweise genoss sie es, alleine nackt im Duschraum zu stehen, sich langsam einzuseifen. Ihre Hände über die feuchte, dampfende Haut gleiten zu lassen, bis sie sich, erregt vom prickelnden Wasser, dem Duschgeruch und ihren Empfindungen hingab. Sie liebte das aufregende Gefühl, entdeckt zu werden, wenn sie ihren Körper selbst streichelte … Aber heute?

Lena verließ missmutig die Kabine und stand eine Minute später vor dem gut aussehenden, braungebrannten Bademeister, der in seinem kleinen Büro am Schreibtisch saß und die Badegäste beobachtete. Sie übergab ihm abgezähltes Geld, was beim Frühschwimmen so üblich war, da der Haupteingang mit Kassenbereich um diese Zeit noch geschlossen war. Das Bad wurde durch den Seiteneingang betreten. Sie ging auf die Badeleiter zu.

Bei einem Meter fünfundsiebzig war die sportliche Frau mit den wasserblauen Augen, die jetzt am Beckenrand nach einer freien Bahn Ausschau hielt, nicht zu übersehen. Und sie konnte kaum glauben, dass die direkt vor ihr lag. Die Plätze im tiefen Bereich des Beckens waren normalerweise heiß begehrt.

Lena erinnerte sich an ihre erste Badestunde in diesem Hallenbad. Sie war auf die Insel gezogen, um als Sportlehrerin in einem Fitnessstudio zu arbeiten. Dass es hier ein Schwimmbad gab, begeisterte sie. Und als Ausgleich zu ihrem Job fuhr sie zweimal in der Woche mit dem Rad an den Südstrand, um eine knappe halbe Stunde ihre Bahnen zu schwimmen.

Als sie das erste Mal ebenso ahnungslos wie selbstverständlich ins Becken stieg, wurde sie von einer älteren Dame mit Blumen umrankter rosa Badekappe schnippisch darauf hingewiesen, dass sie sich gefälligst hinten anzustellen hätte. Ihr blieb im wahrsten Sinne die Spucke weg. Sie fand keine Worte, die sie entgegenzusetzen hatte und ihre Kehle war augenblicklich wie zugeschnürt. »Die Bahnen sind schließlich für die reserviert, die schon *jahrelang* hier schwimmen.« Das hatte gesessen. Lena schaute die Badenixe einen Moment verdutzt an, schüttelte den Kopf, und suchte schwimmend das Weite. *Du kannst mich mal*, dachte sie und tauchte unter.

Das Wellenbad bot ein paar Mal in der Woche Frühschwimmen ohne Wellengetöse an, was normalerweise den Spaß an diesem Hallenbad ausmachte. Die, meist älteren, Badegäste, die keine Brandung mochten, nutzten die frühe Zeit und die tiefe Badezone, um im ruhigen Wasser quer von einer Seite zur anderen ihre Strecke zurückzulegen. Die verkürzten Bahnen waren dadurch auf ein Minimum begrenzt und jeder sah zu, dass er der Erste war.

Mit ungläubigem Blick zum Schwimmmeister hatte sie damals ihren Unmut bekundet. Der von dem Mann in weißen Shorts allerdings mit einem Augenzwinkern und einer belanglosen Handbewegung außer Kraft gesetzt wurde.

Merkwürdig fand sie die Situation schon, auf jeden Fall hatte sie sich im Laufe der folgenden Wochen und Monate daran gewöhnt und stellte sich mittlerweile genauso in die Reihe, wie die anderen.

Lena stieg die Leiter hinab, schwenkte die Schwimmbrille kurz durch das Meerwasser und zog sie anschließend über den Kopf, bis sie richtig vor den Augen saß. Ihr war wichtig, dass kein Chlor ihre Bindehaut reizte und sie unter der Wasseroberfläche einen klaren Blick behielt. Dann stemmte sie ihre Füße vom Beckenrand ab und kraulte im immer gleich währenden Rhythmus ihre Bahnen.

Einige Minuten bewegte sie sich im rhythmischen Takt, glitt schnell und präzise durchs warme Wasser.

Als sie in der Mitte des Beckens angekommen war, stieß sie ungebremst mit dem Kopf gegen einen harten Gegenstand. Sie hatte das Gefühl, dass die Schädeldecke explodierte. Ihr wurde schwindelig und sie drohte unterzugehen. Tränen brannten in ihren Augen und sie sah wie durch einen Schleier auf die seichten Wellenbewegungen. Lena tauchte für einen Moment unter, um wieder einen klaren Gedanken zu fassen. Dann kam sie langsam zurück an die Oberfläche.

»Können Sie nicht aufpassen, blöde Kuh?«, schrie jemand wie von Sinnen hinter ihr. Lena versuchte, paddelnd wie ein Hund, ihren Körper aufrecht zu halten. Sie schwang wie eine Boje in der Fahrrinne hin und her. Gequält drehte sie den Kopf in die Richtung, aus der das Geschrei kam.

In ihrem Schädel hämmerte es ununterbrochen und sie konnte die Tränen, die ihre Wangen herunter liefen, nicht mehr zurückhalten.

Da sah sie verschwommen die junge Frau, die leichenblass aussah und wie ein Gummiball auf und ab tänzelte. Die unaufhaltsam versuchte, sich einigermaßen über Wasser zu halten.

Sie sah das Blut, das aus einer Platzwunde von ihrer Stirn auf die Nase tropfte, um schließlich als feines Rinnsal im Wasser eine pinkfarbene Nuance anzunehmen.

»Oh Gott! Das tut mir leid!«, rief Lena erschreckt, schluckte ihren eigenen Schmerz hinunter, griff nach dem Arm der Verletzten und zog sie mit dem Arm rudernd bis an den Beckenrand.

Die anderen Badegäste hüpften allesamt wie Pingpongbälle um sie herum und hatten anscheinend vergessen, warum sie eigentlich da waren. Es sah aus, als übten sie gerade die Choreographie eines Wasserballetts.

»Das ist ja wilder, als auf der Autobahn, da muss man ja bannig aufpassen, dass man nicht abgedrängt wird. Lass uns bloß rausgeh'n«, rief eine Frau mit bunter Badekappe und ebenso farbig bedrucktem Badekleid ihrer Schwimmbegleitung zu, um im Anschluss stapfend das Becken zu verlassen.

»Es tut mir so leid. Ich hab Sie wirklich nicht gesehen«, sagte Lena und sah der hübschen jungen Frau, der jetzt ebenfalls Tränen über die Wangen liefen, in die katzengrünen Augen.

»Mir ist schlecht«, antwortete die Jüngere der beiden.

»Kommen Sie, ich bring Sie zum Bademeister, das muss verarztet werden.« An der Stelle, aus der das Blut immer noch tropfte, hatte sich eine Beule gebildet, die zunehmend anschwoll. Vorsichtig schob sie die Verletzte zur Badeleiter und half ihr über die Stufen nach oben. Der Schwimmmeister hatte die Situation bereits erfasst und half der brünetten, schlanken Frau aus dem Schwimmbecken. Lena folgte ihr und setzte sich unmittelbar neben sie auf die angewärmte Steinbank, die sich über die gesamte Länge des Beckens erstreckte. Sie griff nach ihrem Badehandtuch und reichte es der Unbekannten, die es weinend gegen die Stirn presste.

»Mann, das tut mir echt leid!«, rief Lena. »Ich hätte mich auch besser vorsehen können.«

Die Verletzte schüttelte vorsichtig den Kopf. »Nein, Sie können ja nichts dafür. Ich hätte besser aufpassen müssen.« Ihre Stimme zitterte und ihre Schultern zuckten, weil sie herzzerreißend weinte. Ein paar Minuten später beruhigte sie sich und die Tränen versiegten. »Ich habe nicht gesehen, dass Sie quer geschwommen sind.«

Lena sah sie ungläubig an. »Die schwimmen hier um diese Uhrzeit alle quer. Das ist hier so üblich«, belehrte sie die junge Frau. Lena Hartmann konnte es nicht glauben. Anscheinend hatte die Mittdreißigerin nicht bemerkt, dass die Bahnen zu dieser Zeit entgegengesetzt verliefen, wie allgemein üblich.

»Schwamm drüber«, sagte Lena und strich der Verletzten mit der Hand über den Arm.

»Geht's wieder?«, fragte sie und sah die zitternde Frau mitleidig an. »Das ist mir noch nie passiert, tut mir leid!«, wiederholte Lena noch einmal.

»Geht schon. Das ist mir allerdings auch noch nie passiert«, schniefte diese und wischte sich mit der Ecke des Handtuches über die verweinten Augen.

Während die beiden sich ansahen, kam der Bademeister mit einem weißen Koffer angelaufen, öffnete ihn und entnahm ihm ein weißes Mulltuch und ein größeres Pflaster. »Sie sollten zum Arzt fahren. Vielleicht haben Sie eine Gehirnerschütterung. Oder soll ich einen Arzt rufen?«

Die Frau schüttelte vorsichtig den Kopf. »Nein, das ist nicht nötig. Wenn es nicht besser wird, dann gehe ich zu meinem Hausarzt«, log sie.

»Na gut, aber Sie müssen mir versprechen, wenn Ihnen übel wird oder Ähnliches, sofort!« Behutsam versorgte er die Wunde.

Lena legte ihr ein weiteres Handtuch über die Schulter, das eine ältere Dame ihr in die Hand gedrückt hatte. Jetzt fing auch Lenas Körper, trotz der Wärme im Schwimmbad, an zu zittern. »Ich glaube, wir duschen uns erstmal ab, dann sehen wir weiter.« Nickend erhob sich die Verletzte. Lena umfasste ihre schmale Taille und führte sie langsam hinunter in die Duschräume. »Ich heiße übrigens Lena, Lena Hartmann«, sagte sie und stellte die immer noch bibbernde Frau unter den warmen Duschstrahl, ohne den verbundenen Kopf mit Wasser in Berührung kommen zu lassen.

»Kaja Lennart.« Sie reichte Lena ihre schmale Hand und ließ den Strahl über ihren fröstelnden Körper laufen.

»Geht's? Oder wollen Sie nicht lieber doch zum Arzt? Ich fahre Sie. Vielleicht ist es besser, den Kopf untersuchen zu lassen«, sagte Lena und deutete auf die zugepflasterte Beule an Kajas Kopf.

»Ne, geht schon wieder. Mir brummt nur der Schädel. Wumm, das haut die stärkste Fregatte um«, lachte Kaja, das erste Mal seit dem Zusammenprall.

»Mir auch. Also ich meine, mein Schädel brummt auch. Fühlt sich an, als hätte ich zu viel Havanna getrunken.«

Jetzt musste Kaja trotz der Schmerzen, erneut lachen. »Na vielleicht holen wir das nach, dann wissen wir wenigstens, wofür *das hier* gut war«, sagte sie und deutete mit dem Finger auf ihren Kopf. »Aber Havanna?«, sagte Kaja. »Ne, ein anderes Mal. Aber einen Kaffee können wir trinken ... wollen Sie?«

Lena lächelte. »Das ist klasse. Oben ist eine Cafeteria. Was halten Sie davon?«

»Das ist eine tolle Idee«, antwortete Kaja. »Wenn wir schon zusammengerasselt sind, sollten wir nicht einfach so auseinanderlaufen.«

Lena nickte zustimmend. Der Duschraum hatte sich mittlerweile in eine Dampfsauna verwandelt und presste seine Feuchtigkeit in die Atemwege der Frauen. »Und lassen Sie uns hier mal lieber raus, sonst verdampfen wir obendrein noch.« Kaja verzog ihren Mund zu einem gequälten Lächeln und zog ihren dunkelblauen Sportbadeanzug aus, um ihn mit ihren Händen auszuwringen. Auf ihrer Haut lag ein feuchter Film, über den einige Wassertropfen perlten. Und sie war makellos. Kleine feste Brüste standen wie knackige Äpfel vom Körper ab und ein runder Po vollendete das Bild der schönen Frau. Lena nahm es wohlwollend wahr. *Kein Gramm Fett, keine Cellulite. Wie beneidenswert,* dachte sie und schaute ihren eigenen Körper an, den sie ebenfalls aus dem Badeanzug geschält hatte. Für ihr Alter sportlich schlank und wohlgeformt. Dennoch sah sie abends vor dem Spiegel, dass die

Spannkraft langsam nachließ. Die Zeit nagte einfach auch an ihr. Egal, wie viel Sport sie trieb, es geschah. Die Natur ließ sich nicht überlisten. Sie war eine attraktive Frau in den besten Jahren und doch … Die Jahre hatten bei Lena leise und kaum sichtbar erste feine Spuren hinterlassen. Sie seufzte.

Eine halbe Stunde später saßen die beiden an einem Tisch im Café oberhalb des Schwimmbades und blickten über die trübe Ostsee. Eine Kellnerin kam und nahm die Bestellung auf. »Woll'n wir zwei Geprellten nicht du sagen?«, fragte Lena kichernd.

»Find ich gut«, antwortete Kaja und streckte Lena die Hand entgegen.

»Was halten Sie, äh … was hältst du davon, wenn wir das nächste Mal zusammen schwimmen gehen? Nachmittags! Vielleicht ist es sicherer, sich nebeneinander zu bewegen«, sagte Lena. »Dann können wir gegenseitig auf uns aufpassen. Und hinterher lade ich dich auf den versprochenen Havanna bei mir zu Hause ein. Ist das eine gute Idee?«

Kaja zögerte und sagte: »Ich kann das nicht versprechen. Ich habe einen fünfjährigen Sohn und den möchte ich auf keinen Fall alleine lassen.« Sie überlegte. »Oder ich muss Frau Martin noch einmal … fragen. Aber die war heute schon so nett und hat auf den Kleinen aufgepasst, während ich mir hier den Schädel einschlage. Das will ich nicht überfordern. Eigentlich müsste ich mit ihm schwimmen gehen.« Man spürte, dass Kaja das schlechte Gewissen belastete.

»Du meinst Nele Martin, die Pensionswirtin vom Kajüthus?« Lena schaute ihr Gegenüber fragend an und winkte die Kellnerin an den Tisch.

»Mmh, wir sind bei ihr untergekommen. Ich bleib da eine Weile.« Sie stutzte. »Äh, wir machen Urlaub. Mutter, Kind, wenn du verstehst.« Damit brach sie das Thema ab und erhob sich.

»Ich kenne Nele gut. Die macht das bestimmt. Sonst rede ich mit ihr.« Sie zwinkerte Kaja aufmunternd zu, bezahlte und stand ebenfalls auf. »Nein, ich weiß nicht, ob das so gut ist. Wir müssen erst einmal ankommen. Lass uns die Handynummern austauschen. Ich melde mich bei dir, wenn wir uns etwas eingelebt haben, ja?« Kaja hielt sich bewusst zurück.

»Okay, dann rufe mich an, wenn dir danach ist.« Lena würde allerdings nicht lange warten, um sich mit Kaja in Verbindung zu setzen. Ihr lag auf einmal viel daran, die junge Mutter besser kennenzulernen.

»Und jetzt muss ich auch los, sonst nervt mein Mann wieder und fragt, wo ich so lange bleibe«, äffte sie. »Obwohl, wenn der in seinem Keller rumbasteln kann, ist es sowieso egal, ob ich da bin, oder nicht.« Lenas Augen bekamen einen abwesenden Blick und sie ging wortlos zur Tür.

»Wo hast du dein Auto stehen?«

»Ich bin mit der Bahn nach Burg gekommen und hierher zu Fuß. Ist ja nicht weit.«

Lena schüttelte den Kopf. »Kommt gar nicht in Frage. Ich nehm dich natürlich mit. Normalerweise fahre ich auch nur mit dem Rad. Aber bei dem Wetter!« Sie deutete mit dem Finger in den Himmel. »Ist richtiges Schietwedder im Moment. Nasskalt und ungemütlich. Und du mit deinem Kopf willst laufen. Kommt nicht in Frage. Soll ich dich nicht doch lieber zum Arzt fahren?«

Kaja verneinte und sagte: »Nein, ist nicht mehr so schlimm wie vorhin. Aber danke, dass du mich mitnimmst. Ich nehme zuhause noch 'ne Aspirin und dann geht das wieder.«

TODERNSTE GESPRÄCHE

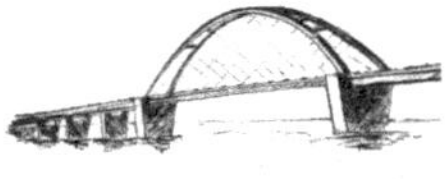

Zuhause bei Charlotte, gleicher Tag

Charlotte Hagedorn zerrte fahrig das Schlüsselbund aus der Jackentasche, suchte nach dem passenden Schlüssel und steckte ihn ins Türschloss. Aufgeregt zog sie kurz am Knauf und stieß gleichzeitig mit einem kräftigen Fußtritt die Haustür der alten, mittlerweile verwitterten, Holztür auf. Sie trat in den Flur, zog die Jacke von den Schultern. Keuchend warf sie das Kleidungsstück an einen der drei gusseisernen Haken der selbst gezimmerten Garderobe, während sie der Tür mit der Hacke einen erneuten Stoß verpasste. Mit einem nicht zu überhörenden Knall fiel diese ins Schloss. Sie schaute in die eckigen, auf das Türblatt geklebten Spiegelfliesen, und fuhr sich mit der Hand über das errötete Gesicht, als wolle sie eine Fliege verscheuchen.

Charlotte stolperte in ihren laut klappernden Holzpantinen, die sie zu jeder Jahreszeit trug, in die Küche, aus der ihr herrlicher Duft von frischgebackenem Apfelkuchen und Grünem Tee mit Vanillearoma entgegen strömte.

Ungelenk zupfte sie die bunte Häkelmütze vom Kopf, wuschelte die kurze Strubbelfrisur und ließ sich auf einen der alten cremefarbenen Stühle fallen. Er knarrte verdächtig, hielt der zappelnden Charlotte allerdings stand, wie viele Jahre zuvor.

Katrin drehte sich langsam um, leckte genüsslich ein paar Kuchenkrümel vom Finger, und schob ein abgeschnittenes Stück Kuchen mit einem Tortenheber vom Blech auf einen Kuchenteller.

»Schön, dass du da bist, war gar nicht zu überhören«, griente ihre Nichte amüsiert und pustete eine Haarsträhne aus ihrem Gesicht. Den Rest ihrer langen brünetten Haare hatte sie vorsorglich zu einem Knoten gedreht. Ein schwarzes Samtgummi hielt die Pracht zusammen, damit sie beim Kuchenbacken nicht nervte. »Wir können sofort Tee trinken.« Sie deutete nickend auf die Porzellankanne, die das gleiche Rosenmuster verzierte wie die Teller. Vorsichtig stellte sie die heiße Kanne auf den gedeckten Tisch. Auch den hatte Charlotte passend zu den Stühlen ebenfalls in einem Cremeton gestrichen.

Dass hier und da die Farbe abblätterte und das dunkle Holz durchschimmerte, störte sie keinesfalls.

»Shabby Chic« nannte sie ihre Werke, die nach genauer Betrachtung wirklich stellenweise ein wenig schäbig daherkamen.

»Is halt so an der Küste! Hier nagt die Zeit eben nicht nur an mir und den Deichen«, sagte die fast 70-Jährige jedes Mal lachend, um von den nicht immer besonders akkurat ausgeführten Arbeiten abzulenken.

»Außerdem bin ich richtig *in*, wenn du verstehst, was ich meine. Schlag die Zeitschriften auf, da findet man doch kaum etwas anderes mehr als ›Shabbylook‹.«

»Aber nu mal Butter bei die Fische. Hast du schon das Neueste gehört?«

Katrin schüttelte amüsiert den Kopf.

»Na, dann setz dich mal. Das muss ich dir unbedingt erzählen, da wirst du platt sein«, eröffnete Charlotte aufgeregt die Geschichte, deretwegen sie dermaßen aus der Puste, auf ihrem roten Fahrrad nach Hause geeilt war. Sie schnappte wie eine Forelle auf dem Trockenen nach Luft, während sie mit ihrer Mütze frischen Wind ins immer noch tomatenrote Gesicht wedelte. Gleichzeitig streifte sie die Holzpantinen ab, als behindere sie der Ballast beim Erzählen. Ihre nackten Füße kamen zum Vorschein.

Katrin sah sie entrüstet an. »Du sollst doch Socken anziehen!«, schimpfte ihre Nichte und wusste, dass alles Reden nichts nützte. Ihre Tante scherte sich keinen Cent darum, was andere laberten oder dachten.

»Meine Strümpfe sind allesamt im Wäschekorb«, log sie und runzelte die Stirn. »Aber nu hör mir endlich zu.« Sie streckte ihre unbekleideten Füße von sich und wackelte mit den großen, bunt lackierten Zehen, die ebenso farbenprächtig aussahen, wie eines ihrer Bilder. Dann holte sie noch einmal herzhaft Luft, als wolle sie der Ankündigung tiefere Bedeutung beimessen, und sagte plötzlich mit ernstem Tonfall und ausgesprochen langsam:

»Sie haben wieder eine Leiche am Strand gefunden. Diesmal oben im Grünen Brink.« Sie winkte bedeutungsvoll mit dem Arm Richtung Norden. Katrin fiel der Kuchenheber aus der Hand und landete klirrend auf dem Boden. Sie ließ sich auf den Stuhl fallen und starrte ihre Tante fassungslos an.

»Ohne Arme, ohne Beine, ohne Kopf, glaub ich. Na so ’n Torso halt. Hab ich gehört.« Sie schüttelte angewidert den Kopf, als wollte sie lästiges Ungeziefer verscheuchen.

»Wie? Ohne Arme, ohne Beine?«, fragte Katrin entsetzt.

»Na, ich war eben beim Schlachter im Lebensmittelmarkt, weißt schon, bei dem ich immer die leckere Schweinshaxe hole.« Sie rieb sich mit der Hand über den Bauch. »Da hab ich gehört, wie Frau Meier-Dinkelmann aus der Vogelsiedlung es dem Metzger erzählt hat. Das soll ja angeblich einer von den vermissten Anglern sein, die im Oktober verschwunden sind. Aber genau weiß ich das auch nicht. Noch nicht! Obwohl, das ist ja ein paar Monate her. Ob man da noch jemanden findet?« Charlotte fuhr grübelnd mit der linken Hand am Kinn entlang, während sie mit der rechten nach einem Stück saftigen Apfelkuchen griff. »Gibt's keine Sahne?«, fragte sie beiläufig und schob sich ein warmes Kuchenstück in den Mund.

»Ne, hab ich vergessen. Aber nun erzähl doch mal. Das mit dem Leichenfund ohne … na, du weißt schon, haben die sich das beim Schlachter auseinanderklabüstert? Wie makaber ist das denn?« Katrin schüttelte lachend den Kopf. »Das ist wohl nur bescheuert. So zwischen Fleisch und Aufschnitt. Da kann einem ja glatt der Appetit vergehen. Also, ich hätte absolut nichts mehr gekauft. Hast du hoffentlich auch nicht?«

Charlotte sah betroffen auf den Boden und tat so, als überhörte sie die letzten Worte. Sie stopfte eilig den Rest des Apfelkuchens in den Mund, um nicht antworten zu müssen. Katrin bückte sich, hob den Kuchenheber auf und setzte sich wieder. Dann schenkte sie Tee in die mit einem Anker bedruckten Becher, ließ braunen Kandis in ihre Tasse fallen und fing an, mit dem Teelöffel langsam das heiße Getränk umzurühren. Sie rührte so lange, bis in der Mitte ein Wirbel entstand und der Zuckerkristall leise zu klirren anfing.

»Ach, papperlapapp, reg dich ab. Was hat das denn mit der Haxe zu tun? Is ja nun mal so, dass die Leute sich so etwas beim Schlachter, oder Bäcker erzählen. Muss ja nicht immer der Friseur dafür herhalten? Sonst hätte ich dir jetzt kaum etwas Neues zu erzählen. Wer das wohl ist? Das werde ich rausfinden«, flüsterte sie. »Gleich morgen fahr ich nach Burg rein.«

»Das kriegst *du* sicherlich raus, wie ich dich kenne. Nicht wahr?« Katrin nickte. »Meine kleine Miss Marple. Und ich bin ja schließlich auch noch da. Zusammen werden wir den Fall schon lösen«, zwinkerte sie.

»Vielleicht kommt ja dein feiner Polizist aus Neustadt wieder auf die Insel?«, antwortete Charlotte und blinzelte ihr zu.

Eine leichte Röte überzog das Gesicht von Katrin und sie räusperte sich. Sie hatte ihrer Tante davon erzählt, dass sie sich seit dem Überfall im Oktober ein paar Mal mit Thomas Hartwig zum Essen getroffen hatte. Nichts Verfängliches, einfach nur so. Er war ihr sympathisch. »Ich sagte dir doch bereits, dass da nichts ist. Er ist nur nett.«

Das war allerdings auch ihrem Freund Sven nicht entgangen. *Sven.* Während Katrin nachdachte, schnaubte sie leise durch die Nase. Der war nach ihrem letzten Streit, in dem es natürlich um den Polizisten ging, mit Sack und Pack nach Fuerte abgehauen. »Ich muss hier raus. Ich fahr zum Wellenreiten, um den Kopf frei zu kriegen. Du hast ja deine Augen sowieso nicht mehr bei mir. Ich zähl gar nicht mehr in deinem Lebensplan.« Beleidigt hatte er geklungen, so dass er ihr schon wieder leidtat, aber auch sie dachte, dass es das Beste wäre, eine Pause einzulegen.

»Dann musst du gehen«, hatte sie gesagt und ihre Jacke genommen. Am nächsten Tag war er verschwunden. Katrin war es leid, sich rechtfertigen zu müssen, hatte sie doch geglaubt, alles würde werden, wie früher.

»He Süße, wo bist du bloß mit deinem Kopf. Nun lass uns erst einmal noch ein Stück Kuchen essen, dann sieht die Welt schon wieder ganz anders aus.«

Katrin blickte mit verklärtem Blick aus dem Küchenfenster und schaute auf den kleinen weißen Leuchtturm von Strukkamphuk. Bei dem Gedanken an einen weiteren Toten und der Geschichte hier am Sund drehte sich ihr plötzlich der

Magen um. Sie hatte das Gefühl, als säße sie in einer Achterbahn, die ihre Synapsen durcheinanderwirbelte.

»Am liebsten würde ich nie mehr etwas von Tod und Leichen hören. Ich hab noch immer die Nase voll davon«, sagte sie leise. Ihre braunen Augen füllten sich mit Tränen. Plötzlich war alles wieder so frisch, als wäre es gestern gewesen. Der geplatzte Autoreifen, der Überfall auf »Tantchen«. Ihre Kehle schnürte sich zu und die Finger verkrampften.

»Mensch Mädchen. Wenn ich gewusst hätte, wie dich das immer noch mitnimmt, hätte ich lieber meine Klappe gehalten. Sei nicht böse.« Erschreckt sprang Charlotte barfuß vom Stuhl und nahm ihre Nichte in den Arm. »Das wollte ich nicht. Komm, lass uns über was anderes reden«, beschwichtigte sie Katrin, nahm deren Hand und strich ihr zärtlich die Tränen fort, die lautlos ihre Wangen benetzten.

Draußen verdichtete sich der Himmel und eine dicke Nebelwand kroch wie ein unheimlicher Vorbote über den schwarzen Sund.

MITTWOCHABEND

Max telefoniert

Max kam ins Haus, schlüpfte aus dem Mantel, als das Telefon im Flur klingelte. »Hartmann.« Am anderen Ende der Leitung, Dr. Matthias Blender. »He Matthias, was gibt's noch so spät? Es ist gleich elf.« Max schaute müde auf seine Armbanduhr.

»Muss dich sprechen! Ist wichtig.« Der Doktor sprach wie ein Roboter.

»Eigentlich will ich gerade ins Bett. Lena schläft längst«, sagte er und ärgerte sich über die ebenso knappe Antwort. »Also los sprich, ich möchte pennen. Der Tag war echt lang,« warf er schläfrig hinterher.

»Ich muss aber dringend mit dir reden. Das geht nicht mal eben vorm Zubettgehen.« Im Haus war es totenstill.

»Was ist denn so wichtig, dass du es nicht auf morgen verschieben kannst?«

»Ich habe eine neue *Geschäftsidee*«, ließ er verlauten.

»Du hast was?«, rief Max aufgebracht. »Und *das* hat keine Zeit bis morgen. Du hast sie doch nicht mehr alle!« Max klemmte den Hörer zwischen Kopf und Schulter und ging in die Küche.

»Ich besprech das keinesfalls mit dir am Telefon, dann lass uns nur einen Termin machen, verstehst du. Kannst gleich ins Bettchen zu Mami.«

»Witzig. Aber was geht dich das an? Ich hab auch, ehrlich gesagt, keine Lust auf neue Geschäftsideen. Mir langt das allmählich.« Max wippte unruhig auf und ab.

»Ich glaube bestimmt, dass du Lust hast. Oder willst du lieber bei deinem Mäuschen liegen?« Max sah das abfällige Grinsen von Matthias förmlich vor Augen.

»Na gut, trinken wir morgen Abend bei Mirella in der Haifischbar ein Bierchen«, knurrte Max Hartmann genervt und öffnete nebenbei den Kühlschrank.

»Ja, das ist eine geniale Idee. Ich hätte eh mal wieder Bock auf … na du weißt schon.« Der Doktor lachte verächtlich in den Hörer.

»Du hast immer nur f… im Kopp. Mann, Mann. Na, dann bis morgen.«

»Danke gleichfalls. Na denn«, antwortete Matthias Blender.

Ohne noch ein weiteres Wort zu verlieren, legte Max auf. »Neue Geschäftsidee, der tickt doch nicht richtig«, murmelte er und sah in den Eisschrank. Er nahm einen Teller heraus, der mit mehreren Wurstsorten belegt war, und hielt schnüffelnd die Nase darüber. Gähnend fischte er zwei Scheiben Schwarzbrot aus dem Brotkasten, öffnete die Butterdose und beschmierte das Brot dick mit Butter. Dann packte er die Hälfte des Aufschnittes auf das Brot und ließ den Rest unbeachtet auf dem Küchentresen stehen. Müde griff er eine Flasche Bier und knipste das Licht aus. Anschließend trottete er aus der Küche und stellte sein Abendbrot auf den drei Meter langen, dunklen Eichentisch in der Essdiele, die das Zentrum des alten Hauses bildete. Max blickte durch die bodentiefen Fenster nach draußen. Es war stockdunkel.

Er hatte die Glasfenster über die gesamte Breite zum Garten einbauen lassen, so dass der Blick auf das parkähnliche Gelände und die mit Dielen ausgelegte Terrasse frei lag. Max war stolz wie ein König, als er den antiken mordsschweren Tisch und die mit Gobelin überzogenen Stühle vor Jahren in Frankreich fand. Sie kosteten ihn ein Vermögen, aber das spielte keine Rolle. Er wusste, sie würden dem Wohnbereich mit seinen hohen Räumen, besonders der gewaltigen Essdiele, eine herrschaftliche Ausstrahlung verleihen. Er verließ die Küche, setzte sich am Ende des Esstisches auf einen der Gobelinstühle. Zufrieden biss er in das Brot und schmatzte, was er gerne tat, wenn er allein war.

Zehn Minuten später schob er den Lehnstuhl zurück. Max Hartmann griff die Flasche, ging zwei Stufen zum Wohnzimmer hinunter und pflanzte sich in den alten Ohrensessel, der bereits dem Großvater gehörte und den er in Ehren hielt. Seine Frau Lena hätte das gute Stück längst entsorgt. Der Stoff sah schäbig aus, und eine Stahlfeder versuchte, durch den Gobelin hindurchzudrängen. Er gähnte abermals und schnappte nach der Fernbedienung, die vor ihm auf dem Glastisch lag. Im Ersten lief ein Kieler Tatort mit Axel Milberg, den er liebte, aber unabhängig davon schon kannte. Max zog ein Feuerzeug aus der Hosentasche und öffnete damit die Bierflasche. Durstig nahm er einen Schluck. »Aaah, das tut gut«, sagte er und spürte die wohlige Müdigkeit von seinem Körper Besitz ergreifen. Auf den Film konnte er sich nicht konzentrieren, weil ihm die Geschäftsidee des Arztes ständig durch den Schädel ging. *Was der wieder vorhat?*, dachte Max und versuchte, mit einer Handbewegung, die Gedanken aus dem Kopf zu wischen.

Blender und er kannten sich länger als sieben Jahre. Als Hausarzt und Freund der Familie verbrachte der Doktor viele Stunden mit ihm. Außerdem hatte er dem Mann eine Menge zu verdanken.

Die Verstorbenen, die bei ihm im Keller für ihren letzten Weg zurechtgemacht wurden, waren oftmals Skandinavier, die hier lebten und, sollte es einmal so weit sein, in ihrer Heimaterde bestattet werden wollten. Matthias warb nicht direkt mit dieser *besonderen* Art der Bestattung. Aber es hatte sich rasch herumgesprochen, dass er die Toten bei Bedarf wieder nach *Hause* brachte. Doktor Blender vergab die Überführungen ausschließlich Max Hartmann, mit dem er seit Jahren eine freundschaftliche Beziehung unterhielt. Es war ein lukrativer Deal. Die Überfahrten mit der Fähre spielten Max eine Menge mehr Geld zu, als heimische Beerdigungen vor Ort. Daran verdiente auch Blender.

Verwandte oder die Verschiedenen selbst, ließen es sich vor deren Tod ordentlich etwas kosten, in Heimaterde begraben zu werden. Das war nichts Ungewöhnliches, außer der Tatsache, dass auf der Insel anscheinend nur Max Überführungen nach Skandinavien tätigte. Es war legal und Max war erfreut über fast jeden Nordländer, der die letzte Reise zur Ruhestätte nach Hause antrat, so makaber es für seine Frau Lena klang. Ein bitterer Nachgeschmack blieb, aber es war nun einmal ein einträgliches Geschäft mit dem Tod.

Schließlich lebte auch sie gut davon. »Du mit deinem Fitnesskram. Die paar Kröten, die du verdienst, machen den Kohl nun wirklich nicht fett«, pflegte er ihre sportlichen Ambitionen als Leiterin einer Fitnessgruppe abzutun. Während er den Zeigefinger demonstrativ gegen die Stirn tippte und sie als *verrücktes Huhn* bezeichnete. Sie ärgerte sich zwar über sein arrogantes Verhalten, aber sie schwieg. *Vielleicht hat er ja Recht*, musste sie schweigend eingestehen.

Seitdem sie zusammenlebten, führte die gebürtige Holländerin ein sorgloses Leben im Luxus. Ein wunderschönes Haus, der Luxuswagen. Keine Geldsorgen. *Was will ich eigentlich?*, dachte sie.

Das war die eine Seite der Edelmedaille, auf der anderen allerdings lag ein großer dunkler Schatten. Im Inneren spürte sie immer öfter eine grenzenlose Leere. Die Sehnsucht nach Zärtlichkeit, Wärme, guten Gesprächen und Sex.

All diese Attribute gab es in ihrer Ehe längst nicht mehr. Lena sah Max immer seltener, und wenn er da war, täuschte er Müdigkeit vor. Über fünf Jahre schliefen sie jetzt in getrennten Zimmern. Das Argument, Max' nachtraubende Arbeitszeiten störten ihren Schlaf, nahm er als logische Konsequenz hin. Und wahrscheinlich war er sogar froh darüber. So musste er nicht ständig erklären, warum er wieder einmal halbe Nächte im Keller verbrachte. Die Liebe zu ihm verlor sich im Laufe der Zeit und erkaltete. Sie hielt sich an den unausgesprochenen Pakt, dass jeder seiner Wege ging und den anderen nicht einengte. Aber sie litt dennoch unter der Kälte, die in dieses Haus eingezogen war.

Max hingegen dachte oft an die Anfangsphase ihrer Liebesbeziehung. Während der Heiko Witt Sportgala, die einmal jährlich die besten Sportler der Insel kürte, sah er sie zum ersten Mal. Als sie nach der Veranstaltung mit zwei weiteren Frauen am Sekttresen stand, nahm er den Mut zusammen und lud die Damen zu einem Glas Sekt ein. Lena van de Berg strahlte ihn aus ihren blauen Augen an und es schien, als leuchteten die vielen Sommersprossen auf ihrer Nase um die Wette. Es war sofort um ihn geschehen. Es dauerte keinen Monat, dann wurden sie ein Paar und die damals junge

Holländerin zog aus ihrer kleinen Einzimmerwohnung in sein geräumiges Haus auf dem Land, das ihr wie ein Märchenschloss erschien.

Doch dieses Märchen hatte sich längst in Luft aufgelöst.

Max hatte sich von seiner Frau zurückgezogen, seit er sich mit Doktor Matthias Blender angefreundet hatte. Einem charmanten Hamburger Arzt, der sich auf Fehmarn, dank der Hilfe des Bestattungsunternehmers, in einer kleinen Landpraxis niederließ, die aus Altersgründen übergeben wurde.

Es dauerte nicht lange, und die beiden Männer fuhren in darauffolgender Zeit von einem Ärztesymposium oder Bestatterkongress zum nächsten. Die Brücke nach Hamburg galt von dem Moment an als sprichwörtliche Brücke zur Freiheit. Dass dort natürlich nicht nur tagelang zugehört und Gelehrtes verinnerlicht wurde, darüber schwiegen sie sich aus. Der Mund wurde mit einem symbolischen Reißverschluss versiegelt, was die Freunde oft zum Lachen brachte.

Es gab vieles, was niemand auf der Insel wusste und wissen durfte. Das Nachtleben in der Großstadt hatte weitaus mehr zu bieten, als langweilige Seminare. Der Kiez und die Kneipen mit einer unüberschaubaren Präsentation wenig bekleideter, sich für ein paar Kröten freiwillig anbietender Weiber, lockten Männer von überall auf dem Globus auf die sündigste Meile der Welt. In die Grauzone der erotischen Fantasien, der Abnormitäten und Fetische. Und davon hatten beide mehr als genug. Warum sollten also *sie* das reichhaltige Angebot der schmuddeligen Amüsierviertel, Kellergewölbe und verrauchten Etablissements nicht nutzen. Teilweise ging dann jeder seiner eigenen Wege, bis sie sich zum Frühstück am nächsten Morgen wiedertrafen.

Max fixierte den riesigen Flachbildfernseher an der Wand gegenüber, als strahlte der die Geschichten heißer Treffen im Puff riesengroß und in Farbe aus, und musste lächeln, als er an die scharfen Stunden mit willigen Damen dachte. *Lena vermisst nichts. Die hat doch hier alles, was sie braucht.* Max spürte, wie die Hose anfing zu spannen, als er über das fantastischste Wochenende der vergangenen Jahre nachdachte.

Diese geile Nutte, sinnierte er, als er wie selbstverständlich die Jeans öffnete und sich befriedigte. *Dieser weiche, zierliche Körper.* Er dachte an eine *besondere* Nacht mit dem Doktor. Sie hatten eine der besten Frauen in einem Etablissement ausgesucht, die bereit war, all ihre Wünsche zu erfüllen. Sie gab sich beiden Männern bereitwillig hin, Max und Matthias nutzten die Gelegenheit. Es gab kaum Grenzen. Es war ein Spiel, das sie vorher überlegt und genauso in die Tat umsetzten. Max ging zuerst in das schwach beleuchtete rot eingerichtete Zimmer. Die *Süße* hatte nichts außer einem Tanga an und verwöhnte Max zuerst, indem sie ihn streichelte und sich auf ihn setzte, kurz bevor er zum Höhepunkt kam. Er bat sie, ihr die Augen verbinden zu dürfen, um den Reiz zu erhöhen. Bereitwillig ließ sie sich ein schwarzes Tuch vor die Augen binden und die Hände ans Bett fesseln. Sie vertraute Max, der nicht das erste Mal ihre *Dienste* in Anspruch nahm. Er kam quasi als Stammfreier. Der Freund, auf den sie von Max vorbereitet war, und der dazu kommen wollte, wenn sie blind und gefesselt auf der mit roter Seide überzogenen Matratze lag, den kannte sie nicht. Aber alles schien in Ordnung zu sein. Ihr Zuhälter hatte ein Gespür für die Männer, die Mädchen im *Massageinstitut* buchten und saß im Foyer, wo niemand an ihm vorbei konnte. Der Bestattungsunternehmer ließ den Film im Kopf weiterlaufen.

Er nahm die junge Prostituierte und drang in sie ein, bis er nach kürzester Zeit seinen Höhepunkt bekam und von ihr herunterstieg. Danach zog er sich, angetrunken, einen Slip über und lotste den Freund ins Appartement. Noch einmal fuhr Max der Gespielin mit dem Finger über den Körper, bis sie aufreizend stöhnte. Währenddessen entkleidete sich Matthias Blender und begann sein eigenes Spiel mit ihr. Es war ein schmerzhaftes Spiel, das einen anderen Verlauf nahm, als Max es für möglich gehalten hätte. Denn kurz bevor der Doktor sein *besonderes* Spiel begann, schlief Max seelenruhig und betrunken auf einer Couch im Zimmer ein.

Er erinnerte sich nur noch an ihr Stöhnen und die schwarze Binde. Alles andere war aus seinem Gedächtnis verschwunden.

Max tauchte aus den erotischen Fantasien auf, als er einen Orgasmus bekam, und sank entspannt und zufrieden in den Sessel zurück. Eine knappe halbe Stunde später machte er den Fernseher aus, erhob sich gähnend aus dem alten Ohrensessel und zog den Reißverschluss der Jeans zu. *Es wird Zeit, schlafen zu gehen,* dachte er und grinste. Er schlurfte in die Küche, griff nach einem Stück Kleenex, säuberte die Hand und warf es anschließend in den Mülleimer. Dann löschte er das Licht und ging nach oben.

Für einen Moment lauschte er, ob sich im Zimmer am anderen Ende des Flurs noch etwas rührte. Aber es war ruhig. Kein Lichtschein fiel in den Gang. *Lena schläft.*

Befriedigt schlich er in sein Schlafzimmer und schloss die Tür. *War die Alte geil …*

Lena schlief nicht. Sie lag nebenan unter der Seidenbettwäsche und grübelte hellwach, wie es weitergehen sollte. Sie wollte keinen Tag länger neben ihrem Mann herleben. Wenn sich nicht bald etwas änderte, würde sie fortgehen. Sie war traurig und leer und wollte sich nicht den Rest ihres Lebens damit abfinden, was aus ihrer mehr als 20-jährigen Ehe geworden war.

Noch war ihr Körper attraktiv, noch konnte sie ganz von vorne anfangen. Aber so … »Ich werde ihn verlassen«, flüsterte sie und rollte sich die halbe Nacht unruhig auf ihrem Seidenlaken hin und her, bis sie gegen Morgen erschöpft einschlief.

BEGEGNUNGEN

Lena und Kaja standen kurz nach 16 Uhr unschlüssig vor der Eingangstür des Wellenbades »FehMare« am Burger Südstrand. Beide in dunkelblaue dicke Daunenwinterjacken und gleichfarbige gestrickte Mützen eingemummelt, die sie weit über die Ohren gezogen hatten.

»Mann ist das kalt«, rief Kaja. Ihre Haare waren feucht und lugten unter der Strickmütze heraus.

»Kaffee?«, fragte Lena.

»Du weißt aber schon …«

»Psst«, hauchte die Ehefrau des Bestattungsunternehmers und hielt den Zeigefinger auf die Lippen. »Oh, du frierst ja richtig. Schieb erstmal deine Haarpracht unter die Mütze. Die hättest du föhnen müssen.« Freundschaftlich, als würden sie sich weitaus länger als zwei Tage kennen, ging sie auf die zierliche Brünette zu und stopfte die überschulterlange Mähne unter die Strickmütze. Sie nahm Kaja in den Arm und rieb anschließend ihre Hände über ihren Rücken.

»Mmh, das tut gut«, schnurrte sie und schmiegte sich an

Lena. Die beiden Frauen ergaben ein einträchtiges Bild. In ihren klassisch dunkelblauen Jacken und Mützen.

Das hatte etwas von maritimem Lifestyle, wie die Leute auf der Insel ihn gerne pflegten. Nicht, dass es keine bunte Kleidung gab, aber maritim war nun mal das Blau des Meeres. Man brauchte sich nur die vielen Segeljachten im Hafen von Burgtiefe beziehungsweise Burgstaaken anzusehen. Glänzende Jachten mit tiefblauem Anstrich, veredelt mit Messingklampen, zeugten von der Elite der Ostsee. Auch wenn die Schiffe etwas weniger gediegen ausfielen als beispielsweise auf Mallorca oder den Kanaren, so brachten sie doch für die Urlaubsgäste eine willkommene Abwechslung.

Ein kleines bisschen schnupperte man im Hafen den Duft der großen weiten Welt. Viele der Gäste standen staunend auf den Holzstegen und schienen sich vorzustellen, selbst eines Tages ein wunderschönes Boot ihr Eigen nennen zu können. Wenn der Sechser im Lotto vielleicht irgendwann sie treffen würde oder der berühmte Onkel aus Amerika auftauchte. Träumen durfte man ja schließlich.

Und Träume starben bekanntlich nie …

Kaja hielt die eiskalten Hände vor den Mund und versuchte, ihnen Wärme einzuhauchen, während Lena ihren Duft aufsog. Der Atem stieg wie eine kleine weiße Dampfwolke nach oben. »Mann, ist das kalt. Im Schwimmbad war es wesentlich angenehmer als hier draußen.«

»Was stehen wir denn hier überhaupt noch rum? Lass uns bloß schnell zum Wagen, bevor wir uns hier den Tod holen«, sagte Lena lachend, hakte sich bei Kaja unter und gemeinsam rannten sie nebeneinander zum Parkplatz.

»Jetzt fängt es auch noch an zu pieseln, verdammt! Es passt zum grauen Himmel«, rief Kaja. Sie reckte ihre Nase nach oben und versuchte, einen Regentropfen mit der Zunge von der Oberlippe zu lecken.

»Schmeckt's?«, fragte Lena schmunzelnd. »Der Regen wurde heute Morgen im Wetterbericht angekündigt«. Lena drückte entschlossen auf den Wagenschlüssel, um die Türverriegelung zu entsichern.

»Dabei sah es heute Morgen gar nicht nach Regen aus«, sagte Kaja und schüttelte den Kopf.

Um kurz vor zwei hatte Lena Hartmann ihre neue Bekanntschaft trotz Widerspruches in ihrem anthrazitfarbenen Audi Cabriolet von der Pension zum Schwimmen abgeholt. Sie hatte mit Nele gesprochen, die sich nur zu gern bereit erklärte, sich um Tim zu kümmern.

»Hoffentlich stört es Frau Martin nicht, dass ich Tim bei ihr gelassen habe!« Kaja schaute Lena von der Seite an. Sie schien dennoch erleichtert zu sein, etwas anderes als das Gästezimmer zu sehen. »Okay, ich komme mit. Aber zuerst muss ich das mit Tim klären.« Der Fünfjährige war zwar keinesfalls erfreut, ließ sich allerdings auf den Handel mit einem riesengroßen Eisbecher am Abend ein. »Nur einmal, dann bleibst du bei mir, ja Mama?«

»Ja, mein Schatz, ganz bestimmt, versprochen.« Ihr Herz quoll über mit Liebe für den kleinen Mann und die Pensionswirtin war glücklich, Tim betüddeln zu können. Kaja drückte ihren Sohn und überhäufte ihn mit unzähligen Küssen, bevor sie sich von ihm verabschiedete.

»Die Zeit, als Neles Sohn noch zu Hause wohnte, ist lange her. Die ist froh, jemanden in ihrer Nähe zu wissen, dem sie neugierige Fragen beantworten kann«, lachte die Holländerin. »Außerdem will sie, soweit ich weiß, heute Kuchen backen. Da ist Tim sicherlich allzu gern bereit, ihr beim Ausschlecken der Töpfe behilflich zu sein.« Lena zwinkerte Kaja ermunternd zu. Sie betrachtete die junge Mutter, nahm ihre Hand und wischte mit den Fingern ein paar Wassertropfen von Kajas Nase. »Du kleine fürsorgliche Mami«, sagte sie leise.

Nachdem sie sich auf die grauen Ledersitze geschwungen hatten, startete Lena fröstelnd den Motor. »Dein Auto ist aber ordentlich. Blitzblank«, bemerkte Kaja beeindruckt.

»Ach, iwo. Das sieht nur so aus. Der Wagen geht einmal die Woche in die Waschanlage und die saugen ihn auch gleich aus. Fertig.« Sie zog lächelnd die Schultern hoch.

Kaja konnte kaum glauben, dass es Leute gab, die ihr Fahrzeug innen und außen dermaßen aufgeräumt hielten. Bei Lena gehörte es anscheinend dazu. Ihr eigener kleiner Wagen, der wohlbehütet in Hamburg auf einem Hinterhof stand, sah eher aus, als hätte eine Bombe eingeschlagen. Von Süßigkeiten, Papier über Zeitungen und leere Wasserflaschen fand man im Inneren des Autos alles, was man dort normalerweise nicht vermutete. Sie persönlich störte es nicht … vielleicht manchmal. Nur, wenn Tim sie wieder einmal oberschullehrerhaft wegen des Chaos im Wagen schimpfte, dann fing sie an, ein wenig Ordnung zu schaffen. Kaja schmunzelte.

»Nun lass uns mal schön Kaffee trinken, damit uns warm wird und dann klönen wir ein bisschen.« Sie schaute auf ihre teure Armbanduhr. »Du hast ja noch jede Menge Zeit, bis du zurück musst. Ich habe extra heute Morgen noch Kuchen im Klausdorfer Hof-Café gekauft. Die haben auch einen supertollen Hofladen.«

»Wo ist denn ein Hofladen auf Fehmarn?«, fragte Kaja unbeholfen.

»Och, davon gibt es ein paar, aber dieser gefällt mir persönlich am besten. Ich fahre da gern mal mit dir und Tim hin, wenn du möchtest. Da gibt's sogar einen Kleintierzoo und Ponys. Auf jeden Fall haben die richtig tollen Kuchen und geniales Schweinefleisch. Sagen dir Berkshire oder Angler-Sattelschweine etwas?« Lena blickte kurz zur Seite und sah, dass ihre Beifahrerin ungläubig den Kopf schüttelte.

»Ne, was soll mir das jetzt sagen?«

Lena lachte. »Hab ich auch vorher nicht gewusst. Aber ich habe mir ein Buch über die Insel gekauft. Das heißt glaube ich ›66 … nein … 88 Lieblingsplätze‹. Und da habe ich etwas darüber gelesen. Berkshire sind eine der ältesten Schweinerassen aus England und Angler-Sattelschweine eine alte deutsche Landrasse. Das Fleisch schmeckt, wenn man schon Schwein essen möchte, einfach nur göttlich. Sehr hochwertig.«

»Aha«, war die knappe Antwort. Sie fuhren durch Landkirchen. »Wow, was ist denn mit der Kirche los?«, fragte Kaja neugierig.

»Mit der Kirche nichts, aber die bekommt einen neuen Glockenturm. Der ist uralt, 16. Jahrhundert, glaube ich und musste dringend restauriert werden. Aber dank enormer Zuschüsse können die jetzt anfangen, den alten Turm zu restaurieren, wie du siehst.«

»Ja, sieht komisch aus, mit so viel Holz eingepackt. Aber na ja. Bin bloß erstaunt, was du alles so weißt.«

»Na, wenn man hier lebt, interessiert man sich doch für die Dinge, die hier passieren, oder?« Kaja nickte.

Mit schlechtem Gewissen dachte sie an Tim, den sie bei Nele zurückgelassen hatte. Nele Martin winkte ab, als sie fragte, wann sie zurück sein musste. »Lass mal Mädchen. Habt ihr man Spaß. Den Lütten hier«, dabei streichelte sie Tim über die dunklen lockigen Haare, »um den kümmere ich mich. Geht man los.« Sie deutete mit den Händen und wies sie an, endlich das Haus zu verlassen.

So kann ich mir wenigstens ein bisschen Zeit nehmen, um nachzudenken. Phil sucht mit Sicherheit nach mir, wenn ich nicht zurückkomme. Schließlich sind 135.000 Euro kein Pappenstiel. Und auf meine Arbeitskraft wird Phillip Jöns niemals verzichten. Und Andrey …? Ihre Gedanken wanderten von Tim zu Jöns und Andrey. Sie hatte ein flaues Gefühl in der Magengegend und verzog den Mund. *Ich bin sein bestes Kapital.* Kaja wusste, dass für sie und Tim das Leben auf dem Spiel stand. Sie musste in Ruhe überlegen, wie sie in der nächsten Zeit verfahren müsste, damit niemand merkte, dass sie sich versteckten. Es war sehr gefährlich aufzufliegen.

Deshalb hatte sie Nele Martin ausdrücklich gebeten, keinem Menschen zu erzählen, dass sie in der Pension waren. »Nur falls jemand nach uns fragt«, antwortete sie schnell. Knapp erklärte sie der Pensionswirtin, dass sie für ein paar Wochen mit ihrem Sohn auf der Insel bleiben wollte, um sich zu erholen. »Bittere Trennung. Sie verstehen? Eine Art Mutter-Kind-Kur sozusagen«, sagte sie zu der Betreiberin des Kajüthus, die nickte und nicht weiter nachhakte. Im Gegenteil. Sie freute sich über die unerwarteten Einnahmen zu dieser eher trostlosen Jahreszeit, zumindest was den Gästestrom anging. Verirrte sich im Februar mal jemand nach Fehmarn und suchte ein Zimmer, dann war das eher die Ausnahme als die Regel.

Dass auf die Pension in den folgenden Tagen allerdings reichlich Arbeit zukam, damit rechnete sie an diesem Morgen jedenfalls nicht.

Wenn sich Nele zuerst die Frage stellte, ob die junge Frau das geräumige Doppelzimmer bezahlen konnte, so wurde sie gleich am nächsten Tag eines Besseren belehrt. Kaja fragte nach dem Preis für die kommenden drei Wochen und zahlte den vollen Betrag im Voraus. »Brauchen Sie doch nicht. Das können wir später erledigen.«

»Nichts da, ich mach keine Schulden. Dann schlafen Sie beruhigt und ich, ehrlich gesagt, auch.« Die halbe Nacht überlegte Kaja, wo sie das restliche Geld deponieren sollte, ohne dass jemand es entdeckte. Schließlich waren sie ihr auf den

Fersen. *Und so viel Kohle …* Aber sie fand ein passendes Versteck auf dem Grundstück und fühlte sich gleich sehr viel wohler ohne den Ballast.

KAJA TRIFFT AUF MAX

Die beiden Frauen rollten mit Lenas Wagen in den kiesbedeckten Innenhof von Lenas Grundstück. »Wow, ihr wohnt schön«, stellte Kaja erstaunt, fast ein wenig ehrfürchtig fest. »Das sieht ja aus wie … wie ein englisches Landhaus. Ihr müsst aber Koh… äh Geld haben.« Wie ein Schulkind ließ sie mit offenem Mund und großen Augen ihren Blick über das großzügig angelegte Parkgelände wandern. Das prächtige Anwesen auf dem Land ruhte, eingerahmt von uralten Eichen und Linden, in sich selbst, und gab hinter dem Haus einen einmaligen Ausblick auf Wiesen und Felder frei. Und obwohl Tristesse durchgängige Tagesordnung war, machte das Grundstück einen geheimnisvollen, verträumten Eindruck auf die junge Frau.

»Na, ja, es gehört meinem Mann. Sein Elternhaus. Er hat es geerbt, als die Eltern starben. Aber das ist schon lange her.« Lena zog gleichgültig die Schultern hoch und winkte ab.

Wie gern würde ich all das hier tauschen gegen eine kleinere Wohnung und jemanden, der mich liebt.

Kaja sah, dass Lena abwesend über die Einfahrt auf das Haus schaute. »Ich wollte nicht neugierig rüberkommen. Tut mir leid, wenn es dir unangenehm ist.«

Die Mittvierzigerin hob winkend die Hand. »Ach, iwo. Alles gut.« Jetzt lachte sie ihr herzliches helles Lachen, das Kaja vom ersten Moment an so sympathisch war.

»Na, dann lass uns den Palast von innen bestaunen«, sagte Lena und stieg aus. Kaja folgte ihr und konnte sich gar nicht sattsehen an all dem Luxus, den dieses Anwesen umgab. »Denk dran«, flüsterte sie grienend: »Alles nur geliehen.«

Sie betraten den Flur, der eher einer großen Eingangshalle glich. Fast lautlos gingen sie in ihren Turnschuhen über den glänzenden Terrazzofußboden auf eine weiß gestrichene doppelte Flügeltür zu. Kaja bestaunte die filigranen, bleiverglasten, eingearbeiteten Fenster, die mit floralen Ornamenten versehen waren.

»Mein Gott, da hat man ja echt Angst, etwas kaputt zu machen.«

»Ach geh. Ist doch nur Tand. Kannste von mir aus alles haben«, lachte Lena. Im nächsten Moment zuckte sie zusammen.

»He, wo kommst du denn her?«

Lena ließ den Türgriff augenblicklich los und hoffte, dass er ihre Worte nicht gehört hatte. Sie machte auf dem Absatz kehrt. Kaja fuhr ebenfalls der Schreck in die Glieder. Wie eine Marionette drehte sie sich langsam um, ohne die Miene zu verziehen. Sie schluckte, spürte, wie ihr Hals plötzlich austrocknete und ihr Herz anfing, unkontrolliert zu rasen. Sie durfte sich nichts anmerken lassen. Leise atmete sie tief ein, presste die Lippen zusammen und sah den Mann, der sich direkt vor Lena aufgebaut hatte, von der Seite an. Sie wollte nichts anderes, als augenblicklich von hier verschwinden. Sie hatte auf keinen Fall damit gerechnet, diesen Kerl hier zu treffen. In Kajas Magen fing es an zu rumoren. Der Herzschlag dröhnte in ihrem Kopf wie eine Pauke und ihr wurde übel.

»Hallo«, antwortete Lena betont gleichgültig und ging langsam auf Max zu, der in Jeans, mit aufgekrempelten Hemdsärmeln vor ihr stand. »Wir kommen vom Schwimmen und wollen jetzt erst einmal eine Tasse heißen Kaffee trinken. Ist ziemlich kalt draußen.« Sie pustete sich theatralisch in die Hände. »Aber das wusstest du doch. Wieso bist du nicht im Keller?«

Kaja, die immer noch wie angewurzelt neben Lena stand, blickte zu Boden, in der Hoffnung, er erkannte sie nicht.

Max schüttelte wie auf Kommando den Kopf. »Nein, ich mach gerade Pause. Matthias ist vorbeigekommen.« Er nickte und deutete auf die Dielentür, die einen Spalt geöffnet war.

»Und wer ist die junge Dame?«, fragte er interessiert.

Kaja sah kurz auf. Sie konnte das gierige Flackern in seinen Augen nicht übersehen.

Sie kannte diesen Blick und auf einmal war wieder alles präsent.

Ein kalter Schauer lief ihr über den Rücken, als sie an die schreckliche Nacht dachte.

Die meisten Männer benutzten Frauen wie Kaja als Ware, ein Stück lebendiges, käufliches Fleisch, dem man ohne Skrupel zu Leibe rücken konnte. Und sie nahmen sich, was sie wollten. Oft mit Gewalt. Die Gesichtslosen, Angetrunkenen, abartig Veranlagten, die zu Hause den Mund nicht aufbekamen oder ihren perversen Neigungen alleine im stillen Kämmerlein nachgingen.

Diese Typen, die Nacht für Nacht die Bordelle heimsuchten, lebten Sehnsüchte und Aggressionen an ihr aus, demütigten sie, so lange, bis sie sich wie eine leblose Puppe hingab. Alles gefühllos über ihren Körper ergehen ließ. Schmerzen spürte sie keine mehr. Nur Ekel.

»Vielleicht ist es doch gut, wenn ich jetzt losgehe«, sagte

Kaja leise. »Mir ist auch gar nicht gut. Wir können ja ein anderes Mal Kaffee trinken.«

Lena sah Kaja verdutzt an. »Na, was ist denn los? Ich dachte …«

Max unterbrach sie. »Kannst du mir helfen. Ich komme mit der verdammten Buchführung nicht nach. Da liegen Berge von Papier und ich weiß kaum noch, wo mir der Kopf steht. Die nächste Beerdigung liegt an, und du hast nichts Besseres zu tun, als schwimmen zu gehen. Hoffentlich finden wir bald eine neue Bürokraft.«

Lena antwortete schnippisch: »Wenn's denn unbedingt sein muss. Du weißt doch, dass ich davon keine Ahnung habe!« Sie rollte verächtlich mit den Augen. Immer wieder musste sie sich mit der übelsten aller Arbeiten beschäftigen. Mit der Geschäftsbuchhaltung ihres Mannes. Dabei genügte es ihr schon, ihren eigenen Papierkram am Laufen zu halten. Aber dann noch den der Toten. Matthias blickte kurz in den Flur, sah die Frau in der Tür interessiert an und zog sich augenblicklich zurück. Für Kaja war es Zeit zu verschwinden. Sie wollte unter keinen Umständen in ein Gespräch mit dem Kerl eingebunden werden.

»Siehst du, es ist doch gut, wenn ich jetzt abhaue. Lass uns telefonieren, ja?« Lena nickte und brachte Kaja zur Tür. »Du brauchst mich nicht fahren. Ich möchte ein Stück laufen. Gib mir nur die Tasche aus dem Kofferraum, dann bin ich weg.«

»Aber weißt du, wie weit es ist?«, fragte Lena entsetzt.

»Egal.« Eilig verließ Kaja das Haus und war froh, die kalte klare Luft einatmen zu können. Langsam stieg wieder Farbe in ihr Gesicht und sie verabschiedete sich, ohne sich noch einmal nach Max umzublicken. »Sag niemandem, wo ich wohne, ja? Ich will einfach nur meine Ruhe. Es muss keiner wissen, wo ich bin. Versprich mir das. Auch deinem Mann nicht.«

Lena schüttelte den Kopf. »Aber warum?«

»Lass gut sein, bitte. Ich ruf dich an.«

Kaja wandte sich um und hastete über den knirschenden Kies, bis sie die Hauptstraße nach Landkirchen erreichte. Sie nahm ihr Handy aus der Jackentasche, googelte die Nummer des Taxiunternehmens und rief einen Wagen.

Das war knapp. Aber der hat mich nicht erkannt. Schwein gehabt, dachte sie und lief dem Taxi auf der Straße entgegen.

»Was war das denn für 'ne komische Tussi?«, fragte Max und fuhr mit der Handinnenfläche über den Mund. »Irgendwie kommt die mir bekannt vor. Ist die von der Insel?«

Lena hängte, während Max sprach, ihre Jacke in den weiß gestrichenen Dielenschrank und sagte knapp: »Ne, die macht Urlaub irgendwo im Westen.« Sie log ohne rot zu werden, und ging in die geräumige Küche, um sich einen Kaffee zu machen. *Was hat Kaja nur so verschreckt. Oder bilde ich mir das nur ein?* Sie schüttelte den Kopf und füllte die Kaffeemaschine mit Wasser. Dann schob sie einen Pad in die passende Öffnung und verschloss sie wieder. Mit einer Hand fuhr sie sich durch die halblangen Haare. *Trocken*, stellte sie fest. Ein paar Minuten später dampfte der Latte macchiato in einem weißen Keramikbecher. Sie stützte sich gedankenverloren mit den Ellbogen auf die Arbeitsplatte und sah aus dem Fenster über graue Felder, die in ein weiches Tal hinabfielen und einen ebenso schweren Himmel, der aufs Gemüt schlug. *Da kommt bestimmt noch Schnee*, grübelte sie und starrte auf die große, mintfarbene Bahnhofsuhr an der linken Wand. *Bald Abend. Solange kann der jetzt auch noch warten*, dachte sie und schlürfte den heißen Milchkaffee.

VERMUTUNGEN

»Jo, das ist wunderbar. Schicken Sie mir die Infos bitte nochmal per Mail. Danke!« Dirk Westermann legte den Hörer auf. Er ging auf den Flur und betrat das Büro, in dem auch Thomas Hartwig seinen Schreibtisch stehen hatte.

»Na, wie geht's? Ich hab ein paar Informationen über unseren *Fund* auf Fehmarn.« Er nahm das Papierblatt und überflog das Geschriebene. »Also die Medizintechniker haben herausgefunden, dass die Leiche eindeutig von einer Schiffsschraube erfasst wurde. Wir haben Glück gehabt, dass überhaupt noch so viel von ihr übrig geblieben ist. Meistens wird ein Körper, der in eine große Schraube gerät, quasi zerhäckselt.«

Thomas Hartwig wurde bei den Sätzen, die Westermann raushaute, nachdenklich. »Na, da haben wir ja richtig Glück gehabt«, antwortete er kurz.

»Und es muss ein großes Schiff gewesen sein, die Schnittflächen belegen das«, sagte Westermann. Thomas Hartwig schwang sich auf dem Stuhl vor. »Dann haben die diese Tätowierung analysiert.«

»Mmh, und?«

»Nun warte die Zeit ab, Jungchen.« Er schob sich die Lesebrille auf den Kopf.

»Es handelt sich sehr wahrscheinlich um einen roten Skorpion. Wir sollten uns jetzt darum kümmern, wo diese Tätowierung herkommt und wer sie gestochen hat. Geh mal an den Rechner und suche nach Informationen. Vielleicht findest du ja etwas. Ich hole uns einen Kaffee. Willst du auch?« Thomas Hartwig nickte, während er auf seinen Computer klickte, um die Wörter »Tätowierungen«, »Skorpion« und »rot« einzutippen. *Ist ein Segen, was man mit Google alles herausfinden kann,* dachte er und surfte durchs Netz.

»Und ihr?« Die Kollegen schüttelten die Köpfe. Westermann verließ lautlos das Büro, in dem zurzeit vier weitere Polizisten mit Bergen von Akten zum Fall beschäftigt waren. Kurz darauf kam er mit zwei Kaffeebechern zurück, von denen er einen auf dem Tisch von Thomas Hartwig abstellte. Der nahm ihn und verzog das Gesicht.

»Du weißt doch, dass ich keinen schwarzen Kaffee trinke!« Angewidert stellte er den Becher mit dem bitteren Gebräu zurück.

»Stell dich nicht so an, die hatten keine Milch mehr und Zucker habe ich dir hineingegeben.« Westermann grinste. »Na, hast du was gefunden?«

Thomas nickte. »Ja, hier. Komm mal rum.« Er deutete Westermann mit der Hand an, um den Schreibtisch herumzugehen. »Wie du wieder aussiehst!«, sagte Thomas und blickte auf seinen Kollegen. »Mensch, rasier dich bloß. Das geht ja gar nicht.«

»Da mach du dir keinen Kopf. Ich finde es, sagen wir mal, angepasst.«

Das ehemals glattrasierte Antlitz des Hauptkommissars, das bisher einzig ein gezwirbelter Oberlippenbart zierte, war einem melierten Dreitagebart gewichen, was ihm das Aussehen eines Kapitäns verlieh. »Vorher hast du mir eindeutig besser gefallen«, unkte Thomas Hartwig. »Was soll die Frauenwelt davon halten, wenn du plötzlich deinen Style derart änderst?« Er grinste, als Westermann ihn ernst ansah. »Schon gut, ich weiß ja, dass du auf das weibliche Geschlecht nicht sonderlich gut zu sprechen bist.«

»Woher willst du das denn wissen? Habe ich etwa ein Schild auf meiner Stirn kleben? Nun werde mal nicht frech, du … Jungspund.«

»Is ja gut. Nu komm her!«

Westermann fuhr sich mit der Hand durch den grauen Bartwuchs und überlegte, ob der junge Kommissar vielleicht doch Recht hatte. Seitdem seine Frau Marion ihn verlassen hatte, war er ein anderer. Sie hatte ihn mit dem besten Freund betrogen, der gleichzeitig Teamkollege war, während er selbst eine Fortbildung in Berlin besuchte. Aber darüber wollte er keinesfalls nachdenken, geschweige denn mit irgendjemandem reden. Mit niemandem und schon gar nicht mit Thomas Hartwig. Der Schmerz, den er damals verspürte, ging zu tief. Der Stachel vergiftete auch nach über vier Jahren das zerrissene Herz. Der erlittene Tiefschlag erstickte jede Möglichkeit einer neuen Beziehung im Keim.

»Hier schau.« Thomas drehte den Bildschirm so, dass Dirk etwas sehen konnte. Eine Kollegin, die unweit von ihnen am Fenster ihren Platz hatte, guckte die beiden Männer interessiert von der Seite an.

Sie schielte verschämt zu Hartwig, dessen Anwesenheit ein leises Klopfen in ihrem Herzen verursachte.

»Ich habe in der Leiste auf Bilder umgeschaltet und hier«, er tippte auf eines der Fotos, »das hier sieht doch aus wie der Skorpion am Hals von diesem Typen, oder?«

»Sag nicht Typ, das ist pietätlos.«

Thomas senkte den Kopf. »Ja, ist ja gut. Hast ja Recht.«

Westermann nahm die schwarz gerahmte Brille vom Haar und setzte sie auf die Nase. Er versuchte, auf dem kleinen Foto, das mittig auf dem Monitor verloren wirkte, etwas zu erkennen. »Kannst du das bitte vergrößern?«, fragte er und schaute den Kollegen über den Rand seiner Gläser an. Hartwig klickte auf das Bild, das jetzt zwar fast den gesamten Bildschirm einnahm, dafür allerdings außerordentlich pixelig aussah.

»Ich versuche es auf der Webseite. Dann wissen wir zumindest, wo es herkommt.« Auf dem Flachbildschirm erschien ein Tattoostudio in Hamburg. »Bingo! Ich rufe dort an, vielleicht haben wir Glück.« Thomas Hartwig tippte mit dem Zeigefinger auf die rot unterlegte Nummer, griff zum Telefon und wählte.

Dirk Westermann blieb mit verschränkten Armen in unmittelbarer Nähe stehen und versuchte dem Telefonat zu folgen. »Stell laut«, sagte er leise.

Ein paar Minuten später beendete der Kommissar in der Oldenburger Dienststelle das Gespräch und legte den Hörer mit einem Grinsen zurück auf die Station, die auf dem modernen Schreibtisch stand.

»Also, dieses Tattoo könnte wahrhaftig aus dem Studio sein. Der Typ heißt Traviér und der Laden ist auf dem Kiez. Ich fordere einen Ausschnitt vom Foto an, auf dem das Tattoo zu sehen ist und dann fahren wir morgen Früh als Erstes nach Hamburg.«

Westermann nickte zufrieden. Hartwig griff abermals zum Kaffeebecher und leerte ihn in einem Zug.

»Ekelhafte Brühe! Wer kocht hier bloß den Kaffee?« Die Kollegin um die 30, die dem Gespräch neugierig gefolgt war, senkte verschämt den Blick und sah angestrengt auf ihren Monitor. Sie hatte das Kaffeepulver in den Filter gegeben und die Maschine angestellt. Sie wusste partout nicht genau, wie viel Pulver man verwendete. Normalerweise trank sie kaum etwas anderes als Tee und wollte ihrem Lieblingskollegen nur eine Freude bereiten. Das war anscheinend komplett in die Hose gegangen, aber sie würde sich nicht outen. Nicht jetzt, vielleicht zu einem anderen Zeitpunkt.

Zehn Minuten später hielt Thomas den Ausdruck aus dem Faxgerät in der Hand.

»Was ist das für ein Scheiß, muss man denn alles selber machen?« Das Bild, auf dem er das Tattoo erwartete, zeigte den gesamten Rumpf, auf dem man vom roten Skorpion keine Details erkannte. Thomas Hartwig rannte wütend aus dem Büro.

Dirk Westermann sah ihm kopfschüttelnd nach. »Jungchen, Jungchen«.

KNEIPENGESPRÄCHE IN DER HAIFISCHBAR

»Du, ich muss noch weg«, rief Max, während er die Tür zum Wohnzimmer öffnete und auf seine Uhr sah. »Gleich halb acht. Ich fahr los. Weiß nicht, wann ich zurück bin. Treff mich mit Matthias.« Ohne eine Antwort abzuwarten, hatte er die Tür hinter sich bereits wieder geschlossen und verschwand, bevor sie überhaupt etwas entgegnen konnte.

»Hätte mich auch sehr gewundert, wenn du mal zu Hause bleiben würdest. Was ihr wohl zu besprechen habt«, schrie sie hinterher, wohl wissend, dass er es nicht mehr hörte. »Arschloch. Entweder du werkelst in deinem verdammten Leichenkeller rum oder ihr sauft und macht Weiber an.« Sie nahm einen Packen Papiere vom Schreibtisch und warf ihn Richtung Tür. »Ich sitze über der Scheißbuchführung und du hast nichts anderes im Schädel, als abzuhauen.« Sie kreischte, was ihrem immer noch vorhandenen, holländischen Akzent, eine niedliche Nuance verlieh, wenn nicht die ungehobelte deutsche Ausdrucksweise alles wieder zunichtegemacht hätte. »Die besten Jahre hab ich an dich verschenkt. Du Idiot! Da sind schon Spinnweben zwischen meinen Beinen. Du solltest lieber mal mit mir ein Bierchen zischen.« Sie ließ ihren ungezügelten Frust heraus. »Viel zu lange habe ich das mitgemacht. Du wirst mich bald kennenlernen. Ich hab die Schnauze voll.« Sie fing an zu weinen und sprang wütend vom Schreibtischstuhl auf. Hysterisch griff sie nach den zahllosen Kissen, die auf dem weißen Ledersofa drapiert lagen und warf sie in hohem Bogen durchs geräumige Zimmer. Dabei stieß sie eine hellgrüne Porzellanvase um, die mit lautem Knall in tausend kleine Splitter zersprang. Lena erschrak. »Mir doch egal«, schrie sie und starrte auf die zerbrochene Vase, aus der das Wasser auf den weichen cremefarbenen Teppich und einen Teil der Papiere lief. »Scheißegal.«

Wie oft sitze ich hier abends alleine in dem blöden Haus. Sämtliche Freundinnen beneiden mich … warum … wofür? Ein tolles Auto, eine goldene Kreditkarte und ein großer alter Kasten sind schließlich keine Garantie für eine perfekte Beziehung. Sie weinte herzzerreißend.

Der Preis schien eindeutig zu hoch, das spürte sie immer mehr. *Vielleicht hat er längst eine andere? Hätten wir wenigstens ein Kind gehabt …*, dachte sie und verließ schluchzend den Raum.

Während Lena lautstark ihre Wut herausschrie, zwängte Max sich in seinen 7er-BMW, startete, und fuhr mit durchdrehenden Rädern übers Kiesbett vom Grundstück. Die kleinen weißen Kieselsteine flogen durch die Luft und klirrten an die Küchenscheiben hinter ihm. »Die tickt doch nicht sauber«, knurrte er. »Mann, was ist mit der bloß los? Menopause oder was?« Schnaubend raste er die kurvige, ausreichend beleuchtete Straße entlang. Ein paar Minuten später sah er die umfangreiche Lichterdekoration des Restaurants Burgklause, die ihn daran erinnerte, dass er schon seit Ewigkeiten nicht mehr bei Familie Wolf lecker Essen gegangen war. Er schaute kurz zum Restaurant, dann setzte er seine Fahrt Richtung Hafen fort. Der Wagen rollte über das Kopfsteinpflaster. Auf dem Weg zum alten Fischereihafen in Burgstaaken … Dunkelheit. Die Bäume und der Schmutz des langen Winters hatten die Glasscheiben der wenigen leuchtenden Straßenlaternen verdreckt und spendeten nur einen Hauch diffuses Licht auf dem Fußweg. Max gab Gas und jagte mit Schmackes die hubbelige Straße entlang.

Kurz danach bog er rechts in die Hafenstraße ein und fuhr durch das maritime Gelände des Kommunalhafens. Er kurvte um das Hafenbecken und hielt seinen Wagen ein paar Meter vor Mirellas Haifischbar. Max stellte den Motor aus. *Warum dreht die bloß in letzter Zeit so durch, die hat alles, was sie will. Andere Weiber wären froh*, brütete er kopfschüttelnd und stieg aus. *Ich lass mir doch von der meine gute Laune nicht verderben.*«

Er holte Luft. Leise Gitarrenmusik drang durch die bodentiefen, mit Netzen verhängten Glasscheiben nach draußen. Der Bestatter blieb stehen, wendete der Fischerkneipe den Rücken zu und sah aufs glitzernde, vom Mond bestrahlte Wasser. *Endlich mal klarer Himmel*, dachte er.

Wie ein Bassin lag das Hafenbecken geschützt in einer Art Nische. Die Tür der Haifischbar öffnete sich und ein Schwall lauter Musik stieß zu ihm herüber. Mit ihr ein Besoffener, der torkelnd die Bar verließ. Max neigte seinen Kopf. Der angetrunkene Typ bewegte seinen wackeligen Körper schleppenden Schrittes und gefährlich nah am Kai auf die andere Seite des Hafenbeckens zu, in dem drei Fischkutter dümpelten. Max schaute ihm hinterher. Wie oft hatte er selbst schon Mirellas Kneipe auf diesem Weg verlassen und wusste oftmals nicht mehr, wie er den Weg nach Hause gefunden hatte. »He, Fiete. Pass man bloß auf, dass du mir nicht ins Becken fällst.« Der Fischer, der sich kaum noch auf den Beinen halten konnte, winkte ab und torkelte wortlos weiter.

Ansonsten war es ruhig im Kommunalhafen von Burgstaaken. Anders als im Sommer mit Fischern, Bootseignern und Touristen, seinem alle zwei Jahre wiederkehrenden Hafenfest mit Livemusik, Fressbuden und Partygetümmel, lag der Fischereihafen jetzt ziemlich trostlos da. Keine Menschenseele, außer ein paar Trinkwütiger, verirrte sich abends in diese Gegend. Max schaute auf die Getreidesilos und die Halle der Fischereigenossenschaft auf der gegenüberliegenden Seite des Beckens und sog gierig die kalte Luft ein. *Irgendwie hat man hier immer das Gefühl, dass die Zeit stehen geblieben ist*, überlegte er und gähnte.

Der nicht mehr standfeste Kneipengänger war verschwunden. *Kaum Wellengang draußen. Wenigstens hier ist es still*, dachte er, zog den Kragen seiner Jacke fester um den Hals und ging auf die Tür zu. Zigarettenqualm drängte ihm entgegen, als er die Tür öffnete und die urige Hafenpinte betrat.

Die rassige Mirella stand lachend hinter dem Schanktisch, der sich über die gesamte Wand erstreckte und schenkte einem Mann, der mit müden Augen zusammengesunken am Tresen saß, einen Kurzen ein. Der schob in Zeitlupentempo mit einer Hand seine dunkelblaue Strickmütze aus der Stirn, kratzte mit der anderen die Bierplauze, die unter einem Troyer wie eine Kugel daherkam. Er leerte mit einer ungelenken Bewegung das Glas. Dann deutete er mit dem Finger, was so viel bedeutete, wie … schenk noch mal nach. Mirella griff erneut zur Flasche und schüttete die klare Flüssigkeit in das kleine Trinkgefäß. Anschließend kritzelte sie ihre obligatorischen Striche auf den Bierdeckel. Sie schüttelte ihre überlangen blonden Naturlocken, die sich bei jedem ihrer wiegenden Schritte bewegten. Der Mann zog nervös den Reißverschluss seines Troyers herunter, als würde ihm just in diesem Moment die Hitze zu Kopf steigen. Max schaute suchend nach dem Doktor. Die Pinte war nicht so groß, dass man sich hier hätte verlaufen können. Dicke Rauchschwaden hüllten die Kneipe ein, die bis auf den letzten Platz gefüllt war. Max hatte komplett vergessen, dass hier heute Abend Charlottes Gitarrenabend stattfand.

Dr. Matthias Blender saß in einer dunklen Ecke am Tisch im Nebenraum und Mirella, die Max bereits entdeckt hatte – was bei seiner Größe keine Kunst war – deutete mit dem Kopf in das andere Zimmer. Max nickte zurück, und drängelte durch die Leute. Bevor er sich voranschob, drehte er sich noch einmal um und rief durch das laute Gemurmel: »Hallo, Schätzchen.«

»He, Süßer!«

Er sah der Gastwirtin mit den ausladenden Kurven in ihre blauen Augen und sein Hals trocknete augenblicklich aus. *Wie gern würde ich der mal.* Matthias Blender sah Max schon von Weitem und winkte ihm zu, indem er das Bierglas demonstrativ in die Höhe hielt. Max bahnte sich einen Weg durch die Leute, die überall herumstanden oder saßen, lautstark redeten und versuchten, der Frau mit der Gitarre zuzuhören, die auf einem Tresenhocker maritimes Liedgut zum Besten gab.

CHARLOTTES MARITIMER AUFTRITT

Sie liebte diese Abende in der Kneipe, an denen sie mit ihrer Gitarre auftrat und spielte. Ihr gefiel die einzigartige Atmosphäre des Hafens, der Fischer, die sie allesamt kannte. Die sich freuten, wenn zum Köm noch ein wenig Musik die Sehnsucht nach Freiheit und Meer vorantrieb. Sie hatte Spaß daran, in leuchtende Augen zu sehen und in den kleinen Pausen das eine oder andere Schwätzchen zu halten. So erfuhr sie immer das Neueste, was auf der Insel passierte.

Dass Charlotte Hagedorn zur Kneipenmusik kam, war eher Zufall. Sie kannte Mirella von einem gemeinsamen Friseurbesuch und traf sie dann später in Burg auf dem Wochenmarkt wieder. Vor Kerstins Schlachterei-Anhänger standen sie an, um ihre geliebte Erbsensuppe zu holen. Sie gerieten ins Ratschen und Mirella fragte Charlotte, ob sie nicht Lust hätte, bei ihr ab und zu ein kleines Konzert zu geben. Charlotte überlegte nur kurz und sagte spontan zu. Sie war schnell zu begeistern, ging es um Kunst. Und ob sie nun klassische Lieder oder ein paar Shantys spielte … wen interessierte das schon. Sie hatte ihre Fangemeinde um sich versammelt, und die Insulaner rauschten nur so heran, wenn sie wussten, dass ein maritimer Abend anstand. Charlotte war mittlerweile eine Art Institution in der Haifischbar.

Nach ihrem Überfall im Oktober letzten Jahres allerdings zog sie sich immer weiter zurück und wollte eigentlich keine öffentlichen Auftritte mehr. Aber dank Mirella, die mit kokettem Augenaufschlag bettelte, konnte sie nicht anders, als zuzusagen.

Heute geschah es das erste Mal seit Langem, dass sie wieder auf ihrem Tresenhocker saß und die Saiten zum Klingen brachte. »Country roads, take me home, to the place I belong, West Virginia …«, sang sie in ihrer ganz eigenen Interpretation, die, wenngleich auch etwas rustikaler, absolut melodisch klang. Sie betonte gern lautstark, schließlich keine *Whitney Houston* zu sein. Die Menge grölte trotzdem begeistert mit und einige fingen sogar an, im Takt der Musik mitzuschwingen. Selbst der Fischer Heiner Hansen, der mit gefühlten drei Promille am Schanktisch hockte, begann rhythmisch mit den Fingern auf den Tresen zu trommeln. Charlotte gluckste zufrieden.

Während sie spielte, beobachtete sie Max, der beim Eintreten kurz seinen Blick schweifen ließ, und dann zum hinteren Tisch in die Nische schlängelte, was bei der Statur nicht unbedingt filigran aussah. Der Doktor saß bereits seit mehr als einer halben Stunde auf dem Stuhl und faltete seelenruhig an einer Papierserviette herum, die als Unterlage die Tischplatte zierte. Charlotte wusste, dass beide seit Jahren eine dicke Freundschaft pflegten, und wunderte sich manchmal über das ungleiche Paar. Meistens, wenn sie hier aufspielte, saßen auch die Männer an *ihrem* festen Platz in der dunklen Ecke.

Mirella blickte auf, sah Max an und schob sich mit lasziven Hüftschwung und einem Tablett durch die Leute. Sie stellte Max ein Bier auf den Tisch, der nickte und streifte wie zufällig mit der Hand über den knackigen Hintern. Die Wirtin streckte sich, weil es ihr anscheinend Vergnügen bereitete, ihre pralle Oberweite zu betonen, die in einem tief ausgeschnittenen maritimen blau-weiß gestreiften T-Shirt steckte. Max brauchte nie ein Getränk zu bestellen. Mirella wusste, was er wollte und sobald er den Laden betrat, zapfte sie automatisch das erste Halbe. Charlotte bemerkte Max' ruhende Pranke auf Mirellas Po. In ihrem Kopf fing es an zu rumoren. Sie machte sich ihre Gedanken, wie sie es immer tat, wenn etwas anders lief, als es sollte. In ihrem Hirn arbeitete es eigentlich ständig. *Dass der verheiratet ist, scheint ihn nicht wirklich zu interessieren. Oder haben die zwei was miteinander?* Das Gehabe schien ein wenig zu vertraut. Sie analysierte die Blicke, die beide austauschten, genau. Aber im nächsten Moment wurde sie abgelenkt und speicherte ihre Gedanken im Hinterstübchen. Ihre ausgetrocknete Kehle schrie nach Flüssigkeit und sie versuchte, ihren Rachen mit Spucke zu befeuchten.

Charlotte Hagedorn hatte tierischen Durst. Die vom Rauchen verqualmte, stickige Luft und das zusätzliche Singen kratzten in ihrem Hals und an ihren Stimmbändern. Es wurde Zeit, eine Pause einzulegen. Langsam rutschte sie vom Hocker, drängte durch die Herumstehenden, um sich letztendlich am Tresen bei Jana ein Alsterwasser zu bestellen. Sie mochte den Geschmack des herb-süßen Getränkes und ließ es mit einem zischenden Laut ihre Gurgel hinunterlaufen. Jana kokettierte lachend mit einem Gast, der halb auf dem Tresen lag. Dem der Speichel beim Anblick der hübschen Frau bereits aus dem Mund triefte. Sie drehte während der kurzen Musikpause die Anlage auf. Charlotte gesellte sich für einen Moment an den rechten der beiden Stammtische, die sich unmittelbar neben der Eingangstür befanden.

Einmal in der Woche trafen Hinnerk, Jan, Luise, Piet und Charlotte in der Haifischbar aufeinander und saßen zum

Palavern um den Tisch verteilt auf der gepolsterten Eckbank. Das Stammtischschild glänzte in poliertem Messing. Jeder wusste, dass man sich hier am Freitagabend besser nicht hinsetzte, es sei denn, man wollte Ärger mit den fünf »Döschköppen« riskieren, deren Name aus einer Sektlaune heraus entstanden war. Sie gaben eine laute Clique ab, die anscheinend nichts Besseres zu tun hatte, als sich gemeinsam über die Woche herzumachen.

Sie kamen, um auseinanderzuklabustern, was während der letzten sieben Tage alles auf der Insel passiert war.

»Hast das geseh'n?«, flüsterte Hinnerk in die Runde und deutete auf den Tisch in der Ecke. »Der Totengräber gräbt die Mirella an. Der soll sich man ja vorseh'n, sonst grab ich dem eine.« Mit finsterer Miene hob der schlaksige Mann sein Bierglas von der Tischplatte und leerte es in einem Zug, bevor er es mit lautem Knall wieder absetzte. Die anderen nickten.

Jan räusperte sich und antwortete: »Wusstest du das gar nicht? Die haben doch schon länger was miteinander. Erzählt man zumindest.« Er fegte mit der Hand durch die Luft, errötete und senkte den Blick, als wollte er keinesfalls als Lügner dastehen. Er genoss eher den Ruf des ruhigen Typens, der lieber zuhörte, als zu viel zu reden. Und wenn er wirklich einmal etwas sagte, stieg ihm sofort die Röte ins Gesicht. Beim Fischen brauchte er nicht sonderlich viele Worte zu wechseln und wenn, war es den Fischen egal, ob er rote Ohren bekam.

Aha, dachte Charlotte, *hab ich also doch richtig hingesehen.* Aber dann wischte sie ihre Gedanken beiseite. »Muss ja nicht immer alles wahr sein, was die Leute erzählen. Da wird schon genug dummes Zeug gequatscht«, sagte sie stattdessen.

Allerdings speicherte sie das, was sie gesehen und gehört hatte, in ihrem Gehirnkasten.

»Das glaub ich nicht. Der ist doch verehelicht. Der Totengräber mein ich«, gab der dicke, zu kurz geratene Piet von sich und runzelte die glatzköpfige Stirn.

»Ach Kinners, nu hört aber mal auf. Das ist doch alles bloß dämliches Gesabbel. Ihr wisst doch, was hier alles so gelabert wird. Macht mal halblang. Heiland Mailand!« Charlotte hob beschwichtigend die Hand.

»Und außerdem ist der verheiratet«, mischte sich nun auch die blonde Luise mit den Krissellocken aus dem Kapellenweg ein, die mit ihrem ausladenden Dekolleté wedelte und aufstand. Jetzt war sie an der Reihe musikalisch das Beste zu geben, schnappte ihr Akkordeon und trottete zum Hocker, auf dem vorher Charlotte saß.

»Mirella, kannst noch mal kommen. Wir haben Durst«, rief Charlotte, schwenkte ihren Arm in der Luft, und wollte dieses Gespräch augenblicklich in eine andere Richtung lenken.

»Ich mein ja auch nur«, schickte Hinnerk noch einmal hinterher und starrte in sein leeres Glas. »Aber Dreck am Stecken hat der doch. Da geh ich nich von ab«, holte er von Neuem aus.

»Wieso?«, fragte nun Piet neugierig und wischte sich den Schweiß von der haarlosen Platte.

»Na, der fährt doch alle Nas lang mit dem Doktor nach Hamburch. Da geht was nich mit rechten Dingen zu«, sagte Hinnerk, als wolle er Gesagtem Bedeutung zumessen.

»Ach *das* meinst du! Ja, da kann was dran sein. Das hab ich auch gehört. Der Friedel von …«

»Der fährt zu Seminaren und damit Punkt!«, rief Charlotte und nahm ihr Glas in die Hand.

»Und wieso nur er?«, hakte Hinnerk nach und zog die rechte Augenbraue in die Höhe. »Wieso macht das hier kein anderer? Wir haben ja noch ein paar mehr Bestattungsunternehmer auf der Insel. Wieso nur der Totengräber?« Diesmal schüttelte er vielsagend den Kopf. »Ne, ne meine Beste. Da stimmt was nich, ganz und gar nich.«

Alle am Stammtisch, außer Luise, die »Seemann, lass das Träumen« auf ihrem Schifferklavier spielte, schwiegen plötzlich.

Charlotte registrierte das Wortgefecht und wollte sich an anderer Stelle genau darüber informieren, warum Max Hartmann tatsächlich der Einzige auf der Insel zu sein schien, der so eng mit dem Doktor einherging. Dauernd zu irgendwelchen Seminaren nach Hamburg fuhr. Und was die beiden da ständig zu suchen hatten.

»Nun lasst uns endlich von was anderem reden«, sagte Charlotte. »Das kann man ja nicht mehr mit anhören. Sonst überleg ich mir das auch noch mal und fahr an die Alster.«

»Außerdem muss ich mal schiffen«, grunzte Hinnerk, stand auf und schlenderte Richtung Toilette.

DISKUSSIONEN

Max Hartmann und Dr. Matthias Blender diskutierten. Max fuchtelte wild gestikulierend mit den Händen durch die Luft, griff nach seinem Glas und leerte es gierig. »Du spinnst doch wohl«, flüsterte er heiser. »Da mach ich nicht mit. Ne, mein Freund. Alles gut mit Hamburg und den Nutten, aber *das*? … ne! Nicht mit mir. Dann sieh mal zu, wie du das gebacken kriegst. Ich denk nicht, dass du hier irgendjemanden findest, der mit dir solche Geschäfte macht.« Das Glas landete laut knallend auf der Tischplatte.

»Jetzt bleib doch ruhig. Das ist der beste Deal aller Zeiten. Einmaliges Ding und bringt uns richtig viel Geld. Und niemand … *niemand,* hörst du, kommt uns in die Quere. Du kannst mir vertrauen. Glaube mir, ich habe das sehr gut durchdacht. Wie alles andere auch. Vergiss nicht deinen Anteil, halbe, halbe! Wo gibt es das sonst?«

Matthias Blender blieb ungerührt von Max' Ausbruch sitzen und redete gelassen weiter, während er sich mit der Hand langsam über den Mund fuhr. »Max, du solltest dir das überlegen.« Er sah ihn, ohne mit den Wimpern zu zucken, an. Max strich mit dem Handrücken über die verschwitzte Stirn. Seine

Augen brannten, was einerseits am Rauch in der Kneipe zu liegen schien, anderseits daran, dass er sich auf einmal sehr unwohl fühlte.

»He, Jungs, alles klar? Warum regt ihr euch so auf? Ist doch so ein schöner Abend …« Mirella hatte bemerkt, dass die beiden ungleichen Männer wegen irgendetwas aneinandergeraten waren, und drängelte durch die Leute an ihren Tisch. Sie blickte besänftigend auf die Streithähne. Wie oft hatte sie Zankhähnen den Wind aus den Segeln genommen, wenn diese in hitzige Debatten verfielen und es so aussah, als gäbe es gleich Dresche. Mit laszivem Augenaufschlag und einem genauso gekonnten Lächeln schob sie ihr Dekolleté vor und holte Max wieder runter. »Wollt ihr noch was trinken, meine Süßen?«, fragte die Kneipenwirtin gut gelaunt.

»Ja, bring mir einen Havanna, aber einen doppelten«, sagte Max, holte tief Luft und drehte den Kopf in Luise's Richtung, die mit »Sailing« die Anwesenden dazu brachte, leise mitzusingen.

»Mir noch ein Bier, bitte. Ein Alkoholfreies. Ich habe morgen die Praxis voll.« Matthias Blender trank nie viel. Er behielt die Kontrolle, so wie jetzt. Als Arzt musste er fit sein.

Er räusperte sich und sprach weiter, als die Wirtin durch den dichten Zigarettenqualm wieder verschwand. »Denk noch einmal in Ruhe darüber nach. Wir hatten bisher so tolle Zeiten, oder etwa nicht. Wenn du nicht mehr willst, was wird dann aus unseren Kurztrips.« Er zwinkerte Max lächelnd zu.

»Oder willst du, dass Lena sich plötzlich wundert, dass du nur noch zuhause herumlungerst und das *Spielgeld* ausgeht?«

»Das reicht«, schrie Max. Er sprang auf, der Stuhl kippte und landete auf dem Boden. Max griff nach dem Schal, den der gutaussehende Arzt um den Hals geschlungen hatte. Wütend zog er ihn heran, sodass beide Männer sich Auge in Auge gegenüberstanden. »Wenn du auch nur ein Wort über die Sache verlierst«, fauchte er, »dann … dann.« Wie ein wild gewordener Stier fixierte er den Mann, der lächelte und sich mit der Hand entspannt durch seine dunkelbraunen Haare strich.

»Was dann? Willst *du* mir drohen?« Der Doktor lockerte den Seidenschal, zog ihn zurück und setzte sich wieder. Max' knallrote Birne schien kurz vor dem Platzen zu sein. »Nun setz dich,« versuchte Matthias Blender, den Freund zu beruhigen. »Denk in Ruhe darüber nach. Komm schon, Prost.« Der Doktor streckte ihm nickend das Glas entgegen, das Mirella mit Max' Havanna längst auf dem Tisch abgestellt hatte.

Max' Mundwinkel zuckten, als er sich widerwillig auf den Stuhl zurücksetzte. Dieser Abend verlief alles andere als positiv. Er hatte die Schnauze voll. »Ich weiß nicht, aber ich überlege es mir.« Er wusste, dass er überhaupt keine andere Wahl hatte. Die Kurztrips nach Hamburg … das ganze Geld … könnte er vergessen. Max atmete hörbar, prostete dem Doktor zu, hob das Glas an die Lippen und leerte es in einem Zug. Das Getränk hatte trotz der Süße einen äußerst bitteren Nachgeschmack.

Die Männer saßen sich gegenüber und es war, als hätte sich um beide eine eisige Mauer gebildet. Nur das blaue Hemd, das Max an diesem Abend trug, klebte schweißnass an seinem Körper. Der Stammtisch beobachtete die Szene die gesamte Zeit über mit neugierigen Blicken aus den Augenwinkeln. Charlotte fing die Wortfetzen des Gespräches auf, zog die Stirn kraus und leerte mit einem Zischlaut ihr Glas. »Heiland Mailand.«

HAMBURG, ROTE NACHTIGALL

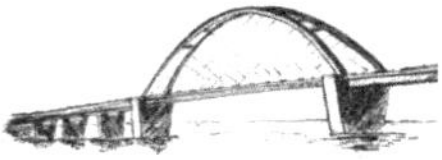

Der Zuhälter Phillip Jöns saß in der »Roten Nachtigall« am Tresen und leerte zum wiederholten Mal sein Whiskyglas. Er spielte nervös mit seinem Schlüsselbund, das neben ihm auf der Theke lag, und ließ die einzelnen Schlüssel, die an einem Silberring hingen, wieder die Runde drehen.

»Hast du immer noch nichts gehört? Wie lange ist das denn her, seitdem die weg sind?«, fragte Sina den mittelgroßen, unrasierten Mann, während sie Gläser polierte.

Jöns schüttelte wütend den Kopf, stierte auf das Regal hinter der Kellnerin, als könnte er mit Blicken die Flaschen bewegen. »Seit letzten Freitag. Aber was interessiert dich das, Schlampe? Ich weiß nicht, was da abgeht. Aber mich verarscht keiner.« Er starrte benebelt auf das Whiskyglas vor sich. »Wenn meine Kohle nicht bald hier auftaucht, gibt's auf die Schnauze, das schwör ich.« Jöns schlug mit der Faust auf den Tresen. Dass er einzig Angst um sein Geld hatte, brauchte die Frau an der Bar kaum zu interessieren.

»Sind die abgehauen, dann …«, sofort wechselte er das Mienenspiel, »dann wäre ich ganz schön traurig«, heuchelte Jöns.

Schauspieler, dachte Sina und drehte sich zum Regal. Wütend griff er nach dem Schlüsselbund, an dem exakt 15 Schlüssel hingen, und schmiss es voller Wucht gegen das Flaschenregal. Der 12 Jahre alte Glen Dronach Whisky fing bedrohlich an zu kippeln, als das Schlüsselbund die Whiskyflasche traf. Blieb aber stehen, weil die schlanke Frau die Flasche mit einer Drehung gerade noch auffangen konnte.

»He, he, spinnst du. Weißt du, was der kostet? Nun bleib mal ruhig. Die werden sich schon melden.« Die Brünette zupfte ihr bauchfreies Top zurecht und sah Phillip Jöns mitleidig an.

»Vielleicht machen die sich nur ein paar nette Tage auf der Insel. Wieso bist du denn nicht mitgefahren?«, fragte Sina und grinste.

»Das geht dich gar nichts an. Halts Maul, sonst«, er hob drohend die Hand und die Kellnerin wich zurück.

»Sag mal, drehst du jetzt total durch? Was kann ich dafür, dass du deine Leute nicht im Griff hast.« Mit einem Ruck nahm die junge Frau das Tuch wieder von der Tresenplatte auf und polierte ihre Gläser weiter, ohne Phillip Jöns auch nur noch eines Blickes zu würdigen. Er sprang von seinem Hocker auf.

»Gib mir meinen Schlüssel, sofort. Ich fahr da hin!«

»Du wirst doch in der Verfassung … Tickst du nicht mehr richtig?« Sie hielt inne und reichte ihm wortlos das Schlüsselbund, das vor ihr auf der Niroplatte neben dem Spülbecken lag.

»Halt dein blödes Maul, Schlampe, hab ich gesagt«, lallte Phillip Jöns. *Soll er sich doch platt fahren in seinem Zustand*, dachte Sina. Wütend schmiss der Zuhälter ein paar Scheine auf den Tresen und verschwand torkelnd aus der »Roten Nachtigall«.

CHARLOTTE KOCHT ÜBER

Charlotte stand in der Küche und rührte mit dem Holzlöffel im krümeligen Hack herum, das in der Pfanne brutzelte. Sie hielt den Kopf über die Herdplatte geneigt und fächerte mit der rechten Hand das knoblauchlastige Aroma in ihre Nase. »Mhmoa, riecht das lecker«, sagte sie, steckte den Löffel, den sie mit Hackfleisch gefüllt hatte, vorsichtig pustend in den Mund. Sie schluckte das knusprige Brät hastig runter und hechelte wie ein junger Hund. »Verdammt ist das heiß!« Sie hüpfte in ihren Holzclogs wie Rumpelstilzchen umher, als könnte sie damit die leichte Verbrennung im Hals mindern. Als der Schmerz nachließ, kippte sie ein großes Glas Wasser ihre Kehle hinunter. Sie wischte sich die feuchten Hände an ihrer Schürze ab, die sie über der blauen Leinenhose und der bunten Bluse trug, und warf einen Blick aus dem Fenster. »Ah, schon viel besser«, rief sie. Pfeifend werkelte sie vor dem Herd in ihrem Lieblingsraum. Mit lauter antiquarischen Möbelstücken, aufgehübscht mit gehäkelten Deckchen und Gardinen, die Tisch und Fensterscheiben zierten, geriet die kleine Küche immer mehr in den elementaren Mittelpunkt des urigen Hauses am Sund. Er fungierte als Lieblingsort von Charlotte Hagedorn. Sah sie von hier aus den Leuchtturm von Strukkamphuk, war ihre Welt in Ordnung. Dass die Zeit an der Meerenge je vorbei sein könnte, daran glaubte sie nicht. Hier wollte sie sterben, wenn ihre Uhr irgendwann einmal abgelaufen war. Sie rührte wieder in der Hackfleischmasse herum, dem absoluten Lieblingsgericht ihrer Nichte. Und so stand sie, bis das krümelige Gehackte anfing, in der Pfanne herumzuspringen. Nebenan schmorte karamellisiertes Sauerkraut seit mindestens einer Stunde im Topf. Sie drehte sich wie ein Irrwisch im Kreis. »Was für ein Duft. So, nur noch die Nudeln abgießen, dann kann Katrin kommen. Ach, Mensch, die Ananas. Die hätte ich doch jetzt glatt vergessen.« Leichtfüßig ging sie in die kleine Vorratskammer, die direkt von der Küche abging, und nahm eine große Dose der bereits zerkleinerten Früchte vom Regal. Sie öffnete die Konservenbüchse und vermengte die süßen Fruchtstücke mit dem Sauerkraut. »Na, das wird Katrinchen aber schmecken.« Nachdem die Hartweizennudeln auf einem Sieb abgetropft waren, vermischte sie alle Zutaten miteinander in der Pfanne und warf zu allerletzt eine in Scheibchen geschnittene scharfe Peperoni, zum Gericht. »Sie wird es lieben, ich weiß es.« In der Küche roch es wie in einem Restaurant und da Charlotte keine Abzugshaube hatte, öffnete sie das kleine Fenster und entließ die Dämpfe in den nasskalten Freitagmittag. »Mmh, schneien will es wohl doch nicht. Das ist wieder so ein ekelhafter Winter ohne Schnee. Immer nur kalt und ungemütlich«, brummelte sie leise.

Sie wippte mit nackten Füßen in ihren Pantinen auf den Fliesen auf und ab, so dass es wie ein holländischer Holzschuhtanz klang. Charlotte kicherte.

Jetzt könnte sie aber wirklich langsam kommen. Ist gleich halb zwei, dachte sie, ging durch den Flur, öffnete die Haustür und schaute nach links auf den einzigen Weg, der zum Haus führte.

Eigentlich müsste Katrin längst da sein, überlegte sie. Augenblicklich machte sich ein ungutes Gefühl in ihr breit, während sie die Tür schloss. »Ach was, es ist helllichter Tag, was soll da passieren. Mann Charlotte, komm wieder runter. Überall siehst du seit dem Überfall Gespenster!«

Auch wenn sie es nicht zugab. Der Überfall und der Mordanschlag auf ihre Nichte setzten ihr mehr zu, als sie es sich eingestehen konnte und wollte. Aber als Katrin ihr riet, das Gebäude zu verkaufen, schüttelte sie entschlossen den Kopf und verneinte mit absoluter Überzeugungskraft. »Ich lass mich von hier nicht vertreiben. Das ist unser Paradies. Nix da!« Damit wurde über den Verkauf des einsam gelegenen Hauses nicht mehr mit ihr verhandelt. Es gab nur wenige Momente, in denen sie sich fragte, ob es vielleicht doch die bessere Lösung gewesen wäre, nach Burg zu ziehen. Aber sie hatte sich entschieden. »Hier bekommen die mich nur noch mit den Füßen zuerst raus«, ja, das hatte Charlotte Hagedorn tatsächlich wiederholt gesagt.

Katrin hatte daraufhin resigniert mit den Schultern gezuckt und sich zurückgehalten.

»Hallo, Tantchen, ich bin wieder da!« Katrin ließ die Tür ins Schloss fallen und hängte ihre dunkelgrüne Parkajacke an die von Charlotte selbst gezimmerte Garderobe im Flur. Ein altes Türblatt hatte dafür herhalten müssen und Katrin stand jedes Mal staunend davor. Ihre Tante hatte die Schuppentür mindestens zwei Jahre im Garten sich selbst überlassen und der Witterung ausgesetzt. Wobei Katrin sich oft gefragt hatte, was für einen Sinn es ergab, eine Holztür bei Wind und Wetter draußen stehen zu lassen.

Jetzt wusste sie es. Das raue Klima der Ostsee hatte dem Holz alles Leben entzogen. Dadurch bekam sie eine wunderbare milchige Patina, die hier im Hausflur schön zur Geltung kam. Mit alten schmiedeeisernen Haken verziert, ein echter Hingucker. *Charlotte hatte recht*, dachte Katrin und betrat, die Nase in die Luft reckend, wie ein schnüffelnder Hund die Küche, aus der ein fantastischer Duft durch das gesamte Haus zog.

»Was riecht denn hier bloß so verdammt lecker?«, fragte sie, umarmte ihre Tante, die bereits am Tisch saß und gelangweilt mit ihrer Gabel das Holz des Esstisches bearbeitete.

»Ich dachte schon, du kommst gar nicht mehr«, maulte Charlotte theatralisch.

»Na, du weißt doch, dass ich um eins erst Feierabend habe.« Sie ließ sich gegenüber ihrer Tante auf den Stuhl fallen. »Aber es ist doch nach halb zwei.«

»So schnell geht das ja nun auch nicht. Ich muss mich umziehen, und einen Augenblick schnacken muss ich schließlich auch. Nu sei man nicht gleich beleidigt. Ich bin ja jetzt da.

Aber der Tisch ist hübsch gedeckt«, versuchte Katrin eilig abzulenken.

Eine Baumwolltischdecke mit Rosenmuster lag auf dem alten Dielentisch und gab den weißen Tellern einen passenden Rahmen. Zwei geschliffene Weingläser, in denen Rotwein funkelte, rundeten das Bild dezent ab.

»Hab ich irgendetwas verpasst?«

»Nö, ich hatte einfach Lust, dein Lieblingsgericht zu kochen.« Charlotte freute sich wie ein kleines Kind und stellte die riesige gusseiserne Pfanne auf einen Drahtuntersetzer auf den Tisch. Sie reichte Katrin einen Löffel. »Nun hau mal ordentlich rein, damit du mal ein bisschen was auf die Rippen kriegst!«

Charlotte pflanzte sich auf den Stuhl und griff ebenfalls beherzt zu. Nach den ersten Bissen gluckste sie zufrieden. Dann hob sie ihr Glas, schaute Katrin an und sagte: »Prohost!«

»Na dann, Prost«, antwortete Katrin und ließ es sich schmecken.

»Aber nun erzähl doch mal. Wie war denn dein maritimer Abend in der Haifischbar?« Es schien, als hätte Katrin ihrer Tante das Schlagwort gegeben, um loszulegen.

Charlotte setzte sich gerade hin, legte die Gabel aus der Hand und sagte: »Ja, das war richtig nett. Und erst recht interessant. Der Totengräber und der Doktor waren da und die haben sich regelrecht gezofft. Ich dachte schon, die fangen das Prügeln an.«

»Wieso das denn?«, wollte Katrin erstaunt wissen und legte ebenfalls die Gabel aus der Hand.

»Das haben wir auch nicht so genau mitbekommen. Keine Ahnung. Ich glaube, ich muss unbedingt heute zum Kaffeetrinken zu Lena.«

»Du nun wieder«, entgegnete Katrin. »Wenn du nicht weißt, was läuft, gehst du mal eben Kaffee trinken. Und warum zu Lena?«

»Na, wer sonst weiß mehr über Max, als sie, oder? Außerdem, was ist denn schon dabei. Ich muss schließlich wissen, was da los ist. Du kennst mich doch, wenn ich was wissen will, dann bekomme ich das auch heraus.« Sie füllte sich den Teller zum zweiten Mal.

»Aber wenn du so weiter isst, dann gehst du heute nirgendwo mehr hin und liegst pappsatt auf dem Sofa«, lachte Katrin aus vollem Hals. »Wieso … kann man denn hier nicht mal normal essen, ohne …«, beleidigt legte Charlotte die Gabel aus der Hand.

»Ist ja in Ordnung. Ich meine nur, du solltest vielleicht ein bisschen mehr auf deine Gesundheit achten. Zu viel von diesem leckeren Essen ist auch nicht gut.« Katrin hatte ihre Portion vom Teller verputzt und war selbst in Versuchung, sich einen Nachschlag zu nehmen. Nach ihrer Predigt allerdings hielt sie es für angebrachter, darauf zu verzichten. »Sind megalecker, deine *Krautnudeln*. Aber ich will nachher aufs Wasser. Da ist es nicht gut, wenn die Wampe so voll ist.« Sie strich mit der Hand über ihren schlanken Bauch. »Wir können uns ja heute Abend noch etwas davon einverleiben, okay?«, sagte sie versöhnlich. »Hast ja für 'ne ganze Kompanie gekocht.« Katrin sah ihre Tante an. Die werkelte unter dem Tisch mit ihren Beinen herum und wackelte mit den Zehen. »Glaub nicht, dass ich das nicht bemerkt habe«, sagte Katrin grinsend, griff ihre langen Haare und zwirbelte sie zu einem Knoten.

»Was denn nun schon wieder?«

»Na, dass du wieder keine Socken, geschweige denn vernünftige Schuhe anhast. Dazu brauche ich dir wohl auch nichts mehr zu sagen. Hörst ja sowieso nicht auf mich.« Sie zog ein Gummiband aus ihrer Hosentasche und band es um den Haarknoten. Dann nahm sie ihr Weinglas in die Hand und leerte es in einem Zug. »Der schmeckt sehr gut.«

»Ist vom Lebensmittelmarkt. Und kostet nur … ist ja auch egal, wie teuer, Hauptsache er schmeckt«, beendete Charlotte Hagedorn ihren Satz. Sie hob ihr Glas und prostete Katrin zu. »Sag mal, ganz etwas anderes. Hast du schon mehr über den ›Strandfund‹ gehört?« Sie mochte das Wort Leiche nicht aussprechen. Es war, als beschwöre sie damit Dunkles, Böses herauf.

»Ne, ich sagte doch, ich fahr nachher noch nach Burg und trink mit Lena Kaffee. Vielleicht hat die bereits mehr erfahren. Max sitzt ja sozusagen an der Quelle. Aber das handelte sich sicherlich nicht um einen Unfall. So, wie der ausgesehen haben soll. Der Jasper Veit von der Polizei in Burg … der wollte mir ja nichts erzählen, als ich ihn gestern in der Bank getroffen habe. Nur so viel konnte ich ihm aus der Nase ziehen, dass der wohl übel zugerichtet war. Zerstückelt vielleicht.« Charlotte zuckte mit den Schultern.

»Na, du glaubst doch nicht ernsthaft, dass der zu Max ins Bestattungsinstitut kommt. Den werden sie mit Sicherheit in die Gerichtsmedizin bringen.« Katrin stand auf und ging zum Küchenfenster. »Dabei will ich es auch eigentlich gar nicht so genau wissen. Du wirst es schon herausfinden, wie ich dich kenne. Normalerweise bräuchten sie dich nur zu befragen.«

»Ja, ich krieg gewiss heraus, was da los ist.«

»Hast du das heute Morgen von den gefundenen Drogen im ICE gelesen? Neun Kilo, stell sich das mal einer vor. Und dann sind die so blöd und lassen es auch noch im Zug liegen!«

»Na ich glaube, dass die, die das Zeug schmuggeln wollten, eher gestört wurden. Die lassen doch so'n Zeug nicht zurück. Was meinst du, was das wert ist!«, sagte Charlotte und tippte sich mit dem Finger an die Schläfe.

Katrin zuckte mit den Schultern. »Keine Ahnung, aber wenig wird das nicht gewesen sein. Da gehen denen wohl ein paar Tausend Euro durch die Lappen. Trotzdem hoffe ich, dass sie die schnappen und dann in den Knast verfrachten. Von mir aus für immer.« Katrin drehte sich vom Fenster weg und sah ihre Tante nachdenklich an.

Charlotte grübelte und sagte: »Ja, aber du gehst hier eher ins Gefängnis, wenn du dein Parkticket nicht bezahlt hast, als dass sie diese Verbrecher hinter Schloss und Riegel bringen.«

»Na, nun lass mal, Tantchen. Die Polizei hat heutzutage mehr als alle Hände voll zu tun. Wenn ich sehe, was für einen Aufriss die im Moment mit manchen Leuten haben, da kriege ich so einen Hals.« Sie griff sich demonstrativ an die Kehle. »Was die leisten müssen, Respekt! Ich finde, wir sollten den Polizisten viel mehr Achtung entgegenbringen, findest du nicht? Die müssten viel härter durchgreifen. Ich möchte in diesen Zeiten jedenfalls kein Polizist sein.«

»Ich hab Respekt!«, rief Charlotte aufgebracht. »Erst letzte Woche fuhr ein Streifenwagen in der Mathildenstraße hinter mir. Weißt, die Straße zum Südstrand, da bin ich sofort auf 30 runter, soviel zum Respekt.« »Na, da möchte ich nicht wissen, mit welcher Geschwindigkeit du vorher durch die Straße gejagt bist ...!«

SPURENLESEN

Westermann und Hartwig in Hamburg

»Mann, ist das eine dämliche Eierei!«, maulte Hartwig, während er nervös mit den Fingern auf das Lenkrad klopfte.

»Wir stecken ja auch mitten im Berufsverkehr. Aber hier über den Horner Kreisel zu fahren war, glaube ich zumindest, die beste Idee. Nützt ja nun alles nichts. Sieh mal, wir sind ja fast da«, antwortete Westermann. Auf der linken Seite konnte Hartwig die kupferne Kuppel des »Michel« sehen. »Ist schon ein gewaltiges Bauwerk, oder?«

Westermann nickte zustimmend. »Du musst am Ende der Straße links auf den Kiez abbiegen, dann haben wir es fast geschafft.«

»Ich sehe es«, antwortete Hartwig genervt und trommelte erneut auf das Lenkrad ein. »Das Navi ist schließlich zum Navigieren gedacht«, sagte er. Westermann schaute aus dem Seitenfenster und überhörte die Antwort, weil er wusste, dass er ihn damit nur noch mehr reizen würde.

»Bullshit, wo muss ich mich denn jetzt einordnen?« Thomas Hartwig fuhr überhaupt nicht gerne in Hamburg Auto.

»Das ist mir alles zu viel Gewusel. Ich bin froh, wenn ich den Weg bis zum Stadion finde. Und das ist zum Glück auch nur alle 14 Tage.«

Westermann lachte laut auf. »Frag doch dein Navi«, frotzelte er. »Da vorn, mittlere Spur. Da ist ein Linksabbieger.« Er zog seine Strickmütze zurecht, als wollte er sich startklar machen.

Hartwig ließ seine Mütze seit Westermanns maritimer Verwandlung lieber in seiner Jackentasche. Er vermied es, mit ihm als doppeltes Lottchen im Dienst zu erscheinen. Die Kollegen in der Dienststelle flachsten schon darüber, dass die beiden sich optisch immer mehr angleichen würden. Was natürlich nicht der Fall war. Sie waren wie Tag und Nacht, schwarz und weiß, Yin und Yang. Und trotz alledem von Anfang an ein richtig gutes Team. Verstanden sich ohne viele Worte. Westermann der ruhige, ausgeglichene, wortkarge Kommissar, nahm Hartwig, den extrovertierten, stets gutgelaunten Polizisten wie einen Zögling an die Hand und führte ihn in das Handling der Kriminalpolizei ein.

»Da, die kleine Straße rein, dann müsste das Studio gleich kommen.« Westermanns Handy klingelte. »Na endlich, wurde auch Zeit«, war alles, was der Kommissar sagte, als er abnahm. Was folgte, war ein langer Monolog auf der anderen Seite der Leitung. Westermann nickte immer wieder, dann sagte er: »Tschüss, wir melden uns.«

»Wer war das?«

»Das war die Rechtsmedizin. Dem Rathmann ist bei der inneren Sichtung noch etwas aufgefallen. Der hatte kein Wasser in der Lunge.«

»Wie, Wasser in der Lunge?«

»Kein Wasser«, sagte Westermann. »Und bei der äußeren Begutachtung hat er zwei Einstichstellen gefunden.«

»Und das haben die nicht vorher festgestellt?«

»Ne, die Haut war an den Stellen wachsig, das hat die Stichverletzungen fast unsichtbar werden lassen.«

»Und was heißt das jetzt für uns konkret?«

»Dass der Mann eindeutig eines nicht natürlichen Todes gestorben ist. Das war ganz offensichtlich Mord. Die Abteilung ist bereits informiert.«

Thomas Hartwig nickte, während er den Wagen lenkte. »Die sind schon dabei, in der Dienststelle in Burg eine Soko einzurichten.«

»Das heißt also, wir können die Zahnbürsten gleich mitnehmen.«

»Sieht so aus, Kleiner.«

Westermann hatte die ganze Zeit das Navi verfolgt und wusste, dass sie ihr Ziel erreicht hatten. »Da vorn. Wir sind da.« Er zeigte auf ein schwarzes Schild, das über der Eingangstür eines kleinen Studios prangte. »Tattoo-Labyrinth«.

»Wer sagt's denn«, sagte Hartwig. Die Erleichterung war ihm anzusehen. Direkt vor der Tür befand sich ein Parkplatz. »Mann haben wir ein Glück. Direkt vor der Tür ist in Hamburg selten«, sagte er und lenkte den Wagen geschickt in die Lücke. Anschließend stellte er den Motor ab. Sie stiegen aus und betraten gemeinsam das Tattoostudio.

»Ist gleich elf«, flüsterte Westermann. Der Laden bestand offensichtlich aus einem großen Raum, in dem sich sowohl die Liege, als auch das Büro des Eigentümers befanden. Auf einem Hocker vor der modernen schwarzen Lederliege saß in Lederhose und Tanktop gekleidet ein Typ, der eher aussah, als würde er in wenigen Minuten auf einer Maschine die Route 66 entlangfahren. Der dunkelblonde Zopf hing bis über die Schultern und das dunkle Stirnband verhinderte anscheinend, dass Schweißtropfen ihn bei der Arbeit behinderten. Und natürlich war das, was man von seiner Haut wahrnehmen konnte, tätowiert. Es gab keine sichtbare Freifläche, die man noch hätte stechen können.

Auf der linken Schulter hatte ein Adler dreidimensionale Flügel ausgebreitet. Im Nacken schlängelte sich eine Königskobra und auf dem rechten Oberarm sprang ein Puma über einen Fluss.

Westermann mochte diesen Schlag Menschen. Entspannt und anscheinend nicht darauf bedacht, was andere von ihnen dachten. Irgendwie war der Mann so cool, wie er selbst es niemals sein würde. Der Tätowierer arbeitete mit schnellen Handgriffen an einem Steuerrad, das auf der rasierten Brust eines, ebenfalls fast komplett tätowierten Typen mittleren Alters, allen Stürmen trotzte und von einem Tampen umschlungen wurde.

Westermann und Hartwig standen fasziniert hinter dem Mann und schauten ihm über die Schulter. Westermann räusperte sich.

»Das sieht gut aus«, sagte Hartwig ungefragt.

»Na, und sonst?« Jan Louis Traviér drehte seinen Kopf nicht in die Richtung der beiden Polizisten und ließ sich auch in keiner Weise von der Arbeit ablenken. Konzentriert punktierte er die Haut.

»Kripo Oldenburg, Dirk Westermann, und das ist mein Kollege Thomas Hartwig.« Der Hauptkommissar sprach, obwohl er keinen Blickkontakt zu Traviér hatte. »Wir haben gestern telefoniert und ein paar Fragen. Könnten Sie Ihre künstlerische Arbeit vielleicht für einen Moment unterbrechen?«, fragte Westermann.

Neugierig legte Traviér jetzt die schwarze Tattoomaschine auf einen kleinen Tisch neben sich, auf dem allerhand Nadeln und Farben lagen, und drehte den Stuhl in Richtung der Polizeibeamten. »Ja, Sie haben da ein Bild, und von mir wollen Sie wissen, ob es hier gestochen wurde?«

»Nicht nur das«, antwortete Westermann. »Wenn es nicht

von Ihnen sein sollte, können Sie uns eventuell sagen, wer es gemacht hat?« Traviér stand auf.

Hartwig hielt das ausgedruckte Foto mit dem Teil eines Tattoos in den Händen.

»Ich muss Ihnen gleich sagen, wir haben nicht viel. Nur einen Teilbereich.« Er reichte dem großen kräftigen Kerl, der sich in abgewetzter Lederhose vor den Männern aufbaute, das Foto.

»Was ist das denn? Da fehlte ja der Ko…« Traviér war einiges gewohnt, aber eine Leiche ohne Kopf war etwas anderes, als ein paar blaue Augen oder ausgeschlagene Zähne nach einer Schlägerei. »Das muss ich mir unter der Lupe ansehen. Ist ja kaum zu erkennen, was Sie da haben.« Er zog die Augenbrauen hoch und nahm das Blatt in die rechte Hand. Mit der anderen zog er an seinem Ziegenbart, der irgendwie an D'Artagnan erinnerte, und schwang sich auf einen Stuhl, der vor einem Schreibtisch an der Wand stand. Er setzte eine Brille auf, schaltete eine kleine Lampe am überdimensionalen Vergrößerungsglas an und fuhr langsam über das Bild. »Kalle, dauert nicht lange. Bin gleich wieder bei dir«, sagte Traviér konzentriert. Der Typ, der entspannt auf der Liege lag, brummte vor sich hin. Westermann schmunzelte, als er sah, dass der Tätowierer, der eher dem Mitglied einer Rockerbande, als einem ehemaligen Bankangestellten glich, sich eine Brille auf die Nase setzte.

»Kannst mal sehen, bleiben auch harte Kerle von Sehschwäche nicht verschont«, flüsterte er Hartwig ins Ohr, ohne den Mann aus den Augen zu lassen. Hartwig sah kurz auf, blätterte dann in einem Ordner, der auf dem Kassentresen direkt neben der Glaseingangstür lag.

»Das ist der rote Skorpion. Die Zangen sind mit Augen versehen. Der ist von mir. Ich kann Ihnen aber nicht sagen, zu wem das gehört.« Traviér stand auf und nahm einen Hefter aus einem Holzregal unweit des Schreibtisches. Er befeuchtete den Zeigefinger und suchte in den Papieren. Er tippte auf ein Tattoo in der Mitte der aufgeschlagenen Seite, das Ähnlichkeit mit dem auf dem Foto aufwies. »Ja, hier, das ist von mir. Das stech ich mindestens einmal im Monat, wie soll ich da wissen, zu wem das da gehört.« Er hämmerte mit den Fingern ununterbrochen auf das Foto. Seine Augenlider zuckten.

»So wie ich das sehe«, antwortete Westermann, »führen Sie doch eine ziemlich geordnete Buchführung.« Er deutete mit dem Kopf auf das Regal an der Wand, auf dem sich mehr als 20 Ordner, ordentlich nach dem Alphabet sortiert, aneinanderreihten. »Und mit Sicherheit haben Sie ihre Kunden dort genauestens verzeichnet, oder?« Westermann konnte Traviér ansehen, dass ihm nicht wohl in seiner Haut war.

»Ja, natürlich, was glauben Sie denn!«

»Na, dann machen Sie uns mal eine Liste, auf der wir die Namen finden, Traviér.«

Kalles leises Schnarchen drang von der Liege zu den Männern.

Traviér zog den Ordner mit den Buchstaben J bis L aus der Reihe und öffnete ihn.

»Was ist denn eigentlich mit dem Typen da auf dem Foto?« Der Tätowierer deutete nickend auf das Blatt Papier in Westermanns Hand.

»Darüber können wir Ihnen keine Auskunft geben. Laufende Ermittlungen, Sie verstehen?«

»Na, dann …« Traviér folgte mit dem Finger der aufgeschlagenen Liste in dem Hefter und stoppte, indem er immer wieder auf die gedruckten Namen tippte. »Hier, das sind die Leute, denen ich den Skorpion gestochen habe. Das sind aber schon ein paar, wenn Sie …«

»Geben Sie uns bitte eine Kopie, wir sehen dann weiter.«

Traviér öffnete den Metallbügel und hebelte das Blatt heraus. Genervt stakste er zu einem kleinen Tisch neben dem Schreibtisch und kopierte die Seite. Betont langsam zog er das Blatt aus dem Drucker und übergab es den Kommissaren aus Oldenburg. »So, und nun muss ich weitermachen. Ich verdien mein Geld nicht damit, hier Zettel zu kopieren.« Wortlos ließ er die beiden stehen.

»Nein, so einfach ist das dann doch nicht«, sagte der Kommissar. »Entweder helfen Sie uns jetzt oder Sie bekommen eine Vorladung. Dann können Sie uns in der Dienststelle in Oldenburg Rede und Antwort stehen. Oldenburg in Schleswig Holstein versteht sich.«

Traviér sah beide mit zusammengekniffenen Augen an und schnaubte. »Was wollen Sie denn noch wissen?« Er schwang sich auf seinen Stuhl. Kalle schnarchte.

»Der hat alle Zeit der Welt«, sagte Hartwig und deutete auf den schlafenden Mann auf der Liege. »Was sind das für Leute hier auf der Liste?«

»Zum Teil Touristen, zum Teil Leute vom Kiez oder aus der Umgebung.« Traviér zuckte gelangweilt mit den Schultern. Die Liste enthielt 20 Namen, von denen fünf Touristen aus dem Ausland gestrichen werden konnten.

»Ich glaube, wir werden uns im Umfeld einmal genauer umsehen. Nehmen uns mal zuerst die vor, die Sie kennen. Haben die alle das Tattoo am Hals?«, fragte Westermann.
»Ne, nur die hier unten auf der Liste.« Traviér deutete auf das Papier.»Okay dann also: ›Jaro‹?«

»Hat ne Kneipe um die Ecke, ist ungefähr 70.«

»Urs Langfeld?«

»DJ im Club 88. Das ist ein kleiner Dicker. Kommt nicht in Frage.« »Und wer ist dieser Andrey?« Westermann blieb mit dem Finger auf dem Namen stehen.

»Das ist der, der als erster diesen Skorpion mit den Augen haben wollte. Handlanger von einem Luden, hier vom Kiez.«

»Name?«

»Phillip Jöns. Ist so eine Art Bodyguard von ihm. Echter Russe, wenn Sie verstehen.« Traviér zog die Augenbrauen hoch. »Riesiger Kerl. Bodybuilder. Aber der ist das nicht, den würde ich sofort erkennen.« Er riss dem Kommissar das Foto aus der Hand, schob die Brille über seine Nase und betrachtete den stark vergrößerten Nackenbereich auf dem Foto und sagte: »Ganz ehrlich … nee … ist er nicht. Aber so genau kann ich das auch nicht beurteilen. Vielleicht bin ich komplett auf dem Holzweg.«

Hartwig und Westermann sahen sich an. Ihnen war schon am Fundort die Größe des durchtrainierten Körpers aufgefallen. »Ungefähr zwei Meter groß«, hatte Jacobs von der Medizintechnik gesagt.

»Riesenkerl«, hatte er festgestellt.

»Das könnte eine echte Spur sein«, flüsterte Hartwig seinem Kollegen ins Ohr. Der nickte. »Wer ist dieser Jöns? Stimmt die Adresse?«

»Kiez. Hat ein paar Mädels laufen. Aber sag ich euch, kleines Licht.« Westermann bemerkte das unruhige Flackern in Traviérs Augen und blickte unauffällig zu Hartwig.

»Und wo finden wir diesen besagten Herrn Jöns? Nun lassen Sie sich nicht jedes Wort aus der Nase ziehen«, sagte Dirk Westermann.

»Der hat ein paar Zimmer in der Hubertusstraße. Sie fahren Richtung St. Georg und halten sich … fahren Sie einfach weiter die Straße lang und die Zweite rechts, dann … erste, nein«, er überlegte kurz. »Die Dritte wieder links. Ungefähr auf halber Höhe, ein heruntergekommenes Haus mit rot gestrichenen Fenstern. Ziemlich altes Gebäude. Können Sie kaum verfehlen. Aber mal im Ernst.« Hartwig schrieb so schnell er konnte die Wegbeschreibung in ein kleines blaues Buch, das er eilig aus seiner Jackentasche gezogen hatte. »Was ist denn mit dem Kerl passiert, auf dem Foto?«, versuchte Traviér noch einmal, den Männern Informationen zu entlocken.

»Darüber sprechen wir immer noch nicht.« Traviér nickte verstehend. Hartwig legte den Ordner zurück auf den Tresen. »Na dann. Vielen Dank für die Hilfe. Wiedersehen.«

»Alles klar.« Traviér schluckte.

»Ach nur noch eins, wo waren Sie letzten Freitag ab, sagen wir mal ab 22 Uhr?«

Der Tätowierer sah die Beamten irritiert an und sagte: »Hier, wo sollte ich gewesen sein. Dafür gibt es jede Menge Zeugen.« Er grinste. »Bis zwei Uhr nachts bin ich hier immer in Gang.«

Hartwig nickte. »Machen Sie uns bitte eine Liste mit den Namen, die das bezeugen können. Hier ist meine Karte. Ach, und noch eins. Wieso glauben Sie, kann das auf dem Foto nicht dieser Andrey sein?«

Traviér zuckte mit den Schultern. »So gut kenn ich den auch wieder nicht.«

»Na dann.« Westermann gab ihm eine Visitenkarte und sie verließen das Studio. »Glaubst du, dass der die Wahrheit sagt?«

»Glaube nicht. Der hatte Schiss, so viel ist schon mal sicher. Der wird diesen Jöns sicher sofort informieren, hab ich so im Gefühl.«

»Denke ich auch. Deshalb müssen wir schnell sein, bevor der verschwindet. Der hat diesen Andrey ganz klar erkannt, da bin ich mir sicher.«

Jan Louis Traviér griff tatsächlich Minuten, nachdem die Polizisten den Laden verlassen hatten, nach dem Handy und wählte Jöns Nummer …

»Das lief besser, als gedacht«, sagte Thomas Hartwig, als sie die Straßen zur angegebenen Adresse von Phillip Jöns fuhren.

»Ging mir fast ein bisschen zu schnell«, antwortete Westermann, der auf dem Beifahrersitz eine Nummer in sein Handy tippte. »He, könnt ihr mir mal alles über einen Jan Louis Traviér, Lerchenweg und einen Phillip Jöns, Hubertusstraße, aus Hamburg heraussuchen? Ja, danke. Wir sind auf dem Weg zu Jöns. Ja, kannst mich jederzeit erreichen.«

Fünf Minuten später parkten sie vor dem von Traviér beschriebenen Haus, das die besten Zeiten tatsächlich längst hinter sich hatte. Alt war hier nicht der richtige Ausdruck. Völlig verwahrlost und runtergekommen umschrieb es eindeutig besser. Überall standen und lagen halb aufgerissene Müllbeutel an die Hauswand gelehnt, teilweise zerfetzt, so dass sich dessen stinkender Inhalt über den Bürgersteig verteilte. Eine katzengroße Ratte, deren Schwanz aus dem zerfledderten Plastiksack herausragte, wühlte im Inneren des Beutels nach Nahrung. Die Viecher mussten ihre wahre Freude an den Müllbergen der Städte haben.

Der Putz des vormals weiß getünchten Hauses blätterte an vielen Stellen ab und präsentierte sich wie rissige Winterhaut. Unter der abgeblätterten Farbe lugte grauer Stein hervor, der, ebenfalls an einigen Ecken herausgebrochen, große dunkle Löcher hinterließ, die wie gefräßige Mäuler aussahen. Die Fensterscheiben in den rot gestrichenen Rahmen waren blind, verschmiert und von Schmutz erstarrt. Es musste Monate her sein, dass die Scheiben Wasser und Lappen gesehen hatten.

»Sag mir mal, wer geht denn in dieses Dreckloch?«, fragte Hartwig. »Da läuft es einem ja kalt den Rücken herunter.« Er schüttelte sich angewidert.

»Sei froh, dass es dir besser geht. Wer weiß, was auf uns alles noch zukommen könnte.« Die beiden blickten sich an, und Hartwig drückte auf die Klingel einer speckigen Leiste, die mit 16 Klingelknöpfen ausgestattet war. Auf einem Papierfetzen neben einem der vergilbten Knöpfe stand mit Kugelschreiber kaum lesbar der Name »Jöns« gekritzelt. »Alles ruhig. Ist Vormittag. Meistens pennen die doch noch. Ich kann mir nicht vorstellen, dass der seine Mädchen hier untergebracht hat«, mutmaßte Hartwig.

»Das werden wir gleich sehen.« Westermann hielt jetzt die Taste für mindestens 10 Sekunden gedrückt und trat anschließend einen Schritt zurück, um die Fensterreihe hinaufzusehen, in der Hoffnung, hinter irgendeiner, der von Rauch vergilbten Gardinen, würde sich etwas rühren. »Wir starten noch einen Versuch, sonst müssen wir wiederkommen«, sagte Dirk. In diesem Moment gab es ein surrendes Geräusch und instinktiv stieß Hartwig seine Hand gegen die Tür.

»Das ging ja mal zügig.«

Westermann folgte ihm in den kahlen Flur. Die Wände waren irgendwann vor Jahren einmal weiß und jetzt mit Graffiti und Dreck beschmiert. Sie stiegen die verdreckten, durchgetretenen Stufen hinauf. Im zweiten Stock lauerte eine Person hinter einer halb geöffneten Tür. Ein verschlafenes Gesicht blickte sie mürrisch an.

»Was is? Was wollen Sie?« Der Mann sah aus, als hätte er die Nacht unter irgendeiner Brücke verbracht. Die Haare standen wirr vom Kopf und die Augen leuchteten gerötet. Eine Alkoholfahne drang ihnen entgegen. Das T-Shirt, das der Endvierziger trug, sah aus, als wenn es mehrere Tage nicht gewechselt worden wäre. Es war genauso speckig, wie der Rest der Umgebung. »Was wollt ihr?« Phillip Jöns schien sauer, weil es jemand wagte, um diese Uhrzeit bei ihm zu klingeln.

»Kripo Oldenburg, Westermann, mein Kollege Hartwig,

wir haben ein paar Fragen. Können wir kurz mit Ihnen sprechen?«

»Und wenn ich jetzt nein sage, was passiert dann, hä?«, schleuderte er den Polizeibeamten entgegen.

»Also, wir werden das hier im Flur besprechen«, Westermann deutete über den Treppenflur, »oder Sie bekommen eine Vorladung und dann erscheinen Sie auf dem Revier, das ungefähr zwei Stunden von hier entfernt ist.« Dirk Westermann wurde laut. Thomas Hartwig sah ihn erstaunt von der Seite an. Er hatte eine derartige Reaktion des Kollegen vorher noch nicht erlebt.

»Kommen Sie schon rein«, raunzte Jöns. Er wollte nicht riskieren, dass irgendwelche Leute im Hausflur etwas von der Unterhaltung mitbekamen. Auch wenn das hier nicht unbedingt ein ehrenwertes Haus zu sein schien. Die Männer gingen in den Flur und folgten Jöns sichtlich erstaunt in das Wohnzimmer.

»Hier ist alles hochmodern und teuer ausgestattet. Irgendwie passt das nicht zum Erscheinungsbild des Typen, der uns gerade die Tür geöffnet hat«, flüsterte Thomas, als sie in den Raum traten.

Alles war blitzsauber und akribisch geordnet. Tausende von DVDs und CDs standen in Hochglanzregalen, die über die gesamte Wand eingepasst waren. In der Mitte eines der Regale befand sich ein mindestens 56 Zoll großer Flachbildfernseher. Jöns griff nach einem Bademantel, der auf der Sofalehne lag, und schlüpfte hinein. Er schlang den Gürtel zu einem Knoten und pflanzte sich auf die riesige schwarze Ledercouch, die die Hälfte des Raumes einnahm. Er deutete auf zwei große, gleichfarbige Ledersessel. Die Männer setzten sich ihm gegenüber. Dirk Westermann öffnete seinen Caban und zog das Foto des Tattoos aus einer Mappe, die er die ganze Zeit in der Hand gehalten hatte, und reichte es Phillip Jöns. »Kennen Sie dieses Tattoo?« Thomas zog den

Reißverschluss der Lederjacke auf und lockerte den Schal, so dass die losen Enden herunterhingen.

»HSV Fan?«, mutmaßte Jöns. »Ist ja nicht einfach zurzeit.« Er grinste. »Da bleib ich doch meinem St. Pauli treu.«

Jöns sah kurz auf das Papier und versuchte, keinerlei Regung zu zeigen. »Wo haben Sie das her?«, fragte er beiläufig. Seine Kehle wurde trocken. Er schwang den Körper von der Couch, nahm sich ein Glas aus der Vitrine und schüttete zwölf Jahre alten Whisky hinein, dessen Flasche mittig auf dem Wohnzimmertisch stand. »Auch einen?« Die Kommissare schüttelten die Köpfe.

»Um auf Ihre Frage zurückzukommen. Das ist das Tattoo eines Toten und wir versuchen herauszufinden, zu wem es gehört.«

Hartwig hatte nicht das Gefühl, als hätte Jöns schon irgendeine Information von Traviér erhalten. *Und so, wie er uns entgegengetreten ist, hat er bis vor Kurzem gepennt. Oder ist das alles Show? Wusste er, dass wir bei Traviér gewesen sind?* Hartwig grübelte und beobachtete Jöns sehr genau. »Sagen Sie uns, ob Sie das Tattoo kennen.« Er tippte auf den roten Skorpion.

»Nein, zum Teufel! Kenne ich nicht! Woher sollte ich …«

Westermann winkte ab. »Zu wem gehört es?« Auch Dirk Westermann schlug einen harten Ton an.

»Weiß ich nicht!«

»Wollen Sie uns erzählen, Sie haben dieses Tattoo noch nie vorher gesehen?« Jöns nickte heftig. Westermann winkte ab. »Was glauben Sie, mit wem Sie hier reden? Wir haben unsere Informationen, nach der Sie und dieser Andrey …«

»Andrey Be… Below«, fing Jöns an zu stottern. »Was ist mit ihm? Es ist doch was passiert, so wie das hier aussieht oder?« Er tippte mit der Hand auf das Blatt. Mit einem Schlag schien er nüchtern zu sein.

»Dieser Mann hier ist tot. Ob es sich um Andrey Below handelt, versuchen wir gerade herauszufinden. Und Sie werden uns *hoffentlich* dabei helfen.«

»Andrey ist tot?«, fragte er und sah aus dem Fenster.

»Sie kennen die Person also doch, die zu dem Tattoo gehört?«

Jöns nickte.

»Sind Sie sicher?«

»Ja!«

»Und wie kommen Sie darauf, dass es sich um Andrey Below handelt?«

Jöns kippte mit einem Zug den Whisky hinunter. »Hier auf dem Tattoo sind Augen auf den Zangen. Sehen Sie?« Er tippte immer wieder nervös auf das Bild. »Die haben nur Andrey und ich auf unseren Tattoos.«

»Woher wissen Sie das so genau?«

»Deshalb!« Er sprang auf, drehte sich um die eigene Achse und deutete mit dem Finger auf seinen Nacken. Das gleiche Tattoo befand sich auf seiner Haut. »Darum, weil ich dasselbe habe.« »Warum sind da Augen?«, fragte Westermann.

»Warum, warum«, schrie Jöns. »Damit ihn niemand von hinten erledigt. Er war der Meinung, dass man nicht genug Augen in diesem Job haben kann. Versteh'n Sie? Ich hab ihn deshalb ausgelacht, aber er sagte nur, ›du wirst schon noch sehen‹.« Jöns goss sich ein weiteres Glas ein und leerte es mit einem Zug.

»Wer war Andrey Below?«, fragte Westermann.

»Mein … Angestellter, was sonst. Wir kennen uns schon ziemlich lange. Er arbeitet für mich.«

»Als was?«, fragte Thomas Hartwig und sah Jöns in die rot unterlaufenen Augen. *Der passt irgendwie nicht in diese Wohnung. Ist wie ein Fremdkörper.*

»Warum starren Sie mich so an? Gefalle ich Ihnen nicht?« Er griff sich fahrig in die Haare und zerrte an seinem Bademantel. »Ich hab heute Nacht einen zu viel gekippt, na und. Weiß nicht mal mehr, wie ich nach Hause gekommen bin.« Es schien, als wollte er für den miserablen äußerlichen Zustand eine Entschuldigung finden.

»Alles gut, reden Sie weiter.«

»Andrey ist …« Er fing an, die Worte genau zurechtzulegen.

»… war meine rechte Hand. Ich hab ein Massageinstitut.« Er wusste, dass er vorsichtig sein musste mit dem, was er von sich gab. Die Jungs der Kripo waren nicht zu unterschätzen. Damit hatte er bereits mehrfach Erfahrungen machen können. Jöns bearbeitete mit den Zähnen seine Fingernägel. Westermann registrierte das Verhalten des Mannes, der sich in desolatem Zustand befand, und zog die linke Augenbraue hoch.

»Wo ist dieses *Institut*?«, fragte Hartwig.

»Im unteren Bereich des Hauses. Mir gehört der Kasten.« Zumindest erklärte der Besitz eines Geschäftes die teure Inneneinrichtung dieser Wohnung.

»Und läuft?«

»Kann nicht klagen«, lallte Phillip Jöns.

»Wo war Andrey am letzten Freitag?«, fragte der Hauptkommissar. »Andrey war für ein paar Tage im Urlaub«, stotterte Jöns.

»Im Urlaub? Was wollen Sie damit andeuten?« Hartwig rutschte auf seinem Sessel in eine andere Position.

»Nach Dänemark. Von Puttgarden aus. Er wollte mit … Kaja …« Jöns wusste nicht, wie er das den Polizisten erklären sollte, ohne sich in Schwierigkeiten zu bringen.

»Und wo ist Kaja?«, fragte er stattdessen beiläufig.

»Kaja? Wer ist Kaja«, fragte Hartwig, sah dabei auf seine Hände und verzog keine Miene. Dirk Westermann kniff die

Augen zusammen und zog sein kleines Notizbuch aus der Cabanjacke. »Noch einmal. Wer ist Kaja?«

»Sie ist … meine Freundin. Sie und ihr Sohn«, er demonstrierte mit der Hand die Größe des Jungen, »sind mit Andrey zusammen nach Dänemark gefahren. Sie wollten einen … Kurztrip machen.« Er hielt einen Moment lang die Luft an. »Der Lütte wollte so gern ans Meer. Und da ich mich hier um die Geschäfte kümmern muss, da sind die Drei nach Puttgarden gefahren, um mit einer der großen Fähren nach Rødby überzusetzen«. *Verdammt, hoffentlich habe ich jetzt nicht zu viel erzählt. Jöns halt die Schnauze. Fragen, nur Fragen.*

»Wie heißt die Frau weiter?«

»Kaja … Kaja Lennart.« Schweiß trat aus den Poren und benetzte die Stirn.

»Ist Ihnen nicht gut?«

»Ich weiß nicht. Muss der Alkohol sein. Hab 'ne ziemlich lange Nacht hinter mir. Wo … wo ist Kaja?«, fragte er noch einmal.

»Das wissen wir nicht. Eigentlich wissen wir nichts weiter, als dass der Tote nach Ihren Informationen, sehr wahrscheinlich Andrey Below ist, und an einer der Küstenabschnitte von Fehmarn angespült wurde. Es sei denn … Gibt es noch mehrere dieser Tattoos mit den Augen in den Scheren des Skorpions?«

Jöns schüttelte heftig den Kopf. »Nein, das weiß ich ganz sicher. Das Ding ist auf seinem Mist gewachsen, weil er immer Angst hatte, hinterrücks niedergemacht zu werden. Aber das sagte ich doch schon. Das hat Traviér nur für ihn und mich gezeichnet.«

Westermann nickte. Er notierte sich den Namen der Frau und sah sich beiläufig im Raum um. *Wieso hat Traviér uns nicht erzählt, dass nur die beiden den Skorpion mit Augen haben?* Der Hauptkommissar machte sich Gedanken und weitere Notizen.

»Wo waren Sie letzten Freitag, sagen wir ab 22 Uhr?«, fragte Hartwig.

»Sie glauben doch nicht wirklich, dass ich … eh Alter. Wo soll ich wohl gewesen sein? In meinem Laden. Ich sagte doch bereits, dass ich geschäftlich hier nicht wegkonnte.«

»Ich glaube erst mal gar nichts. Ich stelle nur Routinefragen«, antwortete Hartwig. »Darf ich mal Ihre Toilette benutzen?«

Jöns nickte müde, kippte den Rest der Flasche ins Glas und ließ die Flüssigkeit die Kehle hinunterlaufen. Er schüttelte sich. »Im Flur, erste Tür links«, lallte er und machte eine kurze Handbewegung in Richtung Tür. Unsicher stand er auf und ging im Zimmer umher. Vor dem Fenster blieb er wankend stehen. Seine Augen waren glasig und er fuhr mit der Faust darüber, als wolle er Sand herausreiben.

Westermanns Blick haftete an einem Bild, das vor ein paar CDs in einem Silberrahmen stand. »Wer ist das?«

Jöns drehte sich langsam um. »Das, das ist Tim«, man spürte, dass er versuchte, die Worte unter Kontrolle zu halten.

»Und wer ist Tim?« Westermann stand auf und nahm das Bild in die Hand.

»Der Sohn von Kaja … ihr Sohn.«

Westermann nickte. »Ist das auch Ihr Sohn?«, fragte er.

»Nein, woher. Den Vater kenne ich nicht.« Der Kommissar konnte sehen, dass Jöns das Thema nicht zu gefallen schien. Er ging nicht weiter darauf ein. Das konnte ihm die Mutter selbst erzählen, sobald sie sie gefunden hatten.

Hartwig verließ das Zimmer, schloss leise die Tür hinter sich, und sah sich um. Überall akribische Ordnung. Das Bad war bis unter die Decke mit hochglänzenden weißen Kacheln gefliest. *Es riecht nach Patschuli*, dachte er und inhalierte den Duft, den er aus seiner Jugendzeit kannte. Fast jedes Mädchen der Schule trug damals Patschuli auf der Haut.

Der kleine Raum war komplett mit vergoldeten Accessoires ausgestattet, was Hartwig ein wenig an italienischen Barock erinnerte und auf ihn völlig überladen wirkte. *Selbst der Halter für die Klorollen ist vergoldet*, dachte er und schüttelte den Kopf. Ebenso wie Handtuchhalter, Zahnputzbecher und Duscharmaturen, die goldfarben glänzten. *Oder ist das etwa echtes Gold?* Hartwig konnte allerdings das eine nicht von dem anderen unterscheiden und legte grinsend die Stirn in Falten. *Fehlen nur noch goldene Zahnbürsten*, dachte er und machte eine abwertende Handbewegung. *Kann mir doch egal sein.* Er zog einen Handschuh aus der Jackentasche, streifte ihn über die rechte Hand und öffnete so leise wie möglich nacheinander die Schubladen, die sich unter dem Waschbecken befanden. Geräuschlos glitten sie heraus. *Das ist ja genial. Aber dieser ganze Hochglanzscheiß? Da lob ich mir mein Ikea-Bad*, dachte er und schaute beiläufig in den Spiegel. »Alter, du könntest dich glatt mal wieder rasieren«, sprach er mit dem Spiegelbild, das ihm müde und unrasiert entgegenstarrte. Um sich nicht verdächtig zu machen, drückte er die Klospülung und untersuchte den für das kleine Bad viel zu großen, mindestens 1,50 Meter breiten Spiegelschrank über dem Waschbecken. Langsam schob er die rechte Tür nach links. *Nichts außer Unmengen von Flaschen und Tiegeln, alles für Kerle.*

Was er suchte, wusste er eigentlich nicht genau. Mit den Fingern bewegte er vorsichtig die Flakons zur Seite. *Eindeutig zu teuer für einen kleinen Polizisten wie mich.* Thomas Hartwig zog die Tür wieder zu und öffnete die andere Seite. *Nichts Auffälliges. Nur Frauenzeugs. Tampons, Einlagen, Lippenstifte und Parfüms. Zumindest scheint er mit dieser Kaja hier zu wohnen.*

Er drehte den Wasserhahn auf und ließ das Wasser laufen, solange er damit beschäftigt war, den Schrank zu untersuchen. *Nicht ein Fingerabdruck auf dem Spiegel, wie langweilig. Auf Sauberkeit muss der ja großen Wert legen.*

Das Einzige, was ihm auffiel, war, dass es im Badezimmer nichts gab, was die Tatsache zuließ, dass in dieser Wohnung ein Kind lebte. *Keine Kinderzahnbürste, kein Badeentchen oder Kindershampoo. Irgendwie passte es nicht zusammen. Vielleicht leben die beiden ja auch gar nicht gemeinsam unter einem Dach, und das hier im Bad ist so eine Art Notration, wenn sie hier nächtigt.* In der gesamten Wohnung, die auf ihn einen eher sterilen Eindruck machte, gab es nicht ein einziges Stück, was einem Kind zugeordnet werden konnte. Hartwig machte sich Gedanken, zog den Handschuh aus und verließ das Badezimmer.

»Haben Sie ein Foto von Andrey, und vielleicht eines von Ihrer Freundin?«

»Weiß ich nicht. Warten Sie. In der Schublade hat Kaja all so ein Zeugs aufbewahrt. Sie läuft dauernd mit dem Handy herum und macht blödsinnige Bilder.« Jöns kramte in einem der Schubfächer im unteren Teil des Regals, gleich neben dem Fernseher. »Sag ich doch. Hier, da sind einmal Andrey … und hier Tim. Aber das ist schon ein bisschen älter.«

»Frau Lennart ist nicht auf einem Foto? Kein einziges Selfie?«, fragte Hartwig, der den Raum wieder betreten hatte und dem Zuhälter auf die Finger guckte.

Jöns schüttelte den Kopf. »Sie will nicht auf Fotos, findet sich zu hässlich.« Er wollte auf seine Wange deuten, verfehlte sie aber gänzlich. »Sie hat da eine Narbe, Sie verstehen. Will deshalb nicht auf Fotos.« Die Sprache entglitt ihm, als er sich wiederholte. Er raffte mühsam ein paar der Bilder aus der Lade und reichte sie Westermann, der mittlerweile aufgestanden war.

»Dürfen wir die mitnehmen?«

»Ja, wenn Sie die wiederbringen. Vielleicht ist das ja alles auch nur ein großer … *Irrrrtum.*«

»Noch einmal unsere Frage, dann lassen wir Sie allein: Wo waren Sie letzten Freitag?«

Jöns spannte plötzlich seinen Körper an und schrie: »Das war mein Freund … !«

JÖNS HAUT AB

Jöns schloss die Tür und torkelte ins Badezimmer. Er riss die Klamotten herunter und stellte sich unter den riesigen goldfarbenen Regenduschkopf. Eiskaltes Wasser lief über den Körper des betrunkenen Mannes.

Zehn Minuten später stand er, wenn auch ziemlich angeschlagen, in Jeans und T-Shirt im Flur, schlüpfte in krokodillederne Schuhe, griff nach einer Lederjacke und verließ die Wohnung. »Fehmarn! Die Schlampe ist irgendwo in Rødby oder auf dieser Insel«, fluchte er und ging die Treppe hinunter. »Dich finde ich. Mit meiner Kohle verschwindest du nicht. Gnade dir Gott.« Er ballte mit wutverzerrtem Gesicht die Hände zu Fäusten. Sein schwarzer 911er parkte direkt vor der Tür auf einem gekennzeichneten Platz. Nervös versuchte er, die Wagentür zu öffnen. Er stieg ein, startete und fuhr mit aufheulendem Motor aus der Parkbucht.

Westermann und Hartwig saßen währenddessen in ihrem Auto. Sie standen ein paar Fahrzeuge weiter, so dass sie den Eingang im Blick hatten.

»Eh, das gibt's doch nicht. Der fährt in dem Zustand tatsächlich noch Auto? Den holen wir uns«, sagte Hartwig.

»Bleib ganz ruhig. Diese Typen fahren kaum einmal nüchtern. Der bringt uns jetzt da hin, wo er seine Freundin vermutet. Mal sehen, wo er uns hinführt, der Gute.« Thomas Hartwig staunte nicht schlecht, als Westermann den Gang einlegte und Phillip Jöns folgte, der durch die Straßen raste und in keiner Weise auf irgendwelche Geschwindigkeitsbeschränkungen achtete.

»Wir können den doch nicht so fahren lassen«, antwortete Hartwig.

Westermann nahm wortlos sein Handy und wählte. »Hallo, Westermann. Könnt ihr bitte mal die ganze Truppe nach Fehmarn schicken. Wir brauchen sie auf den Fähren in Puttgarden. … Ja, wir vermuten, der ist über Bord gegangen. Danke. Ja, wir kommen nach, sobald wir können. Bis dann.«

»Warum sollen die denn auf die Fähren?«

»Hast du nicht mitbekommen, wie Jöns uns erzählt hat, dass die drei mit dem Fährschiff nach Dänemark rüber wollten?«

»Doch, aber …«

»Was aber … wenn die an Bord waren und er tatsächlich über Bord gegangen ist, dann haben wir auf jeden Fall schon mal den Tatort, oder?«

»Ja, du hast recht.« Während sie sich unterhielten, folgten sie dem Porsche, der mit überhöhter Geschwindigkeit Richtung Autobahn fuhr. »Wenn wir uns da mal nicht schon ein Ticket eingefangen haben«, mutmaßte Thomas Hartwig und hielt sich am Seitengriff fest. »Ich habe doch gleich gesagt, dass wir den nicht so fahren lassen dürfen. Was ist, wenn der einen Unfall baut. Mein Lieber, dann sind wir mit dran.«
»Jetzt mach dir mal nicht gleich in die Hose«, flachste Westermann, der Not hatte, dem Wagen so unauffällig zu folgen,

dass sie nicht von ihm bemerkt wurden. »Interessiert mich brennend, wo der jetzt hinfährt«, sagte Westermann.

»Wenn wir lebend ankommen«, antwortete Hartwig und hielt sich krampfhaft am Haltegriff fest.

EXPERIMENTE

»Alles ist vorbereitet.« Auf dem Tisch stand ein Metallgefäß, in dem das extrahierte Pseudoephedrin vor sich hin köchelte. »Jetzt muss ich nur noch die genaue Menge Batteriesäure und das Frostschutzmittel abwiegen, hinzufügen und dann kann es losgehen.«

Er wusste, dass die Substanzen potenziell explosiv waren. Aber er kannte sich aus, wie kaum ein anderer. Das kristallisierte Ergebnis konnte sich sehen lassen. Er selbst konsumierte es nicht mehr. Der Entzug im Knast hatte ihn fast an den Rand des Wahnsinns gebracht. Er wusste, was es anrichtete, es war ihm egal. Es gefiel ihm, nur derjenige zu sein, der das Zeug herstellte und unter die Leute brachte. »Was schert es mich, wenn sie daran krepieren. Hauptsache, die Kohle stimmt und ich kann genügend Penner und Nutten von der Straße holen.«

FREITAGNACHMITTAG, LENA TELEFONIERT MIT KAJA

Kaja saß auf der Ledercouch im Appartement und hatte es sich mit einem Buch gemütlich gemacht, als ihr Handy klingelte.

»Hallo Kaja, alles in Ordnung mit dir? Ich war richtig besorgt, weil du so fluchtartig verschwunden bist. Hab ich etwas falsch gemacht?« Lena redete wie ein Wasserfall, ohne Kaja auch nur im Geringsten zu Wort kommen zu lassen.

»Alles gut«, flüsterte sie. Neben ihr lag Tim im Bett und schlief. Es war so kuschelig im Apartment, dass sie den Nachmittag dazu nutzten, einfach nur auszuruhen. Draußen war es kalt und gruselig. Es nieselte und der Himmel schob graue Wolken vor sich her. Kaja zog die Gardine zur Seite und guckte aus dem Fenster. Es lag zum Garten und man schaute auf den mit Kies bedeckten Innenhof und den Carport. Sie blickte nach oben, während Lena am anderen Ende der Leitung mit ihr sprach.

»Hast du nicht Lust, zu mir zum Kaffee zu kommen? Sag nicht nein.«

Kaja holte Luft. »Du, das geht nicht. Tim schläft und …

ehrlich gesagt, habe ich keine Lust bei dem Wetter rauszugehen. Wir wollen es uns hier gemütlich machen. Entschuldige, vielleicht nächstes Mal.« Kaja drückte, ohne eine Antwort abzuwarten, den roten Knopf ihres Handys und schaltete es komplett aus. *Ich hab keine Lust, noch einmal auf Max zu treffen*, dachte sie und setzte sich auf die Couch. Dann nahm sie ihr Buch wieder in die Hand und fing an zu lesen.

HAUSBESUCH

Kurz nachdem Kaja aufgelegt hatte, klingelte es bei Lena Hartmann an der Tür.

»He, Charlotte, was machst du denn hier?« Lena sah erstaunt auf die Künstlerin, die in langer Hose und derben Stiefeln, angelehnt an ihr rotes Fahrrad, vor der Tür stand. »Hast du dich verlaufen?«

»Nein, ich dachte, ich statte dir mal einen Besuch ab. Kuchen hab ich von Börke gleich mitgebracht. Kröpel!« Die fast 70-Jährige rieb mit der freien Hand über den Bauch und griff anschließend in ihren Korb, der am Lenkrad des Rades angebracht war. Es war, als würde sie eine Abfuhr nicht gelten lassen.

»Na, dann komm mal rein«, lachte Lena, nahm ihr die Bäckertüte ab und bat Charlotte mit einer einladenden Geste ins Haus. »Ich koch uns einen Kaffee, zieh schon mal die Jacke aus und geh in die Stube.« Das ließ sich die Künstlerin kein zweites Mal sagen, pellte sich aus ihrem buntbedruckten Wollmantel, schlüpfte aus den Stiefeln und lief in selbstgestrickten dicken Wollstrümpfen sockfuß durch die Diele. Da sie nicht das erste Mal hier war, kannte sie sich bestens aus. Charlotte Hagedorn setzte sich auf die elegante Couch und blickte in den Garten bis Lena ins Zimmer kam.

»Was führt dich denn hierher?«

»Ich wollte eine Radtour machen und dachte, es wäre eine gute Idee, dir einen Besuch abzustatten.«

»Ja, das ist aber ein ganz schönes Ende vom Strukkamp!«

»Na und, ich bin fit wie ein Turnschuh, würde Katrin jetzt sagen.« Sie griente verschmitzt.

Lena setzte sich zu ihr auf das Sofa und stellte eine Kanne Tee auf den Tisch. »Du trinkst doch lieber Tee, oder?«

»Ja, ist fein, danke!«

»Und was gibt's Neues am Sund?«

»Gar nichts, rein gar nichts, deshalb komme ich ja zu dir. Vielleicht ist hier ja irgendetwas Spannendes passiert, was ich noch nicht weiß.«

»Was soll denn hier schon groß passieren.« Lena lächelte, aber es war kein besonders glückliches Lächeln. »Schade, ich wollte dich gerade fragen, ob du was Neues gehört hast.« Charlotte fiel sofort mit der Tür ins Haus. Es war keinesfalls ihre Art, lange Vorreden zu halten.

»Was soll ich denn gehört haben?«, Lena sah ihre Freundin erstaunt an.

»Vom Toten am Grünen Brink?«, fragte diese zaghaft.

»Ja, und was soll ich deiner Meinung nach darüber wissen? Ich bin doch kein Polizeibeamter.« Sie sah Charlotte entgeistert an. Die sprach ungeniert weiter.

»Na, ich meine, ob Max vielleicht …«

Lena hob die Hand. »Nein, der landet in diesem Fall kaum bei Max auf dem Tisch. Der ist, soweit ich weiß, in der Gerichtsmedizin in Lübeck. Ich will da jetzt nichts Falsches erzählen. Aber«, sie zuckte mit den Schultern, »keine Ahnung. Ich hoffe aber, dass du nicht deshalb hier bist, um mich über einen Toten auszufragen?«

»Neiiiin, niemals.« Charlotte plusterte sich auf wie eine Pute. »Ich wollte dich einfach nur besuchen«, log sie und ein zartes Tomatenrot stieg ihre Wangen hoch. Selbst ein Blinder hätte gespürt, dass die kleine *Miss Marple* es in diesem Fall mit der Wahrheit keineswegs genau nahm. Lena lächelte und drehte sich so zu Charlotte, dass sie sich Auge in Auge gegenübersaßen. Es war, als überlegte sie, ob sie ihr nicht doch ein wenig Futter geben sollte.

Dann sagte sie: »Das Einzige, was Max gestern Abend erwähnt hat, aber das darfst du nicht weitererzählen«, sie hielt den Finger über die Lippen, »war, dass die Polizisten eventuell eine Spur haben, die nach Hamburg führt. Hat Veit Max jedenfalls erzählt.« Sie hob abwehrend die Hand.

»Aha«, antwortete Charlotte und bohrte weiter. Es schien, als hätte Lena dem Vögelchen die Körner direkt unter die Nase gehalten. Sie musste nur noch zupicken. Charlotte Hagedorn hatte Blut geleckt. »Wissen die denn schon, wer das ist?«

»Nein, sagte ich doch gerade. Hörst du nicht zu? Ein Mann, soviel ist klar. Ziemlich groß. Und dass bis auf einen Oberschenkel sämtliche Gliedmaßen abgetrennt sind. Die haben wohl irgendein Zeichen gefunden, das die Beamten nach Hamburg führt.« Sie zuckte mit den Schultern. Charlotte nahm einen Kröpel vom Teller und biss herzhaft in das süße Gebäck hinein.

»Oh Mann, sind die lecker!« Zuckerkrumen, in denen die kugelrunden Kügelchen gewälzt waren, umgaben ihren Mund, sodass Lena in helles Gelächter ausbrach.

»Wisch dir mal den Mund ab.«

Charlotte nahm ihren Jackenärmel und fegte sich damit die Zuckerkrümel vom Mund. »Besser?«

»Mmh …«

»Wo der Tote wohl herkommt?«, drängte Charlotte weiter

und beobachtete Lena ganz genau. »Den haben sie ja eventuell mir nix dir nix über Bord geschmissen«, mutmaßte sie.

»So ein Quatsch. Wie kommst du denn auf sowas?«, fragte Lena zurück.

»Stell dir mal vor. Ich les da gerade ein Buch, »Passagier 23«, da wird exakt beschrieben, wie Menschen auf Kreuzfahrtschiffen spurlos verschwinden, einfach so!« Sie schnippte mit den Fingern.

Lena sah Charlotte fassungslos an. »Und niemand forscht da nach? Kannst du dir das wirklich vorstellen?«

»Wer weiß, vielleicht ist der ja tatsächlich von einer der großen Fähren entsorgt worden.«

»Das sind doch Hirngespinste. Was du dir alles so ausdenkst.« Sie zuckte mit den Schultern. »Ja, Ja. Auf jeden Fall sagen sie, dass die Strömung nordöstlich von Dänemark herkam, zu der Zeit, als sie ihn gefunden haben«, sagte Lena und wollte das Thema beenden. »Ist also wahrscheinlich durch die Driftströmungen im Grünen Brink gelandet. Soweit die Wasserschutz in Burg. Mehr kann ich dir zu der Geschichte auch nicht erzählen«, sagte sie und stand auf. In ihrer engen Jeans und dem cremefarbenen Wollpullover sah sie mädchenhaft und zerbrechlich aus.

»Und woher weißt du das?«, Charlotte ließ nicht locker und tat, als hätte sie den vorherigen Satz nicht gehört.

Lena stöhnte. »Von Max und der hat es von Veit.«

»Aha, also doch. Siehste, du weißt mehr als andere.«

»Vielleicht war es ja Selbstmord?«, sagte Lena und steckte genervt die Hände in die Hosentaschen.

»Glaub ich nicht. So wie der zugerichtet war.«

»Ach Charlotte, da muss man abwarten, was die Kriminaltechnik in Lübeck herausfindet.«

»Ja, ja. Und dann hörst du das bestimmt als Erste von Max«, lauerte Charlotte.

»Ja, aber offiziell erzählt der gar nichts. Das verstehst du wohl. Du darfst keinesfalls über das sprechen, was ich dir hier gerade erzähle. Das ist nichts für die Öffentlichkeit, bevor es amtlich bestätigt ist.« Lena hielt den Finger über die Lippen, setzte sich wieder und blickte ihre Freundin an. »Also, behalt das bitte für dich, sonst gibt es richtig Ärger für Max.«

Charlotte Hagedorn nickte und griff nach einem weiteren Kröpel. Dann fragte sie: »Wie geht es Max denn eigentlich?«

»Wieso fragst du?«

»Einfach nur so. Ich habe ihn ja Donnerstagabend in der Haifischbar mit dem Doktor gesehen.«

»Und? Gab es da irgendetwas Besonderes? Die trinken doch öfter ihr Bier dort zusammen.« Lena schüttelte fragend den Kopf.

»Ja, ich meine nur, die haben sich da, sagen wir mal, ganz anständig in die Wolle bekommen. Das sah ziemlich nach heftigem Streit aus bei den beiden. Ich dachte nur …«

Lena sah ihre Freundin ungläubig an. »Ne, Max hat mir nichts erzählt.« Lena druckste herum. Es war, als müsste sie überlegen, wie sie anfangen sollte. »Du, der erzählt mir schon lange kaum noch etwas.« Lena zuckte die Schultern und in ihren Augen lag plötzlich ein verräterischer Glanz.

»Oh meine Liebe, das wollte ich nicht.« Charlotte rückte zu Lena heran und streichelte ihr über den Arm.

»Kannst ja nichts dafür. Der hat sich irgendwie total von mir zurückgezogen. Ist nur noch in seinem Totenkeller. Ich weiß auch nicht. Seitdem er mit dem Doktor ständig nach Hamburg fährt, bin ich abgemeldet. Aber was soll's. Das interessiert dich sicher nicht.«

Charlotte tätschelte Lenas blasse Wange. »Du, wenn du mal reden möchtest, ich bin immer für dich da. Wir sind doch Freundinnen.« Lena nickte und goss Tee nach. Dann biss sie vorsichtig in den Kröpel, der bisher verwaist auf ihrem Teller lag. Aber Charlotte konnte sehen, dass er ihr nicht sonderlich schmeckte.

»Schmeckt der dir nicht?«

»Wer? Der Kröpel?«

»Die sind doch so lecker!« Charlotte hatte viel mehr erfahren, als sie eigentlich wollte. Nun musste sie nur noch herausfinden, was es mit dem Streit auf sich hatte. Trotz Lenas Traurigkeit machte Charlotte einen letzten Versuch. »Was hat der Doktor denn immer mit Max? Was machen die in Hamburg?«

»Symposium«, antwortete Lena traurig. »Sagt Max jedenfalls. Aber ich bin mir sicher, dass dort nicht alle zwei Wochen Seminare und Vorträge stattfinden. Ich hab bei der Innung angerufen. Stell dir vor, die wussten von keinem Kongress in der fraglichen Zeit.«

»Das ist ja interessant.« Charlotte zog die Augenbrauen hoch. »Wie hast du das herausbekommen?«

»Ich hab denen erzählt, ich müsste dringend meinen Mann erreichen, und hätte die Adresse des Meetings verlegt … und die haben mir dann erklärt, dass es überhaupt kein Treffen in Hamburg gab. Verstehst du nun? Ich glaube, die fahren nach Hamburg, um auf die Tonne zu hauen.«

»Wie meinst du das denn?«

»Na, auf die Tonne hauen, eben. Weiber, saufen, spielen.«

»Spielen, Weiber?« Charlotte biss herzhaft in den zweiten Kröpel. Die Zuckerkrumen legten sich wie ein Schutzschild um ihre Lippen, sodass Lena trotz ihrer Traurigkeit lachen musste. Sie fuhr Charlotte mit dem Finger über ihre Schnute und entsorgte die Zuckerkrümel auf dem Teller. Dann sprach sie weiter.

»Das darf aber wirklich niemand wissen. Max spielt ab und zu in der Spielbank auf dem Kiez. Da hat er auch den Doktor kennengelernt.«

»Und was spielen die da?«

»Na, was spielt man in einer Spielbank. Karten … Roulette … Poker, was weiß ich denn. Auf jeden Fall um Geld. Um viel Geld!«

Charlotte blieb der Mund offen stehen. »Aber davon weiß ich ja gar nichts.«

»Kannst du ja auch nicht. Die Männer erzählen nichts. Von dem Moment an, wenn sie über die Brücke fahren, sind ihre Mäuler verschlossen.« Sie zog mit einem imaginären Reißverschluss die Schnute zu. »Da sind sie sich einig«, sagte sie verbittert. »Die halten es wie die drei Affen: Nichts sehen, nichts hören, nichts sagen. Aber ich hab in seinem Jackett eindeutige Beweise gefunden. Eine Quittung von der Spielbank, ein anderes Mal eine Abbuchung von einem Puff. Der war zu blöd, um die Sachen wenigstens beiseitezubringen.« Lena sprang wütend vom Sofa auf und stierte in den Garten.

»Denkst du wirklich? Ist vielleicht nur ein dummer Zufall.«

»Na ja, 1550 Euro für ein paar Bier sind ja wohl ein bisschen viel Zufall. Und an Zufälle glaube ich auch nicht. Und er hat wahrscheinlich im Suff vergessen, dass ich die Buchführung mache«, schrie Lena auf einmal. Charlotte sah, dass es ihr schlecht ging.

»Ich glaube, ich bin müde.« Lenas Stimme zitterte, während sie aus dem Fenster sah. Charlotte erhob sich, schritt auf ihre Freundin zu und drückte sie.

»Wird alles wieder gut Liebes, glaub mir.«

»Ich glaub nur noch, was ich sehe, und das sind die Scherbenhaufen unserer Beziehung.« Tränen liefen ihr über die Wangen.

VERFOLGUNGSFAHRT NACH FEHMARN

»Mach endlich die Scheibenwischer an, man kann ja überhaupt nichts mehr sehen.«

Westermann saß angespannt auf dem Fahrersitz. »Die paar Tropfen. Stell dich bloß nicht so an«, sagte er.

»Ich stell mich nicht an, aber wenn wir kaum noch etwas sehen können, haben wir ihn bald verloren. Der rast ja wie ein Irrer über die Autobahn.« Hartwig sah angestrengt auf die Frontscheibe und fragte:

»Sag mal, wo sind wir denn jetzt eigentlich genau?« Er versuchte, aus dem Seitenfenster das nächste Autobahnschild zu erkennen.

»Wir sind fast in Neustadt! Ich glaub, mein Schwein pfeift. Soll ich dir was sagen. Der jagt nach Puttgarden.« Westermann bemühte sich, den Porsche nicht aus den Augen zu verlieren.

»Wie kommst du darauf, dass der nach Fehmarn fährt?«, fragte jetzt Hartwig grinsend.

»Wir haben ihn doch selbst darauf gebracht. Der sucht seine Freundin oder was denkst du? Ach, Mensch, was hast du denn geglaubt, wo der hinfährt? Mir war das sofort klar, als ich erwähnte, dass wir einen Toten auf der Insel gefunden haben. Der musste reagieren.«

Thomas nickte und blickte angestrengt auf die Fahrbahn. »Mann, das pisst wie Sau.«

Der Hauptkommissar schaltete den Scheibenwischer auf die höchste Stufe, weil es mittlerweile wie aus Eimern goss, und hielt angespannt das Lenkrad fest. »Kannst du dich mal einkriegen? Was sind denn das für Ausdrücke?«

»Na und?« Hartwig sah seinen Kollegen verschmitzt an und sagte: »Ja, wenn du das so sagst, hast du wahrscheinlich recht. Aber wo soll der denn anfangen zu suchen? Der weiß doch nichts.«

»Wir werden ja sehen, wohin die Reise geht. Auf jeden Fall bleiben wir ihm am Hals.« Westermanns Handy klingelte. »Thomas hier, geh ran.« Er reichte Hartwig das Telefon.

»Ja. Was habt ihr? Mmh, ja, gut. Das ist nicht viel Neues, was ihr uns da gebt. Aber danke erst mal.« Hartwig legte das Mobiltelefon in die Ablage.

»Na, was gibt's?«

»Eigentlich nicht sonderlich viel. Der Traviér ist vorbestraft wegen Diebstahl, mehreren Schlägereien und diversen Deals. Saß insgesamt fünf Jahre ein. Immer mal wieder. Kann ich mir gut vorstellen, so wie der sich uns gegenüber gegeben hat.«

»Nun bleib mal fair«, sagte Dirk Westermann. »Solange nichts bewiesen ist. Und wegen ein paar Tattoos ist man lange noch kein Krimineller.«

»Das habe ich ja auch gar nicht gesagt. Aber dass der nicht ganz koscher ist, sieht doch ein Blinder.«

Westermann konzentrierte sich auf die Fahrbahn.

»Fahr mal rechts rüber. Der ist auch auf der rechten Seite«, versuchte Hartwig, den Kommissar auf die andere Seite zu lotsen. »Der Jöns hat übrigens auch schon ein paar Jahre in

Santa Fu gesessen. Die gesamte Palette: Prostitution, Hehlerei, Schlägereien, Drogen und Mädchenhandel. Sieben Jahre hat ihm das insgesamt eingebracht.«

»Daher kennen sich die beiden vermutlich auch«, mutmaßte Westermann. »Die haben laut der Kollegen, als sie raus waren, gemeinsame Sache gemacht. Bis Traviér wieder einfuhr. Danach hatte der Tätowierheini wohl die Schnauze voll.«

»Dirk, pass auf, da ist Wasser auf der Fahrbahn. Pass auf, ich wollte hier lebend rauskommen!«, schrie Hartwig. Der Wagen fing plötzlich an, gefährlich auf dem Wasserfilm zu schwimmen. »Mensch pass auf, Aquaplaning! Verdammt.« Thomas Hartwig hielt sich am Seitengriff fest und sah seinen Kollegen fuchsteufelswild an. »Mann, Mann, Mann …«

Der Wagen schlidderte auf dem etwa 20 Meter langen Wasserfilm, der sich über die Fahrbahn gelegt hatte und geriet ins Schleudern. Westermann umfasste eisern das Lenkrad und versuchte das Auto, so gut er konnte, in der Spur zu halten.

Es musste ein Gefühl sein, als bewegten sie sich auf einem Schiff vorwärts. Ein paar Sekunden, dann spürten die Männer, dass der Wagen Haftung bekam. »Puuuh«, stöhnte Hartwig bleich und wischte sich die schweißnassen Hände an seiner Jeans ab. »Dass es mit dir mordsgefährlich ist, habe ich ja gewusst, aber dass du mich auch umbringen willst nicht!«

Westermann lächelte, obwohl auch ihm der Schreck in die Glieder gefahren war. Den kalten Schweiß auf seinem Nacken konnte Thomas Hartwig Gott sei Dank nicht sehen. »Erst einmal hieße es ›uns‹, nicht ›mich‹. Schließlich sitze ich auch mit im Wagen«, sagte er und klopfte Hartwig kurz mit der Hand auf den Oberschenkel.

»Halt die Hand gefälligst am Lenkrad! … und was ist mit Jöns passiert?«, griff Hartwig das Gespräch wieder auf. »Der ist doch immer noch mit den Prostituierten dabei.«

»Hat das ziemlich gut getarnt, mit seinem Massageklub. Dagegen gibt's nichts einzuwenden. Wir haben dadurch fast nichts in der Hand gegen den Mann«, sagte Westermann und hielt Abstand zu Jöns' Porsche. »Dem könnten wir allenfalls das Finanzamt vorbeischicken.«

»Das stinkt doch gewaltig zum Himmel. Offensichtlicher geht es gar nicht.«

Westermann lächelte. Er war erstaunt, wie schnell Hartwig dazugelernt hatte. Er wusste, dass er in ihm einen guten Partner gefunden hatte. »Der fährt tatsächlich nach Fehmarn«, sagte Westermann und sah Hartwig von der Seite an. Sie fuhren an der Ausfahrt Lensahn vorbei. »Sag mal, was ist eigentlich mit der Kleinen? Dieser Katrin? Triffst du dich noch mit ihr?«

»Ja«, antwortete Hartwig, aber sein Kollege spürte, dass ihm das Thema nicht behagte. »Die weiß aber nicht so recht, was sie will. Glaube ich zumindest. Sie ist lieb, aber bleibt auf Distanz.« Hartwig wischte mit der Hand über das Armaturenbrett, als wollte er die Gedanken fortwischen. »Der Typ, mit dem sie zusammen war, dieser Sven, weißt du noch? … kreist ihr wahrscheinlich immer noch im Kopf herum, obwohl der die Biege gemacht hat.«

»Der hat die Biege gemacht, was soll das denn bedeuten?«

»Auf die Kanaren.«

»Auf die Kanaren? Was will der denn da?«

»Na was wohl … Der braucht 'ne Auszeit, hat Katrin mir am Handy erzählt. Ich bin der Meinung, der hat sie nicht alle. Aber das muss sie ja selbst wissen. Obwohl, richtig unglücklich schien sie darüber auch nicht zu sein.«

Dirk Westermann nickte und überholte einen Ford, der mit 120 Stundenkilometern die rechte Seite befuhr.

»Ich denke, die sind gar nicht mehr zusammen. Jedenfalls haut man nicht einfach ab, wenn es nicht rund läuft oder? Aber ist auch egal, wer weiß bei den beiden schon, was Sache ist.«

Westermann ging nicht weiter darauf ein. Er spürte, dass er lieber den Mund halten sollte. Aber auch wenn es Hartwig anscheinend an die Nieren ging, so hatte Westermann auf einmal ein Gefühl in der Magengegend, das er sich nicht erklären konnte. Plötzlich gab der Hamburger Gas und Westermann musste sich wieder auf die Fahrbahn konzentrieren. »Der jagt mit seinem Porsche, als wenn er eine wichtige Verabredung hätte.«

Nicht einmal eine halbe Stunde später fuhren sie an Heiligenhafen vorbei. »Hab ich's nicht gewusst? Der fährt tatsächlich auf die Insel. Irgendwas weiß der, da bin ich mir ganz sicher. Der hat Dreck am Stecken. Vielleicht hat er diesen Andrey selbst entsorgt«, rief Hartwig.

»Weiß ich nicht. Der sucht meiner Meinung nach diese Kaja mit ihrem Kind.«

»Warum sollte er das tun? Meinst du nicht, dass der weiß, wo die steckt?«

Westermann zuckte mit den Schultern. »Es kommt darauf an, was sie mit der ganzen Sache zu tun hat. Normalerweise würde ich annehmen, dass sie sofort den Jöns anruft, wenn der Typ verschwindet. Vielleicht sogar die Polizei ruft, wenn ihm etwas zugestoßen ist. Wir müssen unbedingt die Frau finden, dann ergibt sich die Lösung vielleicht von ganz allein.«

Hartwig drückte auf den Knopf neben sich, und das Seitenfenster öffnete sich.

»Du, das ist kalt, mach zu.«

»Ich brauche frische Luft, damit ich einen klaren Gedanken fassen kann.« Er hielt den Kopf ein Stück aus dem Fenster und atmete die Ostseeluft tief in seine Lungen. »Riechst du das? Das Meer ist so geil.«

»Ja, nun komm wieder runter und schließ das Fenster.«

»Was ist, wenn diese Kaja ebenfalls verschwunden ist. Vielleicht finden wir …«

»Nein, glaub ich nicht. Alle drei tot? Nein!«

»Wir müssen auf jeden Fall an Jöns dranbleiben. Wenn der weiß, wo die sind, wissen wir es auch.«

MAX HANTIERT IM LEICHENKELLER

Lena konnte nicht schlafen. Sie wälzte sich unruhig von einer Seite auf die andere, schlug die Bettdecke zurück und schwang sich hinaus. Der Wind jaulte ums Haus und die feinen Äste der über 100 Jahre alten Rotbuche klapperten wie lange Fingernägel unablässig gegen die Scheibe. Lena verspürte Angst. Seitdem sie allein schlief, nahm sie jedes Geräusch im Gemäuer wahr. Oft wanderte sie nachts ängstlich durch die Räume und überprüfte, ob wirklich alle Fenster und Türen verschlossen waren. Max versprach zwar, sich darum zu kümmern, aber sie wusste, wie unzuverlässig er in diesen Dingen war. Solange er sich im Haus oder im Keller aufhielt, war es nur halb so schlimm. Wenn er allerdings auf einem seiner Trips nach Hamburg oder einem der Kneipengänge war, schlief sie kaum und stand morgens völlig übernächtigt auf. *Lange halte ich das nicht mehr aus. Diesen Mist muss ich mir wirklich nicht mehr geben. Da lebe ich besser allein.* Lena schlüpfte in ihren flauschigen Bademantel, der über dem weißen Korbstuhl hing, und verließ barfuß das Zimmer. Sie schlich den langen dunklen Flur entlang, bis zu Max' Tür. Hinter der Tür war alles ruhig, bis auf den Wind, der vor dem Haus sein Unwesen trieb. *Er scheint nicht da zu sein, sonst würde man das Schnarchen bis ins Wohnzimmer hören*, dachte sie und drehte sich von der Tür weg.

Es klang bei den nächtlichen Schnarchattacken, als zersägte er den gesamten Segeberger Forst in einem Rutsch. *Er ist nicht da. Dann kann er nur in seinem Keller sein.* Leise, als hätte sie Angst, Böses zu wecken, stieg sie die Treppenstufen ins Erdgeschoss hinab. Bei jeder Stufe knarrten die Holzstufen durchdringend. Sie lauschte angestrengt, ob sich irgendwo etwas bewegte. *Vielleicht ist er im Wohnzimmer.* Aber es war dunkel. Der Wind heulte. *Hier draußen dröhnt der Sturm viel gespenstischer über die Felder und um die Häuser als in der Stadt, wo alles geschützt ist. Ich will endlich weg hier.* Die unheimliche Geräuschkulisse erinnerte sie an schauerliche Horrorfilme aus den Achtzigern, wie »Shining« oder »Freitag der 13«, die sie damals mit ihren Freundinnen im Kino verschlungen und sie in Angst und Schrecken versetzt hatten. Jeder Gang nach Hause erschien ihr seitdem unberechenbar, düster und furchteinflößend. Hinter jedem Gebüsch vermutete sie Monster und Psychopathen die lauerten und nur darauf warteten, sie mit Äxten und Messern zu drangsalieren.

Heute Nacht flößten ihr die Dunkelheit und die beklemmenden Geräusche eine wahnsinnige Furcht ein. Unschlüssig verharrte sie im eisigen Flur und schlang ihre Arme um die Schultern, als müsste sie sich vor der Kälte, die draußen herrschte und Besitz von ihrem Körper ergriff, schützen. Sie öffnete die Haustür, schlüpfte in ihre Turnschuhe, die neben der Tür stets parat standen, und huschte die ungefähr zehn Meter bis zu seinem Keller durch den dunklen Innenhof. Das Licht ließ sie aus. Sie wollte nicht, dass Max sie sah. Der Sturm fegte ihr die Haare ins Gesicht, und am Himmel zuckte plötzlich ein Blitz. Erschreckt blieb sie stehen und fasste sich ans Herz. Oh, mein Gott. Lena fing an zu zählen, wie sie es schon in ihrer Kindheit tat, wenn ein Gewitter im Anmarsch war. Ihre Mutter saß dann oft bei ihr am Bett und gemeinsam zählten sie. »Fünf, sechs, sieben ... siehst du, das Gewitter ist noch über sieben Kilometer entfernt. Hab keine Angst«, hatte ihre Mutter sie beruhigt und Lena fühlte sich augenblicklich geborgen. Jetzt versuchte sie, sich selbst Mut zuzusprechen. »Zwei, drei ...«, ein lauter Knall ließ Lena aufschreien. Sie hielt sich die Hand vor den Mund und hoffte, dass Max sie nicht gehört hatte. Eilig huschte sie zum Kellereingang und wartete, ob ihr Mann heraufkam.

Bereits von außen sah sie den schwachen Lichtschein, der sich unter der Eisentür hindurchzwängte. *Er ist also bei seinen Leichen, das hätte ich mir ja denken können.* Eigentlich wollte sie wieder umdrehen, als der nächste Blitz den Himmel unwirklich erhellte. Sie drängte sich in den Eingang, als auch schon ein weiterer Knall mit einem mächtigen Grollen sie in die Ecke zwang. Der Sturm wehte ihr die ersten schweren Regentropfen ins Gesicht. Zögerlich schob sie einen Fuß vor den anderen. Sie hörte einen Ast knacken, zuckte zusammen und ihr Herz fing an heftig zu klopfen.

Die Angst lähmte ihren Körper. Sie hatte das Gefühl, als berührte eine eiskalte Hand ihren Nacken. Stocksteif blieb sie stehen und drehte sich abrupt um. Niemand stand hinter ihr und trotz der Panik, war sie nicht in der Lage, zurück ins Gebäude zu laufen. Das Licht schien eine sicherere Quelle als das Haus zu sein. Wieso heute, wieso jetzt? Von panischer Beklemmung angetrieben, öffnete sie vorsichtig die Metalltür. Noch nie vorher hatte sie den Keller betreten, diesen verdammten Keller, in dem Max *seine* Toten für ihre letzte Reise zurechtmachte. Leise drückte sie die alte Türklinke Zentimeter für Zentimeter herunter. Ein greller Blitz erhellte abermals den Himmel und das Grundstück. Sie sprang ins Innere des Kellerabstiegs und zog die Tür zu. Der Donner schien sich direkt über ihnen zu entladen. *Was, wenn er mich hört? Aber es ist egal, ob er mich hört. Ich bin schließlich seine Frau. Kann jederzeit in den Keller gehen*, versuchte Lena, sich Mut zuzusprechen. Max würde es allerdings sehr merkwürdig finden, wenn sie, ausgerechnet in der Nacht, den Weg zu ihm suchte, wo sie ansonsten niemals freiwillig den Keller betrat.

Es war Mitternacht, sie konnte nicht schlafen und huschte im Dunkel umher.

Sie drängte sich auf der rechten Seite in die dunkle Ecke. Ein paar Sekunden blieb sie angespannt stehen und lauschte, ob Max etwas bemerkt hatte. Nichts, außer leisem Radiogedudel drang zu ihr herauf. Auf Zehenspitzen schlich sie zitternd die ersten drei Steinstufen hinunter. Er konnte sie keinesfalls sehen, weil die obersten Treppenstufen nicht im Lichtkegel des Raumes lagen. Noch eine Stufe. *Er hört hier Andrea Berg: Du hast mich 1000 Mal betrogen? Wie krank ist das denn bitteschön, und wie wahr?*

Eine weitere Stufe, dann hockte sie sich hin und sah unter dem Mauervorsprung hindurch.

Ihr stockte der Atem … Was sich dort unten abspielte, war mehr, als sie vertrug. Die Szene glich einem schlechten Gruselfilm. Das war realer Horror, der sich vor ihren Augen auftat. Das Herz schlug ihr bis zum Hals. Vor der Tür donnerte es im Minutentakt und der Wind jaulte erbarmungslos. Sie konnte nicht fassen, was im Kellergewölbe geschah und ihr wurde übel. Max hantierte mit einem Seziermesser an einem toten Körper herum. Die Leiche lag auf dem Sektionstisch und der Bestattungsunternehmer zog in diesem Moment einen etwa 40 Zentimeter langen tiefen Schnitt oberhalb des Bauchnabels ins Fleisch. Die Gedärme quollen aus der Öffnung. Sie erkannte es so genau, weil Max hinter dem Tisch stand. Dann wendete er sich für einen Moment ab, um eine Metallschale zu holen. *Was passierte hier unten?* Lena zog angeekelt den Kopf zurück. Sie hatte genug gesehen, bekam keine Luft und kämpfte mit dem Magensaft, der ihre Speiseröhre heraufkroch. Vorsichtig erhob sie sich, tastete mit den Füßen rückwärts die Stufen hoch und versuchte, genauso lautlos wie sie hereingekommen war, den Keller zu verlassen. Ihr Herz raste und sie hatte das Gefühl, jeden Augenblick einen Herzinfarkt zu bekommen. Sie hielt den Bauch, hastete aus dem Kellereingang und übergab sich auf den Kiesboden. *Was geht da unten vor sich …?*

MAX WIRD HELLHÖRIG

Max starrte auf den Metalltisch, den er in einem Auktionsverkauf günstig erstanden hatte. Es war komfortabel, *seine* Verstorbenen auf derart hochwertigem Gerät für die Ewigkeit zurechtzumachen. Es war ihm egal, dass der Tisch zuvor in einer Gerichtsmedizin einen Platz hatte. Die Toten störte es nicht mehr. Er begab sich mit zwei Schritten zu einem kleinen Handwaschbecken. Spülte das Blut von den Handschuhen, trocknete sie flüchtig mit einem Papiertuch aus einer Pappbox und zerrte sie von den Händen. Anschließend drückte er einen Schalter am Metalltisch und bewegte ihn damit ein paar Zentimeter in die Höhe. Das Handy piepte. Mit spitzen Fingern zog er es aus der Hosentasche, legte es auf das Metallbett der Verstorbenen und nahm das Netzkabel vom Regal. Danach schob er den Stecker in eine am Tisch integrierte Buchse, die normalerweise für Kopfsägen gedacht war.

Ihm war heute Nacht keineswegs nach pfeifen oder singen, wie er es eigentlich tat. Er fühlte sich nicht wohl in seiner Haut. Es war ein Glücksfall, dass die alte Frau, die gebürtig aus Dänemark stammte, in Heimaterde beerdigt werden sollte. Es würde der letzte Deal sein, das hatte er sich geschworen.

Max wollte die Verstorbene Montagvormittag nach Kopenhagen überführen, von wo aus sie weiter nach Brede geleitet werden würde. Dass Max auf dem Weg nach Kopenhagen einen Zwischenstopp in Marielyst einzulegen gedachte, wusste niemand. Und es sollte definitiv die einzige Überfahrt mit derart brisanter Fracht bleiben, dessen war er sich sicher.

Mit dem Hemdsärmel wischte er die Schweißperlen von der geröteten Stirn. Ihm war unwohl und er setzte sich ermattet auf einen Hocker, der an der Seite neben dem Sarg stand. Max hielt inne. Er nahm ein Kratzen wahr. Es hörte sich an, als wenn jemand mit Schmirgelpapier über Stein fuhr. Die Scharniere der Stahltür oberhalb der Treppe quietschten. *Bilde ich mir das jetzt ein?* Ohne den Kopf auffällig zu drehen, versuchte er dennoch, aus den Augenwinkeln nach oben zu sehen, um jedes noch so kleine Geräusch zu orten. *Da ist nichts, alles nur Einbildung.* Er stand auf und wandte sich wieder dem Tisch zu. Das Gefühl, jemand könnte ihn bei seiner … *Arbeit* beobachten, behagte ihm nicht.

Wieder schabte es. *Atmet da jemand?* Max hielt den Atem an und verhielt sich ruhig. Er regelte den Knopf des Radios herunter. Nun war Totenstille. »Krzzzz …«

Da, jetzt habe ich es genau gehört. Mit einem Ruck drehte er sich um, und starrte auf die Kellertür, von der er das Schaben vernommen hatte. Wer zum Teufel ist da …?

Max stürmte die Stufen hoch, riss die Tür auf und blickte in den düsteren Hof. Niemand war zu sehen. Nur der Wind und die Blitze, die wütend über den dunklen Himmel zuckten.

SAMSTAGMORGEN CHARLOTTE UND KATRIN FRÜHSTÜCKEN

»Na, Eule, hast du endlich ausgeschlafen?« Charlotte stand in der Küche und brühte Tee auf. Sie stellte den Kessel zurück auf den Herd und fuhr sich durch die Haare. Dann rieb sie mit ihren Händen über die blaue Leinenhose, als wolle sie die Falten, die dem Stoff seine Struktur gaben, glattbügeln. Es war bereits nach 10 Uhr, und sie wollte noch nach Burg zum Einkaufen.

Katrin setzte sich im Schlafanzug, der aus New York stammte und mit »Super Mario«-Motiven bedruckt war, an den Frühstückstisch und fingerte eine Scheibe Brot aus dem Körbchen. Sie gähnte und versuchte Ordnung in ihre langen, brünetten Haare zu bringen.

»Du solltest vielleicht mal zum Friseur. Deine Mähne ist ganz stumpf und sieht krisselig aus«, Charlotte musterte ihre Nichte kritisch.

»Krisselig, was soll das denn heißen? Das ist meine Naturkrause, die immer mehr durchschlägt. Hab ich von Mama geerbt.«

»Na, dann …«

Charlotte setzte sich und nahm ebenfalls eine Stulle. Sie schmierte einen ordentlichen Klecks Butter auf die Scheibe und ließ im Anschluss einen Teelöffel Honig auf die Butterstulle laufen.

»Pass du mal lieber auf deine Figur auf, Tantchen«, sagte Katrin lachend.

»Ich bin 70, da ist es nicht mehr so wichtig, dass man mit Modelmaßen durch die Gegend läuft. Reicht ja, dass du so dünn bist …« Sie biss herzhaft in ihr Brot. Bei Katrin dagegen hatte es eher den Anschein, als knabbere sie wie ein Mäuschen nur ein wenig am Feinbrot herum.

»Sag mal, warst du nicht gestern noch bei Lena zum Kaffee?« Plötzlich wurde es ruhig in der gemütlichen Küche. Nur das Ticken der Küchenuhr unterbrach die Stille.

»Ja, aber eigentlich … Ich weiß gar nicht, ob …«

»Wieso, was ist denn passiert? Habt ihr euch gestritten?«

Charlotte sah ihre Nichte erbost an. »Gestritten? Ich streite mich doch nicht. Ne, aber das war schon sehr merkwürdig bei Lena. Ich glaube, da geht so langsam alles den Bach runter.«

»Wie meinst du das denn?« Katrin nahm einen Schluck Tee, der seinen Pfefferminzduft in der gesamten Küche verteilte, und legte erstaunt ihre Scheibe Vollkornbrot auf den Teller zurück.

»Ich glaub, die trennen sich bald. Was Lena mir alles erzählt hat … Aber behalt das bloß für dich. Sie hat mich extra darum gebeten, es niemandem zu erzählen … hörst du?« Charlotte legte wie zur Warnung den Zeigefinger über ihre Lippen.

Katrin streckte die Beine aus, rutschte auf dem Stuhl nach unten und antwortete: »Was glaubst du, dass ich jetzt durch Burg renne, und jedem erzähl, was bei Lena zu Haus los ist? Tantchen, Tantchen. Du solltest mich eigentlich kennen.« Sie stellte den Becher lautstark zurück auf den Holztisch.

»Ich weiß. Ich möchte nur nicht, dass irgendjemand erfährt, wie es hinter den Mauern von Lena und Max aussieht. Und da ist nun wirklich die Kacke am Dampfen!«

»Charlotte!«

»Ja, ist doch wahr. Max betrügt Lena wohl mit irgendwelchen Weibern in Hamburg, spielt und säuft mehr, als er verträgt.«

»Wie kommst du denn darauf. Was für Weiber denn? Hat Lena ihn erwischt?«

»Na, Weiber halt … Nutten, wenn du es genau wissen willst. Ne, erwischt hat sie ihn nicht, aber typisch Mann, eine Abrechnung hat er in seinem Jackett vergessen. Und noch irgendetwas. Wenn ich das noch wüsste. Ach ja: Der Max spielt.«

»Wie, der spielt? Mit den Weibern?«

»Ach geh, in der Spielbank um viel Geld. Und das Tollste, da hat er auch den Doktor kennengelernt.« Charlotte stand auf und füllte noch einmal heißes Wasser in die Teekanne.

»Na und. Das weiß ich auch.«

»Aber ist das nicht komisch, dass der Doktor in die Spielbank geht? So hätte ich ihn gar nicht eingeschätzt.«

»Auch Ärzte sind nur Menschen und haben irgendeine Schwäche. Der spielt halt ein bisschen, why not. Ich denke, er kann sich das auch leisten, als Arzt.« Katrin nahm sich einen Kandis und ließ ihn in ihren Teebecher fallen.

»Findest du es nicht komisch, dass er als Arzt auf dem Kiez herumstreunt?«

»Mir egal. Wir sind auch jedes Wochenende auf 'm Kiez unterwegs gewesen. Und da sind keineswegs nur Besoffene und Junkies. Die Zeiten sind lange vorbei. Das ist 'ne ziemlich noble und kultige Geschichte geworden. Bis auf ein paar Ausnahmen natürlich. Da trifft sich Kunst und Kultur, genauso wie Anwälte und Ärzte mit Studenten und Pennern. What else.«

»Sprich mal deutsch. Ihr mit eurem neudeutschen Gequatsche. Ja, aber hier hat man das Gefühl, der Doktor ist der absolut charmante Saubermann, verstehst du, was ich meine?«

»Nur weil er gut aussieht, und seinen Job ordentlich macht, kann er doch auch ein paar dunkle Seiten haben … Ich find ihn jedenfalls ziemlich interessant. Wenn du verstehst, was ich meine.« Katrin griente. »Und der Max hat ein bisschen große weite Welt gerochen. Ist menschlich, ich meine männlich.«

Charlotte schnappte nach Luft, wie ein Fisch auf dem Trockenen. »Deshalb betrügt man aber seine Frau nicht!« Erbost schlug sie mit der Faust auf den Tisch.

»Jetzt bin ich aber mal wach«, sagte Katrin lachend. »Mein Gott, das sind Männer. Und in dem Alter meint man, man muss sich noch einmal was beweisen. Geht auch wieder vorbei. Lasst doch den Mann.«

»Das sieht Lena aber ganz anders. Jetzt ärgere ich mich, dass ich dir davon erzählt habe.« Sie stand auf und nahm ein paar Teller in die Hand, die am Waschbecken standen. »Du verstehst eben nicht, was …«

»Stopp. Du vergisst die Arie mit Sven. Weißt du noch, wie ich gelitten habe? Und am Ende war alles nicht wahr, was man mir über sein Verhältnis erzählt hat. Wer weiß, was an der Geschichte wirklich dran ist. Vielleicht übertreibt Lena ja auch ein wenig.« Katrin stand auf. »Ich fahr heute Nachmittag nach Wester … Wellenreiten. Der Wind soll noch weiter zunehmen. Willst nicht mitkommen und ein paar Fotos schießen?«

Charlotte schüttelte missmutig den Kopf. »Ne, hab Wichtigeres zu tun.« Demonstrativ klapperte sie mit dem Geschirr, als sie es in den Schrank einräumte.

»Nimm das man nicht allzu ernst. Ich hab dich lieb.« Katrin warf ihrer Tante eine Kusshand zu und verschwand in den Flur.

»Und wer räumt bitteschön den Tisch ab?«, rief diese ihr hinterher.

Charlotte wusste, dass irgendetwas an dieser Geschichte ganz und gar nicht stimmte. *Wieso hatten die beiden Männer sich so in der Wolle, wenn sie doch so eins sind? Um was für ein Geschäft ging es in der Haifischbar? Was hat Max so aufgeregt? So habe ich ihn noch nie vorher gesehen.*

»Ich muss noch einmal zu Mirella. Die war schließlich die ganze Zeit mit den beiden in Kontakt. Vielleicht hat sie irgendwas mitbekommen. Ja, ich muss nach Burg, dann kann ich das gleich miterledigen.« Sie ließ auf dem Tisch alles stehen, wie es war, ging in den Flur, nahm ihren Mantel vom Haken und verließ das Haus.

VERFOLGUNGSWAHN

»Ich hab ein bisschen das Gefühl, der eiert sinnlos in der Gegend rum. Wenn der was wüsste, würde er mit Sicherheit eine Adresse ansteuern, aber der führt uns jetzt schon eine halbe Stunde über die Insel, ohne dass irgendwas passiert ist.«

Westermann sah seinen Kollegen von der Seite an und nickte. »Ich denk auch, das ergibt heute keinen Sinn mehr.«

»Da schau mal einer an.« Sie fuhren durch Puttgarden Richtung Fährhafen und Jöns bog in die Einfahrt zu einem großen Hotel.

»Der fährt in das Hotel. Siehst du?« Hartwig schlug sich mit den Händen auf die Oberschenkel. »Da ist der auf jeden Fall gesaved. Ich denke, bis morgen früh passiert da nicht viel. Der sucht, und weiß auch nicht wonach. Lass uns lieber zum Fährhafen weiterfahren. Die Spusi ist mit Sicherheit schon auf einer der Fähren.«

Westermann lenkte den Wagen am Hotel vorbei und blieb auf der Straße zum Fährhafen. Auf dem Parkplatz vor dem Ticketing standen die Fahrzeuge der Kollegen, die bereits im Gebäude warteten.

»Moin, na wie sieht's aus?«, fragte Westermann, als er Veit im Pulk der Spurensicherung entdeckte.

»Das wird schwierig. Wir können nicht mal so eben auf die Fähren.«

»Warum das nicht? Spinnen die hier. Die behindern unsere Untersuchungen.« Westermann sah Hartwig an und schob sich durch die Leute, bis er vor einem Mitarbeiter des Fährbetriebes stand. »Was soll das, wieso können unsere Leute nicht auf die Fähre?« Sein strenger Blick schien den Supervisor jedenfalls keineswegs einzuschüchtern.

»Nun mal ganz langsam. Es ist nicht so, dass Sie hier nicht Ihre Arbeit machen sollen. Aber Sie dürfen nicht einfach auf die dänischen Fährschiffe. Das ist Hoheitsgebiet der Dänen. Da müssten Sie sich zuerst einmal um dänische Amtshilfe kümmern. Bei unseren Schiffen ist das überhaupt kein Problem.« Das saß.

Westermann wandte sich seinen Kollegen zu und sagte: »Er hat recht. Wir können nicht einfach auf die Schiffe. Ich ruf auf der Dienststelle an, die sollen mir die Telefonnummer der skandinavischen Kollegen durchgeben.« Die Mitarbeiter der Spurensicherung standen unschlüssig herum.

»Die Schleswig-Holstein kommt in einer Minute. Dann können Sie auf deutscher Seite schon mit Ihren Untersuchungen anfangen … Aber was suchen Sie eigentlich?«, fragte der Supervisor.

Hartwig antwortete: »Montag ist eine männliche Person am Grünen Brink an Land gespült worden, der sich nach Zeugenaussagen auf einer der Fähren befunden haben soll. Mehr wissen wir auch nicht.«

Der Sicherheitsbeamte rieb sich das Kinn. »Haben Sie eine Fahrkarte bei ihm gefunden?«

»Nein, der hatte außer ein paar Stofffetzen nichts mehr am Leib. Da war auf jeden Fall kein Ticket.«

»Schade, dann wäre es einfacher, ihn einer Fähre zuzuordnen.« Der ungefähr 50-jährige Mann überlegte und fuhr sich durch die kurzen, braunen Haare.

»So wie ich das sehe«, Westermann deutete nach oben, »haben Sie doch Kameras installiert. Sind die überall?« Er hatte sich die ganze Zeit im Eingangsbereich der Fähranleger umgesehen und die Kamera entdeckt, die links oben in einer Ecke befestigt war.

»Nein, natürlich nicht! Nur vereinzelte Bereiche sind mit Videokameras gesichert.«

»Können wir das Material bitte sichten, oder gibt es da auch Probleme mit den Dänen?«

»Die deutschen An- und Abfahrtszeiten können Sie morgen Früh einsehen, dann hab ich alles für Sie zusammengestellt. Die dänischen … Da holen Sie sich bitte Amtshilfe.«

»Wir brauchen den Zeitraum vom letzten Freitag bis zum darauffolgenden Montag.«

LENA HAT ANGST

Lena rannte über den Hof, als wäre der Teufel persönlich hinter ihr her. Teuflisch war, was sie gerade gesehen hatte. Max hantierte an einem Toten herum. Lena schluchzte. »Ich muss hier weg.« Sie verschloss zitternd die Haustür, lief in ihr Schlafzimmer im oberen Stockwerk, knallte die Tür zu und griff nach dem Handy auf dem Nachttisch.

Ich muss mit irgendjemandem sprechen. Aber wem kann ich vertrauen? Charlotte ist lieb, aber viel zu neugierig. Und sie würde alles herunterspielen. Lena hatte kaum nennenswerte Freundinnen, mit den sie sich über so private Dinge, wie ihre Ehe, austauschte. Dafür kannte sie die Frauen in ihrem Umfeld zu gut. Beim nächsten Kaffeeklatsch wäre ihre Ehe dann das Thema, was *dort* haarklein ausgebreitet würde.

Unschlüssig saß sie auf der Bettkante und überlegte. Dann war es, als hätte sie eine Eingebung. Sie wählte die Nummer von Kaja. Auch wenn sie die Frau nur kurz kannte, so hatte sie doch das Gefühl, sie wären schon ewig befreundet. Kaja war so weit entfernt von all dem Gerede, dass sie ihr als Einzige objektiven Rat geben konnte. Entschlossen wählte sie. *Gott sei Dank, haben wir die Nummern nach unserem Crash im*

Schwimmbad ausgetauscht. Mit zitternden Fingern drückte sie auf den grünen Hörer.

»Geh ran, bitte, geh ran!«, flüsterte Lena, während sie das Handy fest an die Ohrmuschel presste. Ihre Kehle war ausgetrocknet und sie zitterte immer noch am ganzen Körper. Die knorrigen Äste schlugen wie eine Warnung drohend gegen ihre Scheibe. Das Gewitter grollte in unverminderter Lautstärke über das Dorf am Meer.

»Kaja?, ich bin's, Lena. Entschuldige, wenn ich dich geweckt haben sollte. Ich muss unbedingt mit dir sprechen … ja, es ist sehr wichtig … Morgen früh? Ja, ich komme zu dir … du musst mir helfen … ich muss weg … wieso? Das erzähl ich dir dann … nein, ich kann nicht bleiben … erzähl ich dir alles morgen. Um neun? … Bin ich da.«

Lena hatte einen Entschluss gefasst. Sie würde Max verlassen. Sobald er aus dem Haus war, morgen Früh. Sie hatte Angst und würde keine weitere Nacht unter diesem Dach verbringen.

PHILLIP HAT BESUCH

Jöns brummte der Schädel. Er musste herausbekommen, wo Kaja war, schlug die Bettdecke zurück und setzte sich aufrecht hin. »Oh Mann, irgendeiner von den Whiskys muss schlecht gewesen sein.« Phillip versuchte, die Erinnerung an die letzte Nacht zurückzuholen, aber in der Birne war nichts als ein schwarzes großes Loch. »Ich brauch 'ne Aspirin«. Er nahm den Kopf in die Hände und stützte sich mit den Ellenbogen auf den Knien ab. »Da brat mir doch einer 'nen Storch. Ich hab doch sonst keinen Brummschädel.« Neben ihm bewegte sich plötzlich die Bettdecke. Jöns sprang von der Kante auf und drehte sich erschreckt um. »Was zum Teufel?« Blonde Haare lugten unter dem Federbett hervor und Jöns rieb sich verwundert die Augen. »Hab ich sie jetzt nicht mehr alle?« Er ging um das Bett und riss ruckartig die Decke zurück. Neben ihm lag eine Frau. Nicht mehr ganz taufrisch, aber auch nicht unattraktiv. Die Frau schien in ihrem Schlaf gestört, räkelte ihren Körper und rieb sich verschlafen die Augen.

»Hej, alt, okay?«

»Wat is los? Wer bist du?«

»Jag heter Anna«, antwortete die Frau blinzelnd. So wie es aussah, hatte sie ebenfalls mit den Folgen der letzten Nacht zu kämpfen.

»Wie bist du in mein Bett gekommen?« Er stutzte. Ihrem Kauderwelsch zufolge, verstand sie nicht, was er sagte, also probierte er es auf Englisch. »Where do you come from?« Die Blondine setzte sich auf und versuchte fahrig, einigermaßen Ordnung in ihre lange Mähne zu bekommen.

»Göteborg i Sverige. Jag är svenska.«

»Ach wat. Schwedin … Da halt einer die Luft an.« Als er sie von der Seite betrachtete, kam auch bruchstückhaft die Erinnerung zurück. »Ja, du bist die mit der Whiskyflasche. Hattest ja ganz schön einen im Tee.« Jöns grinste. »Aber auf der Matratze warst du eine Granate. So eine wie dich könnte ich gut in meinem Laden gebrauchen. Du verstehst kein Wort, oder?« Er war sich ziemlich sicher, dass die schlanke Frau auf dem Laken nicht ein Fitzelchen von dem verstand, was er erzählte. Phillip Jöns bemerkte erst jetzt, dass er völlig nackt vor der Schwedin stand »Gefällt dir, was du siehst?«, lachte er laut. Jöns atmete tief ein und pumpte seinen Körper auf. »Da haben wir aber mal ganz schön getankt, Mädel.« Jöns sah sich im Zimmer um und deutete auf die leere Whiskyflasche. Unzählige Bierflaschen lagen herum.

Er strich sich durch die abstehenden Haare und versuchte sie mit der Hand einigermaßen zu bändigen. Was ihm allerdings nur mäßig gelang. Er sah aus, als hätte er mindestens eine Woche durchgesoffen, und wäre auf dem Weg, sich Dreadlocks zuzulegen. Und so fühlte er sich auch. Jöns suchte nach seiner Armbanduhr, die er auf dem Nachttisch entdeckte. Er nahm sie an sich und schaute darauf. »Scheiße, schon nach acht. Mädchen, nichts für ungut. Du musst jetzt verschwinden. Ich hab noch eine Menge zu erledigen. You must go, I must work. Hopp, hopp!« Jöns fegte sie andeutungsweise mit den Händen aus dem Bett. Die Schwedin verstand, auch ohne dass er sich in ihrer Sprache mit ihr unterhielt. Sie schwang sich, nackt wie sie war hoch, schlängelte sich an ihm vorbei, nicht ohne seine nackte Haut mit ihren Brüsten zu berühren. Mit einem lasziven Blick bückte sie sich vor ihm, so dass er ihren Hintern betrachten *musste*. Raffte in Zeitlupentempo ihre Kleidung zusammen, die genau wie die leeren Flaschen verstreut am Boden des Hotelzimmers lagen, und verschwand im angrenzenden Badezimmer.

Jöns bewegte sich zum Fenster, kratzte unbeobachtet sein *bestes* Stück zwischen den Beinen. Er blickte über die Hafenanlage der Reederei und den Belt. *Dafür, dass die Zimmereinrichtung ein bisschen in die Jahre gekommen ist, macht der Ausblick alles wett. Ich frag mich, wo die abgeblieben sind? Die können nicht weg sein. Irgendwo hängen die hier rum und verkriechen sich.* Jöns Gedankenwust hatte ihn trotz des mächtigen Katers wieder im Griff. Er seufzte, schmatzte und versuchte damit, den schalen Geschmack im Mund wegzubekommen. Angewidert schüttelte er sich. *Zähneputzen könnte helfen*, dachte er und schaute auf das schwimmende Einkaufszentrum, das als Verkaufsshop für Skandinavier und Touristen am Kai lag und Ähnlichkeit mit einer Fähre aufwies. »Portcenter« stand in großen Buchstaben an der Außenfront. *Vielleicht sollte ich noch ein paar Flaschen für meinen Laden mitnehmen. Bietet sich an, wenn ich schon mal hier bin.* Er drehte sich gähnend vom Fenster weg, fuhr mit der Hand über sein stoppeliges Kinn. *Ich glaube, ich muss mich rasieren, so kann ich nicht …* Die Schwedin kam aus dem Bad und sah in ihrer Jeans und ihrer Bluse wieder recht passabel aus.

»Vi träffas vid frukost. Vi gå direkt tillbaka till Göteborg. Bye det var trevligt med dig.« Auch wenn Jöns nicht ein einziges Wort verstand, nickte er und drückte ihr einen Kuss auf die rot geschminkten Lippen, während er mit dem Zeigefinger über ihre Brustwarzen fuhr, die unter der dünnen Bluse hervorstachen.

»Ciao, Baby. Und wenn du mal einen richtig *geilen* Job suchst, … kannst mich ja anrufen.« Er grinste erneut, weil er wusste, dass sie genauso wenig verstand wie er vorher, tätschelte ihr den Hintern und bugsierte sie aus der Tür.

Dann war sie verschwunden. Phillip Jöns suchte die Klamotten auf dem Boden zusammen, und ging in das vernebelte Badezimmer, in dem die warme Luft nach Poison roch. Er drehte den Knopf an, sprang unter die Dusche. »Geiles Weib. Saugeil.«

Eine Viertelstunde später saß er im Wagen und fuhr Richtung Burg …

KÜCHENGESPRÄCHE

»Wer will denn jetzt schon wieder was? Es ist doch erst sieben Uhr!« Die Klingel an der Haustür ließ Nele aufschrecken. Sie richtete gerade das Frühstück her, als das Klingeln sie bei den Vorbereitungen störte. In der Küche duftete es nach frisch aufgebrühtem Kaffee und leckeren Brötchen, die Henning Martin just in diesem Moment von Bäcker Börke geholt und in kleinen Körbchen verteilt hatte.

Drei belegte Zimmer in dieser Jahreszeit waren ungewöhnlich und wollten dennoch versorgt werden. Aber was war schon gewöhnlich auf der Insel. Seit einem halben Jahr war Fehmarn halbwegs im Ausnahmezustand. Der Mordanschlag im Oktober, das Elend, das die Geschichte mit sich brachte ... Die Presseleute, die von überallher kamen, die Insel belagerten, um die Geschichte für ihre Titelblätter auszuschlachten. Nach und nach ruhte das Eiland wieder in sich, und dann fanden ausgerechnet Gäste erneut eine Leiche am Strand.

Nele seufzte und hoffte, dass bald alles wieder seinen gewohnten Gang gehen konnte. Dass sie mehr im Zentrum der Geschichte stand, als ihr lieb sein konnte ... Woher sollte sie das wissen?

Nele ging zur Tür und öffnete. »Ach, Sie sind es. Ist etwas nicht in Ordnung. Frühstück gibt's doch erst um acht.«

»Nein, alles gut.« Kaja stand vor der Tür, um Nele um einen Gefallen zu bitten. »Ich habe eine Bitte an Sie. Können Sie heute den Tim noch einmal nehmen?« Sie neigte bettelnd den Kopf und machte große Augen. »Ich weiß, das ist unverfroren, aber ich weiß mir sonst keinen Rat. Eine Freundin kommt nachher und die braucht dringend meine Hilfe. Da ist mir Tim, ehrlich gesagt, im Weg.« Unschlüssig stand sie im Türrahmen.

»Nun kommen Sie erstmal herein.« Frau Martin verzog den Mund. Sie mochte es nicht, dass jemand in der offenen Tür lungerte, und Fremde ihre Gespräche belauschen konnten. Kaja kaute auf ihren Lippen und folgte Nele in die Küche. »Kaffee?«

Kaja nickte eifrig, um die Pensionswirtin auf keinen Fall zu verärgern. »Schläft Tim noch?«, fragte Nele, während sie einen Becher mit Kaffee füllte und gen Himmel sah. »Mmh, dieses Wetter macht einen langsam verrückt.«

»Ja, tief und fest. Der hat lange nicht so gut geschlafen wie hier«, unterbrach Kaja Neles Monolog. »Die Betten sind aber auch richtig gut. Ich schlafe wie ein Murmeltier. Das ist *nicht* gelogen!«

Nele drehte sich um, und reichte Kaja den Kaffeebecher.

Seitdem die attraktive Mutter mit ihrem Sohn in der Pension untergeschlüpft war, fühlte sie sich sicher. Diese Gewissheit entspannte sie und sie konnte sich endlich fallen lassen. Nur die Begegnung mit Max und das Telefonat mit Lena wühlten in ihr und brachen alte Wunden auf. »Setzen Sie sich, Mädchen. Ich kann nicht leiden, wenn mir jemand im Weg rumsteht.« Kaja folgte der forschen Anweisung ihrer Pensionswirtin ohne ein Widerwort und setzte sich auf die dunkelblauen Kissen der weiß gestrichenen Eckbank.

»Das ist richtig hübsch hier«, sagte Kaja und sah sich im Raum um. »Wie auf'm Schiff.«

»Na ja, heißt ja auch nicht umsonst *Kajüthus*, dieses Haus«, antwortete Nele, nahm die Aufschnittplatten, deckte sie mit Folie ab und stellte sie in den Kühlschrank. Anschließend füllte sie kleine Porzellangefäße mit geschnittener Butter. »Schmeckt der Kaffee?«, fragte sie, ohne von ihrer Arbeit aufzusehen.

»Ja, danke, sehr gut.«

»Nun erzählen Sie doch noch mal, wer kommt denn so dringend?«

»Lena, Lena Hartmann!«

Nele Martin drehte sich abrupt um. »Was will sie von *Ihnen*?«

»Das weiß ich ehrlich gesagt auch nicht so genau. Deshalb kann ich Ihnen auch gar nichts erzählen.« Sie wollte ihre Pensionswirtin nicht vor den Kopf stoßen und vermied es, ihr die Wahrheit zu sagen.

Nele war dennoch sprachlos. Die beiden kannten sich gerade mal ein paar Tage und das eher zufällig und nun kam Lena zu dieser jungen Frau und musste Wichtiges mit ihr besprechen.

»Ich glaube, ich sollte wieder rüber, bevor Tim aufwacht«, sagte Kaja, trank ihre Tasse leer und erhob sich. Ihr war es unangenehm, die Frau belügen zu müssen. »Ich lasse ihn dann nach dem Frühstück bei Ihnen … oder?« Kaja stand in der Tür und sah der verblüfften Betreiberin in die Augen.

»Ja, ja, ist in Ordnung«, brummte Nele.

Als Kaja die Haustür hinter sich geschlossen hatte, goss sie sich Kaffee in einen Becher und setzte sich auf einen der Küchenstühle. Sie starrte fassungslos aus dem Fenster in den grauen Himmel.

Um Punkt acht Uhr kamen die ersten Gäste der Pension zum Frühstück. Ein schwedisches Pärchen und ein nettes Paar mittleren Alters aus Schwarmstedt. Sie unternahmen ausgiebige Radtouren und Spaziergänge und erholten sich bei ihren Kurztrips sichtlich. Ulrike und Rainer waren, genau wie die Schweden, Dauergäste, die jedes Jahr ein paar Mal, den Weg auf die Insel zu den Martins fanden. Dieses Jahr allerdings einige Wochen früher, als gewohnt. Mit einem lockeren Spruch begrüßte Rainer Nele und sie antwortete schelmisch: »Jetzt weiß ich, was mir die ganze Zeit gefehlt hat. Der Rainer!« Seine Frau Ulrike sah sich die Wortschlachten der beiden während ihrer Aufenthalte im Frühstücksraum jedes Mal schmunzelnd an. Mit dem schwedischen Paar, Roger, einem wahrhaftigen Kommissar, und seiner Lebensgefährtin Mona, hatten Nele und Henning fast schon so etwas wie Freundschaft geschlossen. Sie kamen mindestens einmal im Jahr, um für einige Tage die Insel und die Ruhe zu genießen und die zahlreichen Shops aufzusuchen.

In Skandinavien waren vielerlei Waren ziemlich teuer und so lohnte der Trip nach Deutschland. Da waren die Preise für Hotels, Pensionen und Restaurantbesuche mit einkalkuliert. Viele Menschen auf Fehmarn lebten von den skandinavischen Gästen und Nele meinte, dass Fehmarn nach wie vor eine Pirateninsel sei. Die Schätze wären heute nur eben kein Gold und Edelsteine, sondern Alkohol und Süßigkeiten, die es hier im grenznahen Gebiet in schier unermesslichem Umfang gab. Was für die Insel und ihre Bewohner lukrative Geschäfte bedeutete.

Die Pensionswirtin lernte seit geraumer Zeit schwedisch und ihre Gäste dankten es ihr mit Komplimenten und kleinen Geschenken. Im Frühstücksraum war es angenehm ruhig. Mona und Roger unterhielten sich leise und genossen zeitweise händchenhaltend ihr Frühstück.

Die beiden Hannoveraner standen am Buffet und deckten sich mit Fruchtaufstrich und Obst ein. Sie waren immer gut gelaunt, und Nele hatte amüsante Momente, wenn sie sich im Frühstücksraum trafen. Kaja und Tim betraten ein paar Minuten später den maritim eingerichteten Raum.

Sie setzten sich auf die Eckbank aus dunklem edlen Holz, die ihnen den Blick auf die Straße ermöglichte und die sie zu ihrem Lieblingsplatz auserkoren hatten. Solange keine größere Gruppe sich um den stattlichen Tisch gesellte, war die Ecke von den beiden gekapert. Kaja knabberte an ihrem Brötchen, das sie mit frischem Brotaufstrich beschmiert hatte und Tim kämpfte mit dem Frühstücksei, dem er mit einem »Eiersollbruchstellenverursacher« zu Leibe rückte. Während er immer wieder staunend die von der heimischen Malerin Miriam Lange gestaltete Windrose an der Decke bestaunte. »Mama, ist das nicht toll?«, plapperte er mit vollem Mund und deutete mit dem Eierlöffel auf die Kompassrose. Teile seines Eigelbs verloren sich auf halbem Weg auf der Tischdecke.

»Pass doch auf«, maßregelte Kaja ihren Sohn. »Tim, mach zu. Ich muss gleich zurück ins Zimmer. Die Lena kommt bald.«

»Und was soll ich so lange tun? Wieso muss ich schon wieder hierbleiben?«

»Ist nur noch das eine Mal mein Schatz, versprochen.« Kaja hob zwei Finger, leckte an ihnen und legte sie in Höhe ihres Herzens auf die Brust. Mit der anderen Hand strich sie Tim eine Haarlocke aus der Stirn.

»Ach Mama, immer hast du keine Zeit für mich. Ich will, dass du bei mir bleibst!« Tim raufte sich die dunkelbraunen Haare und blickte Kaja enttäuscht an. »Ich will nicht hierbleiben.« Die kleinen Füße schlugen bockig gegen das Holz der Eckbank.

»Tim, hör auf … sieh mal … damit ich Zeit für dich haben

kann, muss ich jetzt einige wichtige Dinge erledigen, danach machen wir alles zusammen, wirklich!«

»Das lügst du. Du sachst immer, dass du nur noch für mich da bist. Und wenn ich mit dir spielen will, geht's du weg. Hast Tamine!« Der schwedische Kommissar Roger, der die Szene beobachtete, sprach leise mit Mona. Die Schwarmstedter flüsterten sich etwas zu und schüttelten lächelnd die Köpfe.

»Das heißt Termine, aber du hast recht. Ich denke, in ein paar Tagen ist es vorbei und ich bin für immer bei dir. Vielleicht können wir ja auch ganz hier auf Fehmarn bleiben.«

»Bei Frau Nele?«, fragte Tim

»Nein, nicht bei Frau Nele, aber auf der Insel, hier am Meer. Was meinst du, wie toll das im Sommer ist, dann gehen wir jeden Tag an den Strand und baden. Was hältst du davon?«

Kaja sah Tim an, dass er grübelte. Mit kraus gezogener Stirn sah er seiner Mutter in die Augen und sagte: »Das überleg ich mir. Also gut, du kannst mich hierlassen, aber nur noch einmal!«

»Versprochen!« Sie erhob sich und ging in die Küche, in der Frau Martin dabei war, die Geschirrspülmaschine einzuräumen.

»Wollen Sie einen Blick ins Tageblatt werfen? Die berichten über den Toten, der am Grünen Brink angespült wurde.« Irritiert sah Kaja die Pensionswirtin an. »Ja, das ist jetzt in einem halben Jahr das zweite Mal, dass Leute eine Leiche am Strand gefunden haben.« Nele polierte ein Glas. »Aber das ist schon schaurig.« Sie legte das Handtuch aus der Hand und reichte Kaja das Fehmarnsche Tageblatt. »Hier, ganz groß: Leiche am Strand ohne Kopf und Gliedmaßen … ist das nicht gruselig?«

Die junge Frau wurde bleich und starrte auf die dicke Überschrift. »Der einzige Anhaltspunkt ist ein Tattoo, das der Tote im Nacken trägt. Es handelt sich hierbei um einen roten Skorpion. Hinweise bitte an die Kriminalpolizei Oldenburg oder die Dienststelle der Polizeistation Burg.« »Da… das gibt's doch nicht«, flüsterte sie, hielt sich die Hand vor den Mund und sah Nele Martin entsetzt an.

»Was gibt es nicht? Dass hier Tote am Strand liegen? Sehen Sie doch. Das hat uns auch alle ganz schön geschockt!« Nele nahm das Handtuch wieder auf, hauchte gegen das Glas und wienerte weiter. Die Kriminalpolizei aus Oldenburg ist auch schon vor Ort«. Ein kurzer Blick.

»Ich, ich muss los.« Kaja wirkte auf einmal abwesend. Plötzlich hatte sie es eilig, aus dem Haus zu kommen. »Kann ich mir die Zeitung ausleihen?«

»Ja, nehmen Sie die man mit. Ich hab sie schon durch.« Nele winkte ihr zu, was so viel heißen sollte wie: »Nun geh mal los, ich bin ja hier.«

Kaja verschwand in ihr Apartment, riss das Tageblatt auf, ließ sich auf den Stuhl fallen und las gierig die Zeilen, während sie am ganzen Körper zitterte.

SAMSTAGMORGEN

Spurensuche

»Das ist doch alles für die Katz. Hier finden wir niemals etwas. Wenn das mal nicht eine völlig falsche Fährte ist.« Hartwig rieb sich müde die Augen.

»Hast du eine bessere?«, fragte Westermann und konzentrierte sich ohne aufzusehen auf den Bildschirm, über den seit Stunden Aufnahmen der Kameras flimmerten. Das Team hoffte auf einen Treffer. Bisher schien es aber ein Weg ins Nichts zu sein. »Ich hoffe nur, dass wir hier etwas finden und nicht noch die Hilfe der Kollegen aus Dänemark brauchen.«

»Kaffee?«, fragte eine junge Frau aus dem Vorzimmer, die den Kommissaren und Technikern der Spurensicherung das Bildmaterial nacheinander hereinbrachte.

»Das wäre toll … aber nur, wenn der nicht so schmeckt, wie in unserer Dienststelle.«

»Wie schmeckt der denn?«, schäkerte die schlanke Mitarbeiterin mit Thomas Hartwig.

»Brr, ekelhaft, gruselig«, schüttelte sich Hartwig.

»Ne, der Kaffee hier ist gut«, antwortete sie. Sie verschwand aus dem gut geheizten Raum, in dem vier weitere Schreibtische standen. An dem Tisch gegenüber saßen zwei Beamte der Technik und untersuchten ebenfalls aufgehäuftes Bildmaterial.

»Einen Kaffee können wir wohl alle gut ab«, sagte Jakobs, der ältere der beiden.

Hartwig blickte aus dem Fenster auf eine alte Halle, das Hafenbecken und gähnte. Er streifte die Kapuze der T-Shirt-Jacke vom Kopf, die er als Schutz gegen unliebsame Blicke der anderen weit über die Stirn gezogen hatte. Niemand sollte sehen, wie fertig er war. Die Nacht hatte quasi nicht stattgefunden. Westermann schob die Ärmel des Sweatshirts hoch und fuhr mit seiner Hand durch die graue Matte, deren weiche Wellen bis hinunter in den Nacken fielen.

»Jetzt reiß dich mal ein bisschen zusammen!«

Hartwig sah zum Kollegen, der sich wieder dem Bildschirm zuwandte. »Und du kannst mal Haare schneiden. Siehst aus wie ein alter Seebär«, maulte Thomas zurück.

»Alt hab ich nicht gehört und ich weiß gar nicht, was du immer von mir willst … die Frauen stehen drauf«, konterte Westermann, ohne den Blick vom Monitor zu nehmen.

»Welche Frauen«, frotzelte der junge Kommissar und riss erneut den Kiefer auf, sodass man das Zäpfchen im Rachen sah.

»Hartwig, Hand vor den Mund. Hast du denn gar keine Erziehung genossen?«

Er wunderte sich, wie Dirk Westermann wahrnehmen konnte, was neben ihm passierte, wenn er doch die laufenden Bilder keine Sekunde aus den Augen ließ. »Solange ich dich kenne, hab ich noch kein weibliches Wesen in deiner Nähe gesichtet. Die verscheuchst du schon mit deinem Aussehen.«

»Das reicht jetzt, bleib sachlich, Jungchen. Nur weil du nicht zum Ziel kommst, muss ich noch lange nicht …«

»Was musst du noch lange nicht? Du kommst überhaupt an kein Ziel. Ich versuch es zumindest.« Hartwig fixierte beleidigt den Computer. Die Aufnahmen liefen in gleichmäßigem Tempo weiter und die beiden Kollegen aus Lübeck grinsten sich an.

»Ich will darüber nicht reden«, konterte Westermann streng und fegte mit der Hand jeden Widerspruch weg. Damit war die Sache für ihn erledigt.

»Wenn wir nicht bald etwas finden, weiß ich auch nicht, wo wir sonst suchen sollen«, sagte Westermann. »Wenn du willst, fahr zum Hotel, Jöns wird wohl ziemlich früh auf die Suche nach der Kaja Lennart gehen.«

Thomas nickte. »Da kann ich mich vielleicht mehr bewegen als hier.« Er sah es als Chance, Westermann für eine gewisse Zeit aus dem Weg zu gehen und erst mal frische Luft zu tanken. »Ja, das ist eine gute Idee.« Thomas Hartwig sprang auf, nahm die Lederjacke von der Stuhllehne und zog sie über.

»Hier ist der Kaffee«, rief die Bürokraft, als sie zurück in den Raum kam. Erstaunt, dass der gutaussehende Kriminalbeamte eine Jacke überzog, hielt ihm die junge Frau unvermittelt das Tablett mit den Kaffeebechern entgegen, aus denen das Getränk dampfte.

»Oh, hätte ich jetzt fast vergessen. Den trink ich natürlich noch.« Er zwinkerte und nahm sich einen Trinkbecher.

»Vorsichtig, der ist richtig heiß!«

Behutsam schlürfte er und stellte den halbleeren Becher anschließend auf den Schreibtisch. »Wirklich gut, euer Kaffee. Vielleicht sollte ich …«

»Danke«, zwitscherte die Mitarbeiterin. Westermann zog die Augenbrauen nach oben. Ihm ging Hartwigs Flöterei gehörig auf die Nerven. *Er hat ja recht*, dachte er. *Da muss langsam mal wieder alles in normalen Bahnen weiterlaufen. Ich sollte vorwärts schauen … Ist aber nicht so leicht, wie es aussieht. Nach der Klatsche … Da hat der Bengel das viel einfacher.* Die Gedanken schweiften in die Zeit, als das Ende seiner Ehe wie eine Abrissbirne auf ihn niederprasselte.

Die Trennung von Marion lag jetzt bereits vier Jahre zurück. Sie hatte ihn tief getroffen. Niemals hätte er erwartet, dass sie ihn hintergehen würde, dazu noch mit seinem besten Freund Bernd, einem Kollegen, mit dem er als verschworenes Team zusammenarbeitete. Sie waren ein eingespieltes Gespann. Dirk Westermann vertraute ihm … ihm und seiner Frau. Ein dummer Zufall brachte den Betrug, der schon länger lief, ans Tageslicht.

Nur einen Tag zu früh von einem Seminar in Frankfurt zurück. Einen Tag zu früh, um Verrat zu erleben. Sehen müssen, was die beiden Menschen, die er am meisten liebte, in seiner Abwesenheit hinter seinem Rücken in dem modernen Endreihenhaus trieben. Ein Kinderspiel für zwei, denen er kompromisslos vertraute. Dirk Westermann liebte seine Arbeit und es gab für ihn eigentlich kaum Feierabend. Das wusste Marion von Anfang an, dass sie es allerdings für sich ausnutzte, damit hätte er niemals gerechnet. »Ich fühlte mich so allein«, war ihre hilflose Antwort, nachdem er den sogenannten *Freund* aus dem Haus geprügelt, und sie zur Rede gestellt hatte.

»Du bist allein? Und wo bin ich in diesem Spiel? Glaubst du, ich mache das alles hier für mich?« Er schrie damals seinen gesamten Frust heraus und zeigte auf die teure moderne Einrichtung. Sie lachte verlegen, wollte ihn besänftigen und umarmte ihn. Zärtlich küsste sie ihn auf den Mund. Angewidert stieß er sie zurück und verließ das Zimmer, in dem seine Frau und sein bester Freund es noch vor wenigen Minuten zusammen in ihrem gemeinsamen Bett getrieben hatten.

Dirk Westermann griff zur halbvollen Whiskyflasche, die

auf der schwarzen hochglanzpolierten Anrichte neben den bodentiefen Fenstern im Wohnzimmer stand, zog den Korken aus der teuren Flasche heraus und hielt sie sich an die Lippen. Er ließ das Getränk gar nicht erst in ein Glas, sondern gleich seine ausgebrannte Kehle hinunterlaufen und ließ erst wieder ab, als nur noch ein jämmerlicher Rest auf dem Grund in ihr schimmerte. Die Wirkung setzte ziemlich schnell ein, und haute ihn sprichwörtlich vom Hocker, da Dirk Westermann keineswegs der Mann war, der ständig und maßlos trank.

Eine halbe Stunde später kauerte er betrunken auf der Ledercouch und hielt stöhnend den Kopf. Vor ihm auf dem flachen Glastisch lag die restlos leere Flasche.

Er trug noch immer seinen Mantel und es war ihm offensichtlich egal.

Westermann saß aschgrau im Gesicht und um Jahre gealtert da und starrte Richtung Fenster.

Seine Frau hatte zwischenzeitlich Jeans und T-Shirt übergezogen, und war ins Wohnzimmer gekommen.

»Schatz, lass uns morgen über alles noch einmal reden, ich liebe dich doch«, sagte sie mit sichtlich schlechtem Gewissen. Sie setzte sich auf die Sofalehne und streichelte sein Haar. Versuchte zu retten, was zu retten war.

In diesem Moment schlug er mit der Faust ihre Hand vom Kopf, sprang auf und stieß sie von sich. Erstarrt lag sie vor ihm und bewegte sich nicht.

Westermann stürzte aus dem Zimmer, verließ torkelnd das Haus in der Nähe des Mühlendammes und rannte die halbe Nacht durch Elmshorn. Im Morgengrauen setzte er sich im Steindammpark auf eine Bank, die nah am Wasser stand, lehnte sich erschöpft an die Rückenlehne und schlief völlig betrunken ein.

Um sieben Uhr morgens weckten ihn zwei Polizeibeamte

der Polizeiwache, die durch einen Anruf auf einen schlafenden Mann im Park hingewiesen wurden.

»Aufwachen.«

»Was wollt ihr von mir?«, lallte Westermann. »Verpisst euch!« Er versuchte erst gar nicht, seine Augen zu öffnen.

»Das ist doch Westermann«, sagte einer der Beamten verdutzt. Vorsichtig tippte er den Kommissar an. »Sie wissen nicht, was wir von Ihnen wollen? Sie sind doch Dirk Westermann, oder täuschen wir uns?« Sie kannten den Mann als einen zuverlässigen Kriminalkommissar und mussten jetzt gegen einen ihrer Vorgesetzten handeln.

Westermann nickte, quälte sich von der Parkbank hoch und hielt wankend seinen Kopf. Der Schädel schien zu platzen. »Kommen Sie, wir bringen Sie nach Hause.«

Was dann kam, waren Trennung und sein Antrag auf Versetzung. Er wollte nur noch weg von der in Trümmern liegenden Ehe, dem vermeintlichen Freund und aus Elmshorn.

Er fing an, die schmerzliche Erinnerung in die hinterste Seelenschublade zu schieben. Es war schlimm, wie er sich verhalten hatte, aber es war besonders bitter, was die beiden ihm angetan hatten.

Nie wieder würde er sich so tief herablassen.

Aber das war Geschichte und irgendwann musste man wieder von vorne anfangen. Vielleicht hatte er hier in Ostholstein endlich Gelegenheit dazu.

Westermann gähnte und hielt die Hand vor den Mund.

»So, ich bin dann mal weg. Bis Später.«

»Ja, viel Erfolg.«

Ein kurzer Blick, dann war Hartwig aus dem Büro verschwunden.

»Da …«, rief Westermann eine halbe Stunde darauf. Plötzlich war er hellwach. »Da ist es!« Die Kollegen von der Technik, am anderen Schreibtisch, blickten überrascht und gleichzeitig erleichtert zum Leiter der Mordkommission, sprangen von ihren Stühlen auf und stürzten zu Westermann. »Stoppen Sie mal … Zurück … Noch ein Stück … Da, seht ihr das? Das ist der Typ. Der Russe! Wir haben was. Das daneben, das müsste diese Kaja sein.« Er deutete auf die Figuren, die sich auf dem Gang zur Fähre vorwärts bewegten. Die Frau und das Kind waren, genau wie der mittlerweile Tote, nur von hinten zu sehen. Der hatte sich allerdings schon zweimal umgedreht, als fühlte er sich verfolgt. Die Frau trug eine Kapuze, genau wie das Kind. Bis auf den Rucksack, den der Kleine auf dem Rücken schulterte, konnte man nicht viel erkennen. Die beiden Männer der Technik blickten Westermann über die Schulter. Der hingegen drehte sich um und suchte Hartwig, der längst verschwunden war. »Ruft sofort den Sicherheitsmenschen dieser Firma. Ich will wissen auf welchem Schiff, die gewesen sind.«

Kurze Zeit später kam einer der Kollegen der Kriminaltechnik mit dem Supervisor im Schlepptau zurück. »Da, sehen Sie.« Dirk Westermann schien sichtlich erleichtert zu sein, dass er mit seiner Truppe anscheinend einen riesen Schritt vorangekommen war. »Das ist der Mann, den wir tot aufgefunden haben. Wo ist das?« Wieder tippte er mit dem Finger gegen den Bildschirm. Der Mann Mitte 50, ließ das Videoband ein Stück zurücklaufen.

»Das ist die *Deutschland*. Das war um halb, sehen Sie?« Er deutete oben rechts auf die Daten, die einen Hinweis auf die Uhrzeit, das Datum und die Zeitleiste des Bandes gaben. »Das ist eines unserer deutschen Fährschiffe.«

»Das ist ja schön und gut, aber was heißt das jetzt für uns? Können wir mit den Untersuchungen sofort anfangen oder nicht?«

Der für sein Gewicht etwas zu klein geratene Mitarbeiter der Fährschiffgesellschaft Scandlines nickte, striegelte die kurz geschnittenen Haare und trat einen Schritt zurück.

»Dann los!« Westermann sprang vom Bürostuhl hoch, und nahm das Handy in die Hand. »Hallo, hier spricht der nette Herr Westermann. Wir benötigen euch unbedingt noch mal. Ihr müsst mit der gesamten Truppe anrücken. Wir haben ihn gefunden … Ja, wir kennen das Schiff … und ja, wir können auf die Fähre, ist eine deutsche … wir brauchen erst mal keine Amtshilfe aus Dänemark … bis nachher. Und beeilen Sie sich bitte.« Westermann legte auf und wählte die Nummer seines Kollegen Thomas Hartwig, um die Neuigkeit zu verkünden. »Wo bist du? … Okay, dann bleib da, bis der losfährt … ich versuche in der Zwischenzeit herauszufinden, ob es noch mehr Bildmaterial vom Schiff gibt. Mmh, bis später, ich meld mich. Wenn es von deiner Seite etwas gibt … Du weißt ja, wo du mich erreichst!« Westermann unterbrach das Gespräch und wandte sich dem Sicherheitsbeamten zu.

»Ist die Fähre hier im Hafen?«

»Nein, die ist vor 45 Minuten raus, rüber nach Rødby«, antwortete er. »Legt in einer guten Stunde wieder in Puttgarden an.«

»Gut, gibt es außerdem anderes Bildmaterial auf den Schiffen? Videoüberwachung?«

Der Mann stand ihm gegenüber und rieb sich den Bauch, der in einem blauen Overall steckte. »Auf dem Schiff direkt, was davon aktuell ist, kann ich Ihnen von hier aus nicht sagen. Könnte aber auf der Fähre anklingeln.« Er hielt sein Handy hoch, um Westermann anzudeuten, dass er auf dem Schiff anrufen würde.

»Ja, machen Sie das bitte. Ich bleibe hier und sehe, ob ich irgendetwas finde.« Er ließ sich wieder auf den Stuhl fallen, von dem er gerade erst aufgestanden war. »Noch eins, wäre es verwerflich, einen weiteren Kaffee zu bekommen?«

»Wenn's weiter nichts ist.« Der freundliche Kerl nickte und verschwand aus dem Büro.

»Kann mal einer von euch das Fenster aufmachen, hier ist eine Luft zum Kühe melken.« Jens Maurer stand auf, und ging gähnend zur Fensterfront, die zum Hafenbecken lag und betätigte den Kippmechanismus. »Sagt mal, wollt ihr nicht erst mal Frühstücken?«, fragte Westermann die Kollegen aus Lübeck. »Ihr habt hier doch sicher irgendwo ein Restaurant auf dem Gelände. Bei der Menge an Mitarbeitern.« Westermann schaute seine Kollegen an.

»Ja, den Molenblick, so weit bin ich schon gewesen, aber das hat jetzt zu. Wird gerade renoviert.«

Der Kommissar sah aus, als konnte er kaum glauben, was man ihm erzählte. »Hier gibt es keine Kantine?« Er verzog den Mund. »Dann geht doch rüber zum Hotel, da gibt es mit Sicherheit Frühstück.«

»Na, dann aufi«, sagte Michael Merten, der zweite Techniker. »Wir haben eine knappe Stunde Zeit.«

CHARLOTTE IN DER HAIFISCHBAR SAMSTAGMORGEN

Charlotte stellte ihr rotes Fahrrad, unweit der Fensterscheibe gegen die Wand. Sie rückte ihre blaue Pudelmütze mit dem aufgestickten Delphin und dem rosa Bommel zurecht, zuppelte an ihrer dicken Steppjacke herum und stiefelte zur Tür der Haifischbar. Kalter Rauch schlug ihr entgegen, als sie die Glastür aufzog. »Mirella, Kind, du musst lüften!«, sagte Charlotte, als sie die Besitzerin der Hafenkneipe hinter der Theke entdeckte. Auf einem der Hocker vor dem Tresen saß ein Mann mittleren Alters. »Übriggeblieben?«, fragte Charlotte. Mirella nickte müde. Wuschelte mit beiden Händen durch die lockige Mähne und versuchte, Ordnung in das zerzauste Chaos zu bringen. »Hast du einen Tee für mich?« Mirella nickte abermals und ging in die Küche. Charlotte Hagedorn setzte sich an den Stammtisch am Fenster, gleich neben dem Eingang. *Wie hält sie das nur aus*, dachte sie und zog den dünnen Schal über die Nase. Kalter Rauch war einer der schlimmsten Gerüche, den sie absolut nicht leiden konnte. Wenn sie abends ihre Musik machte, dann fiel es kaum auf, sich in rauchgeschwängerter Atmosphäre zu bewegen. Aber jetzt am Morgen, nach einer Dreiviertelstunde Fahrradtour an der frischen Luft vom Sund bis hierher in den Hafen, war dieser Gestank eindeutig zu viel. Charlotte hatte bisher nie geraucht und keine Zigarette angefasst und fragte sich, ob es nicht klüger wäre, jetzt damit anzufangen. Mirella kam lächelnd aus dem hinteren Raum und trug ein Tablett mit einer silberfarbenen Kanne und einem großen Keramikbecher vor sich her. Sie stellte es auf den Holztisch und räumte es ab.

Charlotte nahm den mit einem Anker bedruckten Becher dankbar entgegen. »Das wird mir guttun«, hauchte sie leise durch den Schal. Erst jetzt bemerkte sie, dass das Tuch immer noch das halbe Gesicht verdeckte. »Tschuldigung«, sagte sie verlegen und zog das Baumwolltuch bis zum Hals herunter. »Aber hier stinkt es wirklich jämmerlich.« Sie nickte vielsagend, als wollte sie das Gesagte unterstreichen.

»Nun stell dich man nicht so an, meine Liebe. Ich mach in ein paar Minuten zu und die Putzfrau lüftet gleich ordentlich durch. Da merkst du nachher kaum noch etwas von. Ich rieche das überhaupt nicht mehr.« Sie zuckte mit den Schultern.

»Hast du die ganze Nacht durchgemacht?«

»Ja, siehst du doch. Hannes sitzt seit gestern Abend am Tresen. Der hat Probleme, da schmeiß ich ihn wohl kaum raus.«

Charlotte sah Mirella fragend von der Seite an. Sie wusste, dass die Inhaberin ein riesengroßes Herz hatte, aber dass sie sich sogar die Nächte um die Ohren schlug, um einem ertrinkenden Seemann zu helfen … »Alle Achtung«, sagte sie stattdessen nur und prostete ihr zu. »Und du, trinkst du gar nichts?«

»Hab meinen Kaffee hinterm Tresen. Hol ich mir gleich. Sag mal, was machst du denn so früh in Burgstaaken?« Sie ging hinter die Theke, holte ihren Kaffeebecher und setzte sich zu Charlotte an den Tisch. Die Künstlerin druckste herum.

»Ich weiß eigentlich gar nicht …«, sie blickte sich um, um sicherzugehen, dass Hannes, den Kopf auf den Armen, von ihrem Gespräch nichts mitbekam, »… wie ich anfangen soll.«

»Na, nun stell dich man nicht an, raus mit der Sprache. Was ist los?«

»Also, als ich am Donnerstag hier war, da saßen Max und der Doktor da achtern am Tisch.« Sie deutete mit ihrer linken Hand Richtung Wand.

»Ja, und?«

Charlotte atmete hörbar aus. »Mir geht da was nicht aus dem Kopf. Du bist doch des Öfteren bei ihnen gewesen und hast mit ihnen gequatscht. Hast du etwas von dem Streit zwischen den Männern mitbekommen?« Nun war es raus und Charlotte Hagedorn konnte mit ihren *Ermittlungen* beginnen, wie Katrin es augenzwinkernd nannte.

»Wieso interessiert dich, was die zwei zu schnacken hatten?«

»Na ja, ich versuche nur, eins und eins zusammenzuzählen und auf ein einigermaßen plausibles Ergebnis zu kommen.«

»Und was haben die Jungs damit zu tun?«

»Darüber kann ich nicht reden, solange ich nicht weiß, was der Streit zu bedeuten hatte. Verstehst du?«

»Ne, ich versteh gar nichts, du wirst schon wissen, was du tust.« Mirella trank einen Schluck Kaffee. Charlotte löffelte konzentriert ein Stück Kandis aus der kleinen silberfarbenen Schale, die vor ihr auf dem Holztisch stand und ließ es in ihren Becher fallen. »Du stellst mir vielleicht Fragen. Aber wenn ich dir etwas erzähle, behältst du das bitte für dich, nur dass das klar ist. Von mir weißt du nichts.«

»Ehrenwort!« Charlotte wusste genau, dass Mirella äußerst verschwiegen war, weil hier schon manche Geschichte stattgefunden hatte. Aber Mirella wusste auch, dass Charlotte nicht herkam, um Dönsches zu schnacken. Sie kannte sehr wohl ihren Spitznamen, »Miss Marple von der Insel«, und wenn die etwas wissen wollte, hatte das sicherlich einen triftigen Grund.

»Das war richtig hitzig. So habe ich Max noch nie erlebt, und der kommt nun schon so lange Jahre hierher. Der Doktor war eigentlich wie immer. Ruhig … trank kaum etwas. Keine Ahnung. Ich weiß nur, dass es um irgendein Geschäft in Dänemark ging. Aber mehr kann ich dir auch nicht sagen.« Mirella zuckte die Schultern, stand auf und rüttelte den Arm des Mannes. »Hannes aufstehen, du musst heim.«

»Hm«, brummte der Alte am Tresen. »Lass mich in Ruhe.« Er schlug mit seiner Faust halbherzig auf die Theke.

»So, jetzt ist genug.« Die Wirtin, die wiederholt versucht hatte, den brummigen Seebären zum Gehen zu bewegen, griff durch. »Das reicht, mein Jung. Du gehst artig nach Hause, aber zügig.« Sie fasste den Betrunkenen am Kragen, zerrte ihn vom Hocker, der augenblicklich zu Boden fiel, und bugsierte den alkoholisierten Mann Richtung Tür. »Das hätte ich schon vor ein paar Stunden tun sollen. Und nun läufst du schön brav zu deiner Frau und ihr vertragt euch wieder, verstanden?«

»Jo Jo«, lautete die knappe Antwort.

Charlotte stand vom Stuhl auf und öffnete Mirella, die den Betrunkenen angestrengt vor sich herschob, die Tür.

»So, nun ist Ruhe im Karton.« Sie ließ die Tür sperrangelweit offen stehen und die frische Hafenluft drang in die Haifischbar. Die Wirtin atmete tief ein. »Du hast Recht, das riecht herrlich hier draußen.« Eine Möwe kreiste im Tiefflug über den Hafenkai und schrie nach Leibeskräften.

»Noch mal zu Max und dem Dok«, sagte sie, als sie wieder hereinkam und sich zu Charlotte Hagedorn an den Ecktisch setzte. »Ich hab nur gehört – aber das bleibt *wirklich* unter uns –«, sie sah die Künstlerin flehend an, »dass es um die überführten Toten ging, mit denen Max zu tun hat. Du weißt, diese Skandinavier.«

»Ja, ich weiß, was gibt es da zu streiten?«

»Vielleicht will der Doktor ja ein Konkurrenzunternehmen aufmachen«, lachte Mirella.

»Damit scherzt man nicht«, antwortete Charlotte missmutig und streckte den Zeigefinger in die Luft, während sie eine krause Stirn zog.

»War ja auch nicht so gemeint. Aber mehr weiß ich wirklich nicht.«

»Das war alles?«

»Ja!«

Die Künstlerin zupfte an ihrer dunkelgrünen Strickjacke, schlürfte ihren Tee und sah aus dem Fenster. Der Angelkutter, der normalerweise am Kai lag, hatte den Hafen längst zu einer der beliebten Angeltouren auf der Ostsee verlassen. Sie seufzte.

Das kann ja aber alles nichts mit Max und seinem Beruf zu tun haben, dachte Charlotte und stand auf. Die Antworten befriedigten sie in keiner Weise. *Ich muss mich einmal mehr mit Lena beschäftigen. Ihr liegt irgendetwas auf der Seele, das habe ich genau gespürt. Dieser Job von Max ist mir sowieso äußerst suspekt. So viele tote Skandinavier gibt es doch auf der Insel gar nicht? Aber wenn ich noch ein bisschen grabe, erzählt sie mir bestimmt etwas.*

JÖNS SUCHT KAJA

Jöns stieg in den schwarzen Porsche, der versteckt hinter einigen Containern in einer Nische auf dem Hotelparkplatz stand. Er drückte seinen Autoschlüssel und ein leises Klicken verriet, dass die Tür entriegelte. Der Hamburger öffnete die Fahrertür und schwang sich hinter das Lenkrad. *Mann, Mann, die Alte hätte ich gern noch vor dem Frühstück vernascht.* Phillip Jöns konnte sich an die letzten Stunden kaum erinnern. *Nach dem ersten Whisky im Restaurant war echt Ende. Ich weiß nicht mal mehr, wie ich … wir ins Bett gekommen sind. Hammer, so einen Filmriss hatte ich noch nie. Muss am Fusel liegen, den wir getrunken haben.* Er gähnte und ließ den Motor an. Er hielt die Hand vor den Mund und hauchte hinein. »Oh Mann, wenn die mich anhalten, bin ich meinen Lappen los. Ich hoffe mal, dass die Bullen auf der Insel um diese Zeit schlafen.« Die Alkoholfahne würde jeder aus mindestens zwei Meter Entfernung riechen.

Dass unmittelbar hinter ihm einer der sehr wachen Kommissare in seinem Wagen bereits auf ihn wartete, ahnte der Zuhälter nicht.

Hartwig startete ebenfalls den Motor des Dienstwagens und fuhr in gesichertem Abstand vom Parkplatz. Er hoffte, dass Jöns ihn nicht wahrnahm, schließlich befanden sie sich auf Fehmarn auf einer verschlafenen Landstraße. Hier war alles so friedlich wie Sonntags in der Kirche und um diese Zeit schienen auch sämtliche Insulaner noch in den Federn zu liegen. Außerdem war Samstag. Da schlief normalerweise selbst der junge Kommissar länger, wenn er dienstfrei hatte und kein Fußballspiel in Hamburg anstand. Sie fuhren durch Puttgarden die Hauptstraße Richtung Burg. Nach etwas mehr als fünf Minuten kamen die ersten Häuser der Altstadt in Sicht. *Jetzt bin ich doch gespannt, wo der hinfährt, der Halunke.* Sein Handy klingelte.

Thomas Hartwig steckte sich den Knopf ins Ohr. »Ja? … Ach gut. Das ist ja überaus erfreulich. Ihr geht gleich auf die Fähre … aha … bleibt die im Hafen liegen? … Nein? … Bestens … Dann folge ich ihm weiter. Okay? Ja, wir sehen uns später im Fährhafen.«

Der Polizeibeamte stellte das Radio an. Auf RSH spielte »auf uns« von Andreas Bourani. Der Polizist drehte die Lautstärke auf und lenkte den Wagen durch die Breite Straße. Alles ruhig. Ein paar Frühaufsteher trugen Brötchentüten in der Hand. Kaum ein Auto stand auf den Parkflächen in der Innenstadt. Selbst das Kaufhaus Stolz hatte noch geschlossen. Hartwig fuhr weiter, als er plötzlich abbremsen musste, weil Jöns ohne Vorwarnung in die Eisen ging. »Verdammt. Hat der mich gesehen?«

SAMSTAGVORMITTAG

Nele geht mit Tim einkaufen

»Tante, woll'n wir jetzt malen?« Tim stand in der Küche und kramte in seinem Rucksack. »Mist, ich hab kein Malbuch mehr. Ist schon voll.« Enttäuscht zuckte der Fünfjährige mit den Schultern. Nele, die gerade mit dem Handtuch die Arbeitsplatte wienerte, drehte sich zu ihrem kleinen Gastkind.

»Ja, das können wir nachher gerne machen. Aber zuerst muss ich in die Stadt, einkaufen. Weißt du, wir haben doch Gäste, und die möchten morgen wieder leckeres Frühstück haben.« Sie faltete das Küchenhandtuch zusammen und legte es über die Kante des Keramikbeckens. »Kommst du mit? Wenn wir Glück haben, finden wir ja ein schönes Malbuch.«

»Oh ja, toll!«

Nele schmunzelte. »Na, dann komm. Zieh dir deine Jacke an und auf geht's.« Eilig verschloss Tim den Rucksack und griff zum Anorak, der im Flur an der Garderobe hing.

»Tante, hilfst du mir, ich kann das nicht.« Der Kleine versuchte, nach oben zu greifen.

»Klar.« Sie packte die blaue Winterjacke und reichte sie ihm.

Anschließend zog sie ihren Wintermantel vom Haken und schlüpfte gutgelaunt hinein. Sie schnappte nach ihrem Korb, fasste an die Hosentasche und überprüfte, ob das Schlüsselbund sich darin befand, dann verließen sie das Haus.

Tim hüpfte wie ein Gummiball neben ihr, sodass sie Mühe hatte, ihn unter Kontrolle zu halten.

»Nicht so hastig, junger Mann«, rief sie, als er sie hinter sich herzerrte. Nele war schließlich keine 20 mehr und hatte Zeit. Sie genoss es, wenn einmal niemand sie jagte, und irgendetwas von ihr wollte. Sie gingen durch die Hofpassage »Ostertwiete«, die nur ein paar Häuser von ihrem entfernt lag. Im Sommer war dort jede Menge los. Die Leute saßen draußen vor dem Café und hatten Spaß am geselligen Treiben, während sie genüsslich ihren Kaffee schlürften. Oder sie bummelten durch die kleinen Geschäfte. Surfshops, Fairtrade- und Seifenläden befanden sich dicht nebeneinander und Tim schaute neugierig in die Schaufenster.

»Guck mal, Tante, da ist ein Bully im Fenster!«

»Ein Bulle?«

»Ach Tante, ein Bully!«

»Was ist denn nun wieder ein Bully?«, fragte Nele.

»Da, der Bus.« Er zeigte auf die bunte Spardose aus Keramik in Form eines VW-Busses, die als Verkaufsdekoration in der Auslage einer der vielfältigen Shops stand.

»Ach den meinst du, … den kenn ich noch aus meiner Zeit in den 70ern, damals hatten wir eine Menge Spaß mit den VW-Bussen. Du musst mal im Sommer mit deiner Mama nach Fehmarn kommen, da kannst du die alle in echt sehen.«

»Wie, in echt?«

»Ja, dann sind hier über 1.000 Bullys auf der Insel. Da ist was los.«

»Aber ich muss gar nicht im Sommer wiederkommen, weil wir hier wohnen bleiben am Meer.«

Nele blieb verdutzt stehen. »Wie, ihr bleibt hier wohnen?« Jetzt wurde Nele Martin neugierig und sah Tim fragend an.

»Meine Mama hat gesagt, sie muss noch was erledigen, dann bleiben wir für immer hier und können am Strand spielen und baden.«

»Aha … nun komm man weiter.« Sie gingen Hand in Hand Richtung Breite Straße. Nele hielt die Information für ein Hirngespinst des kleinen Mannes. »So, nun lass uns mal sehen, was wir als Erstes machen. Ich glaube, wir gehen zuallererst zum Bäcker, und dann … oder wir schauen zuerst im Kaufhaus Stolz nach einem Malbuch, was hältst du davon?« Sie zwinkerte Tim fröhlich zu.

»Das ist eine sehr gute Idee«, antwortete er mit kindlichem Charme. »Vorsichtig, wir müssen hier runter.« Sie schlidderten das steil angelegte Kopfsteinpflaster hinunter, huschten über die Fahrbahn und blieben direkt vor einem Schokoladengeschäft stehen.

Sie sahen nicht, dass sich gerade in dem Moment, als sie die Straße überquerten, vom Marktplatz zwei Autos näherten.

Als die Fahrzeuge sich auf gleicher Höhe mit Nele und Tim befanden, bremste der Erste von ihnen abrupt ab, und bog nach links auf eine freie Parklücke. Der zweite Wagen folgte und kam ein paar Meter entfernt zum Stehen.

SAMSTAGVORMITTAG

Hartwig observiert Jöns

»Was will der? Warum parkt der plötzlich? Hoffentlich hat der mich nicht entdeckt.« Thomas Hartwig lehnte sich im Wagen gegen die Rückenlehne, zog die Kapuze seiner T-Shirt-Jacke nach vorne und schaute aus den Augenwinkeln zum Porsche von Phillip Jöns. Er sah, wie der aus dem Auto ausstieg, die Tür verschloss und hektisch auf die andere Straßenseite wechselte. Im Rückspiegel sah er, dass der Zuhälter einer Frau, die mit ihrem Kind unterwegs war, folgte. »Wieso rennt er der Mutti jetzt hinterher? Kennt er die? Woher?« Thomas Hartwig war sicher, dass der Mann ihn nicht bemerkt hatte, und stieg aus dem Audi. Er zog den Reißverschluss seiner Jacke hoch, sodass das HSV-Emblem zum Vorschein kam. Hartwig zog die passende dunkelblaue Mütze aus seiner Jackentasche und setzte sie auf. In ausreichendem Abstand überquerte er die Kopfsteinpflaster und blieb einige Meter hinter Phillip Jöns. *Wieso ist der so in die Eisen gegangen?*

Der Hamburger zog den Kragen der Jacke ebenfalls hoch, damit der Junge, an der Hand der ihm fremden Frau, ihn auf keinen Fall erkennen konnte. *Das ist der Kleine von der Schnecke, da bin ich mir absolut sicher. Ich bin doch nicht bescheuert … Aber wer ist die Tussi neben ihm? Kaja hat keine Verwandten hier. Ich sag immer wieder: Zufälle gibt's nicht. Na warte, Bürschlein … euch krieg ich.*

Jöns schlich den beiden, die mittlerweile im Kaufhaus verschwunden waren, mit genügend Sicherheitsabstand hinterher.

MÖRDERGRUBE

Der Tabak lag gleichmäßig verteilt in dem hauchdünnen Filterpapier. Wie von Geisterhand fiel das kristallisierte Pulver darüber. »Perfekte zehn Gramm, die habe ich aber äußerst sorgfältig abgewogen. Wie fein das Zeug gemahlen ist.« Er schnüffelte gierig an der Droge, von der nur noch eine staubige Konsistenz übrig geblieben war. Routiniert rollte er das Papier mit seinen Fingern und setzte sich erwartungsvoll auf einen Sessel, der in der Ecke neben dem Fenster stand, das er mit einer milchigen Folie als Sichtschutz überzogen hatte. Dann steckte er die Zigarette zwischen die Lippen und zündete das Feuerzeug. »Mhm, ist das ein geiler Stoff!« Langsam inhalierte er drei, vier tiefe Züge, die ihm innerhalb weniger Sekunden einen Flash verabreichten, der ihn fast aus den Socken ballerte. Es dauerte ungefähr zehn Minuten, bis er wieder zu sich kam. »Eh, das haut den stärksten Mann um.« Er kicherte plötzlich. Danach geriet er in einen euphorischen Zustand, den er so gut kannte.

»Jetzt habe ich den ganzen Tag und die ganze Nacht. Du wirst dich noch wundern …«

LENA UND KAJA SCHMIEDEN EINEN PLAN

Kaja stand vor der Haustür und wartete auf Lena, die ihren Wagen auf dem Großparkplatz abgestellt hatte und über die Straße gelaufen kam. »He, komm rein.« Die junge Frau dirigierte Lena durch den Flur, bis zu ihrem Zimmer, das am Ende des Ganges lag. »Setz dich.«

Die Frau des Bestattungsunternehmers nahm auf der Eckcouch Platz und strich mit ihrer Hand den blauen Stoff glatt.

»Du siehst schlecht aus, hast du nicht gut geschlafen?«

»Ne, ich konnte nicht. Wenn ich dir erzähle … ich muss weg. Und mittlerweile habe ich das Gefühl, du bist die Einzige, der ich vertrauen kann, verstehst du?« Kaja sah Lena erstaunt an. Die stand auf und wandte sich zur Terrassentür. Sie warf einen Blick hinaus, drehte sich um, und schlich zurück zum Sofa. Fahrig holte sie eine Packung Zigaretten aus der Jackentasche.

»Du, hier darf nicht geraucht werden und das will ich auch nicht. Wir schlafen hier, wie du siehst.« Kaja zeigte mit einer ausladenden Handbewegung durch das Zimmer.

»Entschuldigung, aber ich weiß kaum noch, was ich tue. Bei mir im Kopf ist seit heute Nacht alles durcheinander.« Wieder ging sie zur Terrassentür und zog die Gardine ein wenig zur Seite. »Nett«, sagte sie lapidar. Lena schaute zu ihrer Freundin, die in der kleinen Pantryküche stand und Kaffee aufbrühte.

»Du auch?«

Die blasse Frau nickte und machte ein paar Schritte auf sie zu, während sie ständig eine Haarsträhne zwischen ihren Fingern zwirbelte.

»Was ist denn los?«, fragte Kaja und hielt ihr den Kaffeebecher entgegen.

»So ganz genau kann ich dir das eigentlich nicht sagen, aber was ich dir verrate, muss *unbedingt* unter uns bleiben, schwöre …«

»Natürlich, was glaubst du, dass ich durch Burg renne und ausplaudere, was du mir erzählst? Also … weißt du was, wenn wir den Kaffee aus haben, fahren wir zum Strand und laufen. Dann erklärst du mir in Ruhe, warum es dir so schlecht geht.«

»Ich will nicht spazieren gehen, ich muss weg … verschwinden!«, schrie Lena und ihre Augenlider flackerten unruhig. Der Becher knallte auf die Tischplatte.

»He, was ist denn bloß mit dir los? Pass ein bisschen auf. Ich bin so froh, dass wir hier wohnen können, da brauchst du nicht gleich randalieren. Ich möchte dir ja helfen, aber du musst mir schon sagen, was dein Problem ist.« Plötzlich stand Lena mit hängenden Schultern vor ihr, und fing bitterlich an zu weinen. Kaja ging auf sie zu und nahm sie in den Arm. »Mensch, was ist nur los?« Das Schluchzen klang so hoffnungslos, dass sogar Kajas Augen sich mit Tränen füllten. »Setz dich hin.« Sie drückte die weinende Frau auf das Sofa und setzte sich daneben.

»Ich, ich konnte nicht schlafen … ich«, sie presste den

Kopf mit den Händen fest zusammen, als hätte sie einen heftigen Migräneanfall. »Da bin ich … raus … raus, hab Max gesucht. Ich hatte Angst, … das Gewitter, … der Ast schlug gegen die Scheibe … Max im Keller.« Sie schrie die Worte heraus. »Max im Keller, er … er hat mit dem Messer … mit dem Messer hat er die … die Tote …« Sie hielt die Hand vor den Mund und starrte Kaja an, die ihren Becher mittlerweile ebenfalls auf dem Holztisch abgestellt hatte und ungläubig auf die schluchzende Frau starrte.

»Was war mit der Toten?«

Lena wischte mit dem Ärmel ihres Sweatshirts über die schniefende Nase. »Er … er hat sie aufgeschnitten. Richtig aufgeschnitten, verstehst du? Die Gedärme …«

»Ich versuche zumindest, es zu verstehen. Ist das so ungewöhnlich? Ich meine aufschneiden?« Kaja versuchte, Lena einen klaren Satz aus der Nase zu ziehen.

»Er wäscht sie sonst nur …«, schrie sie verzweifelt. »Er wäscht und schminkt sie, zieht sie an und legt sie im Sarg … zurecht, aber er schneidet sie mit Sicherheit nicht auf.«

Sie gestikulierte mit den Armen, als wolle sie demonstrieren, wie er den Verstorbenen die Kleidung überzog und sie zurechtmachte. Kaja nickte und überlegte. »Also macht er mit den Toten etwas, was normalerweise nie so gemacht wird. Zumindest nicht als Bestatter … heißt doch so, oder?«

»Totengräber, sag schon Totengräber, das sagen doch alle hier …«, keuchte Lena mit weit aufgerissenen Augen und deutete nach draußen, als lauerten dort die Bewohner der Insel und wollten hören, was sie zu erzählen hatte.

»Bring mich hier bitte weg. Ich muss verschwinden. Bei dem Mann bleibe ich keine Sekunde länger. Ich habe solche Angst.«

Sie sprang auf und ging erneut zum Fenster.

»Lena, du musst erst einmal einen Plan haben. Wo willst

du hin? Und einfach abhauen kannst du wohl kaum. Wir überlegen zuerst, wie wir das anstellen.« Kaja stand auf und füllte ihren Becher abermals mit Kaffee. »Du auch noch?«

Lena verneinte. »Ich dachte, ich könnte eine Zeit bei dir bleiben …« Bettelnd sah sie die Freundin an.

»Bei mir? … nein, das geht auf gar keinen Fall! Du siehst doch, dass das keine riesengroße Wohnung ist und überhaupt … wir schlafen hier zu zweit. Erinnerst du dich? Ich habe einen Sohn. Nee …« Entschlossen schüttelte sie den Kopf. »Und Frau Martin wird das mit Sicherheit nicht in Ordnung finden. Allerdings kannst du dir ein Zimmer bei ihr mieten, was hältst du davon?«

»Blöde Idee, hier wird er mich wahrscheinlich als Erstes suchen. Der kennt Henning und Nele doch.«

»Ja, aber warum wolltest du hier bei *mir* bleiben? Da findet er dich auch.« Es entstand eine Pause, in der man den Kühlschrank im Küchenbereich leise brummen hörte. »Wenn du wirklich wegwillst, musst du von der Insel verschwinden. Verstehst du? Du erzählst mir, die kennen sich, na, dann wird er sofort wissen, wo du dich versteckst. Nimm dir ein Zimmer irgendwo auf dem Festland. Wäre das nicht eine Möglichkeit?«

»Wo soll ich denn hin? Und außerdem besitze ich nur wenig Bargeld. Ich müsste es vom Konto holen. Das bleibt ihm nicht verborgen. Die Kreditkarten sind alle auf seinen Namen ausgestellt. Er ist kein Idiot!«

Kaja trank den Rest Kaffee und stellte den Trinkbecher in die glänzende Spüle. »Wenn es um Geld geht, ist das überhaupt das kleinste Problem. Ich könnte dir was leihen.«

»Nein, das will ich auf gar keinen Fall.« Sie nahm ebenfalls ihren Becher und leerte ihn mit einem Zug. »Mmh«, fast verschluckte sie sich am letzten Schluck.

»Ich … ich weiß wohin! Mir fällt da gerade etwas ein.«

Lena sprang auf und bestürmte Kaja. »Wir, wir haben ein Ferienhaus in Dänemark. Unweit von Rødby, in Marielyst. Das steht die meiste Zeit leer. Ich könnte dir nicht einmal genau sagen, wann wir zuletzt in dem Haus gewesen sind. Warum bin ich nicht früher darauf gekommen?« Sie schlug mit der flachen Hand gegen die Stirn. Plötzlich verharrte sie in ihrer Bewegung. Anscheinend hielt sie die Lösung keineswegs für adäquat und senkte traurig den Blick.

Kaja versuchte, ihr Mut zuzusprechen. »Das ist eine perfekte Idee«, antwortete sie und nahm die Frau in den Arm.

Lena sagte: »Da wird er mich hoffentlich nicht suchen. Wir waren nur zu Anfang der Beziehung ein paar Mal im Haus, später nicht mehr.«

»Na, dann haben wir doch schon ein super Versteck für dich, wo du erst einmal in Ruhe über alles nachdenken kannst.«

»Ja, das ist ein guter Unterschlupf, denke ich.« Ein zaghaftes Lächeln umspielte Lenas Lippen.

»So und jetzt müssen wir uns genau überlegen, wie wir es anstellen, ohne dass er etwas merkt.«

Lena nickte euphorisch. Dabei schien sie nur noch ein Schatten ihrer selbst zu sein.

Das hat ihr richtig zugesetzt, dachte Kaja und streichelte der Freundin die Schulter. *Ist ja auch gruselig, wenn der eigene Mann im Keller an irgendwelchen Leichen rumschnippelt.* »Setz dich hin! Wir machen einen Plan und alles wird gut.« Sie glaubte ihren eigenen Worten kaum, aber half sie Lena jetzt nicht, kam es womöglich zur Katastrophe.

»Pass auf, Süße. Du fährst ganz normal nach Hause …«

»Nein, da fahr ich nie mehr hin!« Entsetzt sah sie ihre Sitznachbarin an.

»Das wirst du allerdings müssen, wenn du keinen Verdacht erregen willst.« Kaja überlegte ein paar Sekunden, legte ihre Hand auf Lenas Arm und sagte: »Hör mir zu. Du tust so, als hättest du von alldem nichts mitbekommen. Er hat dich doch hoffentlich nicht gesehen?«

Lena schüttelte ihren Kopf.

»Also noch einmal. Du fährst nach Hause, wartest, bis er in seinem Keller verschwunden ist oder wegfährt … Dann packst du eine Sporttasche mit allem, was du brauchst und morgen Mittag fahren wir zusammen …«

»Nein, nein, das geht nicht. Ich bleib da nicht …« Wieder sprang Lena auf und ihre Augen füllten sich mit Tränen.

»Du musst! Ich hole dich zum Schwimmen ab«, sie deutete mit den Armen eine Schwimmbewegung an, »und dann fällt zum einen deine Tasche nicht auf, und zum anderen vermisst er dich erst einmal nicht.« Lena nickte wie befreit. »Außerdem könntest du ihm sagen, dass du hinterher mit mir nach Lübeck fährst, um Shoppen zu gehen. Das gibt dir eine Menge Vorlauf.«

Lena neigte den Kopf zur Seite und sah Kaja fragend an. »Wie kommst du auf so etwas? Das ist genial.«

»Ich bin halt ein Kind der Straß… äh, einer turbulenten Familie. Die wussten meistens Rat«, log sie.

»Verdammt gute Idee. Aber du musst mich zur Fähre bringen, alleine schaffe ich das auf keinen Fall. Und Bares hab ich auch nicht flüssig. Wie schon gesagt, er würde spätestens einen Tag später auf den Kontoauszügen sehen, wenn ich Geld abhole, weil der das immer macht, um seinen *Reichtum* zu überprüfen …« Sie kicherte und rieb zwei Finger aneinander. »Der ist so versessen auf die Kohle, das kannst du dir kaum vorstellen. Normalerweise händigt er mir so viel aus, wie ich benötige. Aber fragen könnte ich … obwohl.« Sie atmete tief ein und sagte völlig aus dem Häuschen: »Falls wir shoppen gehen …«, sie schmunzelte plötzlich, »… gibt es Knete! Dann habe ich genug, um eine gewisse Zeit über die Runden zu kommen. Er will, dass die Frau an seiner Seite gepflegt und nett aussieht, wenn du verstehst, was ich meine? Dafür hat er immer reichlich im Portemonnaie.« Sie klatschte begeistert in die Hände. »In Marielyst kauf ich mir, was ich fürs Erste zum Leben brauche.«

Kaja lächelte und sagte: »Siehst du, das hast du ganz alleine herausgefunden. Ich begleite dich morgen nach Puttgarden und dann verschwindest du. Wir bleiben telefonisch in Kontakt. Behalt das Handy sicherheitshalber bei dir, falls dein Mann doch auf die Idee kommt, in Dänemark zu suchen, … was ich aber, ehrlich gesagt, nicht glaube.«

Plötzlich klingelte Lenas Mobilfunktelefon. Sie zog es aus der Hosentasche und sah aufs Display. »Das ist Max.« Sie wirkte auf einmal wieder verschüchtert und wurde blass.

»Geh ran!«

»Was soll ich denn sagen?« Ihre Hände fingen an zu zittern.

»Sag ihm, dass du in Burg bist, um einzukaufen.«

Lena drückte auf den grünen Hörer und begann zögernd zu sprechen. »Ja … hallo, Max … wo ich bin? … in Burg … Einkaufen … Ja … mach ich sofort, wenn ich nach Hause komme. Jetzt sei nicht sauer. Lass mich in Ruhe, ich komm ja gleich.« Sie legte auf. »Hat er geschluckt. Mir ist unwohl.«

»Du weißt, was du zu tun hast. Wo ich derzeit wohne, weiß er doch hoffentlich nicht?«, fragte Kaja konzentriert.

Lena schüttelte den Kopf. »Nein, ich habe ihm natürlich nicht gesagt, wo du untergekommen bist. Ich habe ihm lediglich erzählt, dass du irgendwo im Westen der Insel Urlaub machst. Das reichte ihm offensichtlich.« Sie ging Richtung Tür, stellte sich vor den Spiegel, der unmittelbar neben der Tür an der Wand hing, und betrachtete ihr Spiegelbild. »Mein Gott, sehe ich scheiße aus. Die Haare sind total durcheinander und das Gesicht sieht aus, als wäre ich eine von Max' Leichen … wer weiß, vielleicht bin ich bald eine.« Sie nahm ihre Steppjacke vom Garderobenhaken.

»Rede keinen Mist«, sagte Kaja.

»Ich muss los. Normalerweise sollte ich bereits über seinen beknackten Büchern sitzen. Das geht mir so auf den Geist. Ich habe echt null Bock auf den ganzen Quatsch!« Sie schluckte, als müsste sie die Worte herunterwürgen.

»Kannst du das nicht, oder willst du nicht …?«

»Ich kann es nicht, ist nicht mein Job und deutsche Buchführung ist mir ein Graus. Du weißt doch, dass ich Holländerin bin.«

Kaja nickte. »Lass das jetzt mal alles sacken, du packst deinen Kram, erzählst ihm vom ›FehMare‹ und der Shoppingtour und um 12 Uhr hole ich dich ab.«

»Ja, ist perfekt.«

Lena hauchte Kaja einen Kuss auf die Wange, sah sie sehnsuchtsvoll an und verließ das Haus. Kaja fiel siedeheiß ein, dass Tim auch noch da war. *Um ihn kümmere ich mich später und wir gehen dann tatsächlich zum Baden …*

AUF DER SUCHE NACH BEWEISEN

Westermann saß im Büro und suchte Spuren, die ihm in irgendeiner Weise weiterhalfen. Das Einzige, was ihn irritierte und seine Gedanken kreisen ließ, war, dass es, egal wie oft er vor- und zurückspulte, keine Hinweise zu Andrey Below, Kaja und Tim Lennart gab. »Habt ihr schon irgendwas auf dem Bildschirm?«

Merten und Jakobs, die Männer der Kriminaltechnik, schüttelten die Köpfe. Die Büroangestellte hatte mittlerweile alle verfügbaren Bänder hineingereicht und Berge von Videos stapelten sich auf den Schreibtischen. »Sie kommen nicht zurück«, stellte Westermann fahrig fest. »Wieso kommen die nicht zurück? Keiner von Ihnen. Das gibt's doch nicht!« Es entstand eine Pause. »Dass der Russe nicht wieder auftaucht, nachvollziehbar, liegt ja gut gekühlt in der Gerichtsmedizin. Aber die Frau mit ihrem Sohn … das geht absolut nicht in meinen Schädel.« Dirk Westermann trommelte mit den Fingern auf die Schreibtischplatte. Es schien, als würde die sonst eher ausgeglichene Fassade in wenigen Sekunden zerspringen und sein stoisches Gemüt gleich in eine Explosion umschlagen. Die Kollegen sahen zuerst sich und dann ihn verdutzt an. Derartige Gefühlsausbrüche waren sie von Dirk Westermann in keinster Weise gewohnt. »Haben die sich in Luft aufgelöst? Wo können die hin sein?«, polterte er unüberhörbar durch den Raum. Er ließ die Schultern sinken und es schien, als versuchte er, wieder runterzukommen. Der Kommissar gab für den Moment auf, verschränkte die Arme hinter dem Kopf und blickte müde aus dem Fenster. »Ich habe die Bänder jetzt immer wieder durchgesehen … zwei Stunden lang null! Das kann nicht angehen. Irgendetwas habe ich übersehen! Und bei euch gibt es auch nichts Auffälliges?«, brummte er angespannt. Erneutes Kopfschütteln.

»Nichts bis auf die Zeit, als die Kameras nur schwarzes Bildmaterial geliefert haben.«

»Wie schwarzes Bildmaterial?« Er sah die Männer verdutzt an.

»Es sieht aus, als hätten sie einen Stromausfall gehabt«, sagte Merten und arbeitete weiter.

»Stromausfall? Das müssen wir nachher auf der Fähre überprüfen.« Westermanns Brille landete mit einem Knall auf dem Schreibtisch. Merten sah auf und verbarg sich vorsichtshalber hinter dem Bildschirm. Sein Kollege schaute erst gar nicht in seine Richtung. »Fakt ist, dass sie auf die Fähre gegangen sind … zu dritt, und Fakt ist auch, dass sie nicht wieder runtergekommen sind. Sie müssen in Rødby von Bord gegangen sein, in Puttgarden sind sie es jedenfalls nicht. Was ist das für ein Müll! Könnt *ihr* mir nicht sagen, was da vorgegangen ist?« Es entstand eine weitere Pause. Niemand rührte sich. Dirk Westermann hämmerte mit der Faust immer wieder auf die Schreibtischplatte. »Ich hoffe nicht, dass die beiden irgendwo da draußen sind …« Er nickte und deutete auf den Belt.

In diesem Moment kam der rundliche Supervisor des Fährbetriebes in die Tür. »Die ›Deutschland‹ legt gleich an … Wenn Sie wollen? Ihre Kollegen aus Lübeck warten bereits in der Halle.« Westermann war froh, den Computer endlich verlassen zu können. Seine Augen brannten vor Müdigkeit wie Feuer, und er rieb mit zwei Fingern darüber, als könne er imaginäre Sandkörner herausreiben. Er stand auf, reckte seine 1,90 Meter, bog die ineinander verschränkten Hände mit den Handflächen weit über dem Kopf und ließ unüberhörbar die Gelenke knacken.

Er musste grinsen. *Meiner Ex hätte das überhaupt nicht gefallen. Ganz und gar nicht. Sie hasste knackende Gelenke.*

Die Kollegen um ihn herum verstanden jetzt gar nichts mehr. Von himmelhochjauchzend bis zur cholerischen Art des legendären HB-Männchens zeigte Westermann sämtliche Facetten eines Gefühlsausbruches, den sie von ihm niemals erwartet hätten.

Der Kommissar zog den Caban von der Stuhllehne, nahm ihn über den Arm und folgte dem Mann, dessen Namen er nicht kannte, durch das Gewirr mehrerer Wege. Bis hin zu einem endlosen Gang, der vor einer Glastür endete. »Worauf warten wir hier?«, fragte Westermann.

»Die Fähre legt gerade an, die Fahrgäste müssen zuerst das Schiff verlassen, bevor die Tür aufgeht und Sie auf den Kahn können. Ist so!« Der Polizeibeamte nickte und betrachtete das Anlegemanöver der »Deutschland«.

»Jetzt ist es ja noch sehr ruhig, aber im Sommer kann das schon mal länger dauern, bis alle runter sind.«

Der Kommissar fröstelte und zog sich die Jacke über. Es war unangenehm kalt und zugig im Gang. Er blickte auf die andere Seite durch die Glasfront und sah außer Ostsee und schlammfarbenem Himmel, der von blauen Lücken unterbrochen war, nur eine alte Halle in einiger Entfernung. Er lenkte die Blicke wieder zurück. *Die weißen Schaumkronen sehen aus, als hätte jemand zu viel Pril hineingeschüttet.* Dirk Westermann beobachtete das Manöver mit großem Interesse.

Für Kenner seines analytischen Gespürs kam die nächste Frage nicht überraschend. »Was passiert, wenn jemand während der Fahrt über Bord geht?«

Der Sicherheitsbeamte sah ihn neugierig an. »Was meinen Sie damit genau?«

»Na, wenn jemand ins Wasser fällt?« Er deutete über die Reling.

»Na, das ist mir schon klar. Aber meinen Sie fallen oder gefallen werden? Na egal, allerhöchstens zehn Minuten bei den Temperaturen, dann ist der weg.«

»Was bedeutet … *weg*?«, fragte Westermann und zog die linke Augenbraue hoch.

»Na, weg eben, ertrunken … erfroren, wenn es überhaupt so weit kommt.«

»Was heißt das nun wieder? Etwas präziser bitte.« Westermann blickte den Supervisor geradeheraus an.

»Na, wenn da einer rübergeht … also, wenn jemand über die Reling fällt«, verbesserte er sich schnell, »und in die Schraube gerät, da bleibt sehr wahrscheinlich nicht viel übrig, wenn überhaupt was übrig bleibt.« »Und wovon hängt das ab?«

»Das hängt davon ab, wo er über Bord gegangen ist. Vorne oder hinten. Wie weit derjenige von der Bordwand ab war. Sie wissen, Sog und so weiter …«

»Nein, ich weiß nicht, aber das können Sie mir nachher noch einmal genau erklären, ja?«

Der kleine, wohlgenährte Mittfünfziger mit den silbernen Streifen auf den Schulterklappen, wuchs sichtlich. Dass er noch einmal eine wichtige Rolle in einem Mordfall spielen würde, machte ihn, trotz der eigentlich traurigen Tatsache, stolz. »Wenn Sie später aber noch spezielle Fragen haben, müssen Sie sich an Bord an das seemännische Personal halten.«

»Was soll mir das jetzt sagen?«

»Das sind die Kapitäne an Bord. Die haben sämtliche Befehlsgewalt. Ich darf das gar nicht.«

Westermann nickte wohlwollend. *Da habe ich doch wieder etwas dazugelernt.*

Die »Deutschland« hatte mittlerweile angelegt und die Kollegen der Technik kamen in weißen Schutzanzügen, mit Alukoffern in den Händen, den Gang hinauf. »Nun mal los, ihr Außerirdischen«, rief der Kommissar und stand mit verschränkten Armen neben dem, mindestens einen Kopf kleineren, Supervisor. Da kaum Betrieb auf der Fähre war, öffnete sich die Glastür relativ früh und der Männertrupp konnte das Fährschiff betreten. »Sag mal Dirk, kannst du uns jetzt sagen, wonach wir hier explizit überhaupt suchen?«

»Wenn ich das genau wüsste, würde ich es euch mitteilen. Aber hier muss es irgendwo Spuren von dem Toten geben, und wenn wir das ganze verdammte Schiff auf den Kopf stellen«, antwortete Westermann und überlegte, wo sie anfangen sollten. Fingerabdrücke hatten sie keine, nur einen Namen und der half ihnen in dieser Situation nicht weiter.

Als ahnte der Mitarbeiter der Fährgesellschaft, was der Kommissar dachte, sagte er: »Wenn ich etwas anmerken darf … Wenn Sie der Meinung sind, dass der eventuell hier über Bord gegangen ist, sollten Sie unbedingt im Außenbereich starten.« Er zeigte mit dem Zeigefinger zur Seite.

»Da sagen Sie was«, entgegnete Westermann. »Daran habe ich auch schon gedacht, aber das Schiff ist ganz offensichtlich nicht klein.« Er deutete mit der Hand auf die Großräumigkeit der Fähre hin.

»Ich … wenn ich noch mal was sagen darf?«

Westermann nickte.

»Ich würde im Oberdeck beginnen, weil da immer Leute sind, die rauchen oder aufs Wasser gucken wollen.«

Der Kommissar nickte abermals und zog die Augenbrauen

zusammen. »Jungs, ihr habt es gehört? Folgt mal dem guten Mann und lasst euch zeigen, wo die Fahrgäste sich meistens aufhalten. Sagen Sie, wie war Ihr Name? Ich glaube, ich habe Sie nicht danach gefragt, wie unhöflich.« Wie zur Versöhnung reichte Westermann dem Supervisor die Hand.

»Jensen, einfach nur Jensen«, antwortete er.

»Stopp, wartet«, rief Westermann, als hätte er gerade eine Eingebung. »Wo war die Stelle, an der Freitagnacht das Licht ausgefallen ist?«

Jensen sah den Kommissar erstaunt an. »Die Beleuchtung? … Im gesamten Außenbereich, das hilft Ihnen auch nicht wirklich weiter, oder?«

»Nicht wirklich. Hätte ja sein können, dass wir das Areal hätten eingrenzen können.«

»Die Notbeleuchtung innen ging an, aber die Außenanlage lag die gesamte Zeit im Dunklen.«

»Nur im Inneren der Fähre gab es Licht?«, fragte Dirk Westermann.

»Notbeleuchtung!«

»Und was ist mit dem Material der Kameras auf der Fähre?« Westermann strich mit der Hand über sein Kinn.

»Ja, die haben bereits alles durchlaufen lassen, aber in der Zeit, die für Sie interessant wäre, sind die Kameras leider komplett ausgefallen. Tut mir leid, ich habe vergessen, Ihnen das gleich mitzuteilen.«

»Kein Problem. Wäre ja auch zu schön gewesen. Ist das denn alles miteinander gekoppelt?«

»Wie meinen Sie das?«

»Na, ob die einem Stromkreis angehören? Kameras und Licht.«

»Nein, das war schon merkwürdig. Aber wir haben keinen Fehler gefunden. Sorry.« Schweigend gingen die Männer auf den Gang, der in den oberen Bereich führte.

Sie nahmen die ausladende Treppe und folgten dem Supervisor. Er schwenkte nach links, die Tür öffnete sich und sie betraten den kalten Teil des Schiffes. Jensen verabschiedete sich und verließ das Schiff, bevor die Luken zugingen.

Der Wind hatte auf Nord-West gedreht. Ein feiner Sprühregen, der wesentlich kälter erschien, als er tatsächlich war, benetzte den gesamten Boden des Decks.

»Wenn wir hier noch etwas finden, haben wir saumäßiges Glück. Am besten wir verteilen uns erst einmal auf dieser Seite. Ich übernehme den Bereich hinter dem Schlot«, rief Merten, stellte seinen Alukoffer auf dem nassen Fußbodenbelag ab, öffnete ihn und fing an, vorsichtig das Gebiet, in dem er arbeiten wollte, zu trocknen. Mit einer extrem hell ausleuchtenden Taschenlampe versuchte der Kriminaltechniker, jeden Winkel auszuleuchten, um eine trockene Ecke zu entdecken, in der sich Beweismaterial befinden könnte. »Und wenn es irgendwo einen Tropfen Blut gibt, dann finde ich ihn!«

Die Kollegen suchten, leuchteten aus, trockneten, untersuchten die Reling nach vorhandenen Fingerabdrücken, was allerdings der Suche nach einer Stecknadel in einem Heuhaufen gleichkam, fassten doch täglich hunderte von Passagieren das Geländer an. Das Übrige hatte wahrscheinlich der Regen erledigt. Gab es überhaupt noch irgendwelche Spuren an Deck, wäre es reine Glückssache, diese hier aufzuspüren.

Die Überfahrt verlief ruhig, das gesamte Außendeck war für die wenigen Reisenden gesperrt. Die Kripo hatte darauf verzichtet, dass Schiff im Hafen liegen zu lassen, dafür bestand zum jetzigen Zeitpunkt keinerlei Notwendigkeit. Dirk Westermann stand unschlüssig hinter dem Schornstein und beobachtete jede Reaktion der Kriminaltechniker. Er zog den Kragen der Jacke enger zusammen und die Mütze weit über die Ohren. *Das ist Hamburger Schietwetter*, dachte er und sah auf den aschgrauen Belt. *Bei dem Wetter möchte ich nicht draußen sein. Februar am Wasser ist nur was für Hartgesottene. Was ist mit dem Fahrkartenautomaten? Dass ich da nicht früher drauf gekommen bin!* Seine Gedanken verliehen seinem Gesicht einen harten Zug. »Wir müssen, wenn wir wieder von Bord gehen, unbedingt die Fahrkartenautomaten nach Fingerabdrücken untersuchen. Da könnten …«

»Vergiss es!«, rief Merten angespannt. »Da haben jede Menge Leute draufgefasst. Wie willst du da noch verwertbares Material finden?«, sagte der Kriminaltechniker und winkte ab. Auf allen Vieren kroch er um den Schlot herum, in der Hoffnung, einen winzigen Hinweis zu entdecken. Auf dem Geländer waren alle Spuren verwischt und vom Regenwasser vernichtet.

Der Hauptkommissar hatte das Gefühl, sich in den ersten Gedanken verrannt zu haben und man sah die Enttäuschung in seinem Gesicht. Er fuhr mit der Hand über die Bartstoppeln. »Ich glaube, das war keine gute Idee mit der Fähre«, sagte er und wollte Merten bitten, die Untersuchungen abzubrechen. Die anderen Kollegen der Technik schüttelten die Köpfe, als Westermann zu ihnen ging, um Informationen einzufordern. »Packt ein, das war eine Schnapsidee.«

»Komm her, Westermann, sieh dir das an!«, schrie Merten. Der Kommissar spannte den Körper an und eilte zurück zum Kriminaltechniker.

»Was hast du?« Er zog die Hände aus den Jackentaschen und ging in die Hocke.

»Wenn mich nicht alles täuscht, ist das hier …« Er machte eine Pause, bevor er antwortete: »Dreck … so ein Scheiß. Nasser Dreck, mehr nicht!« Im Schein der Lampe sah man die Enttäuschung in seinem Gesicht. »Räumt zusammen, Männer, die Fähre ist gleich wieder im Hafen. Hier finden wir nichts.« Er stand auf und sah Westermann deprimiert an. »Hätte ich mir anders vorgestellt. Aber das war fast klar. Eine Nadel im

Heuhaufen zu finden, wäre wahrscheinlich einfacher gewesen.« Westermann konnte den säuerlichen Unterton in der Stimme nicht überhören.

»Mensch, wir haben hier eine Leiche ohne Gliedmaßen und ohne Kopf. Der einzige Hinweis ist diese Fähre. Was hättest du denn gemacht?« Der Kommissar baute sich wütend vor ihm auf.

»Bleib mal ganz ruhig, dass wir hier mit sechs Mann angerückt sind, spricht doch wohl für dich und dein Gefühl. Aber wo nichts ist, da ist halt nichts.« Wie zwei Kampfhähne standen sie sich gegenüber, als würden sie gleich aufeinander losgehen.

»Ach lass mich in Ruhe, ich finde eine Spur«, antwortete Westermann.

Der Kommissar drehte sich um, und ging Richtung Eingangstür. Merten fluchte und bückte sich erneut. »Verdammt, irgendwo auf diesem Dampfer muss was sein.« Angespannt kroch er hinter den Schlot, bis er das Geländer vor sich hatte. Er leuchtete jeden Winkel noch einmal ab, rückte seine Brille zurecht, und hielt die Lampe von oben in den schmalen Spalt zwischen Schornstein und Brüstung. Mit einem kleinen Stab schob er die Flusen, die sich gesammelt hatten beiseite, zog den Stab heraus und beleuchtete ihn. Was er sah, ließ ihn zusammenfahren.

»Westermann …«, schrie er. »Westermann, komm her, ich hab was!« Die Mitarbeiter der Technik, die dabei waren, Proben einzusammeln, die sie sorgfältig in kleine Röhrchen verstauten, sahen erstaunt auf und brachen ihre Arbeit ab. »Gebt mir ein paar Röhrchen«, rief er, wedelte mit den Händen, als wollte er die Arbeitsschritte beschleunigen. »Wir bringen das sofort ins Labor und müssen sehen, ob etwas Verwertbares dabei ist.

In diese Lücke ist anscheinend kein Regen gelangt, liegt zu

verwinkelt. Ist ziemlich verdreckt, aber das ist wahrscheinlich unsere einzige Chance, überhaupt irgendetwas zu finden. Der Regen hat alles andere beseitigt.«

Westermann spurtete zurück, ging in die Knie, senkte den Kopf und versuchte, die dunklen Ecken mit den Augen zu fokussieren.

Vorsichtig hob Merten den Dreck mit dem dünnen Stäbchen noch einmal an, um im Licht Auffälligkeiten zu entdecken. »Wenn mich nicht alles täuscht, ist da jede Menge Blut unter den Staubflusen.«

Westermanns Augen blitzten auf. »Na, ich hoffe, du hast recht. Damit kämen wir der Geschichte einen riesen Schritt näher. Wenn das Blut ist, dann haben wir eine DNA und dann wissen wir, wo der Junge ins Wasser gegangen ist.« Es war, als wenn Westermann plötzlich ein Stein von den Schultern fiel.

JÖNS AUF VERZWEIFELTER SUCHE NACH KAJA

Was wollen die in diesem Kaufhaus? Haben die nichts Besseres zu tun? Jöns nervte es, zwischen Hosen und T-Shirts wie ein Kaufhausdetektiv hinter zwei Personen herzulaufen. *Wenn die so weitermachen, halten die mich noch für einen Dieb.* Jöns musste grinsen, als er darüber nachdachte. Wenn die wüssten …

Bei den Büchern blieben Nele und Tim stehen, und suchten nach einem passenden Exemplar für Tim. »Hier Tante, hier ist ein Tolles.« Er zeigte auf ein großes Malbuch, in dem Indianer auszumalen waren.

»Ja, das ist wirklich schön«, antwortete die Pensionsbetreiberin. »Dann brauchst du auch Buntstifte. Die gibt es in der Schreibabteilung. Komm, da gehen wir zwei Hübschen jetzt hin.« Auf dem Weg dorthin kamen sie an den Bücherregalen vorbei, die über die gesamte Wand eine stolze Bandbreite an Lektüre anboten. »Eigentlich müsste ich mir mal wieder was zu lesen mitnehmen.« Sie blieben stehen. Tim hielt sein Malbuch fest in der Hand und Nele Martin griff nach einem Kriminalroman. »Hm, haut mich nicht vom Hocker«, sagte sie zu Tim und legte es zurück. »Weißt du, ich suche etwas von Klaus-Peter Wolf oder … Oh, sieh mal hier. Da ist ein Krimi, der hier auf unserer Insel spielt.« »Die spielen im Buch? Wie soll das denn geh'n?«

Nele fing laut an zu lachen, strich ihm über die dunklen Haare und sah ihn von der Seite an. Schmunzelnd stupste sie mit ihrem Finger seine mit Sommersprossen übersäte Stupsnase. »Ne, mein Junge, der Roman … anders … die Geschichte, die dort geschildert wird, geschieht hier auf Fehmarn.«

Tim nickte, als verstünde er, was Frau Martin ihm erzählte. »Aha, und was passiert da in dem Krimi denn?« Dabei wusste er nicht einmal, was ein Kriminalroman war. Aber er tat so, als hätte er den absoluten Durchblick.

»Da geht es um böse Menschen, die man Verbrecher nennt und Polizisten, die Verbrecher jagen. Aber was genau im Buch vorgeht, das muss ich erst herausfinden. »Küstenschrei« … klingt vielversprechend. Das nehme ich mit. Somit haben wir beide etwas, oder?« Tim nickte, dann schlenderten sie zur Schreibwarenabteilung.

Jöns versuchte, den beiden unauffällig zu folgen, und bemerkte nicht, dass auch er verfolgt wurde.

LENA VERSTECKT SICH IN MARIELYST

Der Motor des »Barnasch« Taxis lief, als Kaja die Autotür öffnen wollte, um Lena abzuholen. Genau in diesem Moment schlich die Frau des Bestattungsunternehmers mit ihrer blauen Adidastasche aus der Tür. Sie zog diese vorsichtig hinter sich zu, als hätte sie Angst. Stülpte hastig die Kapuze des bunten Anoraks über den Kopf. Kaja lehnte sich wieder zurück in den Sitz. Sie schubberte mit ihrer Hand den verwaschenen Stoff ihrer Jeans, weil sie auf dem rechten Oberschenkel einen kleinen Fleck entdeckte. Gähnend strich sie eine lange Haarsträhne aus ihrem Gesicht, die unter der Mütze herausgerutscht war. Trotz der Wärme in dem Wagen fror sie und verschränkte die Arme vor der Brust. Selbst der Parka schien sie nicht genügend aufzuwärmen.

Lena ist genauso blass wie gestern, dachte Kaja, als sie aus dem Seitenfenster blickte. *Die blonden Haare lassen sie fast noch zerbrechlicher aussehen. Nicht einmal Make-up hat sie aufgetragen.* Kaja schüttelte sorgenvoll den Kopf.

Lena öffnete die Wagentür.

»Du bist ja nicht einmal geschminkt. Du siehst aus, als kipptest du gleich aus den Latschen.«

»Das habe ich nur wegen Max getan. Falls er wider Erwarten zurückkommt. Würde wohl komisch aussehen, wenn ich angeschmiert zum Schwimmen gehe. Obwohl …« Sie wusste, dass er sich für die nächsten Stunden in seinem Keller aufhielt, um die Verstorbene für die Überfahrt vorzubereiten.

»Das leuchtet selbst mir ein«, sagte Kaja. Die Augenringe der Freundin waren nicht zu übersehen. Sie stieg im Fond des Wagens ein und sah Kaja, die sich unter der Kapuze versteckte, fragend an.

»Versteckst du dich oder täuscht das? Und warum kommst du mit einem Taxi?«

»Ja, was hast du denn geglaubt. Meinst du, ich habe mir noch über Nacht schnell einen Wagen geschnitzt?«

»Witzig! Aber ehrlich, daran habe ich überhaupt nicht gedacht … ich meine, dass du ja kein Auto hast. Da hätte ich dich doch besser abholen können.«

»Und wo bitte schön, hättest du später deinen Wagen gelassen? Vielleicht am Fährhafen. Sichtbar für jeden, der es wissen will? Oder auf dem Großparkplatz? Ne, da ist das so, glaube ich zumindest, die sinnvollere Lösung. Und falls er uns sehen sollte, dich anruft und blöde Fragen stellt, sagst du ihm, mein Wagen sei in der Werkstatt und wir haben ihn auf dem Weg nach Lübeck wieder abgeholt, gut?«

Lena nickte. »Ja, aber es ist Samstag?«

»Wieso, haben die keinen Notdienst?«

»Ja, doch, der arbeitet eigentlich immer.« Das Taxi rollte vom Grundstück.

»Fahren Sie uns bitte zum Fährhafen«, sagte Kaja und blickte aus dem Fenster. Sie zog einen Umschlag aus ihrer Jackentasche und hielt ihn Lena entgegen. »Das nimmst du mit. Nur für alle Fälle, damit es keine Probleme gibt.« Die Frau neben ihr wollte abwehren, aber Kaja legte einen Finger über ihre Lippen. »Sag nichts, du wirst es vielleicht gebrauchen können.« Schweigend griff Lena das Kuvert, in dem sich Hunderteuroscheine befanden, und vergrub es wie einen kostbaren Schatz in den Händen.

Zehn Minuten später stoppte der Wagen vor dem Eingang. »Warten Sie bitte auf mich? Ich bin gleich wieder da. Ich bring die junge Dame nur zur Fähre«, sagte Kaja. Der Taxifahrer nickte. Sie stiegen aus, Lena nahm ihre Tasche und sie betraten die kleine Halle.

»Ich muss ein Ticket ziehen.« Sie folgte Lena zum Automaten. Im Anschluss daran eilten sie den schmalen Gang hinauf, bis sie die Glastür erreichten.

»Kommst du ab jetzt alleine klar?«

»Ja, mach dir keine Sorgen. Ich hab mein Handy dabei.« Sie klopfte auf ihre Hosentasche.

»Gut, dann halt die Ohren steif und melde dich bitte, sobald du im Haus angekommen bist.« Sie drückte die Frau, die ihr mit der Tasche zitternd gegenüber stand.

Die Fähre hatte gerade angelegt und die ersten Fahrgäste verließen bereits das Schiff.

»Was ist denn das für eine Horde?«, fragte Lena, als etwa sechs Personen in Overalls auf den Ausgang zusteuerten.

»Weiß ich auch nicht. Das sieht nach Polizei aus«, vermutete Kaja. »Sieh mal, auf dem Rücken steht Polizei.«

»Was machen die denn hier?« Lenas Angst kehrte zurück und sie blickte Kaja hilfesuchend an.

»Geht uns nichts an. Geh du einfach auf die Fähre.« Komische Gedanken stiegen in ihr auf, als eine der Personen, ein Mann in blauem Caban die beiden Frauen durchdringend ansah. Kaja zog automatisch ihre Mütze über die Ohren und fühlte, ob ihre Narbe von den Haaren verdeckt war.

Was wollen die hier? Hat das etwas mit Andrey und mir zu tun? Ein mulmiges Gefühl beschlich sie und sie drehte den Kopf zur Fensterseite.

TRAVIÉR TELEFONIERT

Traviér stand hinter der Kasse im Tattoostudio und blickte aus dem kleinen Schaufenster. Es war zu früh für Kundschaft. Er wippte nervös mit den Füßen und zog sein Handy aus der Hosentasche. »Moin, Ulli, hast du schon gehört? … Die haben den Lakaien von Jöns rausgefischt … Ja … weiß ich nicht. Jöns krieg ich nicht ans Telefon. Ich glaube, der macht auf eigene Tasche … Wir sollten uns um ihn kümmern, bevor die Bullen hier noch einmal auf der Matte stehen. Das Ding geht sonst nach hinten los. Ich hab dir gesagt, wir können uns nicht auf ihn verlassen. Am besten, du kommst gleich her. Wir müssen wissen, wo Jöns steckt, dann erledigen wir das …«

CHARLOTTE GEHT SHOPPEN

Charlotte radelte mit ihrem roten Vehikel die Breite Straße entlang, bis sie vor dem Rathaus abstieg. In der kleinen Seitenstraße, gleich neben dem Altstadtgebäude, das wie ein Edelstein direkt am Marktplatz stand, reckte Sie den Kopf und betrachtete die Türmchen, die das Haus für sie so besonders machten. Konzentriert schloss sie danach ihr Fahrrad an einen Fahrradständer. Charlotte hebelte ihren Rucksack heraus, in dem sie Kamera und Portemonnaie verwahrte, und zog ihn über die linke Schulter. Unschlüssig blieb sie stehen, als sie Nele Martin mit einem Kind auf sich zutrotten sah. »Nele!«, rief sie quer über die Straße. »Huhu, Nele!« Die Pensionswirtin drehte sich erschreckt um. Da sah sie Charlotte Hagedorn bereits auf sich zukommen und lächelte.

»Was machst du denn hier?«

»Na was wohl, einkaufen. Oder was denkst du, macht man in Burg, Samstagvormittag?«

Die Besitzerin der Pension lachte.

»Wer ist das, Tante?« Tim starrte die ältere, in bunte Kleidung gehüllte Frau, neugierig an.

»Das ist Frau Hagedorn. Eine Freundin.«

Tim nickte und zog an Neles Hand, die seine fest umschlossen hielt. »Komm, wir wollen malen.« Der Junge schien nicht begeistert darüber zu sein, dass Nele Martin wieder aufgehalten wurde. Der Klönschnack mit der Verkäuferin, die hinter der Kasse im Kaufhaus abkassierte und mit der sie sich ausführlich über Bücher unterhielt, dann der dicke Mann, der sie fragte, ob denn die Saison schon langsam anfing. Nun auch noch diese komische Frau mit einem Delphin auf der Mütze. Obwohl er die cool fand. »Was ist das für ein Fisch auf deiner Mütze?«

Die Künstlerin sah ihre Freundin fragend an. »Das ist ein Delphin, mein Junge. Aber wer bist du denn?«

»Ich bin ein Junge.«

»Na, das seh ich«, lachte sie. »Wie du heißt, wollte ich wissen.« Schmunzelnd fuhr sie ihm mit der Hand über den dichten Haarschopf.

»Nicht anfassen. Das mag ich nicht. Ich kenn Sie nicht.« Charlotte und auch Nele blickten den Knirps erstaunt an. »Meine Mama sagt, keiner darf mich anfassen, wenn ich das nicht will.«

»Da hast du aber verdammt noch mal recht«, sagte Charlotte verdutzt.

»Aber ich heiß Tim und wir haben *gar* keine Zeit. Ich hab nämlich ein Malbuch, siehst du?« Er fächerte wild mit dem Buch in der Luft herum.

»Ich habe eine Idee«, fiel Nele dem Kind ins Wort. »Was haltet ihr davon, wenn wir zusammen einen leckeren Kakao im »Café Liebevoll« trinken? Der soll da besonders fein sein.« Sie zwinkerte Charlotte zu.

»Kakao ist gut, aber wir wollten doch …«

»Da kannst du dich auch hinsetzen und schön malen. Ist das eine gute Idee?« Tim hüpfte wie ein Flummiball in die Höhe. Er riss Neles Arm mit sich, sodass sie Mühe hatte, ihm zu folgen. Sie fühlte sich wie eine Marionette, die an ihren Fäden herumgezerrt wurde.

Die drei gingen am Markt entlang, bis Charlotte vor dem Insel-Reisebüro abrupt stehen blieb. »Wartet mal kurz. Ich muss noch einen Katalog bei Frau Schmidt holen«, rief Charlotte und stakste die Stufen hinauf. »Bin gleich wieder da.« Eine Minute blieben Tim und Nele Martin vor dem Geschäftshaus stehen, bis Charlotte wedelnd mit einem Reisekatalog herauskam. »Hurtigruten! Da will ich hin«, rief sie, während sie wie ein bunter Schmetterling die Stufen wieder hinabstieg. »Hat Frau Kissler mir gegeben.«

»Was willst du denn auf der Hurtigrute?«

»Nach Norwegen. Ist das so ungewöhnlich? Ich liebe Norwegen.« Wortlos gingen sie weiter und standen eine Minute später vor dem kleinen Café, das nur wenige Meter vom Marktplatz entfernt lag.

»Ich muss dich dringend etwas fragen«, sagte Charlotte auf einmal entschieden.

»Ich muss dir auch etwas erzählen, ganz dringend«, sagte Nele genauso ernst. Die beiden Frauen sahen sich verblüfft an.

Völlig genervt schlich Jöns in einem Sicherheitsabstand hinter ihnen her und bemerkte nicht, dass auch ihm ein Rattenschwanz folgte.

»Hallo, Herr Hartwig. Huhu«, rief Charlotte plötzlich aufgeregt. »Wen rufst du denn da?«, fragte Nele und sah ebenfalls in die Richtung, der Charlotte Hagedorn plötzlich ihre Aufmerksamkeit schenkte. Sie hatte sich für einen Moment umgedreht und den Polizisten entdeckt, den sie auf Anhieb sehr sympathisch gefunden hatte.

»Na, das ist doch der Polizist, der damals Katrins Unfall bearbeitet hat.« Sie stupste Nele von der Seite an und zwinkerte ihr zu. »Ich glaube, die beiden haben so etwas wie ein Techtelmechtel.«

»Charlotte!« Nele schüttelte den Kopf. »Welcher ist das denn? Der mit den blonden Haaren?«

»Nein, der Dunkelhaarige, der da hinten hinter dem Mann geht.«

»Der hübsche junge Kerl? Den würd ich auch mögen«, kicherte Nele.

Thomas Hartwig fühlte sich enttarnt. Die ältere Frau hatte ja laut genug gerufen, sodass Jöns ihn entdecken musste. Hartwig machte sich unauffällig an einem Ständer mit Jacken zu schaffen. Er drehte sich weg, aber Charlotte war bereits die paar Meter zurückgelaufen und hatte ihn erreicht.

»Wir gehen schon mal vor«, rief Nele und zog Tim hinter sich her.

Jöns schlich ebenfalls unauffällig weiter, weil er nicht *Charlotte*, sondern Nele und den Jungen im Blick behalten musste. Was ging ihn die alte Tante an, die andauernd irgendwelchen Leuten lautstark hinterherschrie.

Nele und Tim liefen über die Straße und betraten das Café Liebevoll.

»Kommt die Tante nicht mit?«, fragte Tim.

»Doch, die kommt gleich nach. Die muss erst noch jemanden begrüßen. Sie weiß ja, wo wir sind.« Tim nickte und folgte Nele Martin ins Café.

Jöns hingegen stand unverrichteter Dinge vor der kleinen Gaststätte auf der anderen Straßenseite und schnaubte. »So ein Scheiß, jetzt kann ich hier rumstehen. Wer weiß, wie lange das dauert.«

»Mensch, Frau Hagedorn, was machen Sie denn hier?« Thomas tat überrascht und lächelte die Künstlerin an.

»Na, ich war einkaufen und will jetzt mit einer guten Bekannten einen Tee trinken.« Sie deutete mit dem Arm hinter sich. »Und was machen Sie auf Fehmarn? Wollen Sie Katrin besuchen oder sind Sie wegen des Toten vom Grünen Brink hier?«, antwortete sie neugierig.

Thomas Hartwig sah unauffällig an ihr vorbei und hoffte, dass er Jöns nicht aus den Augen verlor. »Ja, wir sind … aber Sie wissen doch, dass ich darüber unter keinen Umständen reden darf. Katrin, die besuche ich vielleicht später, wenn ich Zeit habe.« Er wollte Charlotte nicht erzählen, dass Katrin ihm eher aus dem Weg zu gehen schien. Er zwinkerte ihr charmant zu.

»Sie können gerne mitkommen, wenn Sie möchten.« Freudestrahlend sah sie den Mann an.

»Nein, lassen Sie mal gut sein, ich habe zu tun. Sie wissen ja, jede Menge Verbrecher jagen.«

»Dann passen Sie mal auf, dass Sie die auch fangen«, sagte Charlotte. Er zwinkerte und verabschiedete sich von Charlotte, die sich umdrehte, und in Richtung Café schlenderte.

Thomas Hartwig folgte ihr langsam und entdeckte Jöns. Sofort zog er den Kopf zurück und versuchte, hinter dem Pfeiler, der ihn verdeckte, ihn im Auge zu behalten. Dieses Mal wühlte er unauffällig in einem Korb mit T-Shirts. Er wusste nach einer Viertelstunde, dass es wahrscheinlich länger dauerte, bis die Frauen zu Ende getratscht hätten, und entschied sich, für den Moment abzubrechen. Er hoffte, dass Jöns ebenfalls auf der Suche war und so wie es aussah, nicht ausgecheckt hatte. Jedenfalls trug er keinerlei Gepäck in der Hand, als er das Hotel verlassen hatte.

Hartwig wollte sich spätestens heute Abend wieder auf die Lauer legen. Er zog sein Handy aus der Hosentasche und machte sich auf den Weg zum Auto.

Ach, wenn ich schon einmal hier bin, kann ich auch noch kurz Doro hallo sagen, dachte inzwischen Charlotte auf dem Weg zum Café.

»Hallo, meine Liebe«, rief sie in die offene Tür, bevor sie Doros Modelädchen betreten hatte. »Na, was hast du Schönes?«

»Na, hallo erstmal.« Die hübsche Frau mit dem blonden Kurzhaarschnitt begrüßte sie wie eine alte Freundin. »Lass dich anschauen«, sagte sie. »Charlotte, wie geht es dir? Möchtest zu einen Kaffee?«

»Nein, keinen Kaffee. Aber mir geht es blendend«, antwortete sie strahlend. »Ich bin nämlich zum Kaffee verabredet. Drüben im ›Liebevoll‹.«

Doro nickte und sah die Künstlerin freundlich an. »Du, ich habe die neue Frühjahrskollektion da. Willst du mal schauen?«

»Ich habe gar keine Zeit, aber wenn ich das nächste Mal in Burg bin, komme ich und dann musst du mir alles genau zeigen. Aber nicht heute.«

LENAS FLUCHT

Die Überfahrt war ereignislos. Lena saß in der Lounge auf dem Oberdeck und trank Kaffee. Sie blickte aus dem Fenster und betrachtete den grauen Himmel. *Was ist nur mit uns passiert? Wie konnte es so weit kommen? Was macht Max mit den Toten? Ich versteh das nicht.* Ein paar Skandinavier saßen neben ihr auf den gepolsterten Stühlen und unterhielten sich. Sie hatten mehrere Plastiktaschen unweit ihrer Sessel stehen, auf denen in dicken Lettern »Bordershop« stand. *Die können auch nicht ohne ihren Schnaps*, dachte sie und lächelte das erste Mal seit Tagen.

Die Durchsagen des Bordpersonals kamen in regelmäßigen Abständen über die Lautsprecher. Einmal in deutscher Sprache, dann wieder auf skandinavisch.

Lena leerte ihren Pappbecher, stand auf und entsorgte ihn in einem der Mülleimer, die überall herumstanden. Sie griff nach ihrer Tasche, öffnete sie und suchte die Schlüssel für das Ferienhaus. *Verdammt, die habe ich doch vorhin noch in der Hand gehabt.* Sie bekam Schweißausbrüche und ihr Gesicht errötete. Sie rutschte vom Stuhl, fing hektisch an, in ihren Sachen zu wühlen. »Wo sind die verdammten Schlüssel?«, flüsterte sie erschreckt. Nachdem die Hälfte der Klamotten vor ihr lagen, die sie heute Morgen, als Max das Haus verlassen, eingepackt hatte, klöterte es am Grund der Sporttasche. Sie wühlte und hielt ein paar Sekunden später den Anhänger, an dem ein Eurostück in einem Metallrahmen glänzte, mit dem dazugehörigen Schlüsselbund in der Hand. Mit Herzklopfen drückte sie ihn gegen ihre Brust. Hastig stopfte sie die Sachen wieder zurück, zog den Reißverschluss zu und blickte verlegen um sich. Niemanden kümmerte es, was Lena tat. Mit rotem Gesicht setzte sie sich auf ihren Sessel, steckte die Schlüssel in ihre Hosentasche.

Dann kam die Durchsage, dass die »Deutschland« in wenigen Minuten in Rødby anlegen würde. Lena war erleichtert. Sie stand auf, nahm ihre Sporttasche und verließ die Wartezone. Sie hatte auf einmal das ungute Gefühl beobachtet zu werden und drehte sich um. Die anderen Passagiere brachen ebenfalls auf, um zu ihren Wagen zu gelangen. *Da ist niemand, der Interesse daran hat, mich zu beobachten. Ich glaub, ich werd langsam verrückt. Wer weiß, was ich mir vorletzte Nacht eingebildet habe. Vielleicht ist das alles gar keine gute Idee. Einfach abhauen.* Lena hechtete die Treppe hinunter und begab sich zum Ausgang. Sie ging zum Taxistand stieg ein und gab dem Fahrer die Adresse. Während der Fahrt schloss sie ermattet die Augen und gab sich ihren Gedanken hin.

MAX RÄUMT AUF

»So, meine Liebe dann machen wir mal den Deckel zu. Alles im Kasten. Du bist fertig für die Heimreise.« Max lächelte. Für ihn war es normal, mit den Verstorbenen zu sprechen. Im Laufe der *Behandlung*, wie er es nannte, wenn er die Toten für ihre letzte Reise zurechtmachte, sprach er oft mit den Verblichenen. Er verschloss den Sarg und schob ihn in den Kühlraum. »Montag gehts nach Hause, meine Beste.«

Max fing an zu pfeifen. Im Kellergewölbe hallte wieder Musik aus dem Radio. Jetzt war er völlig entspannt, nachdem er sich gestern Nacht beobachtet gefühlt und Angst hatte, dass ihm jemand auf die Schliche kommen könnte. Doch außer ihm kam nie jemand in den Keller. *Das konnte ja auch gar nicht sein*, dachte er und drückte den Hebel der Metalltür nach oben. Der Kühlraum war verschlossen.

Er fing an, die Utensilien, die er benötigt hatte, in Schalen abzulegen, um sie im Anschluss zu reinigen und zu desinfizieren. Max zog sich die Latexhandschuhe von den Händen und warf sie mit einem gekonnten Wurf in einen Metalleimer, der neben der Kühlhaustür stand. *Die kommen mir nie drauf. Wie auch.* Ein Lächeln umspielte seine Lippen. *Trotz-*

dem wird es das letzte Mal gewesen sein. Das Ding ist mir eindeutig zu heiß.

Am Ende säuberte er den Obduktionstisch gründlich und deckte ein großes weißes Tuch darüber.

Feierabend. Er sah auf die Uhr. *Gleich fängt Fußball an.* Es war kurz vor halb vier, als Max den Leichenkeller verließ. Vorsorglich verschloss er die Kellertür und stopfte das Schlüsselbund in die Hosentasche seiner Jeans.

Jetzt ein leckeres Bierchen und dann Bundesliga. Gibt doch nichts Besseres, dachte er und ging über den Kies zum Haus.

Als er den Schlüssel in die Tür steckte, klingelte das Handy. »Verdammt, wer will denn jetzt schon wieder was von mir. Mann, ich hab Feierabend«, maulte er, bevor er das Telefon an sein Ohr hielt. »Ja?«

Die Stimme am anderen Ende sagte: »Max, wir müssen reden. Heute Abend!«

MARIELYST SAMSTAGNACHMITTAG

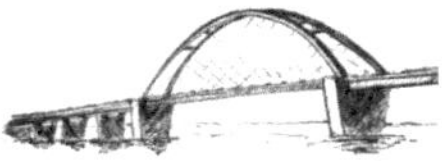

Es roch muffig. Lena verschloss die Tür, ging zum Fenster, öffnete es und stieß anschließend die hellblauen Fensterläden auf. Sie sog die frische Luft tief in ihre Lungen. Es fühlte sich wie eine Befreiung an. Wie lange waren sie nicht mehr in diesem Haus gewesen? Als sie sich umdrehte, betrachtete sie das helle, aufgeräumte Wohnzimmer. Sie schritt auf die Möbel zu und zog die weißen Leinentücher herunter, die das Mobiliar vor Schmutz und Staub schützten.

Das gemütliche Ferienhaus lag auf einem Naturgrundstück, inmitten eines Wäldchens, nur 150 Meter von einem der besten Badestrände Marielysts entfernt. Allein die Lage hatte das Haus vor mehr als 20 Jahren für Max überhaupt erst interessant gemacht.

Nicht einsehbar bot es Schutz vor allzu neugierigen Nachbarn.

Lena bewegte sich zur Terrassentür und öffnete sie ebenfalls. Zum Häuschen gehörte sowohl eine offene, als auch eine überdachte Terrasse, die sie in den Sommermonaten gern genutzt hatten, um bei einem Glas Rotwein zu entspannen. Aber das war lange her. Lena huschte über den Holzboden und stellte sich auf den flauschigen Teppich, der für Gemütlichkeit sorgte. Sie verstaute die Tücher im weißen Schrank, gegenüber der Glastür und ging ins Bad. Schnell waren die Utensilien aus ihrer Kulturtasche in dem kleinen Badezimmerschränkchen deponiert. Sie überlegte, ob sie nicht zuallererst Kaffee kochen sollte. In der Küche, die Max gleich nach dem Kauf modernisieren ließ, fehlte es an nichts. Lena befüllte den Wasserkocher und stellte ihn an. *Warum sind wir hier eigentlich nicht mehr hergefahren?*, fragte sie sich. Sie schlurfte kopfschüttelnd zurück ins Wohnzimmer und verschloss Tür und Fenster. Es war ziemlich kalt im Haus und Lena begab sich zum Kaminofen. Sie stapelte die Holzscheite wie ein kleines Paket, steckte einen Grillanzünder unter das Holzkonstrukt und zündete es mit einem langstieligen Feuerzeug an. Sofort entfachte ein loderndes Feuer und verbreitete nach kürzester Zeit kuschelige Atmosphäre. Lena schlüpfte in ihre Hüttenschuhe, die im Flur neben denen von Max standen, holte sich einen Kaffee aus der Küche und setzte sich auf das Sofa. Das heiße Getränk tat gut und weckte ihre Sinne.

Sie kuschelte ihren müden Körper auf die Couch, zog eine Wolldecke über die Beine und schaute aus dem Terrassenfenster in den mit hohen Bäumen bewachsenen Garten. Er grenzte an das Wäldchen, das sich wie ein grüner Drache schützend an das Haus lehnte.

Es wurde dunkel. Das Feuer im Kamin loderte und mittlerweile hatte sich Wärme im Raum ausgebreitet. Lena zog die weiche Strickjacke enger um ihren müden Körper. Sie löste das Gummi aus ihren Haaren und wollte schlafen gehen. Der Tag hatte ihr mehr zugesetzt, als sie zugeben mochte. Das Schlafzimmer lag gleich nebenan. Sie stand auf und faltete die Wolldecke sorgfältig zusammen. Anschließend zog sie die hellen Vorhänge zu, um niemandem Einblick zu gewähren. Das Haus lag trotz der guten Lage einsam und es war möglich, dass ungebetene Gäste um das Ferienhaus schlichen, wenn sie Licht bemerkten.

Lena ging gähnend ins Bad, sah in den Spiegel und schüttelte den Kopf. *Mann, wie siehst du bloß aus.* Sie ließ das Wasser aus dem Hahn eine Zeit fließen, füllte es in ihre Hand und benetzte ihr Gesicht. Es war mehr eine Katzenwäsche, als eine gründliche Reinigung, aber das war ihr egal. *Nur noch ins Bett.* Sie entkleidete sich bis auf die Unterwäsche, zog einen Schlafanzug aus ihrer Sporttasche und schlüpfte hinein.

Siedend heiß fiel ihr ein, was Kaja gesagt hatte. Behalte dein Handy immer in der Nähe, du weißt nicht, ob Max auf dumme Gedanken kommt. Sie griff nach dem Telefon, das auf der Waschbeckenablage lag, und steckte es in ihren Sport-BH, den sie unter ihrem Nacht-Shirt anließ. *Man kann nie wissen.* Anschließend huschte sie unter die Decke. Die Ruhe, die sie umgab, war fast schon gespenstisch. Kein Wind, kein Regen, absolute Stille. Draußen zogen dicke Nebelschwaden um das Haus, die jegliche Geräusche wie in Watte hüllten.

HÖR, WER KOMMT VON DRAUSSEN REIN …

Lena schlief kurze Zeit später tief und fest. Hörte nicht, wie sich jemand von außen an der Seitentür der Küche zu schaffen machte. Das Holz des Türrahmens splitterte an der Stelle, an der sich das Türschloss befand. Die Tür sprang auf.

Er wartete ein paar Sekunden, um zu hören, ob sich im Haus etwas rührte. Alles ruhig. *Wie in einem Grab, dachte* die Gestalt lächelnd, die leise in Turnschuhen und dunkler Sportbekleidung in den Küchenbereich schlängelte. Da die Räumlichkeiten offen gehalten waren, konnte er sich schnell orientieren. Vorsichtig zog er aus seiner Jackentasche ein kleines Fläschchen und ein zusammengeknülltes Tuch heraus.

Er schlich in den Flur, von dem eine Tür in das angrenzende Schlafzimmer führte. Wie ein Geist glitt er durch die halbgeöffnete Tür ins Zimmer. Lena rührte sich nicht. Sie schlief wie ein Murmeltier und hatte die Decke bis unter die Augenbrauen gezogen.

Dann hatte er leichtes Spiel. Mit schnellem Ruck riss er die Bettdecke zurück und presste ihr das mit Chloroform getränkte Gewebe auf Nase und Mund.

Die Frau erwachte und wollte schreien. Das Tuch auf ihrem Gesicht erstickte jedes Geräusch im Keim. Kein Schrei kam über ihre Lippen. Entsetzt blickte sie ihren Peiniger an. Nur wenige Sekunden später verlor sie die Besinnung. Der stille Gast rollte den erschlafften Körper auf den Bauch und zog mehrere Kabelbinder aus der Kapuzentasche. In aller Ruhe zog er ihre Arme nach hinten und schnürte sie zusammen. Ein zweites Kunststoffband zurrte er um ihre Fesseln. Langsam drehte er sie zurück auf den Rücken. Während er Kaugummi kauend sein Werk betrachtete, lächelte er eiskalt. Dann schlug er zu, als hätte er der Frau mit den Knebeln nicht genug Schaden zugefügt. Immer wieder hämmerte er mit den Fäusten auf ihren bewusstlosen Körper ein. Einmal, zweimal. Die Erregung war ihm anzusehen. Er hechelte wie ein Hund und der irre Blick seiner Augen hätte jedem Angst eingeflößt. Nackter Hass sprach aus ihnen und man konnte sehen, dass er längst nicht am Ende der grausamen Tortur war. Es gefiel ihm, ihr Schmerzen zuzufügen. Obwohl sie seit geraumer Zeit nicht mehr reagierte, machte er unentwegt weiter.

Das Messer, dessen Griff aus der hinteren Hosentasche blitzte, ließ er stecken. Aus irgendeinem Grund brachte er die Tat, so wie er sie geplant hatte, nicht zu Ende. Er war sicher, dass es auch so reichte, sie ins Jenseits zu befördern.

Als er irgendwann genug hatte, zerrte er ihren schlaffen, blutenden Körper hoch und trug sie auf den Armen zur Küchentür hinaus in den Hof. Es donnerte verhalten irgendwo hinter dem Waldstück und ein Blitz zuckte entfernt und erhellte die Szene in bleichem Licht. Ein paar Meter weiter, am Ende des Grundstückes, direkt an der Grenze zum Wald, gab es einen alten Schuppen, in dem Max Gartengeräte und Fahrräder lagerte.

Der unheimliche Besucher hatte die Holztür vorher geöffnet und hineingesehen. Er schob sich mit der Frau, deren

Arme und Beine schlaff herunterhingen, durch die Öffnung. Ohne eine Gefühlsregung warf er Lena wie ein Stück Müll in die hinterste Ecke, in der sich, außer ein paar Farbdosen und Pappkartons, nichts befand.

Irgendwann finden sie ihre Leiche, da war er sicher. *Spätestens Ostern, wenn die ersten Urlaubsgäste die Nachbarhäuser belagern, wird der Gestank sie auf die richtige Fährte führen.* Ein eisiges Grinsen verunstaltete die teuflische Fratze. Draußen fing es an zu regnen. Das Gewitter schien näher zu kommen.

TRAVIÉR WIRD UNRUHIG

Die Motoren der schweren Maschinen dröhnten vor dem kleinen Ladengeschäft. Einer nach dem anderen machte den Motor aus und stellte sein Motorrad auf den Ständer. Der Erste klopfte die Regentropfen von der Lederjacke und trat in das Tattoostudio von Jan Louis Traviér. Die vier folgten ihm.

»He, Alter, alles klar?« Mike, der Anführer der Truppe, knuffte Traviér mit der Faust die Schulter.

»Ja, alles klar. Kommt erstmal rein.« Jens, der als Letzter eintrat, verschloss die Tür. »Setzt euch hin.« Noch bevor er den Satz ausgesprochen hatte, saßen die Männer bereits. Mike setzte sich auf Jan Louis' Stuhl, Schopper und Henry auf die Behandlungsliege. Jens zog sich den Bürostuhl heran, und rollte ihn zur Gruppe.

Traviér selbst hatte einen Besuchersessel herangezogen und hockte sich ebenfalls hin. »Bier?« Alle nickten. Er stand erneut auf und schlurfte zum kleinen Kühlschrank, der in der Ecke neben dem Schreibtisch aufgebockt war. Mit fünf Bierflaschen in den Händen ging er zurück. Einer nach dem anderen öffnete mit dem Feuerzeug die Flasche.

»So, Alter, was ist jetzt? Wo ist das Arschloch?«, fragte

Mike den Tätowierer Traviér, der das linke Bein lässig über das andere kreuzte. Seine Lederhose machte dabei merkwürdige Geräusche, so als würde man mit einem Lederschuh an einem Holzbein entlangschaben.

»Der ist verschwunden. Ich denke, der sucht die Nutte.« Die Männer nickten, während sie kaltes Bier ihre Kehlen hinunterlaufen ließen.

»Was ist mit Andrey?«, fragte Jens.

»Den haben sie gefunden. Der ist *irgendwo* auf der Insel angespült worden, der Sack.«

»Und was jetzt?«, wollte nun auch Schopper wissen. »Wenn der mit unserer Kohle durchbrennt? Ich mach den fertig, das versprech ich euch.«

»Nun erst mal sachlich. Der wird schon wiederkommen und dann werden wir ihn richtig in die Zange nehmen, Alter. Oder wollt ihr auf die Insel und ihn suchen?« Alle schüttelten die Köpfe.

»Wir wissen ja nicht mal, wo wir suchen sollen.«

»Ach ne, Jens, das hätte ich nicht gedacht, du Schlaukopp«, sagte Mike. »Trotzdem denke ich, wir sollten in Zukunft unsere Geschäfte alleine erledigen. Der passt nicht zu uns«, setzte er nach. Traviér schien nicht sonderlich begeistert zu sein. »Nu macht mal halblang. Er war derjenige, der die ganze Geschichte erst ins Rollen gebracht hat, oder täusche ich mich?«

»Nein, das sagt ja auch keiner, bleib ruhig. Aber wir finden, der Hurenbock macht Alleingänge.« Alle, außer Traviér nickten. »Ich habe keinen Bock drauf, mich verarschen zu lassen. Nicht von so einem Luden.« Schopper setzte seine Flasche an den Mund und kippte den Rest des Bieres hinunter.

»Okay«, sagte Traviér: »Ich rede mit ihm. Das ist mein Ernst.« Er sah die Gruppe fordernd an.

»Ja, ist gut. Ansonsten ist *er* der Nächste, der Baden geht, und das meinen wir dann ernst«, sagte Mike.

POLIZEISTATION BURG

»Moin.« Westermann hielt sich die Handkante kurz an die Schläfe, als er die Polizeidienststelle in Burg betrat.

Die anwesenden Kollegen nickten. Es war bereits eine Sonderkommission in einem der Büros eingerichtet worden. Alles wartete auf Westermann und Hartwig. Ein Flipchart stand etwa einen Meter vor der Wand, daneben eine weiße Tafel, an der diverse Fotos des Toten, beziehungsweise der Rest von ihm, mit Magnetpins befestigt waren.

»Wo ist Ihr Kollege?«, fragte Kommissar Schütt, der Dienststellenleiter der Wache war.

»Der ist auch gleich hier. Wir haben gerade telefoniert«, antwortete der Hauptkommissar aus Oldenburg. Andeutungsweise hielt er sich die Hand ans Ohr.

»Da hinten können Sie Ihre Jacke aufhängen, wenn Sie wollen«, verlautete Schütt.

Westermann nickte. »Und wenn Sie dann vielleicht noch einen Kaffee für uns haben, wäre ich Ihnen wirklich dankbar.« Westermann zog seine Jacke aus und hängte sie im Zimmer an einen Ständer, der sich hinter der Tür verbarg. Er ging auf die Tafel zu, verschränkte die Arme vor der Brust und sah sich die Fotos genau an.

In diesem Moment tauchte Hartwig in der Wache auf. »Moin.«

»Moin«, antworteten die drei anwesenden Polizisten.

»Mein Kollege schon da?«

Die Männer nickten und deuteten auf die offene Tür zum Büro. Er ging in den Raum, in dem Westermann grübelnd vor der Metalltafel stand und die sechs Bilder betrachtete. Er nahm einen Stift aus der vorgelagerten Rille und fing an, etwas auf die Fläche zu schreiben.

»He, Dirk. Was machst du?« Fast wie ein Pennäler hielt er dem Kommissar die Hand entgegen. Westermann allerdings schien ihn kaum wahrzunehmen und brummte. Die anderen Männer betraten ebenfalls den Raum und setzten sich an einen der drei Tische, die mittig zusammengeschoben waren. Schütt griff nach der großen Kaffeekanne, die auf dem mittleren stand. Kant und Becker nach den Seltersflaschen, die unmittelbar daneben angeordnet waren. Nacheinander drehten sie die danebenstehenden Gläser um und füllten sie mit dem sprudelnden Wasser. Westermann drehte sich um.

»Guten Morgen, meine Herren. Ich hoffe, dass wir den Fall zügig klären können. Was haben wir bisher?«

Hartwig fühlte sich fehl am Platz und setzte sich neben Kant.

»Wir haben einen Torso, von dem wir wissen, dass er am Grünen Brink angeschwemmt wurde, und dem alle Gliedmaßen, sowie der Kopf, bis auf einen halben Oberschenkel, fehlen.« Westermann nahm den Stift und zeigte auf drei der Fotos. »Wir wissen weiter, dass der Tote Andrey Below heißt und 37 Jahre alt war.« Er kritzelte die zusätzlichen Informationen mit dem Stift auf die Tafel neben die Fotos. Dann warf er einen kurzen Blick auf die Gruppe und wendete sich wieder der Tafel zu.

»Die Frage ist doch, ob es sich hier um einen Unfall, Selbstmord oder Mord handelt?«, sagte Hauptmeister Kant.

»Falsch!«, entgegnete Westermann. »Die Antwort darauf haben wir heute Vormittag erhalten. Der Tote wurde eindeutig ermordet.« Ein Raunen ging durch die Gruppe.

»Woher wissen Sie das?«, fragte Wachtmeister Becker.

»Ich habe einen Anruf von der Gerichtsmedizin in Lübeck erhalten.

Die Obduktion hat bei der äußeren Leichenschau bereits erste Hinweise gefunden. Anhand der Farbe der Totenflecke«, wieder zeigte Dirk Westermann mit dem Stift auf eines der Bilder, »haben sie festgestellt, dass die Leiche ungefähr drei bis vier Tage in der Ostsee gelegen haben muss. Die Ausprägung der Totenstarre und der Waschhaut deuten darauf hin, obwohl die Werte durch die geringe Temperatur des Wassers beeinträchtigt sein können.« Die Männer nickten, als wüssten sie genau Bescheid. »Zwei markante Details haben allerdings dazu geführt, dass ganz klar von einem Tötungsdelikt ausgegangen werden kann. Zum einen wies der Torso«, Westermann klopfte aufs Bild, »außer Tierfraß auf der Rückseite, mehrere tiefe Stichverletzungen auf, die mit einer etwa 20 Zentimeter langen Klinge durchgeführt wurden. Es handelt sich nach ersten Angaben um ein Messer, dessen Messerklinge einseitig mit einer Säge ausgestattet war.« Die Polizeibeamten sahen sich an.

»Könnte ein Jagdmesser gewesen sein.«

»Zum Zweiten, und das ist erstaunlich, hat das gleiche Messer den Kopf vom Rumpf getrennt.« Das saß. Die Beamten starrten Westermann mit offenen Mündern an.

»Wie kann man mit einem Messer den Kopf vom Rumpf trennen? Das geht doch gar nicht, oder?«, fragte Hauptmeister Kant erstaunt.

»Und ob, das geht sehr wohl«, antwortete der Kommissar aus Oldenburg. »Wenn der Täter genug Druck ausübt und eine gewisse Kraft ins Spiel bringt, ist das *schon* möglich. Zwar nicht mit einem Schnitt, aber bei mehrmaliger Ausführung kann das durchaus funktionieren. Die Schnittmuster verlaufen völlig anders als beim Abtrennen mit einer Schiffsschraube.«

»Warum?«, fragte Kant.

»Weil die Schiffsschraube keine Rücksicht darauf nimmt, ob es sich um die Wirbelknochen oder die Weichteile zwischen den Knorpeln handelt. Die zermalmen sowohl das eine als auch das andere. In unserem Fall war es allerdings so, dass der Täter genau wusste, wo er das Messer ansetzen muss. Nämlich zwischen den Wirbeln.« Westermann zog eine Kopie eines Skeletts aus der Mappe und pinnte es zu den Fotos. Dann zeigte er demonstrativ auf die Puffer zwischen den einzelnen Wirbelknochen.

»Das belegt auf jeden Fall, dass der Kopf nicht durch eine Schiffsschraube abgetrennt wurde, wie zunächst vermutet. Ergo ist er schon vorher tot gewesen.«

»Das ist einleuchtend«, antwortete Schütt, der sich unentwegt das Kinn massierte und sich Kaffee in den Becher goss. »Noch jemand?«

Die Männer schüttelten die Köpfe.

»Die Stellen, an denen die Gliedmaßen von der Schiffsschraube abgetrennt wurden, sahen wiederum eher zerfetzt aus, und es fehlten die Unterblutungen der Wundränder, wie Sie selbst sehen.« Wieder deutete er auf die Aufnahmen. Es schien, als überlegte Westermann seine nächsten Worte. »Kann mir jemand einen Kaffee reichen?« Er fasste sich demonstrativ an die Gurgel.

Wachtmeister Becker sprang vom Stuhl, füllte einen Becher und reichte ihn dem Hauptkommissar.

»Wir vermuten, dass der Tote auf der »Deutschland«

ermordet und dann über die Reling ins Meer entsorgt wurde. Die Spuren, die die Spurensicherung an Deck gefunden hat, sind auf dem Weg ins Labor und alles deutet darauf hin. Es wurde jede Menge Blut in einem versteckten Winkel an Deck gefunden.« Abermals deutete er auf eines der Fotos.

»Danke.« Westermann nahm einen Schluck und hielt den Becher in der Hand. »Zum Tattoo. Aufgrund einer Recherche im Internet sind wir nach Hamburg gefahren und konnten den Tätowierer ausfindig machen, der dieses Tattoo gestochen hat.« Er zog ein Foto, das er aus der Verbrecherkartei gezogen hatte, aus einer Mappe und heftete es an die Magnetwand. Der Mann heißt Jan Louis Traviér. So die Kurzfassung. Hat jemand Fragen?«

Schütt verneinte.

Er machte eine Pause und leerte seinen Becher. »Was sagt uns das?« Es entstand abermals eine Pause. Die Kollegen zuckten die Schultern.

»Habt ihr noch einen Schluck?« Becker stand auf, nahm den Becher entgegen und goss nach.

Schütt kratzte sich am Kopf.

»Es sagt uns, dass der Jöns anscheinend mehr Informationen hat als wir, sonst wäre er nicht auf direktem Weg nach Fehmarn gefahren. Und genau deshalb brauchen wir jetzt Ihre Hilfe. Übrigens ist er nicht ganz ungefährlich. Er könnte eine Waffe bei sich tragen. Gegen ihn laufen mehrere Ermittlungen wegen Drogengeschäften, die ihm bisher allerdings nicht nachgewiesen werden konnten. Die in Hamburg sind schon länger hinter ihm her. Also keine unüberlegten Handlungen. Der Mann ist in Puttgarten in einem Hotel untergekommen …«

»Puttgarden!«, rief Becker. »Puttgarten ist auf Rügen.« Gleichzeitig bekam er einen roten Kopf, weil er sich dabei ertappte, den Leiter der Ermittlungen wie einen Schuljungen gemaßregelt zu haben. »Tut mir leid«, erwiderte er kleinlaut.

»Puttgarden ist auch gut«, sagte Westermann. »Jedenfalls ist er im Hotel am Fährhafen und wir brauchen eine Observierung. Becker und Kant, Sie sind zuständig.« Er blickte zu Schütt, der nickte.

»Ja, ich bleibe mit Meier hier. Falls etwas ist, können wir uns melden.«

»Danke, meine Herren, das war's fürs Erste. Machen wir uns an die Arbeit. Hartwig, wir müssen uns ein Zimmer suchen. Diese Fahrerei geht mir auf den Geist.« Hartwig nickte und stand auf.

Die Stühle wurden gerückt und die Polizeibeamten verließen das Büro. Westermann und Hartwig gingen zur Anmeldung der Dienststelle, um den Kollegen Becker nach einer Unterbringung zu fragen.

»Nicht so teuer«, unkte Westermann und griente. »Hotel Wisser ist toll, *nette* Chefin. Aber wir wissen nicht, wie lange das hier dauert.« Er rieb Zeigefinger und Daumen und deutete damit an, dass alles eine Frage des Preises war.

»Fahren Sie doch in eine Pension. Wir haben ein paar davon in Burg.«

Die beiden Kollegen aus Oldenburg sahen sich nickend an. »Ja, das hört sich gut an.«

»Ich weiß von einer, die ist genau gegenüber vom Großparkplatz, da ist es ganz nett.«

»Haben Sie mal den Namen und eine Nummer für uns?«

»Gebe ich Ihnen.«

CHARLOTTE KOMMT NACH HAUSE

»Na, hast du irgendetwas Sinnvolles herausgefunden?«

Katrin lächelte, als ihre Tante ins Wohnzimmer kam.

»Hättest ja wenigstens schon den Kachelofen anheizen können. Mir ist saukalt.« Charlotte rieb sich die Hände und fasste die Kacheln an. »Oh, mein Kind, die sind ja warm.«

»Ja, ja, aber erstmal meckern und dann … Möchtest du einen Tee oder soll ich dir einen schönen Kaffee mit Whisky holen?«

»Du spinnst wohl«, antwortete ihre Tante. »Aber einen Tee mit Rum, da sag ich nicht nein.« Katrin sprang vom Sofa auf und ging sockfuß in die Küche. »Du sollst dir doch Hausschuhe anziehen. Hier ist es ziemlich fußkalt.«

»Ja, Tantchen, das musst du gerade sagen, wenn du hier barfuß durch die Gegend läufst«, rief Katrin aus der Küche.

Charlotte schmunzelte, gähnte ungeniert und setzte sich in den Ohrensessel, den sie kürzlich erst in Lübeck gekauft hatte. Sie strich über den blumenbedruckten Stoff und kuschelte sich hinein. Draußen wurde es mittlerweile schattig. Charlotte hatte sich ausgiebig mit Nele unterhalten und einiges erfahren, was vielleicht mit dem angespülten Toten zu tun haben konnte. Sie wusste, dass alles, was jetzt nicht so war wie immer, nur mit dem *Fall* zu tun haben konnte. Während sie aus dem Fenster schaute, flirrten tausend Gedanken durch ihren Kopf. Katrin kam zurück ins Wohnzimmer. Ihr im Nacken zusammengebundener Pferdeschwanz verlieh ihr einen mädchenhaften Charme. *Sie sieht viel jünger aus, als sie ist*, dachte Charlotte, als sie ihre Nichte betrachtete, die die blauen Teetassen auf den Tisch stellte. *Sie ist nur viel zu dünn.* Katrin sah in ihren engen verwaschenen Jeans gertenschlank aus, aber es stand ihr sehr gut.

»Dieser eisblaue Pullover passt hervorragend zu deinen braunen Haaren«, sagte Charlotte stattdessen.

»Danke, Tantchen, aber den hast du mir geschenkt. Erinnerst du dich nicht? Außerdem sind die Haare nicht braun, sondern brünett«, sagte Katrin und grinste.

»Ach, wirklich? Aber um noch einmal auf deine Frage von vorhin zurückzukommen. Ich habe tatsächlich ein paar merkwürdige Dinge erfahren, die vielleicht mit unserem Toten zu tun haben.«

Katrin sah Charlotte fragend an. »Sag doch nicht, *unserem* Toten. Damit will ich überhaupt nichts zu tun haben.«

Charlotte winkte ab. »Papperlapapp, du bist mit im Boot, das hast du mir auch versprochen. Weißt du noch?«, sagte sie stattdessen. »Mir sind da so ein paar Dinge aufgefallen, die mir gar nicht gefallen. Also, hör zu. Erstens«, sie holte tief Luft, »gibst du mir mal einen Kandis? Und ein bisschen mehr Rum hättest du auch ruhig ausgeben können.« Sie roch am Tasseninhalt und rümpfte beleidigt die Nase.

»Ja, ich geh ja schon. Aber nun mach's nicht so spannend.« Katrin stand auf, eilte in die Küche und holte die Flasche Rum. Sie rutschte auf den Socken über den Dielenboden. »Darf's sonst noch etwas sein?«, fragte sie gespielt überspitzt.

»Ne, das reicht. Nun setz dich endlich hin.« Sie zeigte auf das Sofa. »Also, ich war ja heute Vormittag bei Mirella. Die hat mir erzählt, dass der Totengräber und der Arzt sich heftig gestritten haben. Das haben wir ja auch selbst gesehen. Und eigentlich hat nur der Max fürchterlich geschrien, der Doktor war ruhig, wie immer. Aber das hatte irgendetwas mit einem Geschäft zu tun, das wiederum mit den Verstorbenen zu tun hat. Gruselig, oder?«

»Vielleicht sind die ja gar nicht aus Skandinavien, die Verstorbenen, und der Doktor ist dem Max draufgekommen.«

»Ach was«, rief Charlotte. »Die hängen doch eh immer zusammen. Ne, der Max sollte irgendetwas machen, was er nicht wollte. Sah zumindest so aus.«

»Ach so«, antwortete Katrin und schmunzelte. »Vielleicht haben die ja Drogen in den Särgen geschmuggelt und nun will einer von beiden nicht mehr?« Katrin sprang auf und lief wie ein wütendes Monster auf ihre Tante zu. »Uuaah!«

»Nun hör aber mal auf«, rief ihre Tante. »Drogen! Du hast sie doch nicht mehr alle. Was erzählst du denn da. Das lass bloß niemanden hören.«

»Na und, wir wollen doch wissen, was passiert ist, da muss man schon mal rumspinnen dürfen. Aber ehrlich: Das ist jetzt so spannend, dass es mit dem Toten zu tun hat? Da sehe ich gar keinen Zusammenhang. Die haben sich gezankt, das kommt vor, oder?«

»Da ging es um irgendein Geschäft, was Max wohl irgendwie nicht wollte. Die haben irgendetwas Komisches im Sinn gehabt. Vielleicht ist dieser Tote ihnen auf die Schliche gekommen und musste beseitigt werden!« Charlotte bekam rote Ohren und spann weiter ihr Geflecht von Vermutungen. »Ich werde schon noch etwas finden, wetten? Aber egal. Danach … ja danach hab ich in Burg die Nele getroffen. Wir sind ins ›Liebevoll‹ und haben richtig nett Kaffee getrunken.«

»Tee wolltest du wohl sagen«, unterbrach Katrin ihre Tante.

»Ja, dann eben Tee«, wiegelte sie ärgerlich ab. »Wir haben also Tee getrunken, dabei hat mir Nele von ihren Gästen erzählt. Da ist eine junge Frau mit ihrem Sohn bei ihr abgestiegen, die nachts irgendwo von der Fähre kam. Mit einem kleinen Jungen, hundemüde und irgendwie total nervös.«

»Na, wenn ich nachts mit Kleinkind von der Fähre kommen würde, wäre ich wohl auch müde, und du auch.« Katrin nahm einen Schluck Tee und griff nach einem Keks. »Und was hat das mit *unserem* Toten zu tun?«

»Nele meinte, sie hatte das Gefühl, als würde die Frau sich verfolgt fühlen.« Charlotte trank ihren Becher leer. »Mmh, der war lecker.«

Katrin lachte. »Was ihr euch alles so ausgrübelt. Verfolgt. Ich glaube eher, ihr leidet unter Verfolgungswahn.«

»Das ist schon alles merkwürdig, aber das Merkwürdigste an der Sache ist, dass die Frau sich schon ein paar Mal mit Lena getroffen hat.«

Jetzt sah Katrin neugierig auf. »Woher kennt die denn Lena?«

»Das hab ich mich auch gefragt, Nele hat mir erzählt, dass die beiden sich beim Schwimmen kennengelernt haben. Sind zusammengestoßen. Peng.« Sie schlug sich mit der flachen Hand gegen die Stirn.

»Nun hau dich mal nicht. Da erklärt sich das doch schon alles von allein.«

Katrin stand auf und sah aus dem Fenster. »Dieser düstere Nebel macht mich noch verrückt. Ziemlich ungemütlich draußen. Passt so richtig zu deiner Geistergeschichte.« Sie atmete laut ein.

»Ist ja auch Februar, was erwartest du?«

»Hast ja Recht«, antwortete die Nichte von Charlotte Hagedorn und drehte sich wieder dem Raum zu.

»Nun lass mich doch mal ausreden. Dann hat mir das alles keine Ruhe gelassen und ich bin mit dem Rad noch mal ins Dorf, zu Max und Lena. Ich wollte wissen, was Lena mir vielleicht noch erzählt, wenn ich sie damit konfrontiere.«

»Und … hat sie?«

Charlotte stand auf, strich sich über die Leinenhose und zog ihre Strickjacke zurecht. »Nein, Max hat mich richtig wütend abgewiesen.«

»Wie abgewiesen?«

»Er hat mit hochrotem Kopf gesagt, dass sie nicht da sei und er sie ebenfalls suchen würde. Er hat gesagt: ›wenn du die irgendwo triffst, kannst ihr gleich bestellen, sie kann bleiben, wo der Pfeffer wächst …‹ Kannst du dir das vorstellen?« Charlotte schlurfte in ihren Filzlatschen zum Fenster.

Katrin machte auf einmal ein besorgtes Gesicht. »Das finde ich dann doch komisch. Ich dachte, die beiden wären ein Herz und eine Seele?«

»Das dachte ich auch. Aber du siehst ja … ist nicht alles Gold, was glänzt.« Sie machte eine kurze Pause. »Außerdem war sie schon so komisch, als ich sie besucht habe. Da hat sie richtig geweint … hab ich dir doch erzählt.«

Katrin nickte.

»Da stimmt auf jeden Fall etwas nicht, auch wenn das vielleicht überhaupt nichts miteinander zu tun hat … Max dreht durch, das steht mal fest.«

»Also wir haben einen Toten, eine Verfolgte, eine Verheulte, die verschwunden ist und zwei Streithähne. Oh Gott, das ist mir jetzt auch zu viel. Das Puzzle müssen wir jetzt nur erst einmal zusammenlegen, bis es passt.«

Charlotte fasste sich theatralisch an die Stirn. »Ich muss mich von den Strapazen erholen. Morgen sehen wir weiter«, sagte sie, lehnte den Kopf an die Sessellehne und schloss ihre Augen.

Katrin sah ihre Tante lächelnd an, dann schaute sie verträumt aus dem Fenster. »Meine kleine Miss Marple.«

Dann ging sie zum Schreibtisch, öffnete ihren Laptop und fing an, mehrere Namen zu googeln.

MAX TRIFFT DOKTOR BLENDER

»Kannst du dir *das* vorstellen, die blöde Kuh ist einfach abgehauen!« Max schrie seine ganze Wut hinaus und ballte wütend die Fäuste, während er im Zimmer auf und ab ging. Sein hochroter Kopf passte überhaupt nicht zu dem hellblau gestreiften Hemd, das unter den Achseln sichtbare Schweißflecken aufwies, die sich von Minute zu Minute vergrößerten. Matthias Blender saß auf einem Stuhl am Esstisch im Wohnzimmer und sah ihn sprachlos an.

»Das kann ich nicht nachvollziehen. Was hat die denn auf einmal?« Blender zuckte die Schultern. »Hat sie irgendetwas von deinen Ausflügen bemerkt?«

»Was meinst du?« Max blieb abrupt stehen.

»Ich denke an die Trips nach Hamburg.«

»Woher soll sie denn was mitbekommen haben. Sie hat mir immer geglaubt, dass ich zu einem Seminar oder Symposium gefahren bin. Schwachsinn!«

»Ich meine ja nur. Vielleicht hat sie irgendein *Beweisstück* in einer deiner Taschen gefunden. Du wärst nicht der Erste, dem das passiert.«

»Ich lasse nichts in meinen Taschen, falls du das meinst. Da passe ich schon auf. Es sei denn …« Er wurde blass.

»Was?«

»Es sei denn …« Er sprang zum Schreibtisch und zog die Mappe mit den Kontoauszügen aus der Schublade. »Scheiße!«

»Was ist?«

»Ich habe die Kontoauszüge liegenlassen … ich Idiot!« Er schlug sich mit der Hand gegen die Stirn. »Die habe ich immer unter Verschluss.«

»Und was ist da drauf?«

»Na, die Abrechnungen vom Puff, von den Restaurants, vom Spielkasino. Ich habe ein extra Konto eingerichtet, ich bin ja nicht blöd.«

»Ja, aber blöd genug, die Auszüge liegen zu lassen. Das ist wirklich dämlich, mein Bester. Wie kann man diese Etablissements auch mit Kreditkarte bezahlen? Das macht ein Mann wie *du* doch aus der Portokasse.« Matthias Blender lächelte. »Da leg dir mal eine gute Ausrede zurecht. Wir sind alle zusammen noch mal über den Kiez und versumpft … oder so ähnlich. Du kennst das doch.« Matthias Blender fuhr sich über seine Jeans, als wollte er seine Handinnenflächen reinigen. Er hob die Hände und sah sich die manikürten Fingernägel an. Anschließend strich er über das makellos rasierte Kinn und lächelte erneut. Ein kleines Grübchen auf seiner Wange zeichnete sich prägnant ab. »Das kriegst du schon hin, so wie ich dich kenne. Sei mal ein bisschen lieb in Zukunft, dann frisst sie dir wieder aus den Pfötchen.« Er deutete auf Max' riesige Pranken. »Schenk ihr ein Schmuckstück oder steck dein Ding mal wieder bei ihr rein. Ist doch egal! Aber jetzt mal ganz etwas anderes.« Der Doktor zupfte sich einen Fussel vom dunkelgrünen Pullover einer Nobelmarke.

»Was da in der Haifischbar passiert ist, geht gar nicht.«

Max wollte gerade protestieren. Matthias hob die Hand. »Lass mich ausreden. Das geht nicht. Ich will mich mit dir keineswegs streiten. Wir haben genügend Probleme gelöst, da wird unser Geschäft uns doch kaum auseinanderbringen. Mehr Geld können wir gar nicht einsacken und sag nicht, dass du auf einmal der Kohle abgeneigt bist.«

Max schüttelte den Kopf. »Sag ich ja gar nicht, aber was ist, wenn die uns draufkommen. Nicht nur, dass wir so viele Skandinavier überführen, was an sich schon übel aufstößt. Jetzt auch noch mit Drogen im Gepäck … das ist ganz makaber.« Er pfiff hörbar durch die Zähne. »Versteh mich nicht falsch, aber ich hab ehrlich gesagt Schiss. Ich kann meine Lizenz auf keinen Fall verlieren. Und in den Knast will ich erst recht nicht.«

»Wer sagt denn sowas? Was soll uns schon passieren? Niemand würde je auf die Idee kommen, dass wir die Toten als Transportmittel verwenden. Why not?« Matthias Blender stand auf und legte Max beruhigend die Hand auf die Schulter.

»Ich mache es dieses Mal noch, … aber dann … dann ist Schluss. Wir finden mit Sicherheit eine andere Geschäftsidee, die profitabel ist.« Er rieb Daumen und Zeigefinger aneinander.

»Mensch Max, das ist einmalig. Diese Chance bekommen wir nicht wieder. Der Markt mit Crystal Meth ist hart umkämpft. Und solange das Zeug so billig aus Tschechien auf den Markt kommt, ist doch alles gut, oder?« Blenders Gesicht bekam harte Züge. »Auf die Idee muss erst jemand kommen. Das ist perfekt!«

Max schüttelte den Kopf und schwang die Hand durch die Luft.

»Nein, dieses eine Mal noch, dann ist Schluss. Auch mit den Ausländern. Das nimmt mir keiner mehr ab. Schluss!«

»Ich muss dich wohl nicht an die Ausflüge nach Hamburg

erinnern oder willst du mich jetzt im Stich lassen? Denk an Lena!«

Max schluckte und stand dem Doktor hilflos gegenüber. »Lass mich jetzt allein, ich muss nachdenken.« Der Bestattungsunternehmer schob seinen Freund Richtung Tür.

»Denk drüber nach, du hast eigentlich gar keine andere Wahl oder soll irgendjemand erfahren, dass du die Totenscheine gefälscht hast?«

JÖNS RUFT MAX AN

Jöns blickte aus dem Hotelfenster. Es war immer noch grau. Nachdem er gestern eine halbe Stunde vor dem Café gewartet hatte, gab er auf und wollte es morgen noch einmal probieren. Es gab keine Zufälle. Immer wieder versuchte er, Kaja über ihr Handy zu erreichen. Es war ständig ausgestellt. Jöns lief wie ein unruhiges Tier durch den Raum und blieb stehen.

»Vielleicht sollte ich zum ›Bordershop‹ rübergehen und meinen Vorrat auffüllen.« Er zog die dunkelbraune Lederjacke an, steckte das Schlüsselbund in die Tasche der schwarzen Jeans und fühlte, ob das Portemonnaie sich in der Innentasche der Jacke befand. Dann verließ er das Hotelzimmer. Als er zu Fuß Richtung »Portcenter« ging, fielen ihm die riesigen patiniert aussehenden Piratenfiguren auf, die anscheinend schon ewig dort standen. Mächtig und überwältigend positionierten sie sich in Reih und Glied um den Eingangsbereich des Hotel herum. Jöns war beeindruckt. Er schritt auf eine der Plastiken zu und klopfte mit der Hand dagegen. »Pappmaché! Ich werd verrückt!« Er stand ungläubig vor dem Piraten und starrte die Figur an, zog sein Handy aus der Hosentasche, trat ein paar Schritte zurück und knipste ein Foto. Dabei fiel er fast über einen Grenzstein. Er fluchte und folgte nun lieber vorwärts dem Weg bis zum Portcenter. Beeindruckend dieses Einkaufsschiff. Das sollten sie mal in Hamburg in den Hafen legen. Da wär bestimmt immer etwas los, dachte er und betrachtete das Ponton auf dem Wasser. Jöns schlenderte auf den Eingang zu und ging in den »Grenzshop«. Bevor er den Laden betrat, fiel ihm eine Pinnwand auf, an der etliche Zettel und Flyer angebracht waren. Beim zweiten Blick entdeckte er mehrere Werbeschildchen, von denen ihm eines besonders ins Auge fiel. »Na, da sieh doch mal einer an. Ich sag's ja immer. Es gibt keine Zufälle.« »Beerdigungsinstitut Max Hartmann«. Darunter Adresse und Telefonnummer. *Dem werde ich jetzt einen fetten Besuch abstatten. Dass ich den hier finde, ist ja ein Ding.*

Phillip Jöns kannte zwar die Namen seiner Kunden, aber keineswegs Adresse und Beruf.

Vielleicht hat Kaja Kontakt zu ihm aufgenommen und ist bei ihm untergekrochen? War vielleicht seine Frau, mit der Tim durch die Gegend lief?

Jetzt zog er gutgelaunt das Handy aus der Hosentasche und tippte die Telefonnummer und den Namen ins Telefonregister. Dann betrat er den »Bordershop«.

Im Inneren waren auf mehreren Etagen unzählige Flaschen in diversen Regalen aufgereiht. Von Wein über Whisky, bis hin zu allen möglichen Biersorten gab es nichts, was es nicht gab. Jöns nahm sich einen Einkaufswagen und füllte diesen mit diversen Getränken. Eine Stunde später verließ er gut gelaunt und um ein paar Hundert Euro erleichtert, das Portcenter. Er schob den schwer zu lenkenden Wagen direkt zu seinem Porsche auf das Hotelgrundstück und lud die Flaschen in den Kofferraum. Den Metallwagen ließ er achtlos hinter einem der Müllcontainer stehen. Jöns verschloss den

Kofferraumdeckel und wählte die Nummer von Hartmann. Nach zweimaligem Klingeln nahm dieser ab.

»Hartmann«, hörte Jöns ihn kurz angebunden.

»He, Max, wie geht es dir? … Gut … das ist klasse … du, hör mal … ich bin gerade auf der Insel … ja, auf Fehmarn … und hab gelesen, dass du hier wohnst. Ich muss dich treffen … ich hätte etwas Wichtiges mit dir zu besprechen.« Jöns hörte am anderen Ende des Telefons ein lautes Schnauben.

»Ich habe eigentlich gar keine Zeit«, erwiderte Max.

»Aber ich … es ist *sehr* wichtig. Ich bin gleich bei dir.« Jöns drückte auf den Hörer, ohne eine weitere Antwort abzuwarten.

Pfeifend setzte sich der Zuhälter mit einer Tüte dänischem Lakritz in seinen Sportwagen und gab die Adresse, die er im Handy notiert hatte, ins Navi ein. Kauend fuhr er vom Hof.

Er wusste nicht, dass Becker und Kant ihn in einem Dienstwagen seit gestern Abend observierten. Sie folgten ihm unauffällig.

KRÄHENNEST

Eine riesige Krähe saß vor der Tür zum Schuppen und ließ ihrer Kehle ein heiseres Krächzen entweichen. Ein böses Omen?

Ein leiser Seufzer unterbrach die Stille und die Dunkelheit in dem alten Holzhäuschen direkt am Waldrand. Die Ferienidylle wurde jäh unterbrochen, als der Vogel sich unheilvoll und laut schreiend, durch irgendetwas aufgeschreckt in die Höhe begab.

In der Hütte war es stockdunkel. Es roch muffig und ein Tier scharrte irgendwo zwischen Kartons und leeren Farbdosen. All das bemerkte Lena nicht, als sie zu sich kam. Der Müllsack, den der Einbrecher achtlos über ihren Körper geworfen hatte, knisterte leise, als sie anfing, ihre Gliedmaßen auszustrecken. Ein schwaches Lebenszeichen entwich ihren Lippen. Sie stöhnte, weil nahezu all ihre Knochen bei jeder noch so kleinen Bewegung schmerzten. Geschmack von Chloroform lag bleiern auf ihrer Zunge und in der gesamten Mundhöhle. Der Geruch des Betäubungsmittels brachte ihr Übelkeit. Sie wollte mit den Händen ihren Kopf festhalten, und fühlte, dass sie sie keinen Millimeter auseinanderbekam.

Gefesselt, ich bin gefesselt. Panisch versuchte sie, ihre Beine aufzusetzen, die sich ebenfalls nicht voneinander lösten. *Ich muss hier irgendwie raus.* Lena bewegte ihren Oberkörper ein paar Zentimeter in der Dunkelheit nach vorn. Automatisch sog sie den Dreck des Bodens in ihren Mund. Angeekelt spuckte sie aus. Wie eine Schlange schob sie ihren Körper voran. Vor Schmerzen zog sich ihr Zwerchfell zusammen und nahm ihr die Luft zum Atmen. *Wenn der zurückkommt?* »Hilfe!«, schrie sie so laut sie konnte, um in der gleichen Sekunde, als sie den Schrei ausstieß, wieder zu verstummen. Ihr wurde augenblicklich bewusst, dass der Täter noch in der Nähe sein konnte. *Wenn der wiederkommt, bin ich verloren.* Sie musste sich so leise wie möglich befreien. Der Müllsack glitt bei jeder Bewegung, die sie nach vorne machte, ein Stück von ihrem Körper. Sie versuchte, sich zu orientieren. *Die Kante vom Regal. Ich muss da hin.* Sie wusste aus ihrer Erinnerung, wo sich der Ausgang und die Metallregale befanden. Die Wunden, aus denen es wieder anfing zu bluten, brannten, als hätte jemand Chilipulver hineingestreut. Eine verschmutzte Haarsträhne klebte blutverkrustet an ihren Lippen und Lena spuckte abermals angewidert aus. Zentimeter für Zentimeter robbte sie bäuchlings über knarrenden Holzboden. Draußen auf dem Dach hörte sie leises Klopfen. *Der ist noch da … der ist noch da.* Sie reckte ihr Ohr wie ein Hörrohr in die Richtung, aus der das Geräusch kam, und hielt sekundenlang inne … nichts! Vorsichtig schlängelte sie weiter, schob sich in ihrem beschmutzten Schlafanzug voran, zog die zusammengebundenen Füße hinterher und hinterließ eine dunkle Spur aus Dreck und Blut. Es dauerte fast eine Viertelstunde, dann stieß sie mit dem Kopf gegen das Metallregal neben dem Ausgang. Lena atmete erleichtert aus.

Die hinter ihrem Rücken zusammengeschnürten Hände halfen ihr in keiner Weise beim Aufrichten. Sie zog die Beine zum Kinn und versuchte wippend, auf die Knie zu gelangen. Es ging nicht! Sie überlegte, wie sie sich aus der verdammten Lage befreien konnte. Der Ehrgeiz zu überleben erinnerte sie an die vielen Trainingsstunden, die sie während ihrer sportlichen Zeit absolviert hatte. Die Verletzte biss die Zähne zusammen, zwischen denen Sand knirschte, rollte auf ihren Rücken und schwang sich kräftezehrend mit einer Rolle rückwärts auf die Kniegelenke »Aaaaaah!« In diesem Moment dachte sie, sämtliche Knochen würden brechen. Sie brachen nicht. Nur die Schmerzen wurden mehr. Sie bekam kaum noch Luft und setzte sich mit dem Hintern auf ihre Fußsohlen. Abermals lauschte sie. Alles war ruhig. Selbst das Klopfen auf dem Dach hatte aufgehört. Es war eindeutig zu still für ihren Geschmack.

Warum machten keine Leute in einem der Ferienhäuser Urlaub? Wenigstens heute. *Aber so viel Glück wäre wohl zu viel verlangt*, dachte sie. Ihr war bei der Ankunft in der Feriensiedlung aufgefallen, dass es auf dem Weg zum Häuschen keinerlei Lebenszeichen in der sowieso schon wenig bebauten Siedlung gab. Lena zwang sich verbissen, die Hände ein paar Zentimeter in die Höhe zu ziehen, und schabte mit der Kunststofffessel im Takt gegen die raue Metallkante. Immer wieder rauf und runter, so weit die Fesseln und die Qualen es zuließen. Die Arme erlahmten und ihre Handgelenke brannten, als würde jemand mit Brennnesseln über die Gelenke streifen. Es waren abscheuliche Nadelstiche, die sie zu verdrängen versuchte. In ihren Oberarmen tobte gemeiner Muskelkater. Sie wusste, dass sie auf keinen Fall aufgeben durfte. Nur eine kleine Atempause, um die Schmerzen an den Händen etwas zu lindern, dann wiederholte sie das Spiel. Lena war erschöpft und hatte einen unbändigen Durst. Ihre Kehle kratzte ausgedorrt. Sie räusperte sich verhalten, um das unangenehme Gefühl zu unterdrücken. Der ekelhafte

Geschmack in ihrem Mund verstärkte sich. Wieder bewegte sie die Fessel gegen das Metall auf und ab.

Draußen schabte es kaum hörbar an der Holztür. Sie stoppte ihre Bewegung, lauschte und wagte nicht zu atmen. Verklebte Haarsträhnen hingen ihr wirr ins Gesicht und Lena starrte wie ein gejagtes Tier unentwegt auf die Tür. Dorthin, wo sie jemanden in der Dunkelheit vermutete. Da war erneut dieses Geräusch. Ihr Herz klopfte bis zum Hals, als würde es jeden Moment stehen bleiben. Kalter Schweiß trat auf ihre blutverschmierte Stirn. Die Schmerzen schienen unerträglich und sie biss auf die spröden Lippen, um nicht laut aufzuschreien. Ihre Nackenhaare stellten sich auf. Angst. Dann war es wieder still. Wie eine Geisteskranke rieb sie die Handgelenke hin und her, in der Hoffnung, dass der Kunststoff nachgab. Die Fessel drang tief in das Fleisch ein und zerschnitt ihre Haut. Sie spürte es kaum noch. In Lena erwachte die Sportlerin und ihr Kampfgeist kehrte zurück. Sie durfte keinesfalls aufgeben, wenn sie hier lebend raus wollte. Sie wusste nicht, wer ihr das angetan hatte und musste auf der Hut sein. Verbissen riss sie ihre eingeschnürten, blutenden Gelenke über die scharfen Kanten des Regals.

Plötzlich kratzte es erneut an der Holztür.

CHARLOTTE FÄHRT ZU NELE INS KAJÜTHUS

Nele Martin war gerade dabei, die Tische im Frühstücksraum einzudecken, als es an der Haustür schellte.

»Das ist aber mal sehr komisch. Sonst ist hier im Februar Totentanz und plötzlich klingelt es hier in einer Tour.« Nele redete mit sich selbst und ließ das Besteck klirrend auf die Tischplatte fallen. »Ich komm ja schon. Nicht mal am Sonntag hat man seine Ruhe.« Sie öffnete die Tür. »Du? Was machst du denn hier? Haben wir uns nicht gestern erst gesehen?« Nele wurde unsanft zur Seite geschoben. »Ja, komm ruhig rein«, sagte Nele und bat Charlotte in den Frühstücksraum.

»Oh, deckst du ein? Habt ihr schon so viele Gäste? Im Februar?« Charlotte nahm den erstbesten Stuhl und setzte sich unaufgefordert. Sie trug eine bunt gemusterte Marlene-Dietrich-Hose und einen lindgrünen gerade geschnittenen Pullover dazu, der unter ihrem Mantel frühlingshaft herausblitzte.

»Du sagst es. Aber bitte, setz dich ruhig. Ich habe alle Zeit der Welt.«

Charlotte grinste. »Nun stell dich mal nicht so kindisch

an. Sei doch froh, dass du so interessant zu sein scheinst, dass dich jeder besuchen kommt! Ich find's nett bei dir.« Charlotte Hagedorn stand kurz auf und entledigte sich ihres Mantels, den sie achtlos auf den Stuhl neben sich legte.

»Ja, das kann ich mir vorstellen. Aber mal im Ernst. Ich bin selber ganz baff. Sonst ist hier um diese Jahreszeit tote Hose und wir wollten eigentlich schließen bis Ende Februar. Aber jetzt überrennen sie uns geradewegs, als gäbe es hier etwas umsonst.«

Nele zeigte auf vier eingedeckte Tische, denen nur noch das Besteck fehlte. »Jetzt sind auch noch zwei Kriminalkommissare hier. Auf *Empfehlung*«, betonte sie sichtlich stolz. Dann schüttelte sie den Kopf. »Nun haben wir das halbe Haus voller Polizei.«

Charlotte sah Nele neugierig an. »Wieso das halbe Haus?«, fragte sie, zerrte ihren bunten Schal vom Hals, legte ihn zum Mantel und schlug die Beine übereinander.

»Na, unser schwedischer Kommissar, der Roger mit seiner Frau Mona, dann ein Hauptkommissar Westermann und ein Herr … wie hieß der noch gleich?«

»Hartwig«, antwortete Charlotte stattdessen trocken.

»Woher weißt *du* denn, wie der heißt?«

Sie zog die Schultern hoch und lächelte süffisant.

»Sagte ich dir doch schon. Kenne ich, Polizeibeamter. Und was machen die hier?«, fragte Charlotte neugierig.

»Na wohnen, was sonst.« Nele tippte sich mit dem Finger gegen die Stirn.

»Ich denke, die sind wegen des Toten vom Grünen Brink hier.«

»Aha«, war die Antwort. In diesem Moment klingelte es erneut.

»Jetzt reicht es aber!«, rief Nele ungehalten und schmiss die Servietten auf den Tisch, an den Charlotte sich gesetzt hatte. Wütend öffnete sie die Tür und schwieg. Mit der Polizei wollte sie sich dann doch nicht unbedingt anlegen.

»Ach, Herr Kommissar«, flötete sie, als täte sie den ganzen Tag nichts anderes. »Was kann ich denn für Sie und Ihren Kollegen tun?« Man konnte das Aufblitzen in ihren Augen sehen.

»Könnten Sie uns bitte eine Rechnung ausstellen, die benötigen wir für unsere Dienststelle in Oldenburg.« Er hatte einen Fuß bereits auf der obersten Stufe, als dulde er keinen Aufschub.

»Dann kommen Sie mal rein. Auf dass das Haus voll werde.« Nele bat die beiden Polizeibeamten mit einer forschen Handbewegung ebenfalls in den Frühstücksraum.

»Oh, gibt es hier Kaffee?«, fragte Hartwig, reckte die Nase schnüffelnd in die Höhe und lockerte seinen HSV-Schal.

»Nein … morgen Früh ab acht. Das gilt selbstverständlich auch für die Polizei. Und auch, wenn Sie zehnmal HSV Fan sind. Das zählt bei mir nicht. Obwohl … was wären die ohne ihre Fans!« Nele konnte sich den Seitenhieb nicht verkneifen.

»Frau Hagedorn, was machen Sie denn hier?«, fragte Dirk Westermann verblüfft. »Wie geht es Ihnen? Alles wieder in Ordnung?« Westermann war erfreut, die Künstlerin hier nach fast fünf Monaten anzutreffen und ging lächelnd auf sie zu.

Er gab ihr die Hand, während Charlotte sitzen blieb. Sie nickte.

»Mir geht es wieder gut, wie Sie ja sehen können.«

»Was machen Sie denn hier? Ich nehme nicht an, dass Sie hier ein Zimmer haben?«

»Iwo«, lachte sie über den Scherz, »ich, ich habe *wichtige* Gespräche zu führen. Genau wie Sie ja anscheinend auch. Oder warum sind Sie und Ihr Kollege hier?«, fragte Charlotte keck.

Westermann nickte, während er in seiner dunkelblauen Jacke vor ihr stand. »Ertappt. Aber Sie, zu einem Termin,

Frau Hagedorn, an einem Sonntag? Was gibt es da so *Bedeutungsvolles* zu besprechen, was nicht Zeit bis morgen hätte?«

Der Kommissar lächelte und zog einen Stuhl heran, auf den er sich, ihr gegenüber, setzte.

»Hier, Herr Kommissar, die Formulare müssen Sie zuerst ausfüllen.« Nele kam aus der Küche zurück und reichte ihm die Papiere.

Westermann sah sie fragend an und nahm die Blätter entgegen. »Kurtaxe?«, fragte er.

»Noch nie etwas von gehört?«, zwinkerte sie. »Gibt es auch in Oldenburg, soweit ich weiß. So, ich schreibe Ihnen die Rechnungen. Aber zuerst ausfüllen«, drängte sie und tippte mit dem Zeigefinger auf das Papierblatt. Dass sie einen rosafarbenen Jogginganzug trug und ihre Locken wild vom Kopf abstanden, schien Nele Martin völlig egal zu sein. Es war schließlich Sonntag. Damit verschwand sie, vor Selbstbewusstsein strotzend, abermals aus dem Frühstücksraum.

»Es ist noch zu früh, um darüber zu reden«, kam Charlotte wieder auf das unterbrochene Thema zurück. »Aber vielleicht kann ich zu Ihrem Fall etwas Gescheites beitragen, wenn die Zeit reif dafür ist. Sie sind doch wegen des Toten am Grünen Brink hier, oder?«

Jetzt war es Hartwig, der laut anfing zu lachen. Seine Augen blitzten, während er die schwarze Lederjacke auszog und sie über die Stuhllehne hängte. »Na, da sind wir gespannt. Was haben Sie denn so Wichtiges, das uns interessieren könnte?« Westermann zeigte sich neugierig, obwohl er im Inneren schmunzeln musste.

»Später, ich melde mich sofort bei Ihnen, wenn meine Puzzlestücke zusammenpassen. Übrigens, was ich noch fragen wollte. Ist der Tote vom Brink nun ertrunken oder ermordet worden?«

Westermann hob den Kopf. »Aber Sie wissen schon, dass

ich Ihnen darüber keine Auskunft geben darf. Wie kommen Sie nur auf solch merkwürdige Fragen?«

»Na ja, nach dem letzten Fall bin ich mir nicht mehr so sicher, dass auf der Insel immer alles mit rechten Dingen zugeht. Außerdem … man kann ja mal nachhaken, oder?«

»Vielleicht ergänzen sich unsere Teile ja später«, antwortete Hartwig. Er mochte die ältere Frau, die schließlich die Tante der Frau war, mit der er sich gerne näher befassen würde, wenn sie es nur zuließe.

Netter Junge, dachte auch Charlotte.

Nele kam zurück und reichte Kommissar Westermann die geforderte Rechnung.

»So, und nun muss ich mal weitermachen, damit Sie morgen Früh Ihr Frühstück bekommen. Ab acht, Sie wissen ja.« Die Männer nickten.

»Ach, meine Herren! Nun seien Sie nicht so. Wir kennen uns doch so gut. Und Sie wissen, ich bin plietsch. Bitte.« Charlotte Hagedorn hob die Hände vor die Brust und legte sie wie zum Gebet aneinander. »*Biiiitte*.«

Hartwig grinste, Westermann hob die linke Augenbraue und sagte: »Na gut, aber Sie müssen mir versprechen, mit niemandem darüber zu reden, damit unsere Ermittlungen nicht gestört werden. Verstanden?«

»Hoch und heilig«, versprach Charlotte und leckte sich Daumen, Zeige- und Mittelfinger, bevor sie sie auf die Brust legte. Sie setzte einen theatralischen Hundeblick auf und sah die Kommissare an.

»Der Mann ist ermordet und von der »Deutschland« in die Ostsee entsorgt worden. Durch die Strömungsverhältnisse ist er am Grünen Brink angespült worden.« Es entstand eine längere Pause. »Mehr kann und darf ich Ihnen nicht sagen! Haben Sie gehört? Behalten Sie das für sich.«

Charlotte nickte heftig und stand auf. »Versprochen! Ich

danke Ihnen. Sobald ich etwas weiß, teile ich es Ihnen unverzüglich mit.«

»So, wir müssen auch auf die Dienststelle. Bis dann, Frau Hagedorn«, sagte Westermann. »Ach übrigens. Wie geht es eigentlich Ihrer Nichte? Alle Wunden verheilt?«, fragte er. Es sollte beiläufig klingen, aber sofort schalt er sich einen Narren. Diese Frage hätte eigentlich von Thomas kommen müssen.

»Alles wieder gut«, sagte Charlotte und sah Hartwig zwinkernd an.

»Na, dann auf Wiedersehen und schönen Sonntag noch.«

Hartwig zog den Reißverschluss seiner Jacke hoch und die Polizisten verließen das Haus.

Charlotte setzte sich und war erst einmal sprachlos.

Da hatte ich doch recht. Das war kein Selbstmord und kein Unfall. Und die Kleine mit ihrem Kind gehört für mich aus unerklärlichem Grund dazu. Ich weiß nur noch nicht, wie. Vielleicht hat die den Mann ja umgebracht?

Charlotte Hagedorn hielt sich erschreckt die Hand vor den Mund. *Charlotte, so etwas darfst du gar nicht … aber wieso eigentlich nicht. Manchmal sind die eigenartigsten Gedanken die Besten.*

Nele kam zurück und legte die Servietten gefaltet auf die Teller. »So, fertig.« Sie ließ sich neben Charlotte auf einen Stuhl fallen und sah aus dem Fenster. »Totentanz. Sag ich doch. Nichts passiert draußen und hier ist die Hölle los. Verdammich noch mal.«

»Nun reg dich mal nicht so auf. Eigentlich freust du dich doch, dass die Kasse klingelt, oder?«

»Ja, du hast ja recht.«

»Aber hab ich's nicht gesagt … der Tote vom Brink ist ermordet worden!«

»Nein!«, rief Nele fassungslos.

ERSTE VERNEHMUNG

Rrrrr … rrrr. Das Handy klingelte.

»Westermann … Ja, wir sind in Burg. Sie sind Jöns gefolgt? … ja, wir übernehmen.« Er drückte den Knopf und steckte das Telefon zurück in die Innentasche des Cabans. »Wir fahren nach Puttgart… den. Die haben Jöns observiert und eine interessante Entdeckung gemacht.« Kurz informierte er Thomas über den aktuellen Wissensstand, über das, was er gerade erfahren hatte, während er die Osterstraße Richtung Puttgarden fuhr. Fünf Minuten später hielten sie vor dem Hotel, in dem sich der Zuhälter aufhalten sollte. Sie stiegen aus und gingen zu dem Dienstfahrzeug der Kollegen. Kant und Becker saßen auf ihren Sitzen und waren dabei, mit Käse überbackene Laugenstangen zu verdrücken.

Hartwig klopfte an die Seitenscheibe. Kant ließ die Scheibe herunter.

»Hallo, da sind Sie ja. Gibt nichts Neues. Er ist drin.« Hartwig nickte. »Wir verschwinden dann jetzt.« Das Fenster schloss sich wieder und Becker startete den Wagen. Langsam rollten sie vom Hotelgelände.

»Ich bin richtig angetan von den Figuren, die hier um das Hotel stehen. Ob die aus Metall sind?«

»Keine Ahnung«, antwortete Westermann. »Komm, wir wollen keine Zeit verlieren, bevor der sich noch irgendetwas ausgrübelt.«

Sie gingen in die Hotelhalle und geradewegs auf den Empfang zu, hinter dem ein älterer Mann gähnend stand und Zeitung las. Westermann zückte seine Marke. »Können Sie uns bitte die Zimmernummer von Herrn Phillip Jöns nennen?«, fragte er und sah auf die Weltkugel, die als Bild an der Wand hing. Der Hotelangestellte sah erstaunt auf und blickte dann ohne ein Wort auf den Bildschirm des Computers.

»46. Nummer 46.«

»Welche Etage ist das? Gibt es einen Fahrstuhl?« »Natürlich gibt es den. Was denken Sie denn! Da hinten links. Dritter Stock. Dann rechten Gang entlang.«

»Danke, haben Sie einen Zentralschlüssel?«

»Haben Sie einen Durchsuchungsbefehl?«, fragte jetzt der Portier.

»Nein, aber ich glaube, wir können uns wie normale Menschen unterhalten«, sagte Westermann und steckte die Dienstmarke wieder ein, sodass beim Öffnen der Jacke seine Waffe sichtbar wurde. Den hochgewachsenen Mann hinter dem Tresen schien das nicht im Geringsten zu beeindrucken.

»Wenn hier keine Gefahr im Verzug ist, dann klopfen Sie bitte wie jeder andere auch. Normalerweise geben wir so schnell nicht einmal die Zimmernummer heraus.« Der Alte zog die Augenbraue hoch und wies mit der Hand den Weg zum Aufzug.

»Nun werden Sie nicht frech«, sagte Hartwig knapp. »Wir können auch anders.«

»Na, wie anders können Sie denn? Ich kann genauso gut

die Chefin anrufen und dann dauert das noch mal so lang. Oder Sie besorgen einfach einen Durchsuchungsbefehl. Ich kenne die Rechte.«

»Lass«, sagte Westermann und zog Hartwig hinter sich her. Ohne weitere Worte gingen die Polizeibeamten Richtung Fahrstuhl. Sie stiegen ein. Hartwig drückte den Knopf mit der Ziffer drei und die Fahrstuhltür schloss sich. Ein paar Sekunden später öffnete die Tür mit einem leisen Klingeln. Die Männer sahen sich um, und entdeckten das Hinweisschild. »Da, rechts«, antwortete Westermann und folgte seinem Kollegen.

Vor der Tür mit der Nummer 46 blieben sie stehen. Westermann klopfte dreimal laut gegen die Zimmertür. Nichts. Er legte das linke Ohr an die Tür und nickte. »Der ist da«, flüsterte er. Noch einmal klopfte er. »Aufmachen, Polizei. Öffnen Sie die Tür.« Sie wussten, dass Jöns keinen Fluchtweg hatte und aufmachen musste. Es dauerte ein paar Sekunden, bis sie seine Stimme hörten.

»Ja, ich mach ja.« Genervt öffnete Phillip Jöns und sah die beiden Kommissare fassungslos an. »Sie schon wieder? Was ist denn jetzt los? Verfolgen Sie mich sogar bis ins Hotel?«

»Können wir reinkommen oder wollen Sie das auf dem Flur besprechen?« Der Hamburger schritt zur Seite und ließ die Männer eintreten. Hartwig sah sich in dem geräumigen Zimmer um. Sie gingen in den Bereich, in dem sich das Bett befand. Hosen hingen über einem Korbstuhl, der direkt vor einem kleinen Schreibtisch stand. Daneben auf dem Minisofa lagen Hemden.

Hartwig marschierte Richtung Fenster. »Das ist ja ein toller Ausblick«, sagte er.

Westermann baute sich vor Jöns auf, der an der Schreibtischkante lehnte und seine Fingernägel betrachtete. »Wir haben noch ein paar Fragen zu Ihrem … Ihrem Angestellten

Herrn Andrey Below. Wieso sind Sie nach Fehmarn gefahren? Was suchen Sie hier, wo Sie doch wissen, dass Below tot ist?« Westermann sah Jöns, der irritiert aufsah, ohne Gefühlsregung in die Augen.

»Sie haben mir gesagt, dass er hier angespült wurde. Da kann ich wohl nachsehen, wo es passiert ist, oder?«

»Wo es passiert ist? Wo ist es denn passiert?«, fragte Hartwig.

Jöns bekam einen roten Kopf und fing an zu stottern. »Das weiß ich doch nicht. Ich meinte, wo er aufgefunden wurde. Außerdem sind meine Fr… Freundin und ihr … ihr Sohn verschwunden«, stotterte er. »Da muss ich herausfinden, wo die abgeblieben sind.«

»Und … haben Sie sie gefunden?« Jöns konnte Westermanns stechendem Blick kaum standhalten und schaute an die Wand, an der eine Landschaftsmalerei in einem dünnen Metallrahmen hing.

»Nein, habe ich nicht. Reicht das jetzt, ich möchte mich ausruhen und packen, damit ich nachher wieder nach Hause fahren kann.«

»Nein, das reicht bei Weitem nicht. Noch einmal. Wo waren Sie letzten Freitag gegen 23 Uhr?«

»Zu Hause«, kam es wie aus der Pistole geschossen. »Ich war in meinem Massagestudio.«

Westermann wusste instinktiv, dass er log. »Kann das jemand bezeugen? Namen bitte.«

Jöns wurde blass. »Schreibe ich Ihnen auf. Sonst noch etwas?«, fragte er nervös.

Hartwig sah Westermann von der Seite an.

»Und wo waren Sie heute Nachmittag, bevor wir ankamen?« Sie wussten, dass sie Jöns in der Zange hatten.

»Ich … ich war hier. Sie sehen doch, dass ich …«

»Wir wissen, dass Sie keineswegs hier waren«, sagte Hartwig. »Lügen Sie uns nicht an. Es ist uns zugetragen worden, dass Sie Max Hartmann aufgesucht haben.«

Jöns wurde noch bleicher, ging aus Westermanns Blickfeld und starrte aus dem Fenster auf das Wasser. Es schien, als müsste er überlegen, was er als Nächstes antworten sollte. »Woher, woher wollen Sie … aber ich geh davon aus, dass Sie Ihre Quellen haben.«

Westermann nickte. »Haben wir. Also, was haben Sie bei Hartmann gewollt?«

Jöns hoffte auf einen Gedankenblitz, eine zündende Idee, wollte er nicht … »Er ist ab und zu Gast in meinem Massagestudio. Daher kennen wir uns. Und ich dachte, wenn ich schon mal auf der Insel bin, statte ich ihm einen Besuch ab.« Er zuckte mit den Schultern.

»Sie wollen uns also ernsthaft erzählen, dass Sie bei Ihren *Kunden* sozusagen Hausbesuche abhalten? Seien Sie nicht albern, das glaubt Ihnen kein Mensch.« Westermanns Stimme wurde lauter. »Und wenn Sie jetzt nicht augenblicklich mit der Wahrheit rausrücken, unterhalten wir uns auf der Dienststelle weiter, haben Sie mich verstanden?«

Hartwig zückte das Telefon. »Das können wir übrigens ziemlich schnell überprüfen.« Er wählte die Nummer in Oldenburg.

»Legen Sie auf, auflegen! Ich rede ja schon.« Jöns setzte sich auf das gemachte Bett und legte den Kopf in seine Hände. »Also gut. Hartmann war ein guter Kunde von Kiki. Sozusagen Stammkunde im Studio. Ich hab durch Zufall erfahren, dass er hier auf der Insel ein Bestattungsunternehmen hat … ehrlich.«

»Weiter«, mahnte Hartwig.

»Ich habe ihn angerufen und gedacht, dass Kiki mit dem Jungen vielleicht bei ihm ist. Versteh'n Sie?«

»Wer zum Teufel ist Kiki?«, fragte Hartwig.

»Meine Freundin, die Kaja. Im Massageinstitut heißt sie Kiki.«

»Wie aufregend. Und … haben Sie Ihre *Freundin* gefunden?«

»Nein, habe ich nicht. Kann ich jetzt bitte alleine sein? Das war alles ziemlich viel auf einmal. Bitte.«

»Ein letztes Wort«, sagte Westermann. »Wieso ist die Frau so wichtig für Sie? Ist sie wirklich Ihre *Freundin*?« Er starrte den Zuhälter durchdringend an. »Wir sind mit Ihnen noch nicht am Ende. Geben Sie uns eine Adresse an, unter der wir Sie jederzeit, und ich meine *jederzeit*, auffinden können.«

»Ich … ich bin ab heute Nachmittag wieder in Hamburg. Sie wissen ja, wo Sie mich finden.«

Ohne eine Antwort zu geben, traten die Kommissare aus dem Hotelzimmer. Hartwig grinste. Sie verließen das Hotel, um in die Dienststelle nach Burg zu fahren. »Ich glaube, der weiß mehr, als er uns erzählt hat. Für mich ist der *mehr* als verdächtig«, sagte Westermann. Während der Rückfahrt schwiegen sie und Hartwig schaute über die grauen, trostlosen Felder.

SONNTAGABEND. LENAS HILFERUF

»Miau«, jaulte es leise von der Tür her. Eine kleine Katze scharrte unentwegt vor der Tür. Nach etlichen Minuten drang sie unter einer schmalen Luke hindurch ins Innere der Laube.

»Wo kommst du denn her?«, hauchte Lena erleichtert, als die Katze sie erreichte und Lena ihr weiches Fell berührte. Sie rieb sich die zerschnittenen Handgelenke. Mit letzter Kraft zog Lena ihr Handy aus ihrem Sport BH, das der Täter Gott, sei Dank nicht entdeckt hatte. Er musste sich seiner Sache ziemlich sicher gewesen sein. Der Stubentiger schlich miauend um Lenas Beine und drückte seinen Kopf gegen den Oberschenkel, als wolle er ihr zeigen, dass sie keine Angst zu haben brauchte. Mit zitternden, blutverschmierten Fingern stellte Lena das Handy an und versuchte, die Kontaktadresse von Kaja zu finden. Tränen stiegen ihr immer wieder in die Augen und ließen das Display vor ihrem Blick verschwimmen. Mit dem Zeigefinger scrollte sie die Buchstaben hinunter. *J … K … Kaja, da ist sie.* Lena atmete hörbar aus und tippte auf den Namen. Die Mobilnummer leuchtete auf und sie drückte auf den grünen Balken. Dann versuchte sie angestrengt, den Arm anzuheben, um das Telefon an ihr

Ohr zu halten. *Es klingelt. Freizeichen. Geh ran Kaja, bitte geh ran.* Die Klingeltonabstände erschienen ihr unendlich.

Draußen zerfetzte kaltes Mondlicht den schwarzen Nachthimmel. Der Mondschein ließ den Himmel unheimlich erscheinen. Im Inneren der Hütte verschwand die Angst nicht, dass der Täter zurückkommen könnte. Es fühlte sich an, als griffe eine eiskalte Hand nach Lenas Nacken.

»Ja …«, hörte sie die dunkle Stimme von Kaja. »Kaja, Gott sei Dank«, hauchte sie erleichtert. »Du musst mich sofort holen«, flüsterte sie und wurde unterbrochen von ihrem eigenen Schluchzen. Sie war so froh, dass am anderen Ende der Leitung jemand war, der ihr helfen konnte. Die Angst der letzten Stunden, die Angst vor dem Täter, wich der Hoffnung, befreit zu werden.

»Lena, was ist denn, wo bist du? Rede mit mir, was ist los?« Lena spürte, dass Kaja ihr ehrliche Sorge entgegenbrachte.

»Ich bin überfallen … worden.« Sie weinte und verbarg ihr Weinen hinter ihrer Hand. »Jemand hat mich im Haus angegriffen. Ich bin in einem Holzschuppen. Du musst mich hier rausholen. Ich kann mich nicht bewegen. Alles tut so weh.«

Kaja schien geschockt. »Sag mir genau, wo ich dich finde. Ich fahre sofort los und hole dich. Bleib ganz ruhig. Bist du alleine?«

Lena horchte. »Ich weiß es nicht. Im Moment anscheinend ja. Aber ich habe Angst, dass er zurückkommt.«

»War das ein Mann?«

»Ja«, antwortete Lena. »Ich hab fürchterliche Angst, hörst du. Wenn der wiederkommt, bin ich tot. Der hat gedacht, er hätte mich erledigt, verstehst du? Irgendwann wird der mich sicher irgendwo verscharren wollen.« Lenas Kräfte schienen verbraucht. Sie weinte und Kaja hatte Mühe, sie zu beruhigen.

»Sag mir, wo du bist. Ich komme sofort.«

Kaja wusste, dass sie jetzt eine schnelle Entscheidung treffen musste. Sie benötigte zuallererst Neles Hilfe, damit sich jemand noch einmal um Tim kümmern konnte. Und sie brauchte dringend einen Wagen. Sie musste Nele reinen Wein einschütten, ob sie wollte oder nicht. Ohne ihr Entgegenkommen wäre es aussichtslos, Lena so zügig als nur irgendwie möglich aus dem Ferienhaus zu holen.

»Tim? Tim hörst du mir mal kurz zu?« Tim saß auf dem Bett und hatte es sich unter der Bettdecke mit seinem Gameboy kuschelig gemacht. Kaja hatte in ihrem Krimi gelesen, als das Telefon klingelte.

»Tim!«

»Ja, Mama, was ist denn? Ich muss das Level zuerst zu Ende spielen, sonst kann ich noch einmal ganz von vorn anfangen.« Er zappelte mit den Füßen und seine Zunge bewegte sich unkontrolliert hin und her. Kaja kannte die Diskussionen um das Spielgerät, das zum zweitbesten Freund von Tim geworden war.

»Tim, hör zu. Ich muss wirklich schnell die Lena aus Dänemark abholen. Du müsstest noch einmal zu Frau Martin.«

»Die heißt Nele, verstehst du das nicht, Mami?« Er schien ihr manchmal ein bisschen altklug für seine fünf Jahre. »Aber nur, wenn ich den 3D mitnehmen kann.«

»Das wird schon gehen.« Kaja machte eine kurze Pause, während sie sich den Parka überzog. »Ich bin gleich wieder da, Schatz.« Sie verließ das Appartement und ging ins Nebenhaus zu Nele Martin.

Zum gefühlten hundertsten Mal an diesem Tag klingelte es an der Haustür. Nele war genervt. »Nicht mal an einem Sonntagabend hat man seine Ruhe«, sagte sie zu Henning, der im Sessel saß und endlich dazu kam, die Sonntagszeitung zu lesen.

»Ach nun stell dich mal nicht so an. Freust dich doch, wenn du was um die Ohren hast.« Er versank wieder in die Sportseiten der »Bild am Sonntag«.

Nele tappte die 16 Stufen hinunter und maulte vor sich hin. »Was weißt du denn schon. Als wenn ich nichts anderes zu tun hätte. Ja ja, ich komm ja«, rief sie, als es erneut schellte.

»Frau Lennart … was gibt's denn?«, fragte sie missmutig. Als sie dann allerdings das verstörte Gesicht der jungen Frau sah, wurden ihre Gesichtszüge wieder weich. Sie wollte die blasse Frau nicht einfach so draußen stehen lassen. »Kommen Sie rein.«

Mit einer kurzen Handbewegung dirigierte sie Kaja ins Frühstückszimmer.

»Ich habe keine Zeit. Nur so viel.« Kaja schluckte und überlegte, wie sie der Pensionswirtin die Lage erklären konnte, ohne sich in langen Phrasen zu verlieren. »Können Sie Tim bitte noch ein letztes Mal nehmen? Ich bitte Sie.« Sie hielt die gefalteten Hände flehend vor die Brust.

»Na ja, normalerweise …«

»Bitte!« Kaja konnte nicht länger schweigen. »Lena ist verletzt! Ich muss sie von Dänemark holen. Sie ist überfallen worden. Bitte!«

Nele blieb vor Schreck der Mund offen stehen. »Wie überfallen? Was ist denn bloß passiert?«

»Das kann ich jetzt nicht lang und breit erklären, nur so viel. Ich brauche dringend einen Wagen, um sie abzuholen.«

Nele setzte sich auf die Eckbank im Frühstücksraum. Sie betrachtete angestrengt die Kompassrose und fragte: »Soll ich mit Ihnen kommen?«

Kaja war überrascht. »Nein, das mache ich schon. Wenn Sie Tim nehmen und mir Ihr Auto leihen, dann wäre mir sehr geholfen. Ich müsste sofort los.«

Nele sprang auf. »Natürlich.« Sie ging in die Küche, nahm

den Wagenschlüssel aus dem Holzkasten und gab ihn Kaja. »Gehen Sie durch die Terrassentür. In der Seitentür liegt die Fernbedienung für das Tor. Ich gehe rüber und hole Tim.«

»Danke. Ich danke Ihnen. Das mache ich wieder gut, ganz bestimmt. Ach … und lassen Sie ihm ruhig seinen Gameboy.« Sie drückte die Pensionsbesitzerin und rannte über den Hof zum Carport, stieg in den Wagen und verließ nach einer Reihe von nötigen Wendemanövern das Grundstück.

Nele schloss die Tür und starrte ihr erschrocken hinterher.

KAJA VERSUCHT, LENA ZU RETTEN

Kaja biss sich immer wieder auf die Unterlippe und starrte auf das schmutzig graue Wasser. Wenn die Bullen herausbekommen, was hier passiert ist, dann bin ich am Arsch.

Sie zog den Kragen der Jacke zusammen und blickte Richtung Dänemark. Die letzten Tage liefen wie ein schlechter Film an ihr vorbei. Ein Albtraum, aus dem es kein Erwachen zu geben schien. Andrey, Lena und Jöns, der sie wahrscheinlich längst suchte. Tränen stiegen ihr in die Augen. Sie erkannte die Hochhäuser im Hafen von Rødby nicht mehr. Alles verschwamm vor ihrem Blickfeld. Sie neigte verschämt ihren Kopf zur Seite und war froh, dass niemand außer ihr sich an Deck aufhielt. Die wenigen Fahrgäste blieben bei diesem Wetter lieber im Inneren der Fähre.

Die Fahrt näherte sich ihrem Ende. Kaja hörte die Durchsagen des Schiffspersonals, allerdings verstand sie deren Sinn nicht. Durch Ihre Gedanken zogen düstere Nebelschwaden, die alles verschleierten. *Genau wie auf der Ostsee*, dachte sie. Dann seufzte sie und entschloss sich, zum Wagen zu gehen.

Als sie die Eisentür zu den Niedergängen erreichte, hatte sie das Gefühl, beobachtet zu werden.

Sie drehte sich um. Niemand, dessen Gesicht sie irgendwie zuordnen konnte. *Die Angst spielt mir ganz schön übel mit*, dachte Kaja und verschwand Richtung Eisenbahndeck. Sie schlich genau wie vor ein paar Tagen zwischen Autos und LKWs hindurch. Nur dass sie sich dieses Mal nicht verstecken musste, um zum Ausgang zu gelangen.

Nervös setzte sie sich in den dunkelblauen Ford Galaxy. Nach wenigen Augenblicken spürte Kaja das Anlegemanöver der Fähre. Es kribbelte in ihrem gesamten Körper, als wenn sie ein leichter Stromstoß erfassen würde. Dann ging die Bugklappe des Schiffes auf und die Fahrzeuge starteten ihre Motoren. Kaja drehte den Zündschlüssel, ließ ebenfalls das Auto an und legte den ersten Gang ein. Nach vier Wagen, die vor ihr geparkt hatten, verließ sie das Eisenbahndeck.

Der Hafen von Rødby war genauso trist, wie der in Puttgarden. *Wer einen Tagesausflug mit der Fähre macht, braucht hier bestimmt nicht auszusteigen*, dachte Kaja und jagte durch das öde Gelände.

Lena hatte ihr eine genaue Wegbeschreibung gegeben, sodass sie die Strecke ohne größere Probleme bewältigte. Auf der E 47 gab es kein großes Verkehrsaufkommen. Sie durchfuhr die Ortschaften Holeby, Maribo, überquerte den See Nørresø und ließ Våbensted hinter sich. Sie war erleichtert, als sie den Guldvorg Sund vor sich sah. Draußen war es stockdunkel. Nur das Licht des Scheinwerfers und des Mondes, der ab und zu durch die Wolkendecke brach, erhellten die Fahrbahn und die karge Landschaft. Von Westen zog eine dunkle Wolkenwand heran, die anfing, den Mond zu verschleiern und die Umgebung in ein schwarzes Nichts zu tauchen. *Gott sei Dank, bin ich gleich da.* Sie atmete erleichtert auf. Dann war es nicht mehr weit, über Nykøbing nach Marielyst zu gelangen. Ihre Hände schwitzten, als sie das langgezogene Waldstück vor sich sah. Die Häuser lagen versteckt und waren nicht für jedermann einsehbar. Strandkirche. Das ist gut. *Vej, Vej, Vej …*, dachte sie und dann hatte sie ihr Ziel endlich ohne große Verzögerung erreicht. Kaja fuhr die schmale Straße entlang, hielt ein paar Meter vor dem Ferienhaus von Lena und Max und stieg aus. Die letzten Schritte ging sie vorsichtshalber zu Fuß. Sie wusste nicht, was sie auf dem Grundstück erwartete. Vielleicht lauerte der Unbekannte irgendwo im Haus oder Gebüsch. Die Taschenlampe, die sie zuvor aus dem Handschuhfach entnommen hatte, lag bleischwer in ihrer Hand. Sie zog die wollene Mütze aus der Jackentasche, zog sie über die Haare und streifte ihre Kapuze darüber. Nach ein paar Metern erreichte sie die, von hohen Quittenbäumen gesäumte, langgezogene Einfahrt. Kaja drängte in den Schatten der haushohen Hecke, die sich auf der linken Seite wie eine Mauer aufrichtete. Leichter Nieselregen fiel sacht auf ihren Kopf. Unachtsam trat sie mit ihren derben Lederstiefeln in eine Pfütze. »Mensch!«, rief sie ungehalten und hielt augenblicklich die Hand vor den Mund, weil sie nicht wusste, was oder wer sie erwartete. *Vielleicht lauert der Kerl irgendwo und wartet nur auf mich. Vielleicht ist Lena schon tot.* Als wenn sie die bösen Gedanken vertreiben wollte, wischte sie mit dem Handrücken über die regennasse Stirn. Da sie wusste, dass Lena sich in einem Schuppen hinter dem Haus aufhielt, versuchte sie erst gar nicht, ins Gebäude zu gelangen.

Sie huschte um die Laube herum, die sich am Ende des Gartens uneinsehbar zwischen Tannen versteckte. Durch jede Menge wild gewachsener Büsche und knorriger Bäume glich der Garten eher einem Dschungel, der durch das fahle, immer wieder durchbrechende Mondlicht in gespenstischen Schimmer getaucht wurde. Das Bretterhäuschen war eingerahmt von Tannen, die bis an die Waldkante reichten. *Wenn die Situation nicht so gruselig wäre, könnte man hier richtig nett Urlaub machen,* dachte Kaja und zwängte sich hinter die Holzhütte. Sie suchte erfolglos ein Fenster, eine Tür oder Ähnliches. Auf der rückwärtigen Seite gab es nur die Holzfassade und ein altes Fass, das anscheinend als Regentonne genutzt wurde. Dessen Inhalt suchte tröpfelnd den Weg in die sowieso schon feuchte Erde. Kaja quetschte ihren Körper an die Wand, die vom Haus zu ihrem Glück nicht einsehbar war. »Lena«, flüsterte sie. »Lena, hörst du mich?« Sie lauschte, ob sie irgendein Geräusch im Holzhaus vernehmen konnte. Nichts. Nur ein Rabe, der krächzend auf dem Dach der Hütte saß und anscheinend ihre Aufmerksamkeit durch seinen starren Blick auf sich ziehen wollte, ließ ihre Blicke nach oben wandern. Im Mondlicht erschien ihr sein glänzendes Gefieder wie eine Botschaft des Bösen. Kaja legte ihren Kopf an die Holzfassade und klopfte leise gegen das Holz. Sie streifte die langen Haare, die unter der Mütze zu einem Knoten geschlungen waren vom Ohr weg, um selbst die kleinsten Geräusche besser wahrnehmen zu können. Wieder wartete sie einige Sekunden, drückte ihren Körper an die Holzwand. Alles wirkte gespenstisch, beängstigend. Abermals schrie die Krähe und es klang wie eine Warnung. Sie zuckte zusammen. Hinter ihr knackten Zweige, die vom aufkommenden Wind in Bewegung gerieten. Kaja fröstelte. Ein furchteinflößendes Gefühl machte sich in ihr breit. *Es ist sicher schön, solange es hell und sonnig ist, aber im Dunkeln. Jetzt fängt es noch wie aus Eimern an zu regnen, verdammt.*

Dicke Tropfen pladderten auf die Dachpfannen der Gartenlaube. Kaja zog die Kapuze weit über den Kopf und die Krähe schlug mit den Flügeln, als wollte sie sich vom Regenwasser befreien. »Lena«, hob sie ihre Stimme an. »Lena, bist du da drinnen? Antworte doch.« Angst keimte in ihr auf. *Was, wenn der Kerl zurückgekommen ist, und sie längst beseitigt hat? Das Handy kann ich auch nicht benutzen, ohne dass irgendwer gewarnt wird, der vielleicht in ihrer Nähe ist. Verdammt!* Plötzlich streifte ein Ast ihren verspannten Nacken. Ihr war, als hätte sie jemand berührt. Panisch drehte sie sich um und fegte mit der Hand den Ast beiseite. Sie hatte hinter einem großen Holunderbusch gelauert. Erleichtert bog sie den Zweig nach hinten und wischte die Nässe von der Wange. Auf einmal hörte sie leises Wimmern. Es klang wie das Jaulen einer Katze.

»Kaja«, hauchte eine weinerliche Stimme aus dem Inneren der Hütte. »Ich bin hier … hier drinnen.«

Sie lebt, dachte Kaja und schlich auf dem quietschnassen Rasen zurück, bis sie die Tür erreichte, die mit einem nagelneuen Vorhängeschloss verriegelt war. Hilfesuchend blickte sie sich um und rüttelte vorsichtig am Schloss. *Zu, hätte ich mir denken können. Da hat jemand ganze Arbeit geleistet und bestimmt nichts Gutes im Hinterstübchen gehabt. Ich muss die Tür aufmachen, bevor der Mistkerl wiederkommt. Womit? Werkzeug gibt es wahrscheinlich* in *der Hütte. Aber hier draußen? Die Taschenlampe kann ich auch nicht anstellen, damit bin ich genauso in Gefahr wie Lena, ehe ich die Tür geöffnet habe.* Ihre Gedanken kreisten um die Gefangene und darum, keinen unnützen Lärm zu veranstalten. »Ich komme gleich wieder«, flüsterte sie. »Ich lauf zum Auto und hole etwas, um die Tür aufzubrechen. Okay?« Sie legte ihr Ohr an die Tür.

»Ja«, hauchte eine brüchige Stimme.

Kaja hatte, als sie in den Wagen gestiegen war, im Heck eine Werkzeugkiste gesehen.

Henning Martin war immer mit irgendwelchen Reparaturen und Bauarbeiten beschäftigt, wenn sie ihn auf dem Grundstück beobachtet hatte. Da war dieses Fahrzeug, in dem er allerlei Holz und Gerätschaften transportieren konnte, genau richtig. *Eigentlich müsste der einen Pick-up fahren*, dachte Kaja, als sie ihn bei der Arbeit auf dem Hof entdeckt hatte.

Jetzt kam ihr sein Arbeitseifer zu Hilfe. Sie öffnete leise die Heckklappe und wühlte in dem riesigen Kasten herum, in dem von der kleinsten Schraube, bis zum größten Hammer alles vorhanden war, was ein Handwerkerherz höher schlagen ließ.

Kaja griff nach einem großen Schraubenzieher und einer Zange. »Damit müsste es gehen«, sprach sie sich selbst Mut zu.

Vorsichtig drückte sie die Klappe wieder zu und huschte durch die Dämmerung zurück zur Holzhütte. Im Haus gab es weder Licht noch Geräusche. Kaja ging davon aus, dass niemand im Gebäude war. *Der hätte mich längst entdeckt und wohl kaum auf dem Grundstück herumtigern lassen.* Als sie die Hütte erreichte, drehte sie sich noch einmal um und versicherte sich, dass ihr keiner gefolgt war. Sie schob die Zange in ihre Jackentasche und versuchte, mit dem Schraubenzieher unter die aufgeschraubte Metallplatte des Schlosses zu kommen. Kaja musste Kraft aufwenden, um hinter das kleine Aluquadrat zu gelangen. Dabei fing das Holz darunter an zu splittern. Sie trieb den Griff mit dem Handballen immer tiefer zwischen Metall und Holztür. Mit Gewalt zog sie den Schraubenziehergriff zu ihrem Körper. Millimeterweise löste sich die Platte. Kaja hielt inne. Sie machte mehr Lärm, als sie wollte. Aus dem Inneren der Laube kamen Geräusche, als wenn etwas über den Boden geschliffen würde. »Alles in Ordnung?«, flüsterte Kaja. Sie lauschte.

»Ja. Hol mich hier raus!«

Erneut stieß sie mit der flachen Spitze des Schraubenziehers zu. Sie musste schneller vorankommen. Lena ging es offensichtlich nicht gut. Die Angst um ihre Freundin trieb sie an. Kaja zog den Ärmel ihres Parkas über die Hand und hieb immer wieder gegen den Griff. Die Klingenspitze schob sie weiter unter das Metall. Dann löste es sich mit lautem Knarzen. Holz splitterte und das Schloss hing plötzlich mitsamt der Platte an der Tür.

Kaja riss die Tür auf und versuchte, sich im Dunkel zu orientieren. Sie knipste, selbst auf die Gefahr hin, erkannt zu werden, die Taschenlampe an. Ein heller Strahl erleuchtete das unmittelbare Umfeld, als sie sich umblickte. Bis auf ein paar Kartons, einem Regal und zwei Fahrrädern gab es hier nichts. Sie leuchtete den Fußboden aus. Entdeckte eine Schleifspur, die bis zur Tür reichte. Da erblickte sie Lena. Sie lag zusammengekauert auf dem Boden hinter dem Regal, halb unter einem blauen Müllsack verborgen. Ihr Schlafanzug war dreckig und hing zerrissen vom Oberkörper. Kaja sah die getrockneten dunklen Flecken im Stoff. Das muss Blut sein, dachte sie. Erschreckt näherte sie sich der am Fußboden liegenden Frau, ging auf die Knie und versuchte, Lenas Kopf anzuheben. Es roch metallisch und süß. Sie betrachtete Lena. Ihre Handgelenke wiesen tiefe Schnittwunden auf, aus denen Blut sickerte. Daher der Geruch überlegte sie und suchte nach etwas, was sie um die Gelenke der Verletzten binden konnte. Sie erhob sich, und wühlte hastig in einem Karton, der auf dem Regal stand. Angelsehne, Paketband, Klebeband. Einen Verbandskasten konnte sie hier nicht erwarten. Sie entdeckte neben dem Pappkarton eine Kiste mit Farbdosen. Falunrot. Dann stand daneben noch ein altes Gurkenglas mit mehreren Pinseln. »Ja, ich hab's.« Sie hielt ein paar weiße Baumwollfetzen in der Hand. Es schienen ehemalige Bettlaken gewesen zu sein, die Max wahrscheinlich zum Säubern der Pinsel benutzte. Sie waren einigermaßen fleckenlos. Kaja griff die Tücher und ging zurück zu Lena, die sich stöhnend krümmte. »Alles wird gut, ich helfe dir. Ich verbinde dir jetzt die Handgelenke, keine Angst. Ich bin vorsichtig.« Behutsam legte sie

Lenas linken Arm auf ihren Oberschenkel. Kaja spürte die Kälte, die von ihrem Körper ausging. *Mensch, sie ist total ausgekühlt*, dachte die Frau, deren Herz sich auf einmal schwer anfühlte: »Alles wird gut, Süße.« Sie strich ihr mit der Hand über das verklebte Haar.

»So, und jetzt müssen wir schnellstens hier verschwinden. Sie drehte Lenas Oberkörper so, dass sie den anderen Arm erreichen konnte. Sie steckte einen Teil des Lappens zwischen die Zähne und riss ihn auseinander. Anschließend schlang sie das längliche Stück um das blutende Gelenk. »Wir kommen hier raus und dann mache ich reinen Tisch.«

In dem Augenblick hörte sie ein leises Schaben an der Holztür …

JÖNS FOLGT KAJA

Jöns buchte ein Ticket für die »Schleswig Holstein«. Die Deals wickelten sie nur in deutschem Hoheitsgebiet ab, obwohl Jöns sich sicher war, dass durch zollfreie Überfahrten so gut wie keine Kontrollen mehr durchgeführt wurden. Was er nicht wusste, war, dass auch die Fähren unter ständiger Beobachtung der Bundespolizei standen und es nur dem Zufall zu verdanken war, dass sie bisher nicht erwischt worden waren.

Fand er keinerlei Spur, die ihn zu Kaja und Tim führte, würde er von Bord gehen und abwarten, bis er sie und das Geld aufspürte. Mittlerweile hatte er mit seinem Geschäftsführer telefoniert, der die Geschäfte im getarnten Puff weiterführen sollte, bis er wieder zurück in Hamburg war.

Als er an einem der Kaffeeautomaten im Selbstbedienungsrestaurant einen Becher Kaffee zog, sah er sie. Zwischen Tausenden von Frauen hätte er sie erkannt. Die langen brünetten Haare, sorgfältig über die Narbe frisiert, der dunkelgrüne Parka. Sie sah zerbrechlich aus, und schien abgenommen zu haben. In ihren engen Röhrenjeans hatte sie die Figur einer Elfe. Jöns liebte es, ihren Körper sich unter sich winden zu sehen. Ihre samtweiche Haut, die zarten Konturen. Ihr kindliches Antlitz erregten ihn augenblicklich. *Lass die nach Hause kommen, dann werd ich es ihr zur Strafe richtig hart besorgen.* Jöns grinste, hob den Becher an die Lippen und nippte am heißen Kaffee. Er zahlte, ließ sie jedoch keine Sekunde aus den Augen. Vorsichtig folgte er ihr. Als sie nach draußen auf das Deck ging, blieb er im Inneren zurück und setzte sich auf einen der Sessel, sodass sie ihn nicht wahrnehmen konnte. *Hast wohl gedacht, du entkommst mir. Getäuscht, Schlampe.* Er stellte den Pappbecher auf den kleinen Tisch und rieb sich die Hände. *Was will sie hier auf der Fähre?*

Sucht die das Geld? Vielleicht hat Andrey es bei sich gehabt? Dann war es offensichtlich verloren. Oder sie und ihr Balg haben es versteckt und sie will Spuren beseitigen. Jöns fixierte Kaja, die wie erstarrt an der Reling stand und sich nicht rührte. Als die Durchsagen der Lautsprecher ertönten, wartete er, wie sie reagieren würde.

Sie huschte auf die Eingangstür zu. Jöns drehte den Körper zur Seite, damit sie ihn auf keinen Fall erkannte. Vorsichtig neigte er den Kopf, um zu sehen, wohin sie ging. Den Becher ließ er achtlos stehen. Er schnellte hoch und folgte ihr unauffällig, bis in das Eisenbahndeck. Sie stieg in einen Ford. Sein Porsche parkte ein paar Fahrzeuge entfernt. So konnte er ihr folgen, ohne gesehen zu werden.

Als sie das Ferienhaus in Marielyst erreichten, hielt er weiterhin den nötigen Abstand. Er stellte den Wagen etwa fünfzig Meter vor dem Haus in einem Seitenweg ab und schlich hinterher. Zu seinem Vorteil war es dunkel.

Kaja huschte über ein Grundstück und versuchte, in eine Gartenlaube einzudringen.

Was soll das, was macht die hier? Jöns verbarg sich hinter einem Busch. Sein bestes Pferd im Puff lief gehetzt zum

Auto und kam kurze Zeit später mit Werkzeug zurück. *Was in drei Teufels Namen …? Die knackt die Tür. Das hätte ich ihr gar nicht zugetraut.* Der Zuhälter sah zu, wie sie die Tür aufbrach und ins Innere der Hütte verschwand. Er hörte leises Gemurmel und tastete sich bis zum Holzhäuschen vor. *Mit wem spricht die…?* Phillip Jöns schob sich an der Wand entlang, bis er in die offene Tür sehen konnte. Dabei stieß er gegen ein paar Kieselsteine, die ein schabendes Geräusch verursachten.

»Was zum Teufel …!«

Kaja fuhr geschockt in die Höhe, der Puls fing wie ein Schlagzeug an zu hämmern. Sie zog mechanisch die Zange aus der Jackentasche, als sie den Schatten vor sich auftauchen sah … und schlug ohne Vorwarnung zu. Jöns sackte augenblicklich zusammen und fiel stöhnend zu Boden.

»So, Mädchen, jetzt musst du mithelfen. Alleine schaffe ich das nicht.« Mit aller Kraft, die ihr zur Verfügung stand, zerrte sie Lenas kraftlosen Körper hoch, zog deren Arm über ihre Schulter und brachte sie vor die Tür. Sie nahm eine Harke, die innen neben der Tür lehnte, versuchte Lena zu halten, schlug die Tür zu und und stemmte den Rechen unter den Türgriff gegen das Holztor. Humpelnd schleppten sich die Frauen bis zur Beifahrerseite des Autos. Kaja stützte ihre Freundin, öffnete die Wagentür und schob sie mit letzter Kraft auf den Beifahrersitz.

So schnell sie konnte, stieg sie auf ihrer Seite ein, startete den Wagen und gab Gas.

»Durst, ich habe solchen Durst«, hauchte Lena.

FISCHFANG AN DER SAGASBANK

»Ich glaub, wir lassen es für heute gut sein. Bei der Suppe können wir durchatmen, wenn wir heil im Hafen ankommen«, sagte Gunnar und sah seinen Mitarbeiter an. »Jupp, dieses Netz noch leeren und dann zurück.«

Der 15 Meter lange Fischkutter »Tümmler« war seit vier Uhr in der Früh auf der Ostsee unterwegs zum Fischfang.

Die See war ruhig, doch aufgrund eines Hochs verdichtete sich die Luft innerhalb weniger Stunden zu einer starken Nebelbank. »Wir sollten sehen, dass wir zurückkommen. Der Fang war richtig gut. Es langt«, rief Gunnar, während das Netz langsam, aber unaufhörlich mechanisch von einer Winde auf eine Rolle gezogen wurde. Sein Kollege zog das Fangnetz ein und zerrte es mit einem Bootshaken auf die Backbordseite. Am Ende plusterte sich das volle Fischernetz auf und als die Maschinen es gänzlich aus dem Wasser gehievt hatten, kam der Fang zum Vorschein. Glänzende Fische und anderes Meeresgetier glitzerten durch zappelnde Bewegungen wie Silberpapier. »Sehr gute Ausbeute heute«, betonte der Kapitän noch einmal, als wollte er seinen Argumenten Kraft verleihen.

»Das sind mindestens zwei Tonnen, wenn ich mich nicht

täusche«, sagte Gunnars Kollege. Der junge Fischwirt zog die Schlaufe auseinander. Der gesamte Inhalt fiel in eine gewaltige Kiste. Nic schüttelte das Fischernetz ein letztes Mal, bevor Gunnar es mit einem Knopfdruck zurück auf die Rolle zog.

»So, zügig sortieren, schlachten und nix wie zum Staaken.« Mit beiden Händen, die in dicken Gummihandschuhen steckten, sortierten sie die Fische nach Art und Größe. Alles, was untermäßig war, wurde von den Männern wieder ins Meer geworfen. Ebenso kleine Krebse und anderes Kleingetier, für das sie keine Verwendung fanden. Das Einzige, was nicht zurück ins Wasser gelangte, war der Plastikmüll, der zuhauf Nord- und Ostsee verschmutzte. Gunnar hatte sich schon vor Jahren einer Organisation der NABU angeschlossen, die »Fishing for litter« hieß und dem Müll in der See den Kampf ansagte. Es bedeutete: Was die Kutter mit den Fischernetzen auffischten, wurde ordnungsgemäß an Land entsorgt. »Eigentlich eine klare Sache«, erklärte Gunnar während eines Fernsehinterviews.

Es war Dorschzeit und die Quoten fast erfüllt. Der Fischkutter lag ruhig in der See. Es nieselte und die Nebelschwaden zogen immer dichter um das Schiff. »Bald können wir nichts mehr sehen. Wir müssen machen, dass wir wegkommen.«

Nic nahm eine Ladung Dorsche auf die Schippe, als er plötzlich aufschrie. »Nein! Gunnar, Gunnar komm schnell …« Er wich leichenblass zurück. Mit einem Griff zerrte er seine Pudelmütze vom Kopf und hielt sie sich würgend vor den Mund.

Der Kutterkapitän stoppte augenblicklich den Motor und hechtete aus der Kajüte. »Was ist denn, wir müssen hier weg.« Der junge Fischwirt zeigte regungslos mit der freien Hand auf den Dorschhaufen. Der Eigner kam näher, nahm die Schaufel und … blieb erstarrt stehen.

Zwischen den Dorschen erkannte er ein aufgeschwemmtes, wachsartiges Gesicht. Die Augenhöhlen waren leere Löcher und an einigen Stellen hatten sich Tiere zu schaffen gemacht. »Scheiße!« Vorsichtig schob er mit der Schippe die Fische, die um den Schädel herumlagen, beiseite.

»Was machen wir denn jetzt?«, rief Nic entgeistert.

»Was sollen wir machen? Ich ruf die Wasserschutz und die können gleich zum Hafen kommen. Hier richten die sowieso nichts aus. Ich notiere die Position und dann los.«

»Und was ist mit dem ganzen Fisch?«

»Der ist tot, genau wie der Kopf.«

Der Mittzwanziger blieb fassungslos an Deck zurück und starrte, die Mütze vor seinem Mund, auf den Schädel.

TEILE FÜGEN SICH ZUSAMMEN

»Ihr müsst sofort zum Kommunalhafen nach Burgstaaken. Die haben einen Kopf gefunden.« Kommissar Schütt reichte Hartwig die Mitteilung.

»Einen Kopf oder *den* Kopf?«, fragte Dirk.

»Wo ist der denn angeschwemmt worden?« Hartwig sah den Burger Polizisten angespannt an.

»Der wurde nicht angespült, den haben Fischer rausgezogen.«

Westermann stand neben dem Kollegen, seine Mütze in einer Hand, während er sich mit der anderen fahrig durch die Haare fuhr. »Und wo?«

»Heute Morgen, bei der Sagasbank, wenn euch das was sagt.«

»Nein, tut es keinesfalls, aber ist auch erstmal in Ordnung.«

»Haben die den im Netz gehabt?«

»Ja, wo sonst!«, antwortete Schütt und schüttelte verwundert den Kopf. *Diese Leute vom Festland. Keine Ahnung vom Leben am Meer.*

»Wie gut, dass ich nicht dabei war«, sagte Hartwig und steckte demonstrativ den Finger in den weit geöffneten Mund, um anzudeuten, dass er sich wahrscheinlich übergeben hätte, wäre der Fund ihm untergekommen.

»Das kennen wir ja schon«, lachte Westermann. »Na, dann mal los. Auf nach Burgstaaken.«

Der Anblick des reichlich zugerichteten Schädels rührte bei Hartwig wahrhaftig am Mageninhalt. Er schaffte es jedoch, sich dieses Mal zusammenzureißen und den Brechreiz zu unterdrücken. So etwas passiert mir nie wieder, dachte er und versuchte, den Blick nicht vom Kopf wegzudrehen. Die Beamten der Wasserschutzpolizei hatten das Körperteil bereits von Bord geholt und lagerten es in einer Kühlbox im Einsatzfahrzeug. Die Techniker waren mit ihrer Arbeit seit einer halben Stunde fertig. »Der geht jetzt nach Lübeck. Da schauen wir, ob wir noch Brauchbares finden und ob er zum Torso gehört.« Der Deckel wurde verschlossen und die beiden Männer der Kriminaltechnik stiegen in den Wagen.

Um das Auto herum bildete sich eine Menschentraube, die neugierig darauf wartete, dass etwas passierte. Die Fischer im Hafen palaverten angeregt fernab der Leute. Hinnerk nuckelte an der Pfeife, während die anderen mit Händen in den Taschen leise murmelten. »Jetzt fischen die schon Körperteile aus der Ostsee«, nuschelte Hinnerk an der Tabakspfeife vorbei. Die Kollegen schüttelten ihre Köpfe.

»Auf welchem Kutter haben die den Schädel gefunden?«, fragte Dirk Westermann. Hartwig hatte mittlerweile eine Prise Seeluft in seine Lungen gesogen und war wieder ansprechbar.

»Auf dem Tümmler«, antwortete ein Beamter der Wasserschutzpolizei. »Liegt da hinten am letzten Steg. Könnt ihr gar nicht verfehlen. Rot-schwarz.« Er rollte das R wie Heino, wenn der fröhliche Lieder sang. Westermann nickte und beide gingen um das Hafenbecken herum zum Bohlensteg. Hier lagen sie, die Ausflugskutter, die in der Saison jede Menge Touristen über die Ostsee schipperten und der besagte Fischkutter, der geruhsam im Wasser dümpelte. Die Männer traten auf den Holzsteg, bis sie nach wenigen Metern den Kutter erreichten.

Mittschiffs war eine kleine Verbindungsplanke gelegt, so dass die Beamten ohne Probleme an Deck gelangten.

»Moin moin«, rief Hartwig. Vorsichtig betrat er das Schiff, auf dem es mittlerweile aufgeräumt aussah. Die Reste des letzten Fischfangs waren beseitigt und niemand käme auf die Idee, dass hier vor wenigen Stunden ein Kopf zwischen all dem Fisch entdeckt wurde.

»Hallo, jemand an Bord?« Westermann folgte seinem Kollegen und setzte ebenfalls seine Füße auf das gereinigte Boot.

»Jo, komm sofort.« Aus dem Bauch des Kutters kam der Kapitän die Stiege hinauf und hielt ein paar Tampen in den Händen. »Moin, was kann ich für Sie tun? Wir fahren heute nicht raus. Da müssen Sie bis März warten. Jetzt wird nur gefischt.«

Man merkte dem Schiffseigner an, dass er die Sätze keineswegs das erste Mal von sich gab. Sie klangen äußerst routiniert.

Gunnar schob die dunkelblaue Mütze nach oben und stopfte sich den Finkenwerder in die Hose.

»Nein, das wollen wir auch nicht.« Dirk Westermann zückte seine Dienstmarke. »Kripo Oldenburg. Wir sind hier wegen ihres *speziellen* Fanggutes.« Er versuchte, den Mann nicht in Verlegenheit zu bringen, weil er bemerkt hatte, dass einige Neugierige ihnen bis zum Kutter gefolgt waren. »Können wir irgendwo ungestört reden?«

Gunnar nickte. »Kommen Sie, wir gehen ins Steuerhaus. Da haben wir Platz.« Der Käpt'n ging voraus und die Kommissare folgten ihm ins Ruderhaus.

Hartwig zog die Holztür mit dem eingelassenen Bullauge hinter sich zu. »Das ist aber gemütlich«, sagte er und quetschte seine schlanke Figur zwischen Holzbank und Tisch, der so klein war, dass gerade einmal drei Kaffeebecher auf ihm stehen konnten. Westermann warf dem Kollegen einen strafenden Blick zu. »Ich darf mich doch setzen, oder?«, fragte er verlegen.

»Ja ja, klar«, antwortete Gunnar. »Und Sie setzen sich am besten auf den Stuhl.« Er rückte einen Holzstuhl, der hinter ihm in der Ecke stand, vor den Minitisch.

»Danke. Wir wollen Sie auch gar nicht lange behelligen.«

»Möchten Sie einen Kaffee?«, fragte Gunnar und hielt eine Thermoskanne in die Höhe.

»Nein, alles gut.« Westermann hob beschwichtigend die Hand. »Wo haben Sie den Kopf gefunden, oder sagt man aufgefischt?«

»Ja … den haben wir unweit der Sagasbank als Beifang eingeholt.«

Hartwig zuckte mit den Schultern. »Sagasbank … klären Sie uns doch bitte auf.«

Gunnar holte tief Luft.

»Das Gebiet liegt in der Ostsee zwischen Fehmarn und Lübecker Bucht. Es umfasst eine großräumige Sandbank, also ein ziemlich großes Areal. Da fangen wir zeitweise recht gut.«

»Verstehe«, antwortete Thomas.

»Und in welcher Tiefe haben Sie gefischt?«, fragte Westermann.

»Ungefähr 20 Meter.«

»Heißt was?«

»Ja, wir ziehen die Netze über Grund. Wir haben zwei Grundgänge gemacht. Und beim zweiten war halt der … Kopf mit im Netz.« Es entstand eine kleine Pause. Gunnar schüttelte sich. »Ich bin ja einiges gewöhnt, aber ein Teil eines Menschen? Das war echt *kein* schöner Anblick. Wissen Sie, außer Fisch und Kleingetier haben wir sonst höchstens mal

Plastik in den Fanggeräten. Und das ist bereits mehr, als wir alle hier vertragen können. Der wird von uns entsorgt ... aber einen Toten beziehungsweise ... den Kopf ... das hatten wir noch nie.« Die Polizisten spürten, dass der Fund dem Kapitän gewaltig an die Nieren ging.

»Um welche Uhrzeit haben Sie den Fang ... ich meine den Kopf ... im Netz gehabt?«

»Gegen neun. Aber ganz genau, vielleicht auch halb zehn.« Gunnar zuckte mit den Schultern.

»Das war's auch schon fast«, sagte Dirk Westermann und machte Anstalten aufzustehen.

»Was ist denn nun mit dem Fisch?«, fragte Thomas Hartwig.

»Wie, mit dem Fisch?«, fragte der Kutterkapitän zurück.

»Na, der Kopf lag doch mit in dem Netz, in dem Sie Ihren Fisch gefangen haben, oder?«

»Ja, aber wo ist das Problem?«

»Ich wollte nur wissen, was machen Sie mit dem Fisch. Den kann doch niemand mehr essen!«

Gunnar ging zur Tür, öffnete sie und blickte angestrengt auf das Achterdeck. »Na ja, so eng sehen wir das hier nicht ... nein, Scherz beiseite. Das hier ist enorm ernst und sehr traurig. Der ... der wird natürlich entsorgt. Was glauben Sie denn?«

»Und wer bezahlt den Schaden? Da geht doch jede Menge Fisch verloren, wenn so ein Netz voll ist.«

Gunnar strich sich über das Kinn. »Ein bis zwei Tonnen, um genau zu sein. Aber wenn Sie mich so fragen ... darüber habe ich mir noch nie Gedanken gemacht. Machen müssen. Ist bisher, Gott sei Dank, noch nie vorgekommen.«

Westermann verfolgte das Gespräch und machte sich Notizen.

»So, meine Herren, jetzt muss ich wieder.« Er ging auf das Deck. Schweigend folgten ihm die Polizeibeamten. Sie reichten dem Tümmler-Kapitän nacheinander die Hand.

»Danke für die Zeit«, sagte Dirk Westermann und verließ nach Hartwig das Schiff. Westermann griff in seine Jacke und zog einen kleinen schwarzen Lederbeutel heraus.

»Das glaub ich jetzt nicht«, rief Hartwig. »Jetzt hat der gute Herr Westermann sogar schon einen Pfeifenbeutel.« Westermann fing an zu grinsen, zog die Pfeife aus dem Beutel, stopfte sie mit Kraut, das sich ebenfalls im Tabakbeutel befand, und zündete sie mit einem Pfeifenfeuerzeug an.

»Glaubst du im Ernst, der Fisch wird entsorgt?«, fragte Thomas seinen Kollegen. »Das ist richtig Kohle, wenn sie den wegschmeißen müssen.«

»Ich weiß es natürlich nicht«, antwortete er. »Aber ich denke doch … Auf jeden Fall. Es gibt schließlich so etwas wie Gesetze. Gerade in Deutschland werden solche Dinge sehr genau genommen. Das lässt sich mit Sicherheit herausfinden.« Sie verließen den Steg und gingen schweigend am Hafenbecken entlang.

Die Fischerboote lagen eng aneinander im Hafenbecken und es war beruhigend, die Farbenpracht der verschiedenen Holzboote zu betrachten. Westermann sog an der Pfeife und hing seinen Gedanken nach, während er auf das Wasser blickte. Am Wagen angekommen, stiegen sie in das Dienstfahrzeug und fuhren los. »Was hältst du von einem leckeren Essen?«, fragte der ältere Kommissar pragmatisch.

»Sonst hast du keine Probleme? Mir ist schlecht, und du willst etwas essen!« Dann strich er sich mit der Hand über den Bauch, der heute noch nicht einmal Frühstück gesehen hatte. »Wenn du mich so direkt fragst, Hunger hätte ich schon. Worauf hast du denn Lust?«, fragte er Dirk Westermann. »Ich könnte mir den Griechen in der Breiten Straße gut vorstellen.«

»Geh mir los mit griechischem Essen. Das kann ich überall haben. Wenn ich schon mal auf der Insel bin, möchte ich leckeren Fisch essen. Was hältst du von Räucherfisch?«

»Ja, Aal.« Thomas Hartwig hielt die Hände etwa einen halben Meter auseinander und demonstrierte ein großes Tier.

»Na, nun übertreibe man nicht gleich. So viel fetten Fisch willst du bestimmt nicht.« Westermann lächelte. »Ich weiß da ein Restaurant in Lemkenhafen, das hat Schütt mir empfohlen. Die Aalkate. Lust?«

»Aalkate, wie passend«, lachte Hartwig. »Dann lass uns fahren, damit wir genug Kraft haben, bevor wir diesem anderen Clown auf den Nerv fühlen.« Sie fuhren zurück nach Burg und von da aus über die Blieschendorfer Allee Richtung E 47.

»Wir wollten nach Lemkendingsda«, sagte Hartwig und starrte aus dem Wagenfenster. »Du fährst ja Richtung Oldenburg.«

»Warte doch bitte mal die Zeit ab«, riet Westermann seinem Kollegen. Er bog rechts ab und fuhr durch Landkirchen, Richtung Neujellingsdorf.

»Wo bringst du mich denn jetzt hin? Ich wollte eigentlich keine Inselrundfahrt machen. Außerdem knurrt mir tierisch der Magen«, maulte Thomas mürrisch. Mittlerweile verspürte er ordentlichen Hunger, wenngleich er immer wieder an den Schädel denken musste. Er schluckte.

»Siehst du, da steht bereits Lemkenhafen auf dem Schild.«

»Na, Gott sei Dank. Ich dachte schon, ich müsste mir den Aal jetzt noch selber fangen.«

»Nun werde mal nicht eigenartig. Wir sind gleich da.« Westermann fuhr durch die Königstraße.

»Wow, das sieht ja cool aus.« Hartwig zeigte nach links. Der Wagen bewegte sich unmittelbar an der Lemkenhafener Wiek vorbei. »Ich hätte niemals gedacht, dass es so schöne Ecken auf Fehmarn gibt.« Sprachlos sah er aus dem Fenster, bis die ersten Häuser ihm den Blick auf das Wasser versperrten. »Schade«, maulte er. Westermann bog nach nur drei

Gebäuden auf einen mit Kopfstein gepflasterten Parkplatz. »Sind wir *schon* da?«, lästerte Hartwig.

»Jetzt werde bitte nicht frech. Freue dich, dass ich dir die schönen Seiten der Insel präsentiere, statt andauernd Tote.« Jetzt wandte sich Westermann belustigt dem Kollegen zu. »Komm, abschnallen, wir gehen lecker Essen.«

Die Männer stiegen aus und standen vor dem mit reichlich Holz verarbeiteten Landgasthaus. »Das ist ja ein alter Schuppen«, sagte Hartwig und zeigte auf das Holzschild, das über der Tür prangte. »1760«, vollendete er seinen Satz. Die vielen Details der Vorderfront beeindruckten ihn sichtlich. Auf einer Holztafel war in geschwungenen Lettern der Name »Räucherei Aalkate« geschrieben. Daneben ein Schild mit vielfältigen Fischsorten, die es offensichtlich im Lokal zu essen gab. »Jam, Jam, Makrele, wie geil ist das denn«, sagte Hartwig. Westermann betrachtete währenddessen das Fachwerk und die antiken Positionslampen, die als Dekoration das Restaurant schon im Außenbereich schmückten. »Genug geguckt, lass uns endlich hineingehen, ich verhungere.« Hartwig zog den Kollegen am Jackenärmel und öffnete die alte Scheunentür. Der Geruch von Aalrauch und Makrelen ließ den Männern das Wasser im Mund zusammenlaufen. Hartwig sog den Rauchduft tief in die Nase und schloss für einen Moment die Augen. Er zog den Reisverschluss seiner Lederjacke herunter.

Westermann stand dicht hinter ihm und betrachtete die Wanddekoration, die liebevoll dekorierten historischen Geräte, die sehr wahrscheinlich in früheren Zeiten dem Fischfang dienten. »Beeindruckend«, sagte er schlicht und ging an den kleinen Tresen.

»Moin, was kann ich denn für Sie tun?«, fragte ein Mann mittleren Alters, und wischte sich die Hände an der Schürze ab, die er über den Finkenwerder gebunden hatte.

»Ja, Moin«, antwortete Westermann. »Wir hätten gerne etwas zu essen.«

»Jo, das denk ich mir«, sagte der Mitarbeiter des Fischrestaurants freundlich. »Was möchten Sie denn? Aal?« Er zeigte den Kommissaren ein paar stattliche Fische, die hinter ihm an Haken hingen und nur darauf warteten, verspeist zu werden.

»Ja«, sagte Westermann, »ich nehme einen. Aber nicht so groß.« Er zog die Hände auseinander und demonstrierte ungefähre 30 Zentimeter.

»Jo, das is kein Problem. Und Sie, junger Mann?«

Hartwig drehte sich erschreckt zum Tresen. »Ich, ich möchte … haben Sie auch Suppen?«

»Jo, Lachscremesuppe, die ist sehr lecker.«

»Die nehme ich und dazu eine … nein, zwei Makrelen.« Hartwig deutete auf die Auslage.

»Setzen Sie sich doch schon mal. Ich sach Bescheid, wenn alles fertig ist.«

»Wo dürfen wir?«

»Wo Platz ist!« Die Sprache der Männer am Meer war knapp, aber nicht unfreundlich, vielleicht manchmal ein wenig reserviert. Überflüssiges wurde strikt vermieden. *Jede Frau hätte damit wahrscheinlich ihre Probleme*, dachte Westermann und ging mit seinem Kollegen durch die mit dunklem Holz getäfelten Räume. In der linken hinteren Ecke zeigte Westermann auf eine kleine Nische, die mit Holzbänken und einem aus Baumstamm gefertigten Tisch ausgestattet war. Die Dekoration vermittelte einen natürlichen und maritimen Charakter. Westermann rutschte auf die Bank, als der Mitarbeiter kam.

»Ich hab Sie gar nicht gefragt, was Sie trinken möchten.«

»Zwei kleine Bier, geht das?« Der Mann nickte und verschwand wieder hinterm Tresen.

Thomas Hartwig starrte durch die Fensterscheiben einer Tür, die in den Garten führte. »Das will ich mir genauer anschauen«, sagte er und ging hinaus. »Westermann, das musst du dir ansehen. Das ist ja der Wahnsinn.« Der junge Kommissar stand mit offenem Mund mitten auf dem Rasengrundstück. »Sieh dir das an, von hier kannst du die gesamte Bucht sehen, und die Brücke. Das ist ja geil. Mann, Dirk, das war eine sehr gute Idee, hierher zu fahren.«

»Hab ich doch gleich gesagt«, reagierte er schmunzelnd. Dirk Westermann war froh, dass Thomas, abgelenkt vom hässlichen Bild des Totenschädels, ein bisschen herunterkam. Er selbst hatte sich im Laufe der Jahre an Anblicke der *besonderen* Art gewöhnt. Nach fast dreißig Jahren bei der Kripo gab es so gut wie nichts, was er noch nicht gesehen hatte.

VERFOLGUNGSJAGD

»Oh Mann. Verdammte Scheiße!« Jöns dröhnte der Schädel, als er zu Bewusstsein kam. »Was zum Teufel …?« Er versuchte, sich zu erinnern. Allmählich verbanden die Synapsen im Kopf sich wieder zu einer Einheit. »Blöde Nutte!« Jöns war klar, dass Kaja ihm eins mit einem extrem harten Gegenstand übergebraten hatte. »Wenn ich die beknackte Schlampe erwische, dann gnade ihr Gott.« Mühsam raffte er sich auf und blieb auf dem dreckigen Boden sitzen. Er berührte seinen Kopf und spürte die Platzwunde, aus der Blut sickerte. Um die Wunde hatte sich eine dicke Beule gebildet. Zwischen den Fingern klebte warmes Blut. Jöns hielt die Hand vor Augen. Er konnte nichts sehen. Absolute Dunkelheit schloss ihn ein. Der Zuhälter hatte komplett das Zeitgefühl und die Orientierung verloren. *Wo ist die? Wie lange liege ich hier? Ich muss zurück. Was hat die hier gesucht? Vielleicht erwische ich sie auf der Fähre. So lange kann ich gar nicht hier gelegen haben*, dachte Jöns und versuchte mühsam, auf die Beine zu kommen. Stöhnend stand er auf und hielt sich mit einer Hand an einem Gegenstand fest, der sich wie ein Regal anfühlte. Die Dunkelheit irritierte ihn. Er wusste nicht, wo er sich befand. Langsam tastete er an Holzwänden entlang, bis er einen hellen Punkt ausmachen konnte, der von der Straße kommen musste und durch die Ritzen fiel. *Mein Kopf platzt gleich.* Jöns war übel und er hatte stechenden Durst. Die Tür war verschlossen. »Verdammt, die hat die Tür verriegelt. Ich muss hier raus.« Mit letzter Kraft versuchte er, die Tür aufzustemmen. »Sinnlos. So geht das nicht.« Er trat einen Schritt zurück und stieß mit dem Fuß gegen das Holz. Nichts. Sie gab keinen Zentimeter nach. Noch einmal ging er einen Satz nach hinten und warf sich mit Anlauf gegen die Holztür. Irgendetwas fiel zu Boden. Knarrend sprang die Schuppentür auf. Mit Schmerzen in allen Knochen schleppte er sich auf den schmalen Weg zwischen Holzhütte und Ferienhaus. Da erkannte er die Einfahrt. Es war die Beleuchtung eines kleinen Kandelabers, der vom Weg her fahles Licht auf das Grundstück streute. Zumindest konnte er sich daran orientieren. Im Haus schien alles ruhig und es war dunkel. *Natürlich sind die weg,* dachte er und schlich an der Hecke entlang, bis er das Auto ein paar Meter weiter erreichte. Mit einem klickenden Geräusch öffnete sich die Autotür und er zwängte seinen Körper hinter das Lenkrad. Vorsichtig hebelte er eine Wasserflasche aus dem Getränkehalter, der über der Musikanlage angebracht war, drehte den Verschluss auf und ließ das gesamte Wasser die Kehle hinunterlaufen. »Aah«, grunzte er und drückte einige Male den Knopf des Navis. Dann startete er den Motor und fuhr Richtung Rødby.

Eine Dreiviertelstunde später befuhr er die Fähre, die er gerade noch rechtzeitig erreichte und die nur kurz, nachdem er das Eisenbahndeck befahren hatte, die Klappen schloss.

Er wusste nicht, ob Kaja ebenfalls auf diesem Schiff war oder bereits mit einer anderen Fähre Rødby verlassen hatte. »Verdammt«, rief er und schlug wütend mit der Hand gegen das Lenkrad, als hinter ihm weitere Fahrzeuge eingewiesen wurden. Er wusste, dass er sich vorsichtig verhalten musste, um Kaja auf keinen Fall in die Arme zu laufen. Das wollte er anders regeln. Phillip Jöns verließ den Wagen und schlängelte sich zwischen den Fahrzeugen hindurch, bis er die Eisentür in den oberen Bereich erreichte. Er sah sich um. Niemand zu sehen. Die anderen Fahrgäste hatten ihre Wagen bereits verlassen. Jöns stöhnte, weil sich der Schmerz in seinem Kopf mit brachialer Gewalt ausbreitete. *Es fühlt sich an, als hätte mir jemand 'ne Abrissbirne über den Schädel gejagt. Scheiß Weiber.* Jedenfalls wusste er jetzt, dass Kaja sich auf der Insel aufhielt. *Ich werde dich finden, koste es was es … meine Kohle hole ich mir zurück und dann wirst du mir den Verlust persönlich wieder reinholen.* Jöns schlug mit der geballten Faust gegen die Metallwand des Schiffes. Schnell drehte er seinen Kopf, um zu sehen, ob ihn jemand beobachtet hatte. Alles war ruhig.

Die Überfahrt verlief ohne Vorfälle. Jöns setzte sich auf einen der Sessel im Wartesaal, nachdem er vorher auf der Herrentoilette die Wunde, so gut es ging, gesäubert hatte. Nirgends konnte er Kaja entdecken. Phillip Jöns war die Enttäuschung anzusehen. Tiefe Furchen durchzogen das unrasierte, blasse Gesicht. Müde stopfte er sein zerknittertes Hemd in die Hose und versuchte, den Schmutz auf den Oberschenkeln der Jeans mit der Hand herunterzureiben.

Die Zeit auf der Insel hatte ihm bisher einiges abverlangt und sein Leben gehörig durcheinandergewirbelt.

Er hatte gehofft, sie ausfindig machen zu können. So groß war das Schiff nicht. Unverrichteter Dinge ging er wieder auf das Eisenbahndeck, um in den Porsche zu steigen. Da entdeckte er sie plötzlich. »Hab ich's doch gewusst, die ist hier!« Er schrie die Worte gegen die Scheibe und wurde sich sofort bewusst, dass er auf keinen Fall von ihr gesehen werden durfte. Die Nebengeräusche auf der Fähre dröhnten dermaßen laut, sodass man seinen verbalen Ausrutscher nicht wahrnehmen konnte.

Kaja stieg aus dem Wagen, um den Verbandskasten wieder an seinen Platz in den Kofferraum zu legen. Sie rechnete nicht damit, dass ihr jemand dicht auf den Fersen war. Sie schien eher beunruhigt, wie schlecht es ihrer Freundin ging. Sie rief mit dem Handy die Pensionsbesitzerin an, erklärte ihr, dass sie Lena im Auto hatte. Kaja bat sie, mit niemandem darüber zu reden, wo und mit wem sie unterwegs war. Sie bat Nele darum, ein Zimmer herzurichten, damit Lena vorerst unterschlüpfen konnte. Sie erzählte nichts von den Verletzungen. Kaja wollte die Martins auf keinen Fall zusätzlich beunruhigen. Sie erkundigte sich kurz nach Tim und stieg wieder in den Wagen. Als sie hinter dem Lenkrad saß, drehte sie den Kopf zum Rücksitz. Die verletzte Frau lag wie ein Baby zusammengekauert auf der Rückbank. Kaja hatte sie mit einer Wolldecke, die sie im Kofferraum gefunden hatte, zugedeckt.

»Alles gut, Süße. Wir schaffen das. Ich bringe dich zu mir und dann sehen wir weiter. Bleib *ganz ruhig* liegen. Ich habe Nele angerufen.« Lena blickte Kaja verunsichert an. »Du bleibst erstmal in meiner Nähe und danach räumen wir mit dem ganzen Mist auf. Das verspreche ich dir.«

Dass Jöns ihnen bis zum Kajüthus folgte, bemerkte Kaja nicht. Jetzt war sie nicht mehr unverwundbar. Er kannte ihren Unterschlupf.

NACHTGESPRÄCH

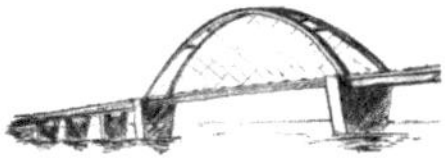

»Wie geht es dir?« Kaja tupfte vorsichtig ein feuchtes Tuch auf Lenas Stirn. Sie lag in ihrem Bett und versuchte, sich aufzurichten.

»Ich kann nicht, mir ist so schlecht. Gibst du mir bitte etwas zu trinken?« Lena zeigte mit dem Finger auf die Seltersflasche, die auf dem kleinen Esstisch im Zimmer stand.

»Ja, natürlich.« Kaja erhob sich von der Bettkante und füllte ein Glas mit dem perligen Wasser. »Hier, vorsichtig.« Sie hob Lenas Kopf an und flößte ihr das Wasser ein.

»Ich bin so müde.«

»Ich denke, es wäre besser, dich ins Krankenhaus zu fahren. Deine Handgelenke sehen nicht besonders gut aus … und der Rest auch nicht.« Sie betrachtete die Frau, die wie ein Häuflein Elend vor ihr lag und deren Gesicht aufgequollen und blutunterlaufen war. »Das muss behandelt werden.«

Lena schüttelte vehement den Kopf. »Ich will nicht. Ich will nur hier liegen und mich einen Augenblick bei dir ausruhen. Es geht schon.«

»Aber wenn sich die Gelenke entzünden, was dann?«

»Mach mir noch etwas von der Wundsalbe drauf, dann

wird bestimmt alles gut.« Sie legte sich zurück ins Kissen und schloss kurz die Augen. »Kaja?«, hauchte sie.

»Ja?«

»Dich bedrückt doch etwas, das seh ich dir an«, sagte Lena. »Wo ist Tim eigentlich?«

»Wo soll der sein, drüben bei den Martins. Das ist schon fast sein zweites Zuhause.« Kaja zeigte mit der Hand zum Terrassenfenster.

»Ja, wir können froh sein, dass die beiden so nett sind«, entgegnete Lena. »Sie lieben Tim!«

»Mhm, ich auch«, flüsterte Kaja leise. Lena spürte, dass die junge Mutter eine schwere Last mit sich herumtrug.

»Ist was mit Tim?«

Kaja schüttelte den Kopf. »Nein, alles in Ordnung. Er ist der einzige Lichtblick in meinem Leben.« Sie setzte sich auf die Bettkante. »Lena, ich muss dir etwas erzählen. Ich möchte nicht, dass eine Lüge zwischen uns steht. Ich habe das Gefühl, du bist die Einzige, der ich wirklich vertrauen kann.« Kaja sah die Frau an, die verletzt in ihrem Bett lag. Sie rieb mit den Fingern die Augen, als wäre sie müde. Lena sah die Tränen, die sie zu vertuschen versuchte. Sie sah so zerbrechlich aus in ihren Jeans und dem XL-Sweatshirt, dass Lena ihre Hand auf die der Freundin legte. »Es ist kein Zufall, dass ich hier gelandet bin. Das ist nicht einfach nur Urlaub.« Sie stockte. Lena drehte ihren Kopf und sah sie fragend an. »Ich, ich«, Kaja zögerte, als wüsste sie nicht, wie sie die richtigen Worte formulieren sollte. »Ich bin … eine Nutte!«

Damit war es raus. Lena verzog dennoch keine Miene, als erzählte die Frau, die auf der Bettkante saß, wie das Wetter sich morgen entwickeln würde.

»Ich bin eine Nutte, und ich bin weiß Gott nicht stolz darauf«, sagte sie, als erwarte sie eine Moralpredigt oder eine heftige Reaktion. Es kam keine. Stockend begann sie, Lena von ihrem Beruf als Prostituierte zu erzählen, wie sie hineingeraten war, wo man normalerweise besser nicht hineingeriet. »Ich bin nach Hamburg, wollte viel erreichen. Ich war Assistentin der Geschäftsleitung in einem großen Möbelunternehmen. Wollte Party machen an den Wochenenden. Da habe ich mich unsterblich in Phillip Jöns verliebt, ohne zu ahnen, dass er nur ein ganz gewöhnlicher Hurenbock war, der nichts anderes mit mir vorhatte, als mich für das *Geschäft* gefügig zu machen.« Tränen liefen ihr über die Wangen. Lena schob sich das Kissen in den Rücken und streichelte Kajas Arm. Die schob ihn weg, als wollte sie verhindern, dass die Freundin ihren Redefluss stoppte. »Als ich begriffen hatte, worum es ihm wirklich ging, war es längst zu spät. Ich war so dumm. Jung, unerfahren und dumm. Es hat sich irgendwann herumgesprochen, dass ich nebenbei in seinem *Massagestudio* arbeitete und das kostete mich meinen Job.« Sie zuckte müde mit den Schultern. Lena zog die Hand der weinenden Kaja zu sich, küsste sie und hielt sie fest in ihrer. Kaja entzog sie ihr irritiert. »Lass mich weiterreden.

Ich arrangierte mich im Laufe der Zeit damit, mein Leben als Prostituierte zu verbringen, und es war zuerst auch toll, so viel Geld in den Händen zu halten.

Dann wurde ich vor sechs Jahren ungewollt schwanger. Zwei Männer haben mich auf übelste Weise vergewaltigt und einer von ihnen hat mich dabei geschwängert. Tim, du verstehst?« Lena richtete sich erschreckt auf und nickte. Sie zog das Kopfkissen zum Nacken. Kaja versuchte, die richtigen Worte zu wählen.

»Irgendwann vor drei Jahren bot Phillip mir an mit seinem ständigen *Bodyguard* als Drogenkurier zu arbeiten. Keine ekelhaften, widerlichen Typen mehr, die mich begrabschen und vögeln würden. Und es war die einzige Möglichkeit, den Puff für eine gewisse Zeit zu verlassen. Ich brachte Geld auf die Seite, und wollte eines Tages mit Tim verschwinden.« Sie sog die Luft tief in ihre Lungen.

»Gibst du mir bitte noch etwas Wasser?«, fragte Lena.

Kaja nickte, ging zum Tisch und reichte ihr das Glas. Während sie weitersprach, blickte sie aus dem Fenster in den Garten.

»Du musst mir das alles nicht erzähl…«

»Lass mich bitte ausreden. Ich weiß nicht, ob ich sonst noch einmal den Mut dazu aufbringe.« Sie unterbrach Lena, schluckte und sah sie hilflos an.

»Dieses Mal aber war alles anders. Sein Lakai Andrey prügelte auf der Fähre auf mich ein, nachdem ich nicht auf sein schmutziges Drängen eingegangen bin. Er schlug mich, bis ich besinnungslos am Boden lag. Bäm!« Kaja drehte sich um, und setzte sich wieder zu Lena. »Als … als ich wieder zu mir kam, war Andrey verschwunden. Ich bin nur noch hoch und mit Tim von der Fähre geflüchtet.« Sie schluchzte. »Als ich dann in deinem Haus«, wieder stockte sie, »auf Max traf, musste ich verschwinden. Das war alles zu viel. Max … Max …« Kaja konnte sich plötzlich nicht mehr beruhigen.

Lena hörte schweigend zu.

»Max … Max ist der Vater von Tim!«

»Wie kommst du darauf?«, fragte Lena fassungslos.

»Ein Gefühl, nur ein Gefühl.« Nun war es endlich heraus und es schien, als fiele Kaja eine zentnerschwere Last von der Seele. Der Ballast lag wie Blei auf ihren Schultern, seitdem sie Lena kennengelernt hatte. Sie hätte nie gedacht, dass ihr die Wahrheit so schwer über die Lippen gelangen würde. Lena hingegen presste die Lippen zusammen und schloss für einen Moment die Augen. »Ich wollte dich hassen, weil dein Mann mir so zugesetzt hat«, sagte Kaja schwach. »Aber Gefühle kann niemand steuern, auch ich nicht. Ich wollte mich an dir und deinem Mann rächen, ich …«

Lena nahm ihre Hand und sah Kaja in die tränenüberschwemmten Augen. »Kaja, Süße, wein nicht. Du brauchst dir keine Sorgen zu machen …« Sie machte eine Pause. »Max kann gar nicht der Vater sein.«

Kaja sprang vom Bett auf. »Ich wusste, dass du mir nicht glaubst. Es ist besser, wenn du jetzt erst einmal schläfst. Ich muss selbst zur Ruhe kommen. Morgen reden wir weiter.« Sie wandte sich enttäuscht zur Tür. »Schlaf jetzt.«

WESTERMANN UND HARTWIG FAHREN ZU MAX

»Komm, Thomas, aufstehen. Wir müssen zu diesem Bestattungsunternehmer.« Dirk klopfte an die Schlafzimmertür von seinem Kollegen und öffnete sie gleichzeitig, ohne abzuwarten. »Steh auf, Faulpelz.«

»He, lass mich schlafen. Ich bin müde.« Hartwig machte keine Anstalten, das Bett zu verlassen.

»Es ist gleich acht Uhr. Verdammt, wir haben einen Mordfall aufzuklären.« Die Stimme von Dirk Westermann klang rau und hart.

Thomas reckte sich und schlug, plötzlich hellwach, die Decke zurück. »Ich komme ja schon.« Der junge Kommissar setzte sich aufrecht hin, rieb die Augen und schnaubte wie ein Walross. »Hoffentlich finden wir den bald.«

»Wieso den?«

»Ich bin schon der Meinung, dass es ein Mann war, der diesen Andrey Below um die Ecke gebracht hat. Das traue ich keiner Frau wirklich zu. Das war ein richtiger Klotz, wenn du genau überlegst.« Hartwig fuhr mit beiden Händen durch die dunklen Haare, die in alle Himmelsrichtungen abstanden, und deutete einen riesigen Körper an. Er schwang sich hoch und stand in Boxershorts vor Westermann, der bereits fix und fertig in Jeans und blaugestreiftem Hemd vor ihm aufgebaut wartete. »Wo willst du denn heute hin? Im Hemd?«

»Nun lass mal. Sieh zu, dass du endlich abmarschbereit bist und dann komm runter in den Frühstücksraum. Ich geh schon mal vor.« Westermann schnappte seinen Caban und verließ das Appartement.

»Guten Morgen«, sagte Dirk Westermann, als er das Frühstückszimmer betrat. Im ganzen Untergeschoss roch es nach frisch aufgebrühtem Kaffee und Brötchen. Suchend blickte er sich um, als Nele Martin in den Raum kam.

»Moin, Herr Kommissar. Ich habe hier für Sie eingedeckt.« Sie deutete auf einen ovalen antiken Tisch, der direkt vor dem Fenster stand, und einen Blick sowohl auf das Zimmer als auch auf die Straße freigab. Im Kamin loderte ein Feuer.

»Heimelig, sehr gemütlich«, sagte Westermann und setzte sich auf einen der Stühle.

»Möchten Sie Kaffee oder Tee?«

»Kaffee wäre richtig gut«, antwortete er.

»Jo, alles andere bringe ich Ihnen. Und da hinten«, sie zeigte mit dem Finger Richtung Garten, »haben wir ein kleines Buffet. Da finden Sie alles, auf das Sie vielleicht sonst noch Appetit haben.« Sie lächelte. »Und Ihr Kollege?«

»Auch Kaffee, danke.« Westermann sah sich im Raum um. An einem der Tische saß ein Pärchen, das unentwegt verliebte Blicke tauschte. Daneben ein Paar mittleren Alters, das sich gegenübersaß und leise unterhielt. Auf der Eckbank saß ein etwa sechs Jahre alter Junge mit seiner Mutter. Davon ging Westermann zumindest aus. Die junge Frau war in Gedanken vertieft und machte auf ihn einen traurigen Eindruck. Der kleine Junge mit den dunklen Locken malte versunken in einem Buch. Nele kam zurück und brachte eine Aufschnittplatte und für jeden ein Ei. »Na, das ist aber nett.« Er zeigte lächelnd auf die, mit lachenden Gesichtern, verzierten Eier.

»Das sind die *Kajütis*«, antwortete die Pensionswirtin zwinkernd.

»Und wer bitte soll das alles essen?« Er deutete auf den Teller, der mit allerlei Aufschnitt und Käse belegt war.

»Ach, Sie schaffen das schon! Sie benötigen Kraft für Ihre anstrengende Arbeit.« Sie wollte sich gerade umdrehen, als … »Übrigens«, flüsterte sie, »das da hinten am Fenstertisch ist ebenfalls ein Kommissar. Aus Schweden. Sehr nett!«, fügte sie schnell und sichtlich stolz hinzu. »Da brauch ich wirklich gar keine Angst zu haben, mit so viel Polizei im Haus!« Westermann lächelte und nickte.

»Entschuldigung kannst du bitte einmal kommen?«, rief Ulrike aus Schwarmstedt, die mit ihrem Mann bereits eine Zeit lang im Frühstücksraum saß. Nele schritt an ihren Tisch.

»Na, was kann ich denn für euch tun?«

»Sag mal, kannst du mir bitte mal verraten, was die blauen Kreuze auf der anderen Straßenseite zu bedeuten haben? Die sind mir überall auf der Insel schon aufgefallen.«

»Ja, das kann ich. Die Kreuze stehen zwischen Fehmarn und Lübeck als … sichtbares Zeichen gegen die geplante Fehmarnbelt-Querung.«

»Und was heißt das genau?«

Nele schnaubte. »Wieso wisst *ihr* das denn nicht? Als Dauergäste.« Die Pensionswirtin schüttelte den Kopf. »Die wollen einen 18 Kilometer langen Tunnel von Dänemark nach Deutschland, sprich Fehmarn bauen und da wehren sich die Leute halt.«

»Doch, ich weiß schon Bescheid, aber die vielen Kreuze sind mir erst hier aufgefallen und Rainer wollte wissen, ob du es weißt.« Sie guckte entschuldigend und Rainer grinste.

»Na, hör mal. Ich wohne hier und das geht schließlich uns alle an. Davon hängt die Zukunft der ganzen Insel ab.«

»Halten Sie die Querung nicht für sinnvoll?«, fragte nun der Kommissar interessiert.

»Ganz ehrlich, ne, die meisten Leute wollen das nicht. Es bedeutet nicht unbedingt Gutes für Fehmarn. Lange Bauphase, Dreck, und die Insel wird quasi unterfahren, wenn sie dann auch noch die Anbindung als Tunnellösung wählen. Außerdem kostet das Ganze viele Milliarden.« Nele baute sich vor dem Kommissar auf. »Die wollen doch glatt *unsere* schöne Brücke abreißen, weil sie *angeblich* marode und nicht mehr zeitgemäß ist. Da mach ich nicht mit! Außerdem steht die unter Denkmalschutz«, rief sie erbost.

Westermann lachte. »Nun mal langsam. So schlimm wird es doch wohl nicht werden. Und eben mal so eine unter Denkmalschutz stehende Brücke abreißen, ich weiß nicht.«

»Na, Ihr Wort in Gottes Gehörgang.«

»Manche Dinge erledigen sich von selbst«, sagte er und lächelte sie aufmunternd an. Nele nickte dem Polizisten noch einmal zu und verschwand wieder in der Küche. Westermann musste lächeln, schüttelte den Kopf und schenkte Kaffee in die Tasse.

Zehn Minuten später erschien dann auch sein Kollege. Wie immer in Lederjacke, Jeans und obligatorischem HSV-Schal. Er zog den Stuhl Westermann gegenüber zurück und setzte sich. »Nun nimm doch bloß endlich den albernen Schal ab. Besitzt du keinen anderen?«

»Was soll das denn heißen? Der ist super. Oder hast du vielleicht etwas gegen meinen Verein?«

»Nein, natürlich nicht, aber …«

»Nichts aber. Du kommst irgendwann mit ins Volksparkstadion, dann wirst du mich verstehen.« Er zog die Jacke aus und hängte sie über die Stuhllehne. »Gibt's Kaffee?«

Westermann wies auf die silberfarbene Kanne, die in der Mitte des Tisches stand. »Da hinten ist noch ein Buffet und davor sitzt ein Kommissar aus Schweden. Also sieh dich vor.« Westermann grinste und biss herzhaft in sein Käsebrötchen.

»Witzig.« Thomas Hartwig stand auf und ging zur Anrichte, auf der von Marmelade bis Joghurt alles geboten wurde, was seinem knurrenden Magen gefallen würde.

Als er sich umdrehte, fiel ihm die junge Frau auf, die mit einem kleinen Jungen am Tisch saß und diesem half, die Seite eines Malbuchs auszumalen. »Guten Morgen«, sagte er und zauberte ein jungenhaftes Lächeln auf die Lippen.

Der kann es aber auch wirklich nicht lassen, dachte Westermann und trank seinen Kaffee.

Als Hartwig zurückkam, flüsterte er: »Süß oder? Schöne Haare.«

»Hast du eigentlich auch noch etwas anderes im Kopf als Frauen?«

»Ja, HSV und dich«, lachte er. Dann konzentrierte er sich auf das Frühstück.

»Tim«, rief die brünette Frau, als der Junge plötzlich aufsprang und durch den Frühstücksraum hüpfte. »Tim, komm, wir müssen jetzt los.« Sie stand auf, schlüpfte in ihre Strickjacke, zog einen roten Kinderrucksack von der Eckbank und ging auf Tim zu. »Entschuldigung, aber … Kinder!«, sagte sie. »Tim, bitte.« Sie verließen eilig den Frühstücksraum.

»Irgendwie kommt mir der Kleine bekannt vor. Merkwürdig«, sagte Westermann.

HAUSBESUCH BEIM TOTENGRÄBER

Eine Viertelstunde später stiegen sie aus dem Dienstwagen. Westermann hatte die kalte Pfeife im Mund. Ihre Schritte knirschten auf dem Kies. Es war immer noch neblig und die Sonne hatte keine Kraft entgegenzusetzen. Thomas Hartwig erreichte als Erster die Tür und drückte auf den Klingelknopf. »Feinstes Messing«, flüsterte er und trat einen Schritt zurück. Dirk Westermann hielt Abstand und sah sich die parkähnliche Umgebung an. *Nett hier*, dachte er und betrachtete seinen Kollegen von der Seite. »Drück noch einmal drauf«, nuschelte er und nickte.

»Nimm du lieber die Pfeife aus dem Mund«, griente Thomas. »Ist auch nicht besser als mein Schal.« Demonstrativ zurrte er ihn am Hals zurecht, sodass man das Logo auf keinen Fall übersehen konnte.

Niemand öffnete. »Da müsste um diese Uhrzeit normalerweise jemand zuhause sein«, mutmaßte Westermann und sah auf die Armbanduhr. »Außerdem stehen da zwei Wagen. Irgendjemand muss da sein. Klingel noch einmal, ich gehe ums Haus und seh nach, ob vielleicht einer im Garten ist.« Der Hauptkommissar schob die Pfeife in den Mundwinkel und lief über das Kiesbett auf einen schmalen Weg zu, der am Haus entlang in den hinteren Bereich führte. *Alles picobello*, dachte er, als er die großzügige, sehr gepflegte Grünanlage betrat. Er ging auf eine mit edlen Fliesen ausgelegte Sonnenterrasse, auf der sich, außer ein paar Kübeln, nichts befand. *Keine Zeit für Blumen und Gartenmöbel*, mutmaßte Westermann. Trotz allem lag nirgendwo auch nur ein Blatt herum. Akkurat und wie gerade erst gereinigt. Der Kommissar setzte seinen Fuß auf die Terrasse und sah durch die bodentiefen Wohnzimmerfenster. *Auch im Zimmer penible Ordnung. Sieht fast aus wie aus einer Wohnzeitschrift*, dachte er und klopfte gegen die Scheibe. Nichts rührte sich. Westermann hörte nahende Schritte auf dem Splitt. »Und?« »Nichts.« Sie sahen sich an.

»Da hinten ist ein Anbau. Vielleicht ist da jemand. Sonst müssen wir nachher noch einmal wiederkommen.«

Sie gingen zurück zur Einfahrt und forschen Schrittes auf den Anbau zu.

»Vielleicht nur ein Schuppen. Hallo, ist da jemand?«, rief Hartwig und sah durch die kleinen Fenster ins Innere des Gebäudes. »Das ist wohl der Bestattungsraum«, mutmaßte er und zuckte mit den Schultern. »Da stehen Kerzenleuchter, eine Bahre und Stühle.«

»Gut möglich«, antwortete Westermann. Die Feuchtigkeit kroch ihm unangenehm in den Kragen und er zurrte ihn enger zusammen. »Da ist noch eine Tür. Lass uns nachsehen.«

Wie auf Kommando folgte Thomas dem älteren Kollegen. Sie gingen auf die Eisentür zu. Westermann drückte den Messinggriff herunter. Wider Erwarten ließ sich die Tür mühelos öffnen. Der Kommissar sah seinen Kollegen erstaunt an, nahm die Pfeife aus dem Mund und steckte sie in die Jackentasche. Wortlos zerrten sie Handschuhe aus den Taschen und streiften sie über. Gleichzeitig zogen sie ihre P99 aus den Halftern und entsicherten sie, als witterten sie Gefahr in diesem Anbau.

Westermann öffnete die Tür mit dem Fuß bis zum Anschlag und hielt den Finger über die Lippen. Chloriger Kellergeruch wehte ihnen entgegen.

Hartwig zog eine Taschenlampe aus der Jackentasche und hielt sie unter seine Waffe.

Er schob sich an Westermann vorbei und leuchtete die Treppe aus. »Guck mal, ob du einen Lichtschalter findest«, flüsterte er. Westermann entdeckte ihn an der linken Wand. Eine Lampe verbreitete plötzlich schwaches Licht im Treppenaufgang. Hartwig schritt leise und vorsichtig die Treppenstufen hinunter. Sein Kollege folgte ihm. Der Kellerraum glich einem alten Gewölbe. Die Decken waren gerundet und trafen mittig in einer Art Zipfel wieder zusammen. Als beide den unteren Bereich erreichten, sahen sie sich verwundert an.

»Das ist der Leichenraum … hier werden die Toten zurechtgemacht.«

»Bestattungsinstitut«, flüsterte Dirk Westermann und Thomas Hartwig nickte, während er gleichzeitig seinen Körper schüttelte. Er suchte mit der Taschenlampe den Raum ab und fand einen weiteren Lichtschalter.

»Da!« Thomas ging zwei Schritte voran und drückte den Schalter, der in Augenhöhe angebracht war. Er zuckte zusammen. Vor ihm, auf einem gemauerten Podest, thronte ein verschlossener Eichensarg. Darüber pendelte eine alte Neonleuchte von der Decke.

»Als wäre vor Kurzem noch jemand hier gewesen«, flüsterte Westermann und deutete auf die flackernde Lampe. Hinter dem Betonsockel stand ein Seziertisch, wie er den Männern aus der Pathologie bekannt war.

»Was macht ein Bestattungsunternehmer mit diesem Tisch?«, fragte Thomas seinen Kollegen.

Der zog die Schultern hoch. »Arbeiten … die Verstorbenen zurechtmachen. Waschen, schminken anziehen …«

»Was ist das für eine Tür?«, fragte Hartwig. Ein mulmiges Gefühl beschlich ihn. Am liebsten würde er den kalten Ort augenblicklich wieder verlassen. »Du weißt schon, dass wir keinen Hausdurchsuchungsbeschluss haben, oder?«

»Geh weiter«, sagte Westermann trocken und schob ihn zu der Metalltür, die hinter dem Tisch eingebaut war und durch ihre moderne Art überhaupt nicht in dieses *Verlies* passte.

»Das hat hier was von Gruselkabinett«, sagte Thomas. Westermann drückte den Metallgriff hinunter und zog die Tür auf. »Das ist die Kühlkammer.« Hartwig leuchtete in den Raum, in dem ebenfalls ein verschlossener Sarg stand.

»Da liegt ein Verstorbener. Ich glaube, wir verlassen den Keller und kommen später wieder. Hier gibt es für uns nichts Auffälliges.« Westermann nickte, verriegelte die Tür und drehte sich um, um den Kellerraum wieder zu verlassen. Er stand bereits auf der ersten Stufe, als Hartwig sich auf den Lichtschalter zubewegte.

»Was ist das?« Er nahm seine Taschenlampe und richtete den Lichtstrahl auf den Boden. »Dirk, komm mal. Da ist etwas auf dem Boden.«

Westermann machte auf dem Absatz kehrt und drehte sich zu Thomas Hartwig. »Ich kann nichts sehen«, antwortete er und ging in die Hocke. »Leuchte hierher. Da«, er stutzte. Mit der Fingerspitze fuhr er über die klebrige Masse, die einen kleinen See gebildet hatte. Er hielt seinen Finger in das Licht der Taschenlampe und sah Hartwig entgeistert an. »Das ist … Blut.« Der Geruch des roten Saftes stieg in seine Nase. »Das ist definitiv Blut. Wieso?« Er hielt inne und sprang auf. »Halt mal die Lampe auf den Sarg!« Hartwig sah ihn ungläubig an und tat, was Westermann von ihm verlangte. »Da, siehst du? Ebenfalls Blut. Gib mir die Taschenlampe. Ich habe das Gefühl, wir haben es hier mit einem weiteren Tatort zu tun.« Westermann nahm die Leuchte, steckte sie zwischen die Lippen und versuchte mit beiden Händen den Sargdeckel zu öffnen, während Hartwig seine Waffe auf den Eichensarg richtete. »Ist nicht verschlossen.«, nuschelte Westermann. Er sah Hartwig an. Der junge Kommissar schluckte und ahnte, dass das nicht gut ausgehen würde.

Als der Deckel sich hob, konnten beide Männer sehen, dass jemand im Sarg lag. »Bestimmt einer seiner *Verschiedenen«*, mutmaßte Hartwig. »Der …« Die Worte blieben ihm im Hals stecken, als der Sargdeckel den Anschlag erreichte. Das Licht reichte aus, um den Kommissaren zu zeigen, dass es sich keinesfalls um einen normalen Verstorbenen handelte.

»Das muss … das ist … der Beschreibung nach … Max Hartmann«, stotterte Thomas Hartwig.

Ein toter, gebrochener Blick starrte die Männer an. Als Westermann an der Halsschlagader fühlen wollte, ob der Mann im Sarg noch ein Lebenszeichen von sich gab, zuckte er zusammen und sprang einen Schritt zurück. In dem Moment, als er den Hals berührte, löste sich der Kopf des Toten vom Körper und rollte an das Kopfende des Eichensarges.

Westermann fasste sich, zog sein Handy aus der Hosentasche und gab Hartwig die Taschenlampe. Er wählte eine Nummer und wartete ein paar Sekunden. »Ja, Westermann. Wir brauchen die ganze Truppe. Es gibt einen weiteren Toten.« Er drückte auf den roten Knopf, bevor er Thomas ansah und sagte:

»Wir müssen zu Jöns. Ich denke, wir haben den Mörder.«

CHARLOTTE GEHT ZUM ARZT

»Ich glaube, ich muss mal wieder zum Arzt«, sagte Charlotte und rieb mit den Händen theatralisch ihren Rücken.

»Seit wann hast du denn Rückenschmerzen?«, fragte Katrin und stand auf.

»Seitdem ich mich beim Doktor ein bisschen umhören möchte.« Charlotte saß am Frühstückstisch und rührte in ihrem Tee.

»Willst du auch einen Toast?«

»Wenn ich so'n verbranntes Zeug essen will, hol ich mir ein Stück Brikett aus dem Schuppen.«

»Du hast doch gar keinen Schuppen«, lachte Katrin und zog das Brot aus dem Toaster.

»Aber eine Garage. Die Hose steht dir übrigens gut«, schmatzte Charlotte, als sie vom Brötchen abbiss, das mit Ei belegt und mit einem Topping aus Remoulade versehen war. »So eine Lederhose hatte ich auch mal … als ich jung war«, seufzte Charlotte. »Aber passen würde mir die sicherlich …«

Katrin prustete los. »Kannst sie dir gerne ausleihen, wenn du möchtest.«

Charlotte strich ihren wadenlangen Rock glatt, der alle Regenbogenfarben in sich vereinte.

»Und du hast einen hübschen Pulli an«, sagte Katrin und deutete auf den roséfarbenen Pullover, der Charlottes blassem Teint schmeichelte.

»Den hab ich von Doros Modelädchen in der Bahnhofstraße. Die hat lauter tolle Sachen. Mal nicht nur so Zeugs, das jeder trägt. Da hab ich auch meine Leinenhosen her.« Charlotte strahlte auf einmal über das ganze Gesicht und erinnerte sich an ihre geliebten Shoppingtouren ins Modelädchen. Die Besitzerin kannte sie seit vielen Jahren und sie beriet ihre Kunden, statt ihnen etwas aufzuschwatzen. Charlotte stopfte den Rest des Eibrötchens in den Mund, wischte mit einer Serviette die Krümel von den Lippen und stand auf.

»Kannst du nicht einmal in Ruhe frühstücken?«

»Ne, ich fahr jetzt zum Doktor. Was möchtest du heute Mittag essen?«, fragte Charlotte, als sie in ihre Boots schlüpfte.

»Ach, eigentlich ist es mir egal. Aber wenn du zum Markt gehst, kannst du ja von Kerstins Marktstand Erbsensuppe mitbringen.«

»Das ist eine sehr gute Idee.« Sie schlüpfte in ihre Tweedjacke, stellte sich vor den Spiegel und knotete gutgelaunt ihren Schal. Schließlich stülpte sie die Mütze über und lächelte ihrem Spiegelbild zu. »So, ich bin dann mal weg«, rief sie und verließ das Haus.

»Und ich sitze hier wieder einmal alleine«, maulte Katrin und biss in ihr Toastbrot.

Charlotte stellte ihr Fahrrad an der weiß getünchten Hauswand ab, und stakste die vier Stufen hoch in die Praxis. Die acht Designerstühle aus weißem Leder waren um diese Uhrzeit bereits alle besetzt. *Wäre ich nur früher losgefahren*, dachte sie und ging an die Anmeldung. Die Arzthelferin, eine gutaussehende Frau um die 40, sah über den Rand ihrer roten Brille kurz vom Computer auf. »Bitte?«

»Ich habe da hinten solche bannigen Rückenschmerzen. Das muss der Doktor sich unbedingt ansehen.« Sie rieb mit schmerzverzerrtem Gesicht mit beiden Händen den Lendenbereich ihres Rückens. Charlotte hatte ihre jämmerlichste Miene aufgesetzt und stöhnte lautstark. Sie war eine gute Schauspielerin, wenn es darum ging, ihren Willen durchzusetzen.

»Das wird aber dauern. Sie sehen ja, das Wartezimmer ist voll.« Die Frau mit dem blondierten Kurzhaarschnitt deutete auf den vollbesetzten Raum vor sich, der durch eine Glasfront vom Eingangsbereich der Praxis abgegrenzt war. »Haben Sie noch was zu erledigen? Dann machen Sie das mal zuerst, Frau Hagedorn. Ich schreibe Sie auf den Plan. Gute Stunde haben Sie Zeit.« Die Arzthelferin schob die Brille über die Nase, senkte ihren Kopf und tippte wieder auf ihrer Tastatur herum.

»Na, dann fahr ich zuerst Erbsensuppe auf dem Markt holen. In einer Stunde …«, mit einer Leidensmiene wollte sie sich gerade zum Gehen umdrehen, als die Frau sie zurückhielt.

»Warten Sie, wenn Sie jetzt mit dem Fahrrad noch erst nach Burg radeln wollen, das kann ich ja gar nicht mit ansehen. Nehmen Sie einen Moment … oder kommen Sie mit, ich setze Sie gleich in das Behandlungszimmer. Aber pst«, flüsterte die Helferin und ging vor Charlotte den hell gestrichenen Gang entlang. »Behandlungszimmer 3« stand auf der Tür, durch die sie Charlotte hindurchschob. »Legen Sie sich auf die Liege, ich sage dem Doktor Bescheid. Aber einen Moment wird es trotzdem noch dauern.« Sie zwinkerte Charlotte zu, die tief ausatmete, als wäre sie über alle Maßen erleichtert, dass sie dableiben konnte. Sobald die Blondine die Tür geschlossen hatte, richtete sich Charlotte Hagedorn mit Schwung auf. *Hat einwandfrei funktioniert*, dachte sie

und sah sich im Raum um. Sie hatte genau überlegt, was sie dem Doktor für Fragen stellen wollte, um an Informationen über den Abend in der Haifischbar zu kommen. Ihre Beine hingen in der Luft und sie ließ sie gutgelaunt herumschlackern. Das Behandlungszimmer lag am Ende des Ganges. Das Fenster zeigte zum Hof, auf dem es genauso trist aussah, wie am Himmel. *Leere Blumenkübel und zurückgeschnittene Büsche machen keinen Spaß*, dachte Charlotte und hüpfte auf. Sie schritt auf leisen Sohlen durch den Raum und blieb unmittelbar vor einer Tür stehen, die in einen Nebenraum führte. »Privat« stand auf einem Messingschild, das in Augenhöhe glänzte. Charlotte fasste an den Türgriff und drückte ihn vorsichtig hinunter. Verschlossen. *Schade*, dachte sie, und wollte sich wieder setzen. Allerdings war die Neugier größer als die Angst, erwischt zu werden. Sie bewegte sich wie zufällig auf den Schreibtisch zu, der direkt neben dem Fenster platziert war. Alles ruhig. Die Tür zum Flur war zu. Charlotte Hagedorn griff, den Blick Richtung Tür, die oberste Schublade und zog sie mit spitzen Fingern auf. Bleistifte, Kugelschreiber, eine lederne Kladde. Sie öffnete den Deckel. Leer. Das war nichts. Vorsichtig schob sie die Lade wieder zurück. Lautes Stimmengewirr auf dem Flur ließ Charlottes Herz plötzlich heftig schlagen. Sie wollte sich gerade mit einem Hechtsprung auf die Liege werfen, als die Stimmen auf einmal verstummten. Sie hielt die Luft an und zog die zweite Schublade heraus. Eine kleine Metallkiste mit Büroklammern und Reißzwecken. Ein Handy und …
»Ja, ein Schlüsselbund.« Der Künstlerin stieg die Röte ins Gesicht und sie hielt nachdenklich die Hand auf den Mund. *Na, wenn das mal kein Glück ist*, dachte sie. Hastig griff sie nach dem Schlüsselbund, an dem sich vier unterschiedliche Schlüssel befanden. Sie sah kurz drauf, ging zur Tür und steckte den Ersten ins Schloss. *Passt nicht. Mist, den zwei-*

ten … ihr Herz schien in ihrem Kopf ein Trommelsolo zu veranstalten.

Der dritte. »Ja!«, sofort presste sie die Lippen zusammen. Sie drehte den Schlüssel herum und drückte den Griff bis zum Anschlag. Schließlich schob sie die Holztür einen Spalt auf und sah in den angrenzenden Raum. An den Wänden hingen und standen jede Menge Schränke, die mit grünen, satinierten Milchglastüren versehen waren. Überall standen kleine Behälter und Reagenzgläser herum. *Was sich wohl hinter den Türen verbirgt?* Charlotte räusperte sich, weil sie auf einmal das Gefühl hatte, einen Frosch im Hals zu beherbergen, und öffnete die Tür so weit, dass sie hindurchschlüpfen konnte. Sie lauschte. Es war immer noch ruhig. Leise Stimmen am anderen Ende des Ganges. Die Arzthelferin hatte ihr ja mitgeteilt, dass es dauern würde, bis der Arzt Zeit für sie hätte. Darauf vertraute sie. Ihr Herz schlug dennoch bis zum Hals. Vorsichtig tastete sie sich zu den Schränken vor. *Eigentlich nichts Verdächtiges. Alles peinlich geordnet. Wie es sich für einen Mediziner gehört. Wahrscheinlich sein Labor*, dachte sie und notierte alles im Geiste. Linkisch öffnete sie die Glastür einer der Hängeschränke.

Die Tür knarrte leise. Angespannt drehte Charlotte sich um, und lauschte, was im Behandlungszimmer passierte. Sie schüttelte den Kopf und stöberte ungeniert weiter.

Unmengen Erkältungstabletten … übereinandergestapelt, als warte der Doktor auf eine Epidemie! Sie nagte an ihrer Unterlippe, schloss die Tür und öffnete die nächste. Glasgefäße, Dosen, haufenweise. »Phhh.« *Nichts, was irgendwie seltsam wirkt.* Sie verschloss die Glastür, bückte sich und öffnetet die unteren Türen nacheinander. *Putzzeug, jede Menge Abflussreiniger, Frostschutzmittel und … Batteriesäure? Hä? Was soll das denn. Wozu braucht er das denn. So viel Frostschutzmittel braucht kein Mensch und Batteriesäure noch weniger. Und das alles in einem Ärztelabor? Das ist mehr als merkwürdig. Und was sind das für komische Tütchen?* Charlotte griff nach einer der in Kartons verwahrten kleinen durchsichtigen Plastiktüten, in denen merkwürdige kristallartige Teilchen lagen.

Wieder vernahm sie Stimmen im Flur. Ihr Herz schlug unaufhaltsam. Aus Angst, entdeckt zu werden, steckte sie das Tütchen hastig in ihre Jackentasche. Röte stieg in ihr Gesicht und die Hände wurden unkontrollierbar feucht. Eilig verschloss sie die Türen und huschte, so schnell sie konnte, aus dem Raum. Als sie die Türklinke zuziehen wollte, bewegte sich der Türknauf nach unten. Zwei Stimmen unterhielten sich direkt vor der Tür. Die eine gehörte Frau Jansen von der Rezeption, die andere zweifelsohne dem Doktor. Charlotte hielt die Luft an und blieb wie angewurzelt stehen. *Jetzt ist es aus. Erwischt.* Sie hörte, wie die Frau sprach und plötzlich sprang der Griff wieder nach oben.

Hektisch zog sie die Tür zu, zerrte den Schlüssel heraus und machte einen Satz zum Schreibtisch. Sie schob das Bund zurück in die Schublade. Als sie gerade hinter dem mächtigen Tisch hervorkam, ging die Tür auf.

Matthias Blender, der seit Jahren Charlottes Hausarzt war, stand freudestrahlend im weißen Kittel in der Tür. Seine markante Persönlichkeit wurde durch die schwarzgerahmte Brille unterstrichen. *Was für ein attraktiver Mann*, dachte Charlotte und registrierte die leicht ergrauten Schläfen. *Macht ihn nur noch schöner.* Sie bemerkte trotz des Lächelns den stechenden Blick, mit dem er sie fixierte.

»Frau Hagedorn, wo zwickt's denn«, fragte er und kam mit ausgestreckter Hand auf sie zu.

»Ach, Herr Doktor, man wird ja nicht jünger. Mein Rücken schmerzt. Ich kann mich kaum bewegen.« Sie deutete auf den rückwärtigen Lendenbereich.

»Dafür können Sie sich aber prima bewegen.« Er nickte und wies mit der Hand auf seinen Schreibtischbereich.

»Ne, ich kann nur nicht sitzen und liegen. Und wenn ich herumlaufe, tut es nicht so weh«, log sie.

»Haben Sie Fieber?«, fragte der Doktor sie.

»Nein, wie kommen Sie denn darauf? Ich hab's im Rücken.« Sie schüttelte den Kopf.

»Ich meine nur, weil Sie errötet sind.« Er fasste kurz mit der Hand gegen ihre Stirn. Charlotte Hagedorn waren die Berührungen unangenehm.

»Mhm.« Matthias Blender hob den Kopf und fixierte sie genau. Es schien ihr, als traute er ihr nicht. Verstohlen sah er zur Tür, die ins Nebenzimmer führte. »Dann kommen Sie jetzt einmal her.«

Er dirigierte sie zur Liege, untersuchte sie und ein paar Minuten später verschrieb er ihr ein schmerzstillendes Medikament und riet ihr, den Rücken warmzuhalten. Die Fragen, die Charlotte sich wohlüberlegt zusammengestellt hatte und ihm stellen wollte, vermied sie wohlweislich. Was sie gesehen hatte, war für's Erste genug.

Sie spürte, dass sie ihn beunruhigt hatte. Für sie war es Zeit zu gehen.

»Danke, Herr Doktor. Wenn ich Sie nicht hätte.« Sie hielt das Rezept in die Luft, gab dem Mediziner die Hand und verschwand so schnell sie konnte aus dem Behandlungsraum.

Matthias Blender stand mit verschränkten Armen mitten im Raum. *Was wollte die Alte? Es schien mir, als wenn die hier irgendetwas gesucht hat.* Er wurde blass. Automatisch ging er zur Tür, die in sein Labor führte, drückte die Klinke herunter. Die Tür war auf …

VERBRECHERSUCHE

Westermann wählte erneut. Dieses Mal nahm Schütt auf der Dienststelle in Burg den Anruf entgegen. »Westermann, ja wir sind im Haus von Max Hartmann … nein … er ist tot! Sie müssen augenblicklich nach Puttgarden fahren und Jöns festnehmen. Er ist mehr als verdächtig, den Bestattungsunternehmer ermordet zu haben. Ich glaube, wir haben den Mörder.« Er stand im Kellergewölbe und starrte auf den offenen Sarg. »Lass uns einen Moment an die frische Luft gehen, bis die Spusi da ist.«

Hartwig nickte erleichtert und hechtete die Stufen hinauf, bis er vor der Tür stehen blieb. »Was hat der Mann im Schädel, dass er hier reihenweise Leute umbringt?«

»Das kann ich dir nicht sagen, aber wenn sie ihn festgesetzt haben, werden wir es aus ihm herausbekommen.« Sie standen sich gegenüber und atmeten die feuchte Brise ein, die einen Film auf ihren Jacken hinterließ. »Das hängt augenscheinlich mit dieser Frau und ihrem Kind zusammen. Die müssen wir finden, dann lichtet sich hoffentlich der Schleier.« Man konnte sehen, wie es in Westermann arbeitete. Hartwig ging über den Hof und schaute in den verhangenen Himmel, der von dunklen Wolken durchzogen war.

»Also, die Frau hatte etwas mit dem Hartmann, beziehungsweise der war Kunde bei ihr und sie war die Nutte von Jöns. Und mit diesem Below auf einem Kurztrip. Da stimmt nichts.« Westermann zog seine Pfeife aus der Tasche und zündete sie an. Der vanillige Duft vermischte sich mit dem Dunst, der sie umgab. »Was macht der Lakai ihres Zuhälters mit ihr auf einer Fähre, mit einem Kind? Kannst du mir das erklären?«

»Ich finde, du siehst aus wie Sherlock Holmes«, stellte Hartwig trocken fest. »Tut mir leid«, entschuldigte er sich im gleichen Atemzug und zuckte mit den Schultern. »Vielleicht hatten die beiden ja ein Verhältnis und wollten verschwinden ... und der Jöns ist ihnen draufgekommen. Vielleicht ein Eifersuchtsdrama. Soll ja vorkommen.«

»Und Hartmann, dass er jetzt kopflos da unten in seinem eigenen Keller liegt? Ne, das hängt anders zusammen, ich weiß nur noch nicht, wie.« Westermann verschränkte die Arme vor der Brust, schaute über die Felder und blies den Rauch seiner Pfeife in die Luft. Dann drehte er sich abrupt um. »Jetzt fällt mir wieder ein, wer die Frau ist.«

Hartwig sah seinen Vorgesetzten überrascht und fragend an. »Was meinst du? Welche Frau?«

»Erinnerst du dich an die hübsche Brünette mit dem Jungen in unserer Pension? Das ist die Freundin von Jöns! Ich hab doch gewusst, wir finden sie.«

»Hä?«

»Die mit dem Kleinen im Frühstücksraum saß, am Ecktisch!«

Hartwig zog die Augenbrauen hoch. »Wie kommst du darauf, dass das die Frau ist, die wir suchen?«

»Mir ist sofort der kleine Rucksack aufgefallen, den sie von der Bank zog. Der kam mir irgendwie bekannt vor. Und jetzt weiß ich auch, woher ich ... Das Videomaterial. Wir haben eine Frau mit Kind auf dem Landgang gesehen, leider nur von hinten.«

Hartwig nickte.

»Dabei ist mir dieser bunte Rucksack des Kindes im Gedächtnis geblieben. Das war derselbe, wie heute Morgen.«

»Bist du sicher?«

»Ja, bin ich! Mir ist der Teddy aufgefallen, dessen Kopf oben aus der Öffnung herausschaute. Wenn mich nicht alles täuscht, ist das die Frau, die wir suchen. Die Statur stimmt ebenfalls. Sobald wir hier wegkönnen, fahren wir zur Pension. Die läuft uns nicht weg.«

Wieder nickte Thomas Hartwig. In dem Moment fuhren drei Fahrzeuge auf das Grundstück.

»Da sind sie.« Westermann ging auf das erste Auto zu und hob kurz die Hand zum Gruß. »Hallo, Männer, schön euch zu sehen. Da unten im Keller liegt, äh liegen zwei Tote.« Der verachtende Blick der zwei weiblichen Kollegen ließ Westermann betreten zu Boden schauen. »Entschuldigung, schön auch Sie zu sehen, meine Damen.«

»Wieso zwei? Ich dachte, der Bestattungsunternehmer?«

»Ja, und ein oder eine Verstorbene in der Kühlkammer. Ich denke, ihr seht euch beide genau an. Wir haben versucht, nichts zu verändern.« Zusammen verschwanden die fünf Männer und zwei Frauen der Spurensicherung im Kellergewölbe.

»Moin, Hannes«, Kant hielt sich die Handkante zum Gruß kurz an die Stirn. »Sag mal, welche Zimmernummer hat der Jöns?«

»Jöns?« Der Rezeptionist hinter dem Tresen schüttelte ahnungslos den Kopf und zog die Augenbrauen hoch.

»Der Mann aus Hamburg mit dem Porsche, der seit ein paar Tagen bei euch wohnt.«

»Ach der … der hat heute Morgen ausgecheckt!«

»Wie ausgecheckt?« Kant wurde blass.

»Ja, der hat ziemlich früh bezahlt und ist seit um … sieben weg.«

»Das glaub ich jetzt nicht«, stöhnte Becker und kratzte sich am Schädel. Er rückte die Polizeimütze wieder zurecht und stand Hannes ratlos gegenüber, als er sagte: »Wir müssen Westermann anrufen. Der wird nicht gerade erfreut sein.«

Kant nickte und zückte das Handy. Ein paar Sekunden verharrten die drei regungslos im Raum.

»Ja, Moin, hier nochmal Kant. Der Jöns ist ausgeflogen … Ja, heute Morgen um sieben.« Er verzog den Mund und hielt das Telefon vom Ohr weg. »Mann, ist der sauer … Ja, aber wir können das auch nicht ändern. Was machen wir jetzt?«

Ratlosigkeit stand den Männern im Foyer des Hotels ins Gesicht geschrieben. »Suchen?«, fragte Becker.

»Ja bitte schön, wo denn?«

»Hat der Mann dir zufällig erzählt, wo er hin wollte?«

Hannes schüttelte den Kopf. »Ne, hat er nicht. Er fuhr … weiß ich nicht.« Damit war die Sache für den Kerl hinter der Rezeption erledigt. Er hatte bezahlt und war abgereist. Schließlich konnte er sich kaum um alles in diesem Hotel kümmern.

JÖNS FLÜCHTET

Jöns prägte sich das Haus ein, in dem sich Kaja und ihr Sohn anscheinend aufhielten, und fuhr zurück ins Hotel. Er griff seine Klamotten, warf sie in die Sporttasche, die er im Kaufhaus Stolz eilig besorgt hatte. Er war angekotzt, weil er diverse Sachen brauchte, um den Aufenthalt hier auf der Insel zu überbrücken.

Er blickte nachdenklich aus dem Fenster. Die Lichter der Fährhafenanlage verbreiteten über dem Wasser ein Lichtermeer und erhellten das umliegende Gelände.

Von Weitem sah er eine der Fähren dem Hafen näherkommen, die sich in ein paar Minuten mit dem auslaufenden Schiff kreuzen würde. *Hier ist echt was los. Den Markt werden wir ausbauen, da ist mit Sicherheit viel mehr drin, als das, was ich bisher hier rausgeholt habe.* Jöns machte auf dem Absatz kehrt, ließ seine Klamotten auf den Boden fallen, und ging ins Bad.

Zehn Minuten später kam er frisch geduscht, nackt, wie er war, ins Zimmer. Er zerrte eine Boxershort aus der Tasche und schlüpfte hinein. In der Sporttasche steckte außerdem eine Whiskyflasche, deren Flaschenhals herausragte. Er zog sie aus der Tasche, öffnete sie und setzte sie, ohne zu überlegen, an den Mund. Der Johnnie Walker für weit über 100 Euro lief warm seine Kehle hinunter. Das milde Getränk gab ihm nach kurzer Zeit ein wohliges Gefühl. Er blickte auf die Lichter des Fährhafens, während er auf der Bettkante saß und sich dem Whisky hingab.

Die halbleere Flasche landete eine halbe Stunde später auf dem Nachttisch. Gähnend legte er sich hin und löschte die Lampe. *Ich muss verschwinden. Morgen Früh suche ich mir in einem der Dörfer ein Zimmer und dann besuche ich Kaja.* Wenige Minuten später schlief er ein.

Am nächsten Morgen raffte er die letzten Utensilien zusammen, sah sich verkatert um, und verließ das Hotelzimmer. Im Foyer zahlte er die offene Rechnung.

»Karte?«

Jöns schüttelte den Kopf. »Nur Bares ist Wahres«, sagte er und legte fünf Hunderteuroscheine auf den Tresen. »So teuer sind wir nun auch wieder nicht«, antwortete Hannes und schob das zu viel gezahlte Geld zurück. »Brauchen Sie eine Quittung?«

»Nein, reines Privatvergnügen«, grinste er und verschwand durch die Glastür. Der Zuhälter warf die Tasche in den Kofferraum, startete den Wagen und fuhr Richtung Burg. Als er durch Niendorf raste, entdeckte er eine Parkbucht, hielt und schaltete den Motor aus. *Ich muss jetzt erst einmal etwas anderes finden*, dachte er, nahm sein Handy in die Hand. *Am besten irgendwas …* Er tippte Hotels und Pensionen ein. Es kam eine Pension in Gold auf das Display, die ihm genügend Abstand zum Hotel bot und nicht unbedingt im Fokus der Polizei lag. Der Hamburger griente und gab Gas. Er ließ sich vom Navi leiten und fuhr durch Landkirchen. Über Albertsdorf erreichte er wenig später das Surferparadies Gold. *Namen gibt's, die gibt es gar nicht.*

Phillip Jöns parkte den Wagen unmittelbar neben der Pension auf einem Parkplatz und schritt direkt auf den Eingangsbereich zu. Er läutete. Eine junge Frau öffnete ihm die Tür. »Guten Morgen, ich hoffe, ich störe nicht?«

Die Frau schüttelte den Kopf, wenngleich sie ihn relativ müde ansah.

»Ich brauche dringend ein Zimmer.«

»Kein Problem, kommen Sie rein.« Jöns sah sich kurz um, nahm den Zimmerschlüssel entgegen und ging den Weg, den man ihm erklärt hatte. Aus dem Fenster im ersten Stock konnte er abermals Wasser sehen.

»Mensch, so viel Wasser auf einmal.« Er stellte die Tasche auf dem Fußboden neben dem Bett ab. Anschließend schmiss er sich rücklings auf die Matratze. »Das ist geil. Hier könnte man Urlaub machen. Wenn ich bloß nicht so einen Kohldampf hätte.« Jöns fuhr mit der Hand über den knurrenden Magen und setzte sich aufrecht hin. *Ich werde versuchen, hier Frühstück zu bekommen*, dachte er und verließ das Zimmer, um sich zu stärken. Die Alte läuft mir bis heute Abend nicht weg. Sein überaus schäbiges Grinsen verzerrte das Gesicht zu einer bedrohlichen Maske.

CHARLOTTE IM HAUS

Nervös lief Charlotte Hagedorn im Wohnzimmer auf und ab, als Katrin von der Arbeit im Küstenblick nach Hause kam.

»He, Tantchen, ich bin wieder da! Brr«, rief sie übermütig, legte ihren Mantel ab, schüttelte die Regentropfen herunter und hängte ihn an die Garderobe. Sie schlüpfte aus den schlammverdreckten, derben Stiefeln, streifte ihre Schlappen über. »Das ist echt ein Schietwetter! Wo bist du?« Sie steckte den Kopf zur Küchentür herein. Leer. Auf dem Küchentisch stand wider Erwarten kein Kuchen, keine Teebecher. »Hallo?« Katrin ging zurück in den Flur, betrat das Wohnzimmer. Dort sah sie Charlotte vor dem Fenster stehend, die Hände auf dem Rücken verschränkt, nach draußen blicken. In ihrem dicken Strickpullover und der Leinenhose sah sie äußerst elegant aus. »He, Tantchen, was machst du denn da?«

Charlotte drehte sich erschreckt um. »Na, was wohl. Ich schaue aus dem Fenster«, sagte sie forscher, als sie es eigentlich beabsichtigte.

»He he, was ist denn los? Kein Kuchen, kein Tee, maulige Tante?« Katrin kam näher und gab ihrer Tante einen Kuss auf die Wange. »Soll ich uns einen Tee machen? Mach ich gerne.«

Charlotte nahm ihre Nichte in den Arm. »Ach Kindchen, ich glaube, da ist etwas ganz Böses am Laufen.« Sie knabberte an ihrer Unterlippe und holte tief Luft.

»Was kann denn böser sein, als das, was wir beide erlebt haben? Schau, jetzt ist doch wieder alles in Ordnung oder?«

Charlotte schüttelte vehement ihren Kopf, pustete unwirsch eine Haarsträhne aus dem Mund. »Nichts ist in Ordnung. Wenn du wüsstest, was ich im Labor des Doktors entdeckt habe.«

Katrin zog neugierig ihre Stirn kraus und starrte ihre Tante an. »Pass auf, wir gehen in die Küche, ich koche uns einen Tee, dann erzählst du mir alles. Sollst mal sehen, ist alles bestimmt nur halb so wild, wie vermutet.« Katrin nahm die Hand ihrer Tante, und zog sie wie einen Tender in die Küche.

Charlotte Hagedorn setzte sich auf einen der Küchenstühle und stützte die Ellbogen auf den Tisch, um ihren Kopf in die Handflächen zu legen. Katrin nahm den roten Kessel und füllte ihn mit Wasser. Anschließend nahm sie zwei Keramikbecher aus dem Schrank und stellte sie zu Charlotte auf den Tisch. Sie griff nach der Teedose, die auf einem Regal stand. Sie schüttete getrocknete Minzblätter in ein Gefäß, das in der Kanne hing.

»So *Miss Marple*, erzähl, was dir über die Leber gelaufen ist.«

»Ist nicht so einfach.« Sie lehnte sich zurück, strich mit einer Hand durch die Haare und verschränkte die Arme vor der Brust. »Also, ich habe beim Doktor geschnüffelt«, begann sie zögerlich und sah Katrin an, als hätte sie deren Surfboard verbrannt.

»Wie, du hast beim Doktor geschnüffelt? Das geht doch nicht.«

»Doch das geht sehr wohl. Der Doktor hatte zu tun, da habe ich die Zeit eben genutzt, um mir ein genaueres Bild zu machen. Eigentlich wollte ich ihn fragen, aber … Ich habe gehofft, ich finde heraus, warum die beiden in der Haifischbar gestritten haben. Beziehungsweise, warum der Max dermaßen wütend auf den Doktor war.« Der Deckel des Kessels fing an zu pfeifen. Katrin entfernte ihn und goss heißes Wasser in die Kanne. »Na ja, und da liegt es doch nah, wenn ich da anfange, wo ich mich aufhalte oder sollte ich ihn etwa direkt fragen, was da los war?«

»Zum Beispiel! Du hättest ganz einfach fragen können, warum sie sich gestritten haben … da ist doch nichts dabei.«

»Na du bist ja gut. Du weißt doch, dass man Leute nicht einfach so ausfragt und ich schon gar nicht.«

Katrin fing plötzlich laut an zu lachen. »Das sagt die Richtige!« Sie setzte sich zu ihrer Tante, goss den aufgebrühten Tee in die Becher. »Neugieriger als du, geht ja fast gar nicht.«

»Nun werd mal nicht frech«, rief Charlotte böse und hob theatralisch die Hand.

»Gut, gut, was hast du nun entdeckt?«

»Ich sage dir, der hat ein ganzes Waffenarsenal im Schrank!«

Katrin verschluckte sich am heißen Tee. »Waffenarsenal?«, rief sie entsetzt.

»Ha«, stöhnte Charlotte. »Na gut, in den Schränken befinden sich jede Menge Frostschutzmittel, Batteriesäure und haufenweise Erkältungstabletten.«

»Das ergibt in deinen Augen ein Waffenarsenal? Was machst du denn an seinen Schränken? Warst du alleine in der Praxis?«

»Blödsinn, ich musste im Behandlungszimmer warten … da … da wurde mir langweilig«, sie grinste.

»Aber du kannst doch nicht die Schränke durchwühlen. Was, wenn er dich erwischt hätte?«

»Dann wüsste ich nicht, was ich jetzt weiß. Aber nun lass mich weitererzählen. Also ich habe dieses ganze Zeug entdeckt. Gruselig! Weißt du, was man damit alles machen kann?«

Katrin zuckte mit den Schultern. »Nee! Woher soll ich das wissen. Überhaupt, was ist denn dabei, wenn jemand Frostschutzmittel und Batteriesäure im Schrank hat. Das kann genauso gut für sein Auto gewesen sein? … vielleicht gab es das im Angebot und er hat sich einen Vorrat angeschafft. Wir haben schließlich immer noch Februar, da kann noch alles passieren … wettertechnisch meine ich.«

»Papperlapapp«, wischte Charlotte die Argumente ihrer Nichte vom Tisch. »Ich hab das gegoogelt!«

»Du hast was? Gegoogelt? Alles klar, Tantchen.« Katrin schlürfte ihren Tee und Charlotte nahm sich einen Kandis aus dem Schälchen. Sie warf es in ihren Becher und rührte mit dem Teelöffel herum.

»Ja, ich habe gegoogelt und stell dir vor, ich bin fündig geworden.«

Katrin sah ihre Tante verdutzt an. »Was hast du denn eingegeben?«

»Was kann man mit Frostschutzmittel und Batteriesäure und Erkältungstabletten herstellen.«

»Das ist jetzt nicht dein Ernst? Und da hast du tatsächlich Informationen erhalten? Das glaub ich nicht.«

»Und ob! Du kannst das selbst herausfinden, wenn du mir nicht glaubst.« Charlotte fing an zu schnauben und sprang auf. »Komm mit, ich zeige es dir.«

»Setz dich hin, das kannst du mir nachher zeigen.« Sie deutete auf den Stuhl.

Charlotte schnappte nach Luft und setzte sich wieder. »Stell dir vor, es kamen seitenlange Auflistungen von … von Drogen! Und die Schlimmste davon ist zurzeit dieses … warte, ich hab es aufgeschrieben.« Sie zog einen zusammengefalteten Zettel aus ihrer Hosentasche. »Crüstal Mett«. Es war, als konnte sie selbst nicht glauben, was sie da gerade erzählte. Sie sah aus dem Küchenfenster. »Es regnet wieder wie aus Eimern. Von mir aus kann jetzt Frühling werden.«

»Lenk nicht ab«, sagte Katrin. »Es heißt übrigens Crystal Meth und wird chemisch hergestellt.« Sie wurde plötzlich still und rutschte unruhig auf ihrem Stuhl hin und her. Dann zog sie das Zopfband aus den Haaren und löste das Flechtwerk, das sie zur Arbeit trug. Mit der Hand schüttelte sie die Mähne durch.

»Jetzt siehst du aus wie ein Schulmädchen mit deinen langen Haaren und dem Marinelook«, sagte Charlotte, zeigte auf den dunkelblauen Pullover, den Katrin zu ihrer Jeans angezogen hatte.

»Du sollst nicht ablenken. Aber wie kommst du auf diese absurde Idee. Du weißt doch nur, was man aus den Sachen machen kann. Deshalb muss es beim Doktor noch lange nicht so sein, oder?« Katrin stand auf und suchte im Küchenschrank nach der Dose, in der Charlotte Kekse verwahrte.

»Die sind alle«, sagte diese und zuckte die Schultern.

»Na toll.« Katrin setzte sich wieder und goss Tee nach. »Du auch?«

Charlotte Hagedorn schüttelte den Kopf. »Um noch einmal auf deine Frage zurückzukommen. Wenn du Arzt bist und ein Labor hast und … angenommen auf … dumme, oder wie du es nennst, absurde Ideen kommst. Dann könnte ich mir vorstellen, dass der Dok …«

»Quatsch«, unterbrach Katrin ihre Tante. »Das glaubst du doch selbst nicht. Warum sollte er das tun? Hier gibt es gar keinen Grund dafür. Und auch keinen Markt.«

»Meinst du aber auch nur. Mal ganz davon abgesehen, dass wir Drogenabhängige in Dänschendorf haben, die hier zur Therapie kommen. Es gibt, wie du sicherlich weißt, einen ebenso riesigen Markt in Skandinavien. Das habe ich entdeckt, als ich die Seiten durchgegangen bin.« Charlotte klapperte mit ihrem Finger gegen ihren leeren Becher, was bedeutete, dass Katrin nachschenken sollte.

»Angenommen, es stimmt, dass ein paar von denen aus der Therapie hier hängen geblieben sind. Der Aufwand wäre viel zu groß, um ein paar Junkies hier Stoff zu verkaufen. Das traue ich dem Doktor niemals zu.« Katrin tippte mit dem Finger an die Stirn.

»Werd mal nicht frech, junge Dame«, sagte Charlotte und hob den Zeigefinger.

»Aber mal ehrlich, Tantchen. Auf der Insel gibt es den Markt nicht. Nicht mit dem Zeug, das du dir da ausgeguckt hast. Das sind Hirngespinste!«, rief sie laut.

»Hirngespinste? Und was ist das?«, rief sie erregt. Charlotte Hagedorn sprang auf und zerrte das durchsichtige Tütchen, das sie am Vormittag beim Arzt eingesteckt hatte, aus der Hosentasche. Aufgebracht hielt sie es Katrin unter die Nase.

»Bist du verrückt? Was hast du da?« Sie schnellte ebenfalls hoch. »Ist das aus der Praxis? Mensch Charlotte, das ist *Diebstahl*!« Sie riss ihrer Tante die Tüte aus der Hand, blickte entsetzt auf den Inhalt und wurde blass.

Vorsichtig öffnete sie die Klarsichttüte und schüttete einige der Kristalle auf die Handfläche. »Das ist tatsächlich Crystal Meth.« Sie setzte sich. Ihre Knie zitterten. Sie kannte die kristallartige Droge aus Berichten im Fernsehen. »Das musst du sofort der Polizei übergeben. Du weißt gar nicht, was damit alles angerichtet werden kann!«

»Oh doch, Liebchen, das weiß ich und deshalb müssen wir herausfinden, was Sache ist.« Sie nahm Katrin die Tüte aus der Hand und verstaute sie wieder in ihrer Hosentasche.

»Ich hoffe, er hat dich nicht erwischt?«

»Nein, ehrlich nicht. Ich bin rechtzeitig wieder aus dem Labor.«

»Du gibst das Kommissar Westermann! Hast du verstanden?«

»Ja«, antwortete Charlotte kleinlaut. »Aber erst …«

»Nichts aber erst. Du rufst ihn jetzt an und dann hat das hier ein Ende!« Katrin stand mit hochrotem Kopf auf, nahm die leeren Becher an sich und stellte sie knallend ins Waschbecken. »Mann, was glaubst du, was passiert wäre, wenn der dich erwischt hätte. Mit solchen Leuten ist nicht zu spaßen, wenn es denn so ist, wie du behauptest.«

»Denk dir mal, ich hätte Recht. Ich sagte dir doch, dass es einen riesigen Markt in Skandinavien gibt.«

»Ja, aber wie soll der Doktor das Zeug über die Grenze bringen? Meinst du nicht, die haben ihre eigenen Dealer und was dazugehört?«

»Kann ich mir vorstellen, aber die Wege sind ja manchmal unergründlich.«

»Das stimmt natürlich. Aber trotzdem, wie …?« Katrin gähnte und setzte sich wieder.

»Bist müde, mein Mädchen?«

»Ja und hungrig.«

»Gibt bald Abendessen. Lass mich nur noch zu Ende sinnieren. Das ist ansteckend«, gähnte jetzt auch Charlotte und hielt die Hand vor den Mund. »Das *wie* ist die entscheidende Frage«, bemerkte sie leise. »Ich habe lange gegrübelt, mir das Hirn zermartert und habe versucht, eine Verbindung zwischen den beiden herzustellen.«

Katrin sah Charlotte erstaunt an. »Verbindung?«

»Ja, die Berufe brachten mich darauf. Arzt … Bestattungsunternehmer … Labor … Drogen … Überführung.« Charlottes Gehirn schien plötzlich auf Hochtouren zu arbeiten.

»Das gibt es doch gar nicht. Du spinnst. Ich glaube, wir sollten das Gespräch jetzt hier abbrechen. Das wird mir zu gruselig. Du mit deinen Schauergeschichten.« Katrin ging an den Kühlschrank. »Ich hab jetzt Hunger. In einer Stunde muss ich noch mal los.«

»Wieso das denn?«, fragte Charlotte. »Ist jemand krank geworden?«

»Nur so bis neun, halb zehn. Und du rufst sofort Kommissar Westermann an, dass da irgendetwas faul ist, ist doch klar oder? Darum sollen die sich kümmern. Die sind schließlich die Polizei, nicht du!« Katrin sah Charlotte durchdringend an und zog ihr Handy aus der Tasche. Sie ging die Kontakte durch und gab ihrer Tante das Handy. »Da, du musst nur noch auf den grünen Knopf drücken. Das ist die Nummer von Thomas, der wird dich weiterleiten.«

»Als wenn ich das nicht wüsste.« Charlotte lauschte dem Freizeichen.

»Hallo, Herr Hartwig … äh … ist der andere Kommissar auch da?« Unruhig ging sie auf und ab. »Hallo Herr Kommissar. Ich muss dringend mit Ihnen sprechen. Wie, Sie haben gerade keine Zeit. Die werden Sie sich jetzt aber nehmen müssen.«

Charlotte erzählte am Telefon ohne Punkt und Komma die Geschichte vom Streit zwischen Max und dem Doktor und dem Szenario, das sie in der Praxis von Doktor Blender erlebt hatte. Ferner, was sie im Internet herausgefunden hatte und von ihrem *Fund*. Sie spürte, dass Westermann am anderen Ende hellhörig wurde, weil er aufmerksam zuhörte, ohne sie zu unterbrechen. »Der Streit mit Max und dem Doktor hat irgendetwas mit Drogen zu tun, da bin ich mir absolut sicher«, betonte Charlotte Hagedorn und war nicht gewillt, sich jetzt beruhigen zu lassen. »Sie müssen den Hartmann überprüfen, den Totengräber. Irgendetwas ist da faul. Was! … oh nein!« Sie ließ sich auf den Stuhl fallen. Katrin sah ihre Tante an. Westermann erzählte ihr mit knappen Worten, was mit Max passiert war und dass sie mit niemandem darüber sprechen durfte. Und dass er sich darum kümmern wollte.

»Versprechen Sie mir, dass Sie sich sofort darum kümmern!« Westermann sprach und Charlotte verstummte.

Charlotte legte auf.

»He, Tantchen, was ist? Du bist ja ganz blass.«

»Max ist tot.«

WESTERMANN UND HARTWIG GEHEN INS HAUS VON MAX

»Wir gehen jetzt ins Haus«, sagte Westermann, als er aufgelegt hatte. Unaufgeregt ging er Richtung Haustür. »Die ganze Geschichte gerät außer Kontrolle. Das Gespräch mit Frau Hagedorn … da ist etwas richtig faul. Was hat dieser Doktor mit den Toten zu tun? Wenn wir hier fertig sind, knöpfen wir uns den vor.«

Hartwig nickte.

»So, und jetzt rein, hier ist Gefahr in Verzug oder? Was ist, wenn die Frau von dem Hartmann hier im Haus liegt?« Westermann klingelte noch einmal. Nichts rührte sich. Er streifte sich erneut Handschuhe über. »Rufst du bitte einen der Techniker? Die sollen uns die Tür aufmachen.«

»Ja, mach ich.« Hartwig lief die paar Schritte zur Tür des Kellers und rief hinunter. »Kann einer von euch bitte kommen! Die Haustür muss auf.« Anschließend rannte er wieder zum Gebäude zurück. Wenige Sekunden später kam einer der Männer in weißem Overall mit einer Art Werkzeugkoffer zu ihnen. Es dauerte nur wenige Augenblicke, dann war die Haustür geöffnet. Westermann und Hartwig traten ein.

»Hallo, ist jemand im Haus? Polizei!« Der Hauptkommissar zog abermals seine Waffe und ging vor Thomas Hartwig in den geräumigen Flur. Vorsichtig öffnete er die Türen nacheinander und sicherte den Raum. »Leer, hier unten ist niemand. Hallo, ist da oben jemand?« Hartwig hatte sich bereits auf den Weg in die erste Etage gemacht. Leise folgte Westermann ihm. Nachdem sie auch den oberen Bereich durchsucht und für sauber erklärt hatten, standen sie am Treppenabsatz. »Hier ist niemand. Aber schau mal. Hier hängen jede Menge Bilder an der Wand. Familiengeschichte.«

Mindestens 50 Bilder in Silberrahmen fanden ihren Weg vom ersten Stock bis ins Erdgeschoss. Die Familienfotos reichten bis ins letzte Jahrhundert zurück. Westermann zeigte auf ein 30 mal 40 Zentimeter großes Foto, das den Bestattungsunternehmer Max Hartmann zeigte. »Hier, sieh mal. Das ist unser Toter.«

Thomas ging zwei Stufen hinunter. »Du hast Recht, das ist er«, sagte Hartwig.

»Die sollen im Haus nachsehen, ob sich irgendetwas findet, das die Identität belegen kann. Es sieht nicht so aus, als wäre hier jemand eingebrochen.« Sie gingen die Treppe hinunter. Westermann blieb stehen. »Warte mal. Da war ein Büro.« Hartwig nickte. »Und wo ein Büro ist, da ist meistens auch ein Computer oder zumindest ein Laptop.« Sie stiegen wieder nach oben und öffneten die Tür zum Büro, das links neben der Treppe lag. Auf dem Schreibtisch lagen haufenweise ausgedruckte und beschriebene Blätter unordentlich verstreut. Stifte kreuz und quer darüber.

»Na sieh mal einer an. Der Ordentlichste war der Bestattungsunternehmer ja nicht gerade.«

»Kann ich verstehen«, antwortete Hartwig. »Ich hasse es auch. Einmal im Jahr meine Steuererklärung, und ich könnte hinterher in die Therapie gehen.«

»Aber fällt dir nichts auf?«, fragte Westermann. »Kein Computer, kein Laptop.«

»Hab ich's doch gewusst. Da stimmt was nicht.«

»Vielleicht hat die Frau den Com…«

»Blödsinn. Warum sollte sie? Aber vielleicht hängt das mit Jöns zusammen. Der war hier, so viel ist sicher.«

Hartwig nickte. »Wenn die sich gestritten haben, Jöns den Mann umgebracht und sich den Computer unter den Nagel gerissen hat?«

»Warum sollte er? Wegen der Frau, die verschwunden ist? Mal ehrlich, das wäre sehr eigenartig. Wo ist die Ehefrau?« Westermann runzelte die Stirn.

»Der Jöns war doch nur auf seine Nutte scharf«, sagte Hartwig. »Der kann den Max Hartmann vielleicht … aber was soll der mit dem Computer? Vielleicht hat der etwas mit den Drogen zu tun.«

»Das könnte passen«, antwortete Westermann. »Vielleicht sind die sich in die Quere gekommen. Vielleicht war Jöns aber auch der Lieferant und auf dem Computer waren wichtige Beweise, die ihn verraten hätten. Fakt ist, dass der Computer weg ist. Siehst du? Die Kabel hängen hinterm Schreibtisch herunter.« Westermann ging um den alten Sekretär und hielt die Kabel in die Höhe. »Die sollen alles untersuchen. Nach Fingerabdrücken, DNA. Die Papiere sondieren. Irgendetwas ist hier faul.« Westermann blickte auf seinen Kollegen. Er fasste sich mit der Hand in den Nacken und schob seine Haare Richtung Oberkopf, so dass sie in alle Richtungen abstanden.

»Mach mal klar Schiff auf deinem Kopf«, lachte Thomas Hartwig und deutete auf das Chaos auf Dirk Westermanns Kopf.

»Lass mich, ich muss nachdenken. Wer ist hier im Haus gewesen? Und wie ist der hier reingekommen, ohne Schlüssel? Verdammt, das gibt's doch nicht.«

»Vielleicht hat der Mörder den Schlüssel von Hartmann gestohlen. Der wird sicherlich einen haben. Männer haben ihre Schlüssel immer am Mann.«

Die Kollegen der Spurensicherung verrichteten währenddessen ihre Arbeit im Keller. Anne Larsen, eine der Technikerinnen, hob den abgetrennten Kopf aus dem Sarg und legte ihn in eine Thermokiste, die sie mit einem Deckel verschloss. »Zwei Schädel an einem Tag ist ein bisschen heftig, findet ihr nicht?«

Hennings nickte, nahm Fingerabdrücke und Jansen, der Proben vom Fußboden vor dem Sarg nahm, grummelte.

»Das sieht übel aus«, sagte Anne, als sie sich wieder dem Sarg zuwandte. »Da hat jemand ganze Arbeit geleistet.«

Zwei der Kollegen öffneten die Kühlung und den Sarg, der sich in ihm befand. »Da liegt eine Verstorbene«, rief einer der beiden in den Raum und schloss den Deckel wieder. »Was machen wir damit?«

»Gute Frage. Ich denke, das muss alles in die Gerichtsmedizin. Wir wissen ja nicht einmal, was mit der Frau in dem Sarg passieren soll. Die soll ja wohl in naher Zukunft beerdigt werden.«

Westermann kam die Treppe hinunter. »Na, habt ihr etwas gefunden?«

»Wir nehmen die Spuren auf und dann kommt der Mann in die Gerichtsmedizin.«

»Wie lange ist er etwa tot?«

»Genau können wir das noch nicht sagen. Acht bis zehn Stunden in etwa.«

Westermann nickte.

»Hier«, rief Anne, »hier ist ein Schlüsselbund.« Sie hielt ein Bund in die Höhe, an dem eine Menge Schlüssel hingen. Sie öffnete eine Tüte und ließ das Bund hineingleiten.

»Unbedingt auf Fingerabdrücke und Fasern untersuchen«, sagte Westermann.

Anne nickte und packte die Tüte in den offenen Metallkoffer. »Wir sind nur ein wenig ratlos, was die Tote in der Kühlkammer angeht. Wir wissen nicht, wer sie ist, geschweige denn, wo sie hingehört.«

Westermann nickte. »Vielleicht findet ihr ja Papiere im Haus. Da muss es ja irgendwo Hinweise auf die Beerdigung geben, obwohl«, er stutzte.

»Obwohl was?«, fragte Hennings. »Der Computer ist weg. Ihr müsst sehen, ob ihr irgendwelche Aufzeichnungen in dem Chaos findet.« Abermals kratzte sich Westermann unschlüssig den Kopf. »Die Frau kann auch hierbleiben oder nicht? Da ist doch alles in Ordnung?«

»Ja, so weit. Die liegt hier bis zu ihrer Beerdigung.«

»Na, dann versiegelt alles und die Frau bleibt im Kühlraum.«

Hennings schüttelte den Kopf. »Ne, das geht nicht. Wir müssen sie zur Überprüfung mit nach Lübeck nehmen. Vielleicht hat die Verstorbene etwas mit unserem Mord, beziehungsweise mit den Morden zu tun.«

»Na, dann packt sie ein. Wenn sich irgendetwas Neues ergibt, ruft an. Ja? Wir fahren dann«, sagte Westermann und deutete nach oben.

Hartwig wartete.

»Wir müssen uns auf die Suche nach diesem Jöns machen. Der ist verschwunden. Und diesem Doktor müssen wir gehörig auf den Zahn fühlen und der Zeugin, dieser Kaja Lennart … ääh. Alles gut«, sagte Dirk Westermann und kratzte sich erneut über den Schopf. »Meldet euch einfach, wenn ihr etwas herausfindet.«

NOCH EIN ARZTBESUCH

»Der ist nicht da«, rief Hartwig, als sie zum vierten Mal geklingelt hatten. Nachdem sie die Suche nach Jöns Schütt und seinem Team übertragen hatten, machten sie sich auf den Weg zur Arztpraxis von Doktor Matthias Blender.

»Wir brauchen unverzüglich einen Durchsuchungsbeschluss. Der hat mit Sicherheit noch andere Dinge auf dem Zettel, wenn du mich fragst«, antwortete Westermann, als sein Handy klingelte. »Westermann? … na, das ist ja interessant.« Der Hauptkommissar sah seinen Kollegen von der Seite an. »Seid ihr absolut sicher? … na dann mal los.« Er legte auf.

»Was ist?«, fragte Thomas. »Die haben tatsächlich einen, wenn auch leicht verwischten Fingerabdruck gefunden. Weißt du, von wem der ist?«

Hartwig zuckte die Schultern. »Jöns?«

»Nein, stell dir vor, die gehören zu unserem Doktor!«

»Nein, das glaube ich jetzt nicht. Wie haben sie das denn so schnell herausgefunden?«

»Durch die Kartei laufen lassen. Und einen Volltreffer erzielt.«

»Wieso, ich dachte, das ist ein unbescholtener Bürger mit Doktortitel?«

»War nicht immer so. Der Mann hat richtig Dreck am Stecken. Saß in Santa Fu wegen Drogendelikten.«

»Na, das ist ja der Hammer. Plötzlich kann man eins und eins zusammenzählen.«

»Warum?«, fragte Westermann unaufgeregt.

»Na, hör mal. Drogen, Jöns, Hartmann, Rotlichtmilieu … wenn das keine Argumente sind.«

»Du hast Recht! Wir müssen sofort eine Fahndung herausgeben!«, sagte Dirk Westermann und wählte die Nummer der Dienststelle in Burg. »Hallo, Westermann. Schütt, habt ihr etwas von Jöns? Nicht. Mann, was ist das für ein Scheiß. Weiter suchen. Und geben Sie sofort eine Fahndung nach Doktor Matthias Blender raus. Er wird verdächtigt, Max Hartmann ermordet zu haben … Ja, sofort.« Die Stirn von Dirk Westermann zog eine steile Falte. »Mann Thomas, jetzt wird es Zeit, dass wir einen der beiden finden.«

Sie liefen zum Wagen und fuhren auf direktem Weg in die Dienststelle.

DER MÖRDER LEGT FEUER IM HAUS VON CHARLOTTE

Der Regen triefte unaufhörlich in seinen Mantelkragen. Es schien ihm nicht im Geringsten etwas auszumachen. Vorsichtig drängte er durch das dunkle Gestrüpp und schlich im Verborgenen durch den verwachsenen Garten. Alles war dunkel. *Wahrscheinlich schlafen sie längst.* In jeder Hand, über die er dicke Gummihandschuhe gestülpt hatte, hielt er einen Kunststoffkanister. Als er am Rand der Terrasse stand, stellte er sie fast geräuschlos auf den Boden, ging in die Hocke und schraubte die Verschlüsse ab, die er achtsam in die Jackentasche steckte. Er richtete sich auf, griff nach den Kanistern und fing an, den Inhalt des ersten Behälters unter dem Wohnzimmerfenster entlang herauslaufen zu lassen. Wie ein Geist huschte er im Regen um das Gebäude und verteilte die stinkende Flüssigkeit. Als beide Kübel geleert waren, machte er ein paar Schritte rückwärts, stellte sie in sicherer Entfernung auf dem Rasen ab und schlich zurück. Mit einem Lächeln zog er ein Päckchen Streichhölzer aus der Tasche der Regenjacke. Dabei sah er nach oben. In dicken Tropfen klatschte ihm das Wasser unaufhörlich ins Gesicht. Der Dachüberstand gab ihm wenig Schutz, weil der Wind darunter fegte. Er wischte die Nässe von seinen Wangen, presste den Körper gegen die Wand, um im Windschatten das Zündholz entzünden zu können. Es war stockdunkel und der Sturm jaulte ums Haus. Eine Bö pustete das Streichholz augenblicklich aus. Langsam drehte er sich mit dem Rücken zum Garten, so dass der Sturm dem nächsten Schwefelholz nicht schaden konnte. Er stülpte sich die Kapuze des Sweatshirts über. Noch einmal kratzte er an der rauen Seite der Schachtel entlang. Das Feuer loderte auf. Vorsichtig trat er einen Schritt zurück. Die Flamme erlosch erneut. »Verdammt!«, fluchte er und presste die Zähne aufeinander, was seinem Gesicht einen harten Ausdruck verlieh. Auch die weiteren Hölzer fielen dem Wind zum Opfer. Seine Hände waren nass, genau wie das Gesicht. Die Tropfen fraßen sich durch den Stoff der Jacke und legten sich wie ein nasser Lappen auf die Haut.

Er hasste das Gefühl von Feuchtigkeit auf der Kleidung. Es machte ihn fast wahnsinnig. Sein Vater hatte ihn zur Strafe einmal auf Gedeih und Verderb einen gesamten Nachmittag im Regen stehen lassen, weil er in die Hose gepinkelt hatte. Er durfte sich nicht von dem Platz, den sein Erzeuger ihm angewiesen hatte, entfernen und wurde von ihm durch das Fenster beobachtet. Niemals hätte er als Kind gewagt, sich gegen den Vater aufzulehnen. Der aufkeimende Hass schnürte ihm augenblicklich die Kehle zu. Mit spitzen Fingern zog er ein weiteres Holz aus der feuchten Packung. Er beugte sich vor, versuchte, den Körper zu schützen, und rieb den Schwefelkopf an der Schachtel. »Los, komm.« Es war, als wollte er das Aufblitzen des Feuers erzwingen. Das Zündholz zischte und er hielt es so, dass die Flamme sich entwickeln konnte, bevor der Wind sie wieder ausblies. Seine Augen fingen an zu leuchten, dann ließ er das

Streichholz fallen und machte gleichzeitig einen gewaltigen Satz nach hinten.

»Die kommt mir garantiert nicht mehr in die Quere. Alte Schnüffeltante.«

LENA UND KAJA IM HAUS

Nachdem Kaja sich von dem Schock erholt hatte, stand sie auf, holte sich ein Glas Wasser und leerte es in einem Zug. Ihr war klar, dass sie nicht ganz bei Verstand sein konnte. Sie überlegte, wie sie die Sache beruhigen konnte, musste nachdenken. Leise schlich sie zu ihrem Zimmer und trat ein. Lena saß aufrecht im Bett und hielt sich den Kopf. »So, meine Liebe. Du schläfst dich jetzt erst einmal aus und ich kümmere mich um Tim, okay? Willst du heute Nacht in meinem Zimmer bleiben? Ich schlaf dann mit Tim nebenan, falls etwas sein sollte.«

Lena nickte zaghaft und hielt Kajas Hand fest in ihrer, als die sich zu ihr ans Bett setzte.

»Lass uns nicht streiten«, sagte Kaja. »Es wird sich alles klären.«

»Ich muss dir noch etwas sagen«, hauchte Lena.

»Morgen Süße, morgen. Du musst jetzt schlafen.«

»Nein, es ist wirklich wichtig.« Lena setzte sich auf, zog das Kissen hinter ihren Rücken und sah Kaja durchdringend an. »Max … Max ist nicht der Vater von deinem Kind«, wiederholte Lena.

Kaja schüttelte den Kopf. »Das sagtest du schon.«

Lena rief: »Lass mich endlich ausreden, er ist nicht der Vater, weil ... weil ...«

»Ja, nun red schon endlich«, Kaja knibbelte nervös an ihren Fingernägeln.

»Weil Matthias Blender der Vater ist!«

Kaja sprang auf und stellte sich wütend vor Lena. Sie wurde bleich und ihre Stimme überschlug sich, als sie schrie: »Der Arzt, der bei euch war, als ich dich abgeholt habe? Wie kommst du darauf.« Ihre Augen blitzten.

»Das kann ich dir nicht sagen, nur so viel, dass der Doktor und Max ein paar Mal zusammen nach Hamburg gefahren sind, um zu irgendwelchen Symposien zu fahren.«

»Symposien? Was soll das? Dein Mann war im Puff und hat beim letzten Mal irgendeinen Typen mitgebracht, der nicht wollte, dass ich ihn sehe. Sie haben mir die Augen verbunden, um den Kick zu erhöhen, verstehst du? Ein *Spiel* nannten sie es. Verdammt mieses Spiel, wenn du mich fragst. Max hat mir die Augen verbunden und der andere kam später dazu. Ich weiß nicht, *wer* das war«, schrie Kaja. »Ich habe ihn nicht eine Sekunde lang gesehen. Sie haben mich vergewaltigt.« Kaja riss die langen Haare zurück und entblößte ihre lange wulstige Narbe. »Hier, siehst du? Das ist kein Traum gewesen. Nachdem dein Drecksack von Mann von mir runter war, hat mich sein *Kumpel*, wer auch immer es gewesen sein mag, richtig hart rangenommen. Ich lag zwei Wochen im Krankenhaus, bis sie mich wieder zusammengeflickt hatten. Jöns und Andrey haben sich die beiden noch in ihrem Hotel gegriffen und dann gab es richtig auf die Schnauze.«

Lena erinnerte sich plötzlich an einen Abend vor ungefähr sechs Jahren, als Max von einem Seminar mit einem ziemlich zerbeulten Gesicht nach Hause kam und beteuerte, ein paar Besoffene hätten ihn in einer Seitenstraße zusammengeschlagen. Jetzt hatte sie den Zusammenhang. Sie sah Kaja flehend an.

»Aber Max kann trotzdem nicht der Vater sein …«

»Wieso nicht. Was willst du mir damit sagen. Reicht es nicht, wenn ich es dir sage?« Kaja schüttelte wütend den Kopf.

»Nein, es reicht nicht, weil ich dir nicht glaube.« Lena setzte sich aufrecht hin. »Max ist zeugungsunfähig.«

Kaja blickte entsetzt auf Lena, der Tränen über die Wangen liefen.

»Ich kann das nicht glauben. Dann ist der Arzt, den ich bei euch gesehen habe, Tims Vater? Es war alles so schrecklich. Verstehst du, so schrecklich.« Dann fing sie an, Lena von dem Abend zu erzählen. »Du weißt ja gar nicht, was sie mir angetan haben!« Sie schüttelte den Kopf und sackte auf den Stuhl, der vor Lenas Bett stand.

»Ich erinnerte mich noch genau an den Moment, als dein Mann ins Zimmer kam, dass er nichts Eiligeres zu tun hatte, als sich die Klamotten vom Leib zu reißen. Mit seinen 1, 90 Meter ist er ganz schön wuchtig. Glaubst du, der hat mir Spaß gemacht?«

Lena schüttelte verwirrt den Kopf.

»Dein Typ ist … war Stammgast bei mir. Er kam … wie immer«, sie lächelte verächtlich, »ziemlich schnell zur Sache und hat mich gebeten, mir die Hände und Augen verbinden zu dürfen.«

Geschockt hielt Lena sich die Hände vor den Mund. Sie konnte nicht glauben, wozu der Mann, der sie schon Jahre nicht mehr anrührte, fähig war.

»Ich habe einfach nur eingewilligt, ohne auch nur irgendwas zu fühlen, verstehst du?«, Kaja schrie wie von Sinnen, als sie die Erinnerungen an den schrecklichen Abend einholten. »Er wedelte jedes Mal mit den Scheinen, wenn er reinkam. Du kannst dir gar nicht vorstellen, wie ich mich geekelt habe.

Ich kannte ja die Spielchen und wusste, dass es schnell vorbei sein würde. Dein Mann ist einer von denen, die keine fünf Minuten brauchen, bis sie fertig sind. Das machte die Sache etwas einfacher. Diese geilen alten Säcke haben die wildesten Fantasien im Kopf, aber ihr bestes Stück meistens nicht so gut unter Kontrolle. Oft ist nach ein paar Minuten bereits alles zu Ende. So war es auch bei Max.« Das erste Mal sprach sie seinen Namen aus. »Ich erinnere mich noch genau.«

»Sei still«, schluchzte Lena. »Ich will das alles gar nicht hören. Es ist so demütigend.«

»Demütigend? Was glaubst du, was es für mich war? Das hörst du dir jetzt alles an.«

Kaja holte Luft und sprach weiter. »Ich trug an dem Abend nichts bis auf einen schwarzen durchsichtigen Stringtanga und kniete mich neben ihn aufs Bett. Nachdem ich sein Ding endlich hochgebracht hatte, nahm er meine Hände und schnürte langsam eine Kordel um die Handgelenke.« Sie hielt ihre Arme hoch und streckte Lena die Hände entgegen. Ihre Augenlider flackerten unruhig. »Am Bettpfosten hat er sie festgebunden. Ich dachte, wenn es ihn anmacht, warum nicht. Er war immer ein eher gutmütiger Trottel. Nichts Abartiges, wenn du verstehst. Ganz langsam ist er mit seiner Zunge über meine Haut. Er hat gestöhnt und mich genommen. Dabei biss er mir so heftig in den Hals, dass ich noch zwei Wochen später einen Knutschfleck hatte. Ich hab auch das ausgehalten. Hab laut gestöhnt, um ihm das Gefühl von Macht und Genugtuung zu geben. Ich selbst habe gar nichts gespürt. Hab nur meinen Körper hingehalten.« Sie stand auf, ging zur Terrassentür und blickte in die Dunkelheit. »Diese schwitzenden Bastarde. Wenn ich das Geld nicht dringend gebraucht hätte, was glaubst du …« Kaja ging auf das Bett zu. »Ich sehe immer noch die Schweißperlen seine Stirn runter laufen und höre sein Keuchen. Kannst du dir vorstellen, wie sich das anhört? Ich mache das alles nicht, weil ich Spaß daran habe.

Ich habe mitgespielt, um ihn zum Höhepunkt zu treiben. *Nun mach schon zu*, dachte ich, als er immer schneller zur Sache ging. Er nahm mich wie ein räudiger Hund.« Sie setzte sich erschöpft auf den Stuhl. Die kleine Lampe aus Strandholz spendete schummeriges Licht, sodass Lena Kajas Tränen nicht sehen konnte.

»Und dann ging es richtig ab. »Du Hure! Jetzt werden wir dir zeigen, was ein richtiger Fick ist«, sagte *dein* Bestattungsunternehmer.« Sie sah die Frau im Bett böse an. »Dann war er, Gott sei Dank fertig, dein Supergatte, und zog sich eine Hose über, bevor er diesen Freund reinlotste. Der hat vor dem Bett gestanden, und mich beobachtet, das habe ich genau gespürt. Ich konnte ihn ja nicht sehen. Ich habe nur sein Aftershave gerochen. Sehr herb. Daran kann ich mich noch genau erinnern. Ich dachte, so wie der riecht, sieht er hoffentlich gut aus. Was sich ja jetzt zu bestätigen scheint«, sagte Kaja verächtlich.

»Der Typ hat nicht lange gefackelt und meinen Kopf brutal ins Kissen gedrückt. Hat mich wie ein wildes Tier vergewaltigt, immer wieder. Als er nach mehr als einer Stunde von mir abließ, war ich völlig erschöpft, und mein Körper mit blauen Flecken übersät, was ich natürlich erst später festgestellt habe und die Schmerzen … die waren kaum auszuhalten. Das war alles noch … ich will sagen … harmlos … nein, das stimmt nicht, aber ich weiß nicht, wie ich es sonst erklären soll. Plötzlich hatte dieser Bastard ein Messer und fuhr mit der kalten Klinge über meine Brust. Ich hatte Todesangst.« Sie schluchzte.

»›Nur ein Wort und du bist tot‹«, hat er mir ins Ohr geflüstert. Ich konnte ihn nicht sehen, aber ich werde die Worte niemals vergessen. ›Ein Wort an deinen Zuhälter von dem, was hier gerade passiert ist, dann …‹ Was glaubst du, macht man da? Ich war mir sicher, dass ich das nicht überleben würde. Der Typ setzte die Messerspitze an meinem Ohr an und fuhr mit der Klinge hinunter bis zum Mund.« Kaja streifte ihre langen Haare zurück und zeigte Lena noch mal die wulstige Narbe. »Das Blut ist auf das Laken getropft. Ich hab es später gesehen. Ich muss wie ein Schwein geblutet haben. Und er war noch nicht einmal fertig«, weinte sie. »Weißt du, was er dann noch sagte?«

Lena hielt sich die Hände vors Gesicht und schüttelte fassungslos den Kopf.

»›Ein Wort und ich komme wieder! Dann kommst du nicht mit diesem lächerlichen Andenken davon. Dann schneide ich dir deine Gedärme raus und häng sie zum Trocknen auf!‹. Dann stieg er von mir runter und verschwand mit *deinem* Mann.«

»Was hat der die ganze Zeit gemacht? Wieso hat er dir nicht geholfen?« Lena starrte Kaja an.

»Ganz einfach, weil er auf der Couch eingepennt war. Ich hab gehört, wie der Arzt ihn einen *alten Sack* nannte und aufweckte.« Kajas Blick war stumpf und traurig. Man sah ihr an, dass sie dieses Gespräch unendlich viel Kraft kostete.

Kaja zitterte am ganzen Körper und wagte nicht, den Kopf auch nur einen Zentimeter zu bewegen. »Ich habe einfach nur still dagelegen, bis der Spuk zu Ende war und die Männer aus dem Zimmer verschwunden sind. Dann habe ich so lange an den Handgelenken herumgezerrt, bis die Kordel anfing, sich zu lösen. Es hat ein paar Minuten gedauert, dann hatte ich es geschafft und die Binde von den Augen gerissen. Das Zimmer war leer. Ich habe mich ins Bad geschleppt, stand weinend eine gute halbe Stunde unter der Dusche und hab mir den Dreck abgeschrubbt, den die beiden hinterlassen hatten. Verstehst du, was an dem Abend passiert ist? In dieser Nacht wurde Tim gezeugt.«

»Woher weißt du eigentlich so genau, dass es der Doktor war, mit dem Max bei mir war?«

Lena fing an zu stottern. »Ich weiß es, weil ich ihnen ein paar Mal …«, sie schwieg für einen Moment, und schluchzte. »Ich bin Max und dem Doktor einmal hinterhergefahren.« Sie hielt sich die zitternden Hände vors Gesicht. »Weißt du, wie beschämend das war?« Lenas Körper zitterte.

Kaja atmete aus, stand auf, ging zum Bett und setzte sich auf die Bettkante. Sie presste ihre Zähne aufeinander, bis der Kiefer schmerzte.

»Bis … bis zum Parkhaus auf dem Kiez.« Sie konnte sich kaum beruhigen.

Kaja legte ihr die Hand auf den Arm. »He, nun mal ganz ruhig.«

Sie war erleichtert, dass sie sich die schlimme Geschichte von der Seele sprechen konnte und seit Langem war ihr nicht mehr so leicht ums Herz gewesen.

Lena sprach weiter. »Hinterher bin ich ihnen. Zuerst sind sie in eine Spielbank und dann mit dem Taxi in den Puff, in dem du arbeitest.« Hilfesuchend sah Lena die Frau auf der Bettkante an, die sie irritiert anblickte.

»Dann kanntest du mich…?«

»Ja, ich habe dich beim zweiten Mal hineingehen sehen, kurz bevor Max in dieses *Massageinstitut* ging.« Jetzt war es raus.

Lena hatte Kaja belogen. Sie wusste die ganz Zeit, wer sie war. Verzweifelt versuchte sie, die Lage, in der sie sich befand, zu rechtfertigen.

»Deshalb weiß ich es so genau, dass Matthias mit Max bei dir war. Stundenlang habe ich mich auf der anderen Straßenseite hinter einem Müllcontainer versteckt.«

»Wie passend. Die Ratten verstecken sich im Müll«, erwiderte Kaja angewidert.

Lena ließ sich ermattet ins Kissen zurückfallen. Sie sah Kaja schweigend an. »Es tut mir so leid, dass ich dir nicht gleich reinen Wein eingeschenkt habe.«

»Aber warum? Warum hast du mich belogen? … ich dachte, wir sind Freundinnen.« Kaja schaute die vermeintliche Freundin wütend an.

»Genau deshalb«, wisperte Lena. »Ich dachte, wenn ich dir gleich erzähle, dass ich weiß, wer du bist, dann lässt du dich niemals auf eine Freundschaft mit mir ein.«

»Wolltest du mich nur ausspionieren, oder was?« Kaja sprang auf, ballte ihre Hände zu Fäusten und schnaubte. »Hast du dich an mich rangemacht im Schwimmbad? Hä.« Drohend kam sie auf Lena zu und hob die Faust vor ihre Augen. Lena schüttelte verzweifelt den Kopf. »Ich … ich wusste nicht, dass …«, stotterte sie und setzte sich aufrecht hin. Lena Hartmann wusste, dass weitere Lügen die junge Mutter nur noch weiter von ihr entfernen würden.

»Doch, ich wusste, dass du da bist«, antwortete sie kleinlaut. »Ich habe zufällig gesehen, wie du bei Nele aus dem Haus kamst. Ich bin dir an diesem Morgen heimlich gefolgt. Ich wollte dich nicht ausspionieren. Wirklich nicht.« Beschwörend sah sie Kaja an.

Die Spannung in der Luft knisterte gefährlich.

»Und wieso hattest du dann Badesachen bei dir? Zufall? Ich hasse dich! Hätte ich mich nur niemals auf dich eingelassen. Und ich dachte …?«

»Nein, nein bitte nicht. Ich habe immer eine Sporttasche im Wagen, weil ich gern zum Schwimmen gehe, wenn ich Zeit habe. Notration sozusagen. Verzeih mir.« Sie schloss die Augen. »Ich muss dir noch was sagen.«

»Reicht das noch nicht?« Kaja sprang wütend auf und blieb stehen.

»Bitte komm her. Setz dich«, Lena klopfte mit der Hand

auf die Bettkante. Widerwillig machte Kaja einen Schritt auf sie zu. »Nein, ich will nicht. Du hast mich belogen und ausgenutzt.« Sie wollte einfach nur noch gehen.

»Nein, bleib«, schrie Lena, als müsste sie um ihr Leben kämpfen. Kaja war irritiert. Sie wusste auf einmal nicht mehr, ob sie der ganzen Geschichte hier und jetzt ein Ende bereiten sollte oder sich weiterhin auf Lena einlassen sollte. Sie war zutiefst verletzt.

Auf der anderen Seite lag die Frau so hilflos und verletzlich da. *Wieso kann ich ihr nicht einfach glauben, was sie sagt. Ich kann nicht jedem, der mir über den Weg läuft, misstrauen*, dachte sie und setzte sich schweren Herzens zurück auf die Bettkante.

»Was willst du noch?«, fragte sie kalt.

Lena richtete sich auf, drehte ihren Kopf und sah Kaja verzweifelt an. Dann zog sie sie mit beiden Händen zu sich.

Kajas Körper sträubte sich und gleichzeitig war eine unglaubliche Anziehungskraft zwischen ihnen. Es war, als würde sich die Spannung in dieser Sekunde entladen.

Kaja wollte sich von der Bettkante lösen, als Lena sich an sie klammerte. Ihre Augen waren nur ein paar Zentimeter voneinander entfernt, die Blicke trafen sich. Kaja spürte den warmen Atem und ihr Herz fing an zu rasen. Ihr gesamter Körper zitterte, als Lena ihre Lippen zart auf ihre legte. Sie stöhnte, öffnete ihren Mund und ihre Zungen fanden sich zu einem langen, intensiven Kuss. Kaja spürte die Hand, die sich auf ihre Brust legte und anfing, sie zaghaft zu streicheln. Erschreckt fuhr sie hoch und sprang auf. »Du musst schlafen«, stotterte sie verstört. »Schlafen.«

Was passierte hier gerade? Sie musste augenblicklich hier raus.

»Ich fahr jetzt zu Blender! Dieses Arschloch wird mich kennenlernen. Der wird genauso leiden, wie ich es getan habe, als er mich so gedemütigt hat.«

»Warum?«

»Weil ich ihm sagen werde, dass das Kind von ihm ist und er niemals etwas von ihm haben wird. Eher bringe ich ihn um. Er wird niemals die Liebe seines Sohnes erfahren.«

»Nein, bleib hier, bitte. Nicht hinfahren.«

Fluchtartig verließ Kaja den Raum und blieb regungslos an der Wand neben der Tür stehen. Erneut liefen ihr Tränen übers Gesicht. Jetzt wusste sie, was sie die ganze Zeit schon geahnt hatte. Sie musste sich beruhigen und lauschte. Aus dem Zimmer vernahm sie leises Schluchzen. Kaja entfernte sich leise und betrat das Appartement daneben, in dem Tim bereits selenruhig schlief. Sie hatte Lena ihr eigenes Zimmer überlassen, damit sie erst einmal ausschlafen konnte. Tim schlief tief und fest. In seinem Arm sein geliebter Teddy. Kaja betrachtete ihren Sohn und fasste einen Entschluss. Sie wollte ein für alle Mal *klar Schiff* machen und würde jetzt den Mann zur Rede stellen, der ihr so fürchterliche Schmerzen zugefügt hatte und der … der Vater von Tim war. Er sollte genauso leiden, wie sie es getan hatte.

Sie deckte ihren Sohn zu und verließ auf Zehenspitzen das Zimmer. Vorsichtshalber verschloss sie die Tür von außen. *Wenn etwas sein sollte, hat Frau Martin einen Ersatzschlüssel.* Sie wusste, dass der Kleine niemals aufwachte, wenn er erst eingeschlafen war. Was sollte passieren? Trotzdem drückte dass schlechte Gewissen auf ihr Herz, als sie in das Taxi stieg, das direkt vor der Tür hielt.

Jetzt würde sie Blender zur Rede stellen.

Sie wollte das ganze Elend, das hinter ihr lag, beenden und mit ihrem Sohn auf dieser Insel ein neues Leben beginnen.

JÖNS BRICHT IN KAJAS ZIMMER EIN

Die Regentropfen prasselten wie ein Sturzbach gegen die Windschutzscheibe, als Jöns die Amalienhofer Brücke befuhr. »Scheiß Regen«, pöbelte er. Der Scheibenwischer wedelte auf höchster Stufe hin und her und ließ Jöns kaum einen freien Blick auf die Straße. »Totentanz, hier ist wirklich Totentanz«, bemerkte er trocken. »Nicht mal die Tankstellen haben auf. Was für ein Kaff!« Er stierte blinzelnd auf die Fahrbahn und klopfte nervös mit den Fingern auf das Lenkrad, als er in die Breite Straße einbog. Die Innenstadt war genauso ausgestorben, wie der Weg dorthin. Der Porsche des Zuhälters bollerte über das Kopfsteinpflaster. »Mann, das ist ja, als wenn ich auf einem Skateboard fahre.« Langsam fuhr er in die Sahrensdorfer Straße und bog an der Ampel links Richtung Großparkplatz ab. Jöns suchte einen Parkplatz, der direkt zur Fahrbahn lag und durch Gebüsch verdeckt war. So konnte man den Wagen nicht sofort wahrnehmen. Er hatte sich den Plan genau zurechtgelegt, und hoffte, dass die Vermieter der Pension darauf eingingen. Er räusperte sich, griff nach der Wasserflasche, drehte den Verschluss auf und leerte sie in einem

Zug. Mit einem Ruck öffnete er die Wagentür und stieg aus. Eilig zog er den Reißverschluss der Jacke zu und stellte den Kragen auf. *Eine Regenjacke wäre jetzt nicht schlecht.*

Allerdings wusste jeder, der ihn kannte, dass Phillip Jöns im Schrank mit Sicherheit keine Regenjacke verwahrte. Für ihn gab es nur Designerklamotten. Dazu trug er handgearbeitete, italienische Lederschuhe.

»Die Kohle, die die Mädchen verdienen, ist gut angelegt«, sagte er, wenn Freunde ihn auf die noble Ausstattung ansprachen. Er vermied es, mit ihnen über Geschäfte zu sprechen.

Es ging sie nichts an, womit er sein Geld verdiente. Von den Drogengeschäften wussten allenfalls Eingeweihte, wie Andrey und Traviér, die an den üblen Geschäftsmachenschaften beteiligt waren. Es war zudem gefährlich, in die Szene einzutauchen und noch bedrohlicher, zu viele Menschen davon in Kenntnis zu setzen. Diese Art windiger Geschäfte waren hart und unberechenbar.

Jöns klickte auf den Wagenschlüssel und rannte über die Straße. Im Eingangsbereich des Hauses stellte er sich unter, damit der Regen ihn nicht vollends durchnässte. Er suchte die Klingel. Eine kleine Lampe brannte. *Die sind hoffentlich noch wach.* »Macht schon auf«, brummte er. Zum zweiten Mal drückte er den Klingelknopf. Ihm war kalt. Feuchtigkeit zog in die Klamotten. Er fröstelte. Dann ging das erhoffte Licht im Flur an und erleuchtete den gesamten Eingangsbereich. Jöns trat eine Stufe zurück in den Regen. Ein Mann in Sporthose und T-Shirt-Jacke kam die Treppe herunter. *Das ist mit Sicherheit der Pensionswirt*, mutmaßte Jöns. Mit federnden Schritten kam er an die Tür und öffnete.

»Ja?«

»Entschuldigen Sie die späte Störung, ich hätte eine große Bitte an Sie«, flötete er und löste einen misstrauischen Blick beim Pensionsbetreiber aus.

»Zimmer?«

»Nein, ich brauche kein Zimmer, ich …«

»Was gibt es denn ansonsten so Wichtiges um diese Uhrzeit?«, fragte der gutaussehende Mann Mitte 50.

»Ich möchte meine Schwester überraschen. Sie hat ein Appartement bei Ihnen gebucht. Mit ihrem Sohn.« Jöns versuchte, vertrauenswürdig zu wirken. Die Situation war kurios, wenn nicht merkwürdig und musste dem Eigentümer des Hauses eigenartig erscheinen. »Ich komme gerade aus Schweden und sie hat mir erzählt, dass sie hier Urlaub macht.« Henning Martin nickte, bat den Fremden allerdings nicht in den Flur. »Was wollen Sie jetzt genau?« Fragend sah er den Mann von Kopf bis Fuß an, als wollte er sich jedes Detail einprägen.

»Es wäre sehr freundlich«, räusperte sich Jöns, »wenn Sie mir den Schlüssel für ihre Tür geben würden, dann könnte ich sie überraschen.«

Henning schüttelte den Kopf. »Ich drücke Ihnen nicht einfach den Zimmerschlüssel eines Gastes in die Hand. Da kann ja jeder kommen. Ne, das geht nicht.«

Jöns wurde blass. Er hatte es sich leichter vorgestellt, in das Zimmer seiner Nutte zu gelangen. »Kaja Lennart, ihr Sohn heißt Tim und ist fünf Jahre alt. Meine Schwester arbeitet in Hamburg und macht hier Urlaub. Reicht das nicht?«

Henning Martin sah den Mann nachdenklich an. »Ich kann Sie allerhöchstens rüberbringen. Aber sonst, nein das gibt es nicht.« Er schüttelte ein weiteres Mal den Kopf. Jöns spürte, dass er bei dem Pensionsbesitzer auf Granit biss.

»Welche Zimmernummer hat sie denn?«

»Nummer sieben.« Er hielt inne. »Warum wollen Sie das wissen?«, fragte er argwöhnisch.

»Ich denke, ich komme morgen wieder, dann brauchen Sie mich nur ins Haus zu lassen.« Der Hamburger Lude steckte die Hände in die Hosentaschen. »Trotz allem, vielen Dank für Ihre Hilfsbereitschaft«, flüsterte er. »Ach eines noch. Die Nachricht ist von ihrem Bruder«, betonte er.

»Ja, das kann ich mir notieren. Morgen Früh gebe ich ihr Bescheid, versprochen. Nichts für ungut, aber um diese Zeit …«

Jöns hatte sich bereits wortlos umgedreht und war über die Straße gehechtet.

Nachdem Henning Martin die Tür verschlossen hatte, ging er kopfschüttelnd nach oben. Er betrat das Wohnzimmer, in dem Nele dabei war ihren Krimi zur Seite zu legen. »Leute gibt's, das glaubst du gar nicht.«

Nele sah erstaunt auf. »Wieso, was war denn?«

»Das kannst du dir nicht vorstellen. Da war ein Kerl, der wollte zu dieser jungen Frau.«

»Welcher Frau?«

»Na, die mit dem Lütten«, antwortete Henning.

Nele wurde blass. »Du hast ihn hoffentlich nicht reingelassen?«, rief Nele entsetzt, warf das Buch aufs Sofa und saß plötzlich kerzengerade.

»Natürlich nicht. Was denkst du von mir.« Er sah seine Frau beleidigt an. »Um diese Uhrzeit? Die schläft doch längst. Der kann morgen Früh wiederkommen und du bringst ihn dann zu ihr.«

Nele nickte. »Ja, aber eigentlich hat sie mich darum gebeten, niemanden zu ihr zu lassen.« Sie sah ihren Mann an. »Sie hatte mich *extra* darum gebeten. Woher weißt du, ob das wirklich ihr Bruder war?«

Henning zuckte mit den Schultern. »Das weiß ich nicht. Wenn so etwas ansteht, musst du mir schon vorher sagen, was Sache ist. Ich kann das schließlich nicht riechen«, maulte er.

»Nun sei man nicht gleich sauer. Hast ihn ja nicht reingelassen«, murmelte Nele. »Morgen Früh werde ich ihr von dem Mann erzählen und dann kann sie selbst entscheiden, ob sie ihn sehen will oder nicht. Die hat mit Lena schon genug an der Hacke. Hat er dir einen Namen genannt?«

»Nein, er hat nur gesagt, er sei ihr Bruder.« Damit war das Gespräch beendet. Henning sah Nele an und sagte: »Ich mach jetzt meine Runde, schalt die Lichter aus und geh zu Bett. Morgen ist wieder früh Tag.«

Nele nickte. »Ich gehe auch gleich.«

Jöns saß frierend im Sportwagen und grübelte. »Ich muss da heute Nacht rein. Wenn die Bullen mich vorher kriegen, bin ich am Arsch.« Jöns trommelte nervös mit den Fingern auf das Lenkrad. Entschlossen starrte er auf die Häuser. *Da ist ein Tor, da kommt man auf keinen Fall hinein. Die haben mit Sicherheit eine Alarmanlage, wie ich den Typen einschätze. Die Tür aufbrechen? Zu laut und zu einsehbar von der Straße.* Phillip Jöns betätigte den Schalter des Radios. »23.25 Uhr, hier ist RSH mit den Nachrichten.« Jöns drückte eine weitere Taste und plötzlich plärrte Free Jazz über den Äther.

»Was für'n Mist ist das jetzt? Haben die nicht irgendwas Vernünftiges hier oben? Scheißprogramm.« Er betätigte den CD-Knopf. »I'm a Believer« von den Monkees kratzte über die Lautsprecheranlage. Erschreckt stellte er die Lautstärke herunter, um kein Aufsehen zu erregen.

In dem Moment, als er die Tonstärke runtergeregelt hatte, sprang das Licht im Flur der Pension erneut an. Jöns schaltete die Anlage aus und lenkte den Blick fokussierend auf den Ausgang.

Die Tür wurde geöffnet und der Hauseigentümer kam heraus. Soweit der Zuhälter es erkannte, trug der Mann ein Schlüsselbund in der Hand. Er ging auf das Gästehaus zu und verschwand im Eingangsbereich.

Der Mann im Wagen sah seine einzige Chance gekommen. Er sprang aus dem Auto und lief durch mehrere Pfützen auf die andere Straßenseite. Neben der Pension gab es eine Einfahrt, die ihm Schutz bot. Er schlich hinter die Mauer, zog ein paar Lederhandschuhe aus der Jackentasche, streifte sie über und peilte um die Ecke. Dabei behielt er den gegenüberliegenden Bau im Visier. *Nicht dass mich da jemand beobachtet.* Alles war ruhig. Es brannte weder Licht in dem villenartigen Gebäude, noch konnte er ein Geräusch ausmachen. Das Haus vis-à-vis stand leer. *Riesen Kasten*, dachte er und schaute in kurzen Abständen nervös zum Haus, um den Eigentümer auf keinen Fall zu verpassen. *Was will der da?* Jöns biss auf die Unterlippe und hatte in diesem Moment keinerlei Deckung vor dem sintflutartigen Regen. »So ein Mist«, fluchte er, als die Nässe den Nacken hinunterlief. Das Licht im Eingangsbereich erlosch. *Okay. Ich muss schnell genug sein, wenn der rauskommt. Vielleicht schließt die Tür nicht sofort.* Er wusste, dass viele Haustüren einen Schließmechanismus hatten, der sie verzögernd ins Schloss fallen ließ. Jöns hörte den Pensionsbesitzer hustend mit den Schlüsseln klappern und zog augenblicklich den Kopf zurück. Vorsichtig lugte er ein weiteres Mal um die Hausecke. Henning Martin marschierte den Weg entlang, den er gekommen war, betrat das andere Haus und das Licht im Eingang ging aus.

Der Hamburger hastete eilig aus dem Versteck und sprang mit zwei Sätzen die Treppenstufen hinauf. *Bitte lass die Tür … Mann, was hab ich für ein Schwein.* Hastig drückte er gegen die Eingangstür, hielt den Fuß in die schmale Öffnung und drängte in den dunklen Hausflur.

Die Orientierung fiel ihm schwer. Phillip stand in einem Gang, der nach oben führte. *Zimmer sieben. Ja, sieben.* Er zog das Handy aus der Hosentasche und schaltete die integrierte Lampe ein. Lautlos huschte er den unteren Flur entlang.

Vier. Danach folgte er dem Läufer und sah sich die einzelnen Nummern an. *Sechs, sieben. Sag ich doch. Das war einfacher, als gedacht. So meine Süße, jetzt klären wir das wie Erwachsene.* Er grinste verächtlich und schlich bis vor die Tür am Ende des Korridors. *Jetzt muss ich nur noch rein, ohne gleich das gesamte Haus aufzuwecken.* Jöns kramte in der Jackentasche und zog ein Bund mit mehreren Schlüsseln heraus. Er probierte, geräuschlos den Türgriff herunterzudrücken. Die Tür war erwartungsweise verriegelt. Phillip Jöns suchte nach dem passenden Schlüssel, der mit einem Winkel ausgestattet war. Er schob ihn in die Öffnung und drehte ihn im Schloss herum. Plötzlich knarzte es im Flur. Augenblicklich schaltete er das Licht des Handys aus. Er lehnte im Dunkeln das Ohr gegen die Tür, um zu hören, ob sich im Zimmer irgendetwas rührte. Alles war ruhig. *Wie auf dem Friedhof*, grinste der Mann und rotierte den Spezialschlüssel bis zum Anschlag. Es knackte und er war sicher, dass er die Tür geöffnet hatte. Lautlos ließ er das Bund in der Jackentasche verschwinden. Draußen floss der Regen eine Dachrinne hinunter, die sich direkt neben dem Fenster befand. Phillip Jöns biss die Zähne zusammen, sog Luft in die Lungen und drückte die Türklinke herunter. Die Tür öffnete sich problemlos. Der Zuhälter zog sie auf und schob sich ins Zimmer. Da er nicht wusste, wie die Appartements im Inneren aufgeteilt waren, musste er sich auf Lichteinfall von außen verlassen.

Schränke. Er sah Umrisse mehrerer Möbelstücke, dann wurde der Raum großflächiger. Wenige Schritte und er stand unmittelbar vor dem Bett. Er wendete den Blick irritiert auf den glänzenden Flachbildschirm, der seinen Schatten spiegelte. Jöns konnte Kaja nicht erkennen. Atemlos lauschte er ihrem verhaltenen Schnarchen.

In der rechten Jackentasche befand sich ein Tuch, das er vorsorglich eingesteckt hatte. Er zog es heraus, hielt es in der

Hand fest, griff zur Decke und schlug sie ruckartig nach hinten. Das Bett war leer.

Einen Moment irritiert, machte er eine Sekunde später zwei Riesenschritte auf die andere Seite und zerrte an der zweiten Bettdecke. Ein Aufschrei hallte durchs Zimmer. Kraftvoll riss er ihre Haare zurück und presste das Tuch auf ihre Lippen. Panisch versuchte sie, sich gegen den Angreifer zu wehren. Überrascht vom unerwarteten Angriff hatte sie keinerlei Chance. Sie trat verzweifelt mit dem Fuß nach der schwarzen Figur. Einen winzigen Augenblick der Irritation nutzte die Frau, um den Stoff von den Lippen zu reißen und laut loszuschreien. »Neeein! Aufhören, Hilfe!« Jöns schmiss sich auf sie, hielt ihr den Mund zu und presste sein gesamtes Gewicht auf den Körper.

»Halt die Fresse, Schlampe! Du hast wohl gedacht, du könntest mich austricksen.« Jöns setzte sich rittlinks auf ihren Bauch. Er nahm die Hand und legte sie wie einen Schraubstock um ihren Hals. Wütend drückte er zu. Verzweifelt versuchte sie, nach Luft zu schnappen. Der Zuhälter keuchte, während er sie würgte. »Versprich mir, dass du kein Wort herausbringst, dann lass ich vielleicht los, verstanden?«

Die Frau, die zum zweiten Mal in den Fängen eines Verbrechers war, nickte schwach.

»Ich nehm das Tuch weg, also bleib ruhig«, flüsterte er gefährlich und griff mit der anderen Hand an die Kehle. »Einen Laut und du bist tot!« Erstarrt lag sie in ihrem Kissen und wagte kaum zu atmen. Ihr Herz raste und schlug bis zum Hals. Sie würgte und sog gierig Luft ein, als das Baumwolltuch von ihrem Mund verschwand. »Na, Schnappatmung? Ich hab dir schon immer gesagt, du entkommst mir niemals. Du gehörst mir, verstanden?«

Jöns hatte nicht bemerkt, dass die falsche Frau unter ihm lag.

Lena nickte unmerklich, einzig damit ihr Gegenüber von ihr abließ. Wer war der Kerl, der mit schwerem Gewicht ihren Körper zu erdrücken drohte? Sie kannte ihn nicht. Die Stimme war nicht zuzuordnen. *Das muss eine Verwechslung sein*, dachte sie und bekam Panik. Der Mann richtete sich auf, hielt eine Hand an ihre Kehle. »Also, wo ist mein Geld, du Schlampe?«

»Ich … ich weiß nicht, wovon Sie reden«, presste Lena heraus.

Jöns stutzte, sprang irritiert hoch. *Wer war die Frau, die vor ihm auf dem Bett lag?* »Wer bist du?«, rief er entsetzt. Diesen Moment nutzte Lena, um sich aufzurichten. Sie schrie aus Leibeskräften. Jöns warf sich erneut auf sie. »Halt die Schnauze! Halt's Maul!« Er drückte die Hand auf den Mund und erstickte ihren Schrei.

Die Frau des Bestattungsunternehmers zuckte mit Händen und Füßen, versuchte ein weiteres Mal, sich vom Gewicht des Unbekannten zu befreien. Sie wusste, wenn er nicht von ihr abließ, würde sie sterben. Gierig sog sie verzweifelt Luft durch die Nasenlöcher. Es reichte nicht, um ihren unstillbaren Hunger nach Sauerstoff zu befriedigen. Ihr wurde schwarz vor Augen. Der Mann, der über ihr lag, drückte erbarmungslos zu.

Lena röchelte. Ihr wurde schwindelig. Sie spürte, dass sie gleich die Besinnung verlor. Ihre Glieder erschlafften und sie ergab sich.

CHARLOTTES HAUS BRENNT

Katrin sah bereits von der Hauptstraße, die nach Landkirchen führte, etwas Rotes am Himmel schimmern. *Ist das etwa ein Nordlicht?* Sie wusste, dass es schon ein paar Mal vorgekommen war, dass Polarlichter sich an diese Küste verirrten. Sie schüttelte ungläubig den Kopf. *Das kann nicht sein. Wahrscheinlich bin ich einfach zu müde. Außerdem ist es neblig, wie soll man die Lichter über dem Wasser von hier aus erkennen? Auf jeden Fall wären das nette Fotomotive für Tantchen.* Nur die Richtung, aus der das matte rötlich flackernde Leuchten kam, ließ ein ungutes Gefühl in ihr aufkeimen. Wenn sie nicht irrte, lag genau dort ihr Zuhause am Sund. Das Haus von Charlotte.

Katrins Hände fingen plötzlich an zu schwitzen. Sie fuhr schneller, als die Straße es zuließ. Bei jedem Schlagloch schlug der Unterboden hart auf. Sie war nicht in der Lage, den Blick vom leuchtenden Punkt abzuwenden. Das glutrote Licht zog sie magisch an. *Ja, das ist an einer einzigen Stelle, das ist auf keinen Fall am Himmel.* Ein eiskalter Schauer lief ihr den Rücken hinunter. Sie umklammerte das Lenkrad und jagte mit ihrem Wagen den Strukkamp entlang.

Das Leuchten wurde intensiver, je näher sie dem Ende des Weges kam. Sie stieß einen Schrei aus. Ihr Körper verkrampfte und sie fing an zu zittern.

»Das ist kein Licht, es brennt!«, schrie sie von Sinnen. Die Augen füllten sich mit Tränen, ein Kloß im Hals schnürte ihr die Kehle zu. Sie bremste abrupt. Riss den Schlüssel aus dem Schloss, sprang kopflos aus dem Auto, als sie entdeckte, dass es das Haus ihrer Tante war, das lichterloh in Flammen stand.

Kaja drückte auf den Klingelknopf der Praxis. Ihr war unklar, ob er öffnen würde. Noch einmal betätigte sie den Knopf auf der runden Messingklingel. Das *Dingdong* hallte durch den Flur. Der Sturm trieb ihr dicke Regentropfen ins Gesicht. Sie stellte sich unter das Vordach, um vor Nässe geschützt zu sein. Der Parka war mittlerweile durchnässt und sie fror.

Faktisch wusste sie nicht, was sie hier eigentlich wirklich sollte. Was wollte sie ihm erzählen? Dass er sie aufs Übelste vergewaltigt hatte. Er einen Sohn hatte, den er niemals zu Gesicht bekommen würde? Auf einmal hielt sie ihre Idee für wahnwitzig und gefährlich. Was, wenn er sie wie damals … Kaja spannte den Körper an und würde sich ihm entgegenstellen. Die Verhältnisse mussten hier und heute geklärt werden, damit sie endlich ihren Frieden wiederfinden konnte.

Jetzt schellte sie dreimal durchdringend hintereinander.

»Ja, ich komme«, hörte sie die dunkle, markante Stimme, die sie augenblicklich erschauern ließ, ihr in Mark und Bein ging. Die sie unter Tausenden wiedererkannt hätte. Eine Lampe im Flur flammte auf. Eine Sekunde später riss der Doktor Matthias Blender wutentbrannt die Tür auf.

»Was wollen Sie?« Der attraktive Arzt, Matthias Blender, stutzte, machte einen Schritt vor die Tür und überprüfte, ob jemand bei ihr war.

»Was ich will, das sollten wir nicht hier draußen besprechen«, antwortete Kaja überzeugend. Niemals wieder durfte ein Mann in ihr Angst hervorrufen. Blender starrte die Frau für einen Moment verwundert an, bevor er sich fing. Er forderte sie mit einer knappen Handbewegung auf, ins Haus zu kommen, und räusperte sich. Sie folgte ihm schweigend. *Jetzt wird abgerechnet.*

Der Doktor öffnete die Tür zu einem der Behandlungszimmer, in dem eine Lampe auf dem Schreibtisch brannte. »Komm rein. Setz dich«, sagte er gelassen. Er duzte sie … das vermittelte ihr, dass er sie erkannt hatte. Kaja spürte, dass es ihn nur kurz irritierte, sie zu sehen. Er deutete auf den Stuhl vor dem Sekretär. »Möchtest du etwas trinken«, fragte er höflich. Lässig ging er an den weißen Schrank, der sich hinter dem Tisch aufbaute und in dem sich auf einer Seite jede Menge Medikamente in Pappschachteln stapelten. Matthias Blender zog eine Flasche Whisky und Gläser aus der gegenüberliegenden Seite. Er stellte sie auf die Tischplatte. *Der sieht blass aus*, dachte Kaja. *Irgendwie riecht es hier merkwürdig*, sie versuchte, so wenig wie möglich einzuatmen. Sie kannte den Geruch, wusste allerdings nicht woher.

Matthias Blender unterbrach ihre Gedanken und starrte sie unverhohlen an.

»Hast du endlich herausgefunden, wer dich *so* geliebt hat, dass du wahrscheinlich das erste Mal in deinem Leben richtig *satt* warst.« Ein Lächeln umspielte die schön geschwungenen Lippen. »Sag nicht, dass es dir nicht gefallen hat. Ich weiß es! Dir hat es vorher niemand so besorgt wie ich.« Er vollführte eine Hüftbewegung, die den Geschlechtsakt andeutete. »Jede Frau, die ich bisher gevögelt habe, hat es genossen … bis zum Ende.«

Ein gefährliches Grinsen formte aus dem attraktiven Gesicht eine hässliche Visage. Ihr kam es vor, als hob der Nebel seinen Vorhang und die Fratze des Bösen wurde sichtbar. »Gib zu, dass es dir gefallen hat.«

Kaja versuchte, keinerlei Gefühlsregung zuzulassen. Sie hatte geschworen, ihre Empfindungen unter Kontrolle zu halten, auch wenn es noch so schwerfiel. Sie ging auf keine der ekelerregenden Fragen ein.

»Also … was kann ich für dich tun?«, säuselte er und lehnte gegen die Schreibtischkante. »Du bist sicherlich nicht hier, um mich zu bitten, den Abend zu wiederholen, so gern ich es auch täte.« Er lachte. Es war ein lautes, hässliches Lachen. Kaja entdeckte einen schmutzigen Streifen auf seiner Stirn. Blender trank einen Schluck und fuhr mit dem Zeigefinger über ihre blasse Wange. Sie drehte den Kopf zur Seite und sah sich unauffällig im Raum um.

Sie suchte einen Fluchtweg, falls die Geschichte außer Kontrolle geriet.

Sie prägte sich Möbel, die offenstehende Tür zum Nebenraum und den Ausgang ein. Es war ein typisches Behandlungszimmer. Ein Tisch, zwei Stühle, eine Liege, ein Teewagen mit medizinischem Geschirr. Daneben ein Ultraschallgerät. Kaja entrückte ein herablassendes Lächeln. Sie sah den Arzt geradeheraus an.

»Dass *du* mir das angetan hast, das habe ich leider erst jetzt erfahren. Das werde ich dir niemals verzeihen.« Sie zerrte ihre wallende Mähne zurück und entblößte die wulstige Narbe, die eine hässliche Spur im Gesicht hinterlassen hatte.

Blender verzog keine Miene. Im Gegenteil, es schien ihn zu erregen. Seine Augen bekamen einen glasigen Ausdruck. »Das ist das Risiko, wenn man sich ins *horizontale Gewerbe* begibt. Du musst doch gewohnt sein, dass man dich härter rannimmt, als ein Ehemann das Frauchen zu Hause, oder irre ich mich?« Er lächelte und goss Whisky nach. Dann hob er die Flasche: »Du wirklich nicht? Wird dich innerlich wärmen, damit du lockerer wirst. Wenn ich es recht überlege, bin ich fast glücklich, dass du hier erschienen bist. Du hast mir einen riesen Umweg erspart.« Wieder lachte er.

Kaja schüttelte angewidert den Kopf. Genüsslich trank er das Glas leer. Sie sah ihn fragend an.

»Ich hätte dich sowieso bald aufgesucht.«

»Was soll das heißen?«, fragte Kaja und versuchte, ihre Stimme so gleichgültig wie möglich klingen zu lassen. Innerlich zogen sich ihre Gedärme zusammen. Hass breitete mit jedem seiner Sätze einen Flächenbrand in ihr aus.

»Die Bande ist mittlerweile auf ein Minimum reduziert. Die alte neugierige Kuh ist wahrscheinlich schon leckerer Schmorbraten. Hätte nicht in meiner Praxis rumschnüffeln dürfen.«

Sein aufflackernder Wahn machte ihr Angst. »Lena verrottet in Marielyst, da wo sie hingehört. Die hätte mir fast alles kaputt gemacht, nur weil der Alte so ein schwaches Arschloch war. Außerdem war die so anhänglich, nur weil ich es ihr einmal besorgt habe, die blöde F... Nur Jöns und du, ihr fehlt mir noch in meiner Sammlung. Warum sollte ich das nicht gleich hier erledigen. Es ist wunderbar, wenn das Lamm zur Schlachtbank kommt.« Er machte eine verbeugende Handbewegung. »Dir und deinem Gesocks verdanke ich schließlich mein Trauma.« Er griff sich zwischen die Beine und fing wie eine Katze an zu jaulen. »Und du weißt selbst, das Beste kommt immer zum Schluss. Deshalb habe ich mir dich eigentlich bis zum Ende aufgehoben. Aber ... was soll's.« Matthias Blender lachte laut und kalt. Es klang teuflisch. »Jöns erledige ich im Vorbeigehen.«

»Was für ein Trauma?«, rief Kaja verächtlich und verzog das Gesicht. Augenblicklich kehrte ihre Wut zurück. *Nie mehr Angst!* »Ich kann mir beim besten Willen nicht vorstellen, was bei Ihnen ein Trauma ausgelöst haben könnte, im Gegensatz zu dem, was Sie mir angetan haben«. Sie vermied bewusst das Du, um gefühlsmäßigen Abstand halten zu können.

»Erinnerst du dich nicht an unseren geilen Fick?«

Er stand auf, ging um den Tisch und beugte sich zu Kaja. Dann fuhr er mit der rauen Zunge über ihren Hals. »Das kennst du doch von Andrey. Hat es dir gefallen?« Er musste spüren, dass unter ihrer Haut die Halsschlagader zu explodieren drohte.

Blender hielt inne. »Erinnerst du dich nicht mehr an unseren geilen Abend mit Max, diesem Trottel?« Er ging Richtung Fenster und blieb vor dem Spiegel, der über einem kleinen Waschbecken neben der Tür angebracht war, stehen. Als er hineinblickte, den schwarzen Strich auf der Stirn entdeckte, befeuchtete er den Zeigefinger mit Spucke und rieb den Streifen fort. Dann lächelte er seinem Antlitz entgegen.

Kaja drehte sich unruhig in seine Richtung. Sie wollte den Mann nicht im Rücken wissen. Sie spürte die Gefahr, die von ihm ausging. Er war nicht der freundliche, souveräne und charmante Arzt, den er den Leuten hier vorgaukelte. Er war ein Schwein … ein gefährliches Schwein, das nichts Gutes im Sinn hatte. Worte, die wie Pfeile auf sie einprasselten, rissen sie aus ihren Gedanken. »Es hat Spaß gemacht, dir zu zeigen, was in einem Mann alles steckt.« Er schob das Becken nach vorn und vollführte rhythmische Bewegungen. »Ich finde, *du* bist richtig gut dabei weggekommen. Die anderen hatten nicht so viel Glück. Wenn sie die Alsterfleete ablassen würden, könnten sie sehen, wovon ich spreche. Scheiß Nutten. Ihr seid das Übel allen Lebens.«

Kaja wurde blass. Sie erinnerte sich, von Angst ergriffen, an die Schlagzeilen in der Hamburger Tagespresse. Die in den letzten drei Jahren immer wieder von vermissten Prostituierten berichteten, die über Nacht aus dem Milieu verschwunden waren, sich geradezu in Luft aufgelöst hatten. *Hatte dieses Schwein etwas damit zu tun?* Schweißperlen traten auf ihre Stirn.

»Und warum bist du dann ständig zu uns *Nutten* gegangen, wenn sie doch so widerlich sind?«

»Ich wollte wissen, was meinen Vater in eure Arme trieb. Diesen Tyrannen, der meine Mutter und mich quälte, bis sie abhaute und mich einfach zurückließ.« Sein Blick starrte ins Leere. »Ich will euch vernichten! Alle!« Blender sah sie eiskalt an. »Wäre ich nicht für ein paar Jahre wegen lächerlicher Drogen im Knast verschwunden, würdest du mit Sicherheit nicht mehr unter den Lebenden weilen.« Fast zärtlich legte er die Hände um ihren Hals. »Es war mir ein Vergnügen, mich mit meinem Skalpell an den Schlampen auslassen zu können, ohne Angst, dass man mir auf die Schliche kommt. Und *du* warst mein Ansporn. In jeder dieser Schlampen habe ich dich gesehen, wenn ich sie ausgeweidet habe, ihnen den Kopf absägte. Ich habe die Köpfe mazeriert, falls dir das überhaupt etwas sagt. Die haben sich quasi selbst gereinigt.« Er kicherte wie ein Mädchen. »Die Schädel liegen irgendwo im Segeberger Forst.« Blender setzte sich rittlings auf ihren Schoss und küsste gierig ihren Mund, den sie angewidert zur Seite drehte. »Niemand kriegt mich, wenn ich das nicht will. Dafür bin ich viel zu schlau, wenn du verstehst.« Er löste die Umklammerung und umfasste mit einer Hand ihren Nacken. »Wer vermisst schon ein paar Nutten. Die sind irgendwie unsichtbar, niemand vermisst sie. Abschaum. Die haben sich ihr gefährliches Leben selbst ausgesucht. Da gibt es genug Nachschub.« Verächtlich packte er fester zu. Sie spürte seine Erregung, als er zu keuchen anfing. Kaja fühlte, dass es ihm nicht um die Frauen ging. Sie waren ihm egal. Etwas anderes schien ihn maßlos zu erregen. Kaja schnaubte und ihr Herzschlag beschleunigte sich. Es schien ihm Lust zu bereiten, Menschen leiden zu sehen. Sie zu quälen … und zu töten? Es war nicht der Sex, der lockte. Es war die Gier zu morden.

Die Erkenntnis ließ ihren Puls hämmern. Blender lockerte den Schlips, zerrte ihn vom Hals und öffnete den ersten Knopf des Hemdes. Dann steckte er die Hand in die Hosentasche. »Das im Puff war nur ein Vorgeschmack auf das, was dich *hier* erwartet. Jöns, bring ich im Vorbeigehen auf die Seite, dafür brauche ich keine fünf Minuten. Der ist überfällig.

Aber du, mit dir hatte ich von Anfang an etwas Besonderes vor. Fast hast du mir wirklich gefallen. Du warst so anders, als die anderen. In dir erkannte ich die gute Seite, deine feine, sensible Art passte nicht in … in diesen … Saustall, diesen Sumpf.« Blender neigte den Kopf, hauchte ihr ins Ohr und fing an, mit den Zähnen an ihrem Ohrläppchen zu knabbern. »Das liebst du doch am meisten, nicht wahr?«

»Woher willst du das wissen?«, fragte Kaja mit schwacher Stimme. Sie schwitzte und er würde es am Geruch unter ihren Achseln bemerken. Ein Tier riecht die Angst, die das Opfer verströmt. *Sie* war sein Opfer.

»Das weiß ich von Max, deinem Dauerbesteiger. Der hat mir erzählt, wie zärtlich und liebevoll du im Bett sein konntest. Ich musste dich haben.«

»Aber wenn du mich doch so gut gefunden hast, warum dann dieses Spiel. Wir könnten Spaß haben, und dann gehe ich wieder.« Kaja versuchte, Zeit zu gewinnen.

»Zu spät.« Er stand vor ihr. Ein anderes Wesen schien von ihm Besitz ergriffen zu haben. Die Augen starrten eiskalt auf sie herab. »Zu spät«, kicherte er. »Du warst so grausam zu mir.« Wie ein Roboter bewegte er den Kopf in beide Richtungen, als scannte er das Opfer.

»Ich war *nicht* grausam. Das, was ihr mir angetan habt, war grausam!«

Die Mundwinkel des Arztes verzogen sich. »Grausam? Was kann so grausam sein, wie das, was du mir angetan hast?«, schrie er.

»Was habe ich dir denn getan?«, rief sie fassungslos und sprang von ihrem Stuhl auf.

Für eine Sekunde schien der Doktor erschrocken, dann hatte er sich wieder unter Kontrolle. Sanft drückte er sie auf die Sitzfläche zurück. »Ich erzähle dir jetzt mal was. Nachdem wir beide«, er deutete mit dem Finger auf Kaja und sich, »Spaß hatten, du dich bei deinem Luden ausgeheult hast, sind deine *Freunde* in die Bar gekommen und haben Max und mich quasi rausgeprügelt. Das nicht zu knapp.« Blender schenkte nach. »Das alleine trifft mich nicht, ich bin Schlimmeres gewohnt. Hartmann, die feige Sau ist abgehauen, aber mich haben Jöns und dieser Russe besonders nett drangenommen.« Er sog hörbar Luft in die Lungen. »Von den Tritten mal ganz abgesehen. Die Schlagstöcke … bäng, bäng … die haben besonders weh getan, aua«, quiekte er wie ein Schwein. »Sie haben mir dermaßen auf die Eier geschlagen, bis sie zerplatzt sind.« Es entstand eine Pause. »Verstehst du …? Zerplatzt! *Hodenruptur* nannte man es im Krankenhaus.«

Kaja versuchte, ungerührt zu bleiben. »Und?«, fragte sie teilnahmslos?«

»Wie und? Hast du sie nicht mehr alle.« Er schlug ihr die Hand ins Gesicht. Kajas Kopf flog zu einer Seite. *Ich muss hier raus.*

»Die haben meine Eier zerschlagen. Weißt du, was das bedeutet? Ich musste sofort operiert werden und kann in diesem Leben niemals mehr Kinder zeugen.« Er verzog den Mund, als würde er gleich anfangen zu heulen. Kaja wusste, dass alles gespielt war. Der studierte Arzt, Doktor Matthias Blender, war ganz offensichtlich ein Monster. Eine Sekunde später fing er an, abfällig zu lachen. »Hartmann hat es schon erwischt.« Er fuhr mit der Handkante über den Hals. Rache ist nicht immer süß. Der wollte mir obendrein noch meine Geschäfte kaputt machen, die feige Sau. Jetzt muss ich das eben allein machen. Warum ist das Schwein auch feige abgehauen? Weißt du, wie anstrengend es ist, den Freund für einen Versager zu spielen? Jahrelang!« Er zuckte die Schultern und schüttelte sich. »Aber einen Sohn, den hätte ich gerne gehabt, verstehst du?«

»Du solltest vielleicht keine Kinder haben.« Kaja war erstaunt über ihr mutiges Verhalten.

»Halts Maul!«, schrie er und ballerte ihr die Hand erneut ins Gesicht. Kajas Kopf schlug gegen die Rückenlehne. Sie sah den Doktor entsetzt an, ahnte, dass ihr kaum Zeit blieb, dieser Falle zu entkommen.

»Doch ich wollte, ich muss, weil … weil. Weißt du, was wirklich grausam ist? Einen kleinen Jungen eine Nacht im Leichenkeller einzuschließen, weil er eine Tote nicht sezieren will … mit zwölf!«, schrie er.

Kaja spürte, dass er anfing, wirres Zeug zu reden. Sie blieb stumm. Es war zu spät, ihn mit irgendetwas zu beruhigen, da war sie sicher. Sie verstand auch nur die Hälfte von dem, was er von sich gab.

»Und den Kopf des Jungen in den geöffneten Körper zu stecken, bis er kotzt«, fügte er weinerlich hinzu. Kaja spürte, dass seine Tarnung aufgebraucht war. »Eine Nacht mit vier Leichen in der Pathologie. Aufgeschlitzte Leichen. Weißt du, was das bedeutet? Nein, natürlich nicht. Aber du empfindest das bisschen Vögeln als grausam?« Er lachte und die kalten Augen stierten sie verblendet an. »Das ist … lächerlich! Aber ich habe es geschafft. Heute kotze ich nicht mehr, wenn ich überflüssiges Gesocks in alle Einzelteile zerlege. Es macht Spaß. Mit dem richtigen Werkzeug ist das überhaupt kein Problem. Ein bisschen kopflos ab in die Ostsee. Andrey hätte es schlimmer treffen können.«

Kaja sah den Doktor entsetzt an. »Du … du warst es. Du hast Andrey getötet? Warum, was hat der Mann dir getan?«

»Was der mir getan hat? Hast du nicht zugehört? Er hat mich gequält, da ist es nur gerecht, es ihm zurückzuzahlen. Und dich hat er misshandelt. Das konnte ich nicht zulassen. Du gehörst mir. Verstehst du … mir.

Außerdem habt ihr meinen *Geschäftszweig* in Gefahr gebracht.« Der Doktor schenkte sich ein weiteres Glas ein und nippte an dem teuren Whisky.

Sie spürte, dass sie immer tiefer in seinen Sog geriet. Kaja bereute, hergekommen zu sein. Sie wusste nicht, was er noch alles im Schilde führte. Aber ihren letzten Trumpf behielt sie vorerst für sich. Langsam ging der Arzt um Kajas Stuhl herum und betrachtete das Bild an der Wand.

»Willst du nicht doch etwas trinken, Süße? Vielleicht Wasser?«

»Ja, warum nicht. Wasser wäre schön.« Sie wollte Zeit gewinnen, musste überlegen, wie sie hier schnellstens herauskam. Blender öffnete die Tür und ging in den Flur.

»Mit Kohlensäure?«

»Ohne, danke.«

Er verschwand in der Praxisküche. Kaja sprang auf und schaute durch die angrenzende Tür. Dort gab es ein Fenster, aber es war mit einem Schloss versehen. Hastig setzte sie sich zurück auf den Stuhl. Der Doktor kam mit einer Wasserflasche in der Hand ins Behandlungszimmer. Gelassen füllte er Wasser ins Glas, reichte es ihr und ging um sie herum. Dabei streichelte er ihr über die langen glänzenden Haare.

»Aus uns hätte ein richtig nettes Paar werden können, wenn du keine miese Schlampe gewesen wärst«, sagte er und stach ihr die Nadel einer Spritze in den Hals.

SCHWEDISCHE AMTSHILFE

»Stop, Polis, stop!«

Plötzlich ging die Deckenbeleuchtung an. Ein großer blonder Hüne, in Jogginghose und Muskelshirt, stand in der Tür. Er sprang ohne Vorwarnung auf den Mann, der die Frau im Bett würgte. Mit gezieltem Griff riss er Jöns zurück, der durch den Schrei und das Licht erschreckt herumfuhr. Mit hartem Griff brachte er ihn auf dem Boden zu Fall.

»Stop, I'm a Cop. Stay lie. My name is Commissioner Helliksson. They are taken into custody.«

Jöns blieb regungslos und verdattert liegen. Nicht nur, dass er den Mann mit keinem Wort verstand. Er war auch durchtrainierter und größer als er selbst. Das Einzige, was er verstanden hatte, war »Cop. I'm a Cop.«

Der schwedische Kommissar Roger Helliksson wohnte mit seiner Freundin Mona im ersten Zimmer des Flurs. Sie buchten dieses Zimmer jedes Jahr, weil es ihnen hier im Haus und auf der Insel so gut gefiel. Sie lernten die Umgebung kennen und genossen es, für ein paar Tage nicht im täglichen Stress unterzugehen. Besonders Roger, dessen Job bei der schwedischen Kriminalpolizei kein Zuckerschlecken war.

Durch laute Schreie aufgeschreckt, dachte Roger zuerst, dass die aus dem Film herrührten. Er war vor dem Fernseher eingenickt. Als er durch den Aufschrei erwachte drehte er umgehend den Ton leise, um andere Gäste nicht zu stören. Mona schlief bereits tief und fest.

Der schwedische Kommissar schaltete den Fernseher ab und knipste die Lampe aus. Alles war ruhig.

Wieder ein Hilferuf. Jetzt wusste der Kommissar, dass er es sich nicht eingebildet hatte. Er riss die Decke zurück, schaltete die Lampe wieder ein und sprang in die Jogginghose, die über dem Stuhl lag. Er öffnete die Zimmertür, drückte auf den Lichtschalter im Flur und lauschte. Dumpfe Laute kamen vom anderen Ende des Ganges. Er sprintete barfuß zu dem Zimmer, dessen Tür angelehnt war und aus dem die Hilferufe drangen.

Roger riss sie auf und schrie: »Stop, Polis, stop!« Der Kommissar drückte auf den ersten Lichtschalter, den er sah und die Deckenbeleuchtung ging an.

Mit wenigen Schritten erreichte er den Mann und zerrte ihn mit hartem Handgriff von der Frau.

Die Freundin des Kommissars kam aufgeregt ins Zimmer. »Bell at Nele och Henning, omedelbart«, was so viel heißt wie: »Ruf sofort Nele und Henning.« Roger konzentrierte sich auf den Kerl, der mit dem Gesicht zum Boden lag und theatralisch stöhnte. Er hielt die Handgelenke auf dem Rücken zusammen und suchte etwas, womit er die Hände zusammenbinden konnte. Mit dem Knie drückte er Jöns' Bauch auf die kalten Fliesen.

Mona rannte auf Schlappen, im Nachtpyjama nach nebenan und wollte gerade klingeln, als Westermann und Hartwig zur

Eingangstür des Gästehauses gingen. Sie lief aufgeregt zurück. »Hjälp oss, hjälp oss!«

»Was will die Frau?«, rief Hartwig. Westermann sah die Frau, die er im Frühstücksraum gesehen hatte, verdutzt an.

Sie rief noch einmal. »Please Help, Help, there's a Burglar.«

Jetzt verstanden sie. »Einbrecher? Wo?« Westermann lief als erster hinter der attraktiven Schwedin her. Sie stürmten mit gezogenen Waffen in das Zimmer, dessen Tür sperrangelweit offen stand.

»Was ist hier los«, schrie Westermann.

»Helfen Sie mir, Kommissar. Der Typ dreht hier vollkommen durch. Ich … ich habe nur Kaja besucht.« Quäkend drang die gepresste Stimme von Jöns zu den Polizeibeamten. Westermann grinste und sah Roger lächelnd an.

»Wir übernehmen. Danke für die Amtshilfe.«

»I don't understand, what you say«, sagte Roger fragend. Westermann wusste nicht, dass der Kommissar kein Deutsch verstand, geschweige denn, sprach.

»Thank you for your assistance, Mr. Commissioner.«

»You are welcome.«

Hartwig war von den Englischkenntnissen des Kollegen sichtlich beeindruckt.

»It's obvious, you help Wallander also …«, antwortete Roger, stieg grinsend von Jöns herunter, und gab Dirk Westermann die Hand.

»You are welcome every time«, sagte Westermann, während Hartwig Handschellen um Jöns' Handgelenke legte. Roger und Mona nickten und verließen das Zimmer.

»Stehen Sie auf. Sie sind vorläufig festgenommen. Sie stehen in Verdacht, Andrey Below und Max Hartmann ermordet zu haben«. Westermann ging zum Bett und fühlte Lenas Halsschlagader. »Sie lebt.« Er zog das Handy aus der Tasche und wählte. »Wir brauchen sofort einen Krankenwagen zum Kajüthus in der Osterstraße. Eine Verletzte, sie ist bewusstlos. Ja.« Vorsichtig tätschelte er die Wange der Frau. Sie fing an zu stöhnen. »He, aufwachen! Kommen Sie, Sie müssen aufwachen.« Westermann holte das Glas vom Tisch, in dem sich restliches Wasser befand. Er setzte sich auf die Bettkante und versuchte, sie aufzurichten.

Thomas Hartwig hielt Jöns fest. »Hinsetzen!«, forderte er den Zuhälter auf.

»Wir fahren gleich aufs Revier und dann reden wir mal ein bisschen Tacheless.«

»Eh Alter. Was wollen Sie eigentlich von mir. Die Alte da kenn ich nicht. Und was faseln Sie von Mord?«

»Dass Sie die *Alte* nicht kennen, nehme ich Ihnen nicht ab, sonst würden Sie sich wohl kaum in ihrem Zimmer aufhalten … und was den Mord angeht? Wo waren Sie von Montag auf Dienstag in der Nacht zwischen null und vier Uhr?«

»Wo ich war? Blöde Frage. Geschlafen habe ich. Niedlich wie ein Baby in meinem Hotelbett.«

»Das erzählen Sie mal schön dem Staatsanwalt«, sagte Thomas Hartwig.

»Wir werden sehen, ob Sie Spuren am Tatort hinterlassen haben«, sagte Westermann. »Bring ihn zum Wagen, ich kann ihn nicht mehr sehen.«

»Staatsanwalt? Tatort? Ich war an keinem Tatort.« Jöns zerrte an den Fesseln.

Westermann beugte sich erneut über Lena, die stöhnend zu sich kam. Thomas Hartwig packte Jöns am Kragen der Jacke, als plötzlich jemand ins Zimmer stürmte.

»Was ist hier denn los? Jetzt reicht es aber! Hier ist Nachtruhe!« Henning Martin stand plötzlich wie ein Baum im Zimmer. »Bei dem Lärm vergraulen Sie uns unsere Gäste.« Er stockte, als er versuchte, die Situation zu überblicken und

Lena Hartmann ohnmächtig im Bett liegen sah. »Lena? Was ist denn mit Lena los?« Der Pensionsbesitzer lief auf das Bett zu und starrte verwirrt in die Runde.

»Sie ist von diesem guten Mann hier«, Westermann deutete auf Jöns, »überfallen worden. Die Frage, die sich jetzt stellt: Wie ist er hier ins Haus gekommen? Ich glaube nicht, dass die Frau ihn hereingebeten hat.«

»Die Frau heißt Lena Hartmann und ist die Ehefrau unseres Bestattungsunternehmers. Außerdem habe ich dem Mann schon vor geraumer Zeit gesagt, dass er nicht zu nachtschlafender Stunde Gäste besuchen kann.«

Westermann und Hartwig sahen sich an. »Nochmal … Wer ist das?«, fragte Westermann ungläubig.

»Die Frau von Max Hartmann, dem Bestattungsunternehmer.« Man hätte eine Stecknadel fallen hören können. Eine unnatürliche Stille erfüllte den Raum.

»Na, wenn das kein Zufall ist«, unterbrach Dirk Westermann das Schweigen. Er sah Jöns in die Augen. »Das ist doch kein Zufall, dass Sie ausgerechnet im Zimmer dieser Frau gelandet sind.«

»Ich … ich wusste nicht … dass … ich wollte zu Kaja«, stotterte Phillip Jöns.

»Woher wissen Sie denn, dass Kaja hier ist?«

Jöns setzte sich auf den Stuhl, der neben dem Esstisch stand. »Ich habe sie durch Zufall gesehen und bin ihr gefolgt.«

»Durch Zufall, ehrlich …« Westermann nickte, als wüsste er genau Bescheid. »*Wo* haben Sie sie gesehen?«

Im Kopf von Jöns arbeitete es fieberhaft. Er musste sich zügig etwas einfallen lassen, ansonsten würden sie ihm auf die Schliche kommen. »In Burg habe ich sie gesehen. Dann bin ich ihr hinterher.« Zumindest klang es plausibel. Henning hielt die Hand von Lena, die ihre Sinne wiedererlangte.

»Henning, wo ist Nele?«

»Die ist drüben. Ich bin hier, weil es so laut war. Mensch Lena.« Henning sah den Kommissar entgeistert an. »Das ist schon der zweite Anschlag auf sie. Dabei hat sie sich extra hier versteckt.«

Westermann horchte auf und sah Henning Martin entgeistert an. »Warum hat sie sich *hier* versteckt? Wieso zweiter Anschlag?« Langsam aber sicher wusste selbst Westermann nicht mehr, was gerade lief.

Hartwig dachte über die Zusammenhänge nach, während er krampfhaft versuchte, den zappelnden Jöns in Schach zu halten.

»Sie war in Marielyst, um sich zu erholen«, sagte Henning. »Dort ist sie überfallen worden.«

»Was ist in Marielyst?«

»Das Ferienhaus von Max Hartmann und seiner Frau.«

»*Wieso* wurde sie überfallen? Und woher wissen Sie das alles?«

»Wieso sie überfallen wurde, weiß ich doch auch nicht. Und woher ich das alles weiß?«

Henning streichelte Lenas Hand. »Von meiner Frau. Die beiden haben miteinander gesprochen und Lena hat sich ihr anvertraut.«

Westermann nickte. Hartwig behielt Jöns im Auge und setzte sich ihm gegenüber auf den anderen Stuhl.

»Kommen die Leute vom Krankenhaus hier ins Haus?«, fragte Thomas.

»Nicht, wenn die Tür verschlossen ist. Soll ich aufmachen?«

»Ja, wenn es Ihnen nichts ausmacht, bitte sofort.«

Henning verließ eilig das Zimmer, um wenige Sekunden später mit dem Arzt zurückzukommen. »Die haben vor der Tür gestanden.« Der Arzt eilte mit einem Sanitäter auf das Bett zu. Sie sahen sich die verletzte Frau an.

Westermann machte augenblicklich Platz. »Lassen Sie uns

auf den Flur gehen.« Die Männer folgten und ließen die Ärzte arbeiten.

»Pst, sei mal leise«, rief Hartwig. »Hörst du das auch?«

Ein schüchternes »Mama«, war aus einem der Doppelzimmer zu vernehmen. Dirk lauschte. »Mama«, rief die dünne Stimme weinerlich. Ein verhaltenes Schluchzen drang auf den Flur. »Das ist das Appartement von Kaja, also eigentlich das von Lena. Die haben die Zimmer getauscht, weil Lena in Kajas Bett eingeschlafen war«, sagte Henning Martin.

»Ich klopfe jetzt mal. Hier ist sowieso jeder wach, denke ich.« Henning ging an die Zimmertür und pochte zaghaft an die Holztür.

»Mama, wo bis du?«

»Der Junge scheint alleine zu sein«, sagte Hartwig, Jöns im Griff, der sich wie ein fetter Aal wand.

»Haben Sie einen zweiten Schlüssel?«

»Ja, soll ich ihn …«

»Holen, bitte.«

Henning pustete und ging den Flur entlang Richtung Ausgang.

Eine Minute später kam er mit dem Ersatzschlüssel zurück. Westermann klopfte erneut an der Tür. Bis auf das Weinen konnte keiner der Männer etwas hören.

Henning Martin steckte den Schlüssel ins Schloss und öffnete. Tim stand verweint mitten im Raum und hielt seinen Teddy im Arm. »Wo ist die Mama?«, fragte Henning und ging vor ihm in die Hocke.

»Weiß nich. Mama soll kommen.« In diesem Moment kamen die Leute vom Rettungsdienst mit einer Trage aus dem Zimmer, auf der Lena zugedeckt lag. Als sie Tim alleine im Zimmer stehen sah, schreckte sie hoch.

»Kaja … Kaja … bei Blender. Kaja … bei Blender. Vater… er ist der Vater … helfen Sie ihr!«

»Beruhigen Sie sich bitte«, mahnte einer der Ärzte und drückte sie zurück auf die Trage.

»Kann Ihre Frau sich um den Kleinen kümmern?«, fragte Westermann.

Henning nickte und wählte mit dem Handy die Nummer von Neles Telefon. »Wieder dieser Blender. Das ist äußerst merkwürdig. Von dem hat uns schon Charlotte erzählt«, überlegte Westermann stirnrunzelnd. »Was ist mit dem Kerl?«

Der Pensionswirt hielt sich schuldbewusst die Arme vor die Brust. Er wusste nicht mehr, um was es überhaupt ging. »Ich, ich bin phhh … Mann, ich bin doch nicht die Auskunft. Tschuldigung.« Er sah verlegen in die Runde, bevor er redete. »Doktor Blender ist unser Hausarzt. Was wollen Sie denn jetzt von dem?«

»Das kann ich Ihnen nicht sagen«, antwortete Westermann und kratzte sich am Kopf.

»Er wohnt direkt über der Praxis. Da müssen Sie klingeln.«

»Danke. Ich denke, Sie können jetzt schlafen gehen. Die Nacht ist bald zu Ende«, sagte Westermann und ging zurück in das Zimmer von Lena, um zu telefonieren.»Hallo, Schütt, haben Sie den Blender schon gefunden? Nicht? … weitersuchen.« Westermann war mit der Antwort nicht zufrieden. Sie mussten ihn schnellstmöglich finden.

Nele kam im Pyjama, mit zerzausten Haaren, in den Hausflur und sah die Gruppe verdattert an. »Was ist denn hier los?«, schnaubte sie sichtlich müde.

»Später! Nimm einfach nur Tim und geh rüber. Ich komm gleich nach.« Nele ging ins Zimmer, nahm den verweinten Jungen auf den Arm und verschwand wortlos nach draußen.

»Aber eines noch«, fing Westermann an, die Befragung fortzuführen:

»Was war mit Marielyst?«

Henning musste sich sammeln, bevor er antwortete. »Wie

ich schon sagte, die Hartmanns haben da ein Ferienhaus, direkt zwischen Meer und Wald gelegen. Soweit ich weiß, wollte Lena ein paar Tage ausspannen.«

»Und der Überfall?«

»Gleich in der ersten Nacht ist irgendjemand in das Haus eingebrochen, hat sie gemein zusammengeschlagen und im Schuppen eingesperrt.«

Westermann hob interessiert den Kopf. »Was passierte dann?«

Jöns zerrte an seinen Handgelenken. »Kann mich jetzt endlich mal jemand hier wegbringen. Ich muss mal pissen.«

»Geduld, nur Geduld. Sie werden noch genügend Zeit zum Pinkeln haben«, sagte Hartwig und schob ihn ein Stück durch den Flur.

Henning war es leid, dauernd unterbrochen zu werden und er sprach weiter. »Zum Glück hatte sie ihr Handy versteckt und konnte Kaja um Hilfe rufen. Die hat sie in Dänemark abgeholt und hierher gebracht.«

»Warum Kaja, warum *hierher*? Das habe ich Sie vorhin schon einmal gefragt.« Man konnte spüren, dass die Geduld von Westermann ihrem Ende zuging. »Warum hat sie Lena nicht zu sich nach Hause gebracht?«, fragte er.

Henning druckste herum. »So viele Fragen, ich weiß bald nicht mehr, wo mir der Kopf steht.«

»Konzentrieren Sie sich«, versuchte Hartwig, sich ins Gespräch einzubringen. »Es war ein langer Tag und für Sie eine kurze Nacht. Aber je mehr Informationen Sie uns geben, umso schneller lösen wir diesen Fall.«

Das sah auch Henning ein, der sich allerdings schon als Verräter seiner Frau sah. »Ich weiß nicht, ob ich befugt bin, Ihnen das alles zu erzählen.«

»Oh doch. Sie sind befugt. In diesem Spiel geht es um zwei Morde und um einen Mordversuch.« Hartwig zeigte auf das Zimmer. Henning wurde blass, machte den Rücken gerade und sagte: »Ich muss mich einen Augenblick hinlegen. Bitte, ich weiß nicht mehr, als ich Ihnen gesagt habe. Fragen Sie am besten meine Frau, die wird sicherlich mehr darüber wissen.« Dann verließ er eilig das Haus. Jöns versuchte nach wie vor, die Hand von Hartwig abzuschütteln, die seinen Kragen festkrallte.

»So, los, der Mann braucht eine Zelle und dann fahren wir zu diesem ominösen Doktor Dingsda.«

Hartwig deutete auf die Armbanduhr um Westermanns Handgelenk. »Es ist sehr spät«, sagte er.

»Es ist nie zu spät, wenn ein Menschenleben in Gefahr ist!«, antwortete Dirk streng.

»Ich mein ja nur. Es ist gleich halb drei.« Er gähnte demonstrativ, packte Jöns und schob ihn missmutig vor sich her.

»He Alter, nicht so grob. Das wird euch teuer zu stehen kommen. Ich bin ein rechtschaffener Bürger. Was Sie da machen, das ist Freiheitsberaubung.«

Hartwig lachte laut und drängte Jöns zum Wagen. »Und ›Alter‹ ist Beamtenbeleidigung …«

KAJA ERWACHT IN DER HÖLLE

Sie konnte ihre Arme nicht bewegen, als sie zu sich kam. Ihr Hals war trocken und ihre Handgelenke brannten höllisch. Ihr Körper zitterte. Als sie den Kopf heben wollte, sah sie, dass sie völlig nackt auf einer Behandlungsliege lag. Als Kaja versuchte, sich aufzurichten, bemerkte sie, dass ihre Hand- und Fußgelenke festgezurrt waren. Niemand befand sich im Raum. Es war stockdunkel. Angst breitete sich in ihren Eingeweiden aus. Sie wusste, dass sie keine Chance mehr hatte, dem Mann zu entkommen. *Er ist gerissener als alle zusammen. Gerissen, hochintelligent und absolut psychopathisch. Eine sehr gefährliche Mischung*, dachte Kaja. *Das ist ein Psychopath!* Ihre Sinne gerieten durcheinander. Ihr Mund war ausgetrocknet und die Gelenke schmerzten.

Er hat Andrey auf dem Gewissen. Und Jöns will er auch beiseiteschaffen? Was war mit den Frauen, von denen er sprach. Hab ich mir das alles eingebildet? Was war mit diesem Hartmann? Kopflos?

Sie verstand nichts mehr.

Sie wusste, dass nichts an der Situation Einbildung war.

Ich muss hier irgendwie raus. Sie riss verzweifelt an den Fesseln, die keinen Millimeter nachgaben. *Wäre ich doch niemals hierhergefahren.*

Nebenan schien sich etwas zu rühren. Leises Klopfen drang in ihren Kopf. Kaja verharrte augenblicklich in ihrer Bewegung. *Nichts anmerken lassen. Ich muss ihn besänftigen.* Die Tür ging auf und ein heller Lichtschein strömte aus dem Flur in den Raum. Blender griff mit der Hand zum Schalter. Grelles Neonlicht brannte in ihren Augen, während der Arzt einen Metalltisch in Größe eines Teewagens hereinschob, auf dem unzählige Werkzeuge glänzten.

Panik umklammerte ihr Herz wie ein Eisenpanzer. *Der wird mich nicht am Leben lassen … der will mich töten.*

Mechanisch riss sie erneut an den Fesseln, die tiefe Furchen ins Fleisch schnitten. »Bitte, lass mich los. Du siehst doch, ich tue alles, was du willst.« Sie versuchte auf Zeit zu spielen.

Der Doktor zog einen Rollsessel heran und setzte sich neben sie. »Na, dann erzähle mir mal, was du anzubieten hast.« Er nahm seinen Finger und strich über ihren nackten Bauch. »Ein kleiner Bums vor dem Abgang? Ich bin nicht abgeneigt. Vielleicht aber lieber hinterher. Mal sehen, worauf ich Lust verspüre und was von dir am Ende übrig bleibt.«

»Lass uns einfach noch ein wenig reden, ja, bitte?« Kaja versuchte zu lächeln, schielte auf die Metallablage mit den medizinischen Instrumenten. Auf ihrem Körper bildete sich Gänsehaut, was Blender aufforderte, sie weiterhin zu streicheln. Die Berührung der eiskalten Finger löste Ekel in ihr aus. »Du hast vorhin gesagt, dass wir dein Geschäft in Gefahr gebracht haben, wieso?«, hauchte sie.

Der Arzt schaute sie irritiert an. Die Augenlider zuckten und sie spürte, dass er versuchte, die Gefühle unter Kontrolle zu halten. »Glaubst du, ich weiß nicht, dass ihr mit Drogen dealt?«, sagte Blender. »Wer meinst du, hat dir in letzter

Sekunde den Arsch gerettet? Ihr seid Narren!« Er nahm ein Seziermesser und berührte mit der Spitze ihre Brust, dann fuhr er langsam über die weiche Haut, als skizziere er eine Welle, ohne in das Fleisch einzudringen. Er ritzte sie oberflächlich, so dass ein dünner Faden Blut in Form der gekratzten Wellenbewegung aus der Wunde sickerte. Kaja atmete flach, um die Bauchdecke auf keinen Fall anheben zu müssen.

»Das ist *mein* Spielplatz, Ihr macht mir meine Geschäfte nicht kaputt. Die Skandinavier habe ich ins Boot geholt, hast du das kapiert?«

Kaja nickte heftig. »Ja, ich wollte das nicht. Ich musste es tun, damit Phillip mich nicht tötet.« Sie wusste keineswegs, ob er ihr glaubte.

»Ich hörte bereits, dass du nichts mehr mit der Sache zu tun haben willst. Deshalb«, er verzog den Mund, »deshalb habe ich diesen Russen auch zuerst einen Kopf kürzer gemacht, bevor ich ihn den Fischen übergeben habe.« Er lachte hämisch und hielt das Messer, das zuvor auf Kajas Haut entlangfuhr, gegen seine Kehle. »Mit dem richtigen Werkzeug … du verstehst?«

Sie nickte. Ihr Körper zitterte wie Espenlaub.

»Ich habe einen guten Weg gefunden, die Drogen nach Skandinavien zu verschiffen, aber dieser Idiot von Totengräber war zu feige. Wer sucht schon in Leichen nach Drogen?«

Er nahm die changierende Klinge, betrachtete den roten Film, der auf dem Edelstahl klebte, und leckte das Blut von der Schneide. Danach legte er die eiskalten Finger auf ihre kleine, feste Brust. »Beruhige dich, ich bin bei dir.«

»Mir ist so kalt. Mach mich los dann kann ich …«

»Pst … sei ruhig.« Er stand auf, löste die Fessel, die auf seiner Seite an der Liege befestigt war. Kaja legte ihren freien Arm reflexartig auf ihre Brüste. »Wenn du dich jetzt besser fühlst. Mit der Hand kannst du gleich ein letztes Mal deinen Job ausführen.« Er nahm das dünne blitzende Messer, glitt damit über ihre Lenden und stach mit der Spitze etwa einen Zentimeter in das Fleisch unterhalb ihres Bauchnabels.

»Nein, bitte nicht.« Ihr liefen die Tränen aus den Augenwinkeln. »Ich tue alles, was du willst«, schrie sie plötzlich von einem Weinkrampf geschüttelt. Die Angst übernahm ihr Handeln, das vorher vernünftig und kontrolliert gewesen war. Sie wusste, dass sie, aller Voraussicht nach, die letzten Minuten ihres zu kurzen Lebens erreicht hatte. »Bitte, ich habe einen Wunsch.«

Blender sah sie erstaunt an.

So viel Mut hätte er der gutaussehenden Frau nicht zugetraut. *Sie kämpft*, dachte er. *Welche aussichtslose Bettelei. Die bettelt genau wie Max. Der Trottel. Hätte auf mich hören sollen, die Sau.* Abermals bohrte sich die rasiermesserscharfe Klinge in den Bauch, wieder nur einen Fingerbreit. Blut quoll aus der nagelgroßen Wunde.

Kaja biss von Schmerzen gequält auf ihre Unterlippe, bis diese anfing zu bluten. Sie wollte nicht schreien, diese Genugtuung würde sie ihm auf keinen Fall geben. Der Doktor legte das Seziermesser zurück auf den Metalltisch, griff nach einer Art Jagdmesser von mindestens 20 Zentimetern Länge, dessen Klinge einseitig mit einer Säge ausgestattet war. Sie erstarrte. Wenn jetzt kein Wunder geschah, würde sie sterben.

»Ich muss dir noch etwas sagen«, rief Kaja entsetzt. »Tim, mein Sohn Tim … Tim ist«, sie zögerte.

»Was ist Tim? Dein Sohn, ist klar, das habe ich bereits festgestellt.

Seine Mutter wird ihm sicherlich sehr fehlen … oah«, fiepte er wie ein Baby. »Vielleicht hättest du dir früher überlegen sollen, ob du ein Balg in die Welt setzt, bevor du zu einer dreckigen Schlampe verkommst. Wie kann man einem Kind so etwas zumuten. Du jämmerliche *Hure*«, geiferte er und sie spürte, dass er die Kontrolle verlor.

Sein hasserfülltes Gesicht blickte mit irren Augen auf sie herab. Von diesem Moment an wusste Kaja, dass das Böse in ihm vollends die Kontrolle übernommen hatte. Sie spannte ihren Körper an, ballte die Fäuste und schrie.

»Tim ist dein Sohn!«

Blender hielt inne. Der Schädel knickte unkontrolliert hin und her, bevor er mechanisch fragte: »Wie das denn?« Er überlegte kurz, dann sagte er: »Ich habe dir doch gesagt, dass ich keine … die Nacht?« In seinem Kopf schien es auf Hochtouren zu arbeiten. »Max? Geht nicht, zeugungsunfähig«, beantwortete er die Frage selbst. »Irgendeiner deiner Freier?« Er grinste. »Willst du mich verarschen?«

»Nein«, flehte sie. »Danach habe ich nicht mehr … du weißt schon. Ich war lange im Krankenhaus, als …«, sie schwieg. Kaja bemerkte das unbeherrschte Flackern in seinen Augen. »Sieh ihn dir doch an. Soll ich dir ein Foto zeigen? Er ist dir wie aus dem Gesicht geschnitten.«

Der Kopf zuckte ein weiteres Mal. Es war, als müsste er das, was er gerade hörte, verarbeiten. »Ich habe einen Sohn?« Kaja nickte heftig. »Ja, lass uns darüber reden. Bitte!« Wenn sie ihn jetzt überzeugen konnte, hatte sie vielleicht noch eine Chance.

»Gib mir einen Kuss«, hauchte er. Es kam auf jeden Versuch an. Sie bot ihm ihren Mund an. Kaja schloss die Augen und streckte ihm den Kopf entgegen. *Nimm ihn*, dachte sie, *nimm ihn*. Verzweifelt ließ sie ihre Zunge über die blassen Lippen gleiten, in der Hoffnung, er verschonte sie. Blender presste die Lippen auf ihre, drängte die Zunge hart in ihren Schlund. Sie würgte, erwiderte trotzdem, um ihn nicht misstrauisch werden zu lassen. Sie spürte seine Erregung. Es musste ein Hochgenuss sein, dem Opfer zuerst die Zunge in den Hals zu stecken, um sie danach bestialisch abzuschlachten. Denn das war ganz offensichtlich das Ziel. Sie forderte mehr und griff gleichzeitig unauffällig neben sich.

Blender fuhr mit der Säge zwischen ihre Beine, während er sie küsste. Dann hob er langsam das Messer. Kaja schrie gellend auf.

LETZTE DIENSTBESPRECHUNG

»Wo sollen wir denn jetzt bloß noch suchen?«, sagte Schütt, der ratlos neben Kant und den Kollegen verharrte.

»Nirgends. Schauen Sie im Fond des Wagens nach, da sitzt Ihr Verdächtiger. Bringen Sie ihn bitte in die Zelle.« Kommissar Schütt sah Westermann, der geradewegs in die Polizeistation marschierte, mit offenem Mund an.

Westermann war unruhig. Er ging im Büro auf den Flipchart zu, starrte darauf und pinnte ein Foto von Matthias Blender an die Wand. »Was hat Jöns mit dem Kerl zu tun? Wir haben nicht viel Zeit, dann müssen wir noch einmal zur Praxis dieses Arztes. Der kann sich schließlich nicht in Luft aufgelöst haben. Die haben einen Wagen vor dem Haus postiert. Da ist niemand! Die melden sich, sobald sich etwas ergibt. Und das andere Team sucht die Insel ab. Nur eines muss ich vorher klären«, sagte Westermann und zog mit einem Stift einen Strich von Jöns zu Blender.

»Das kann nur mit den Drogen zu tun haben«, sagte Hartwig. »Jöns … Drogen, Blender … Drogen.«

»Wie kommen Sie denn darauf, dass der Doktor etwas mit Drogen zu tun hat?«

Westermann nickte und sagte: »Wir haben einen sehr schwerwiegenden Hinweis von Frau Hagedorn erhalten, der uns«, er zeigte auf Hartwig, »der uns das vermuten lässt. Und wir haben seine kriminelle Vergangenheit aus dem Register.«

»Aber Charlotte kennt sich doch nicht mit Drogen aus! Woher soll die denn wissen, dass der Doktor …?«

Hartwig unterbrach Schütt. »Lassen Sie uns sachlich bleiben. Jeder noch so kleine Hinweis ist für uns in dieser Sache äußerst wichtig. Und außerdem ist Frau Hagedorn eine sehr gescheite Frau, nicht wahr Dirk?«

Westermann nickte. »Wir nehmen diesen Hinweis jedenfalls sehr ernst. Und es passt mit den übrigen perfekt zusammen.«

»Woher kennen sich Jöns und Blender?« Thomas Hartwig ging auf die Tafel zu und wirkte nachdenklich.

»Vielleicht hängt das mit den Stippvisiten von Hartmann und Blender in Hamburg zusammen«, sagte Kant.

»Was für Stippvisiten?«, fragte jetzt Westermann neugierig.

»Na, das ist stadtbekannt. Die beiden fahren in regelmäßigen Abständen auf irgendwelche Seminare«, sagte Beck und fühlte sich sichtlich stolz, etwas Wichtiges beitragen zu können.

»Die fahren zusammen nach Hamburg?« Hartwig sah Westermann ungläubig an. »Das passt ja dann wie die Faust aufs Auge«, sagte er und klopfte sich auf die Oberschenkel.

Die Kollegen der Burger Wache sahen sich noch ratloser an, als vor wenigen Minuten. »Könnte uns vielleicht einmal jemand aufklären?«, fragte Schütt.

Westermann deutete auf Thomas Hartwig und lehnte sich gegen die weiße Metallwand. »Ja, also das ist so: Wir wissen, dass der Bestattungsunternehmer Max Hartmann regelmäßig nach Hamburg fuhr und nicht nur zu Seminaren. Er untersuchte vielmehr das Hamburger Nachtleben, wenn Sie verstehen, was ich meine.«

Die anderen fingen an zu grinsen.

»Und soweit wir wissen, ist er des Öfteren im Bumsschuppen von Phillip Jöns eingetaucht ... Entschuldigung. Ich meine natürlich Etablissement.«

Lautes Gelächter drang bis auf den Flur. »Meine Herren, bitte ein bisschen mehr Pietät«, sagte Westermann ernst.

»Wenn Sie jetzt sagen, er wäre ständig mit dem Arzt auf diesen Symposien gewesen, dann passt das wiederum hervorragend zu unserer These, dass die beiden etwas mit den Drogen zu tun haben ...«, sagte Hartwig.

»Müssen«, fiel Westermann ihm ins Wort. Die standen wahrscheinlich durch Blenders Drogenvergangenheit mit Jöns als Drogendealer in Kontakt, vermute ich.«

»Vielleicht haben die hier selbst irgendwo welche vertickt«, sagte Becker, bekam rote Ohren.

»Warten Sie mal kurz. Ruhe!«, sagte Westermann und wählte die Nummer der Spurensicherung in Lübeck. »Jo, Westermann. Sagt mal, könnt ihr mir zu dem Toten von Fehmarn eine Information geben? ... das ist gut, verbindet mich mal mit ihr. Hallo, Anne ... kannst du mir etwas Neues erzählen?« Westermann hielt das Mikro des Handys mit der Hand zu und sagte zur Truppe: »Wenn ich denke, was ich glaube, dann wissen wir gleich, ob Blender etwas damit zu tun hat. Ja, ich höre ... was? Das glaube ich nicht! Scheißkerl ... DNA auf dem Schlüssel ... aha ... von Hartmann ... ist klar ... und? ... Bingo. Ich hab's gewusst. Danke.

Das ist noch nicht alles? Was denn noch. Das reicht uns für's Erste.« Er machte eine kleine Pause, dann setzte er sich kreidebleich auf einen Stuhl, der in unmittelbarer Nähe stand. »Verdammt ... mhm ... ja, ich danke euch.« Er legte auf und sah in die Runde, die gespannt darauf wartete, dass Westermann mit der Sprache herausrückte.

Thomas Hartwig zuckte fragend mit den Schultern, die

anderen setzten sich auf die Stühle, die um den Tisch herumstanden.

Der Hauptkommissar Dirk Westermann atmete hörbar aus, fuhr sich mit der Hand durch die Haare und sagte: »Das ist jetzt der Hammer. Also, der Fingerabdruck auf dem Schlüssel ist seiner, das ist klar. Könnte Zufall gewesen sein. Man gibt ja mal seinen Schlüssel aus der Hand. Aber die gefundene DNA bei dem ermordeten Max Hartmann konnte eindeutig Blender zugeordnet werden. Vielleicht hat er gehustet oder geniest, sagt Anne. Ich glaube kaum, dass er Hartmanns Schlüssel normalerweise in seinem Besitz hat.« Die anderen nickten. »Wir können also davon ausgehen, dass er etwas mit dem Tod des Bestattungsunternehmers zu tun haben könnte. Das sind zu viele Spuren auf einmal, die ihn schwer belasten.«

»Und warum bist du so blass geworden. Das ist doch für dich nichts Ungewöhnliches?«

»Nein, das nicht, aber die Tatsache«, er musste schlucken, »dass in der Verstorbenen, die im Kühlraum des Bestattungsunternehmers lag, jede Menge Drogen …«

»Was?«, rief Schütt entgeistert.

Westermann deutete an, ruhig zu sein, um seine Erklärung zu Ende zu führen. »Um genauer zu sein, … Crystal Meth, deponiert wurden. Zwischenstation: Leichnam, sozusagen! Das ist auch für mich neu.«

Auf einmal palaverten alle durcheinander.

»Das ist ja ein Ding«, sagte Thomas Hartwig. »Wie sind die denn darauf gekommen, dass in der Leiche Drogen stecken könnten? Das ahnt man ja nicht mal eben so.« Alle sahen Westermann gespannt an.

»Das war eher Zufall. Die wollten die Temperatur messen, zum Zweck der Kühlung. Beim Transport ist wohl die Decke verrutscht. Die Kleidung der alten Dame war etwas verschoben. Da hat Anne die Naht entdeckt, die wohl mehr als stümperhaft zusammengenäht wurde.«

»Möchte jemand Kaffee?«, fragte Becker mit roten Ohren.

»Mensch nun halt doch mal dein Brabbel«, rief Schütt und hielt mit hochgezogenen Augenbrauen den Finger über die Lippen.

»Und was dann?«, fragte Hartwig.

»Das kam ihr nicht geheuer vor, und so hat sie den Staatsanwalt angerufen, der eine Untersuchung veranlasst hat. Anne hat die Naht aufgemacht und traute ihren Augen kaum, als sie die Tütchen entdeckte. Drei Kilo Crystal Meth kamen zum Vorschein.« Die Männer im Büro waren sprachlos. Nicht einmal Becker hatte etwas Sinnvolles beizutragen.

»Und damit wissen wir … A, dass der Bestattungsunternehmer Drogen versteckt hat, und B, dass der *Doktor* mit Sicherheit ganz tief mit drinnen hängt. Sehr wahrscheinlich hat er die Drogen nicht einmal kaufen müssen, sondern selbst in seinem Labor hergestellt. Wenn Sie sich erinnern, Frau Hagedorn hat uns einen ganz heißen Tipp gegeben, den Sie, meine Herren, nicht ernst nehmen wollten.«

Die Polizeibeamten, außer Thomas Hartwig, sahen betreten zu Boden. »Das hätte ich nicht von Max gedacht«, raunte Kommissar Schütt und schüttelte enttäuscht den Kopf.

Westermann blickte unruhig auf seine Uhr und deutete Hartwig an, sich mit ihm auf den Weg zu machen.

»Der Blender ist wirklich ein Blender. Der hat es faustdick hinter den Ohren. Charlotte Hagedorn hatte von Anfang an recht mit ihrer Vermutung.« Westermann schüttelte vielsagend den Kopf. Thomas wartete gespannt auf das, was sein Kollege ihm noch zu sagen hatte, während er aufstand und seine Jacke überzog. »In der Leiche waren 20 Päckchen!

Kannst du dir so etwas vorstellen? Drogen in Leichen, wie schrecklich ist das?«

»Das ist äußerst makaber!«, sagte Hartwig.

»Hast du eine Ahnung, wie die überall Drogen schmuggeln. Allerdings habe ich das auch noch nicht gehört. Lass uns losfahren.«

»Wenn die die Drogen selbst hergestellt haben, was hat dann Jöns damit zu tun?«, fragte Hartwig. »Der dealt, soweit wir wissen, selbst. Und was hat die Freundin von Jöns mit diesem zwielichtigen Russen zu tun gehabt? Wozu fahren die mit der Fähre nach Dänemark? Die machen doch keinen Urlaub.« In Thomas' Hirn arbeitete es und er tippte mit dem Finger an die Stirn. »Die haben ganz klar das Ding zusammen gedreht.« Er stellte in Gedanken eine Verbindung her. »Jöns kannte … Hartmann, Hartmann … den Doktor, somit kannte Jöns auch den Doktor.«

»Steigst du noch durch?«, sinnierte Dirk Westermann.

»Pst, ich überlege.« Thomas klopfte den Zeigefinger gegen die Lippen, während Dirk ihn von der Seite beobachtete.

Dann schnippte Thomas Hartwig plötzlich mit den Fingern. »Ich hab's. Wenn die sich nun gegenseitig Konkurrenz gemacht haben und einer den anderen quasi um die Ecke bringen wollte.«

»Wie meinst du das?«

»Der Jöns hat mitbekommen, dass Hartmann und Blender selbst Drogen verticken, und hat erst den Russ … ne, das passt nicht. Warum sollte er den Russen, das war doch einer seiner Leute.« Er schnaufte, während Westermann ihm zuhörte. »Hartmann wollte … aber der ist ja selber tot. Mir ist da irgendwas nicht klar. Wer hat den Russen auf dem Gewissen?

Die Einzige, die uns weiterhelfen kann, ist diese Kaja und die müssen wir finden.«

»Vorher werden wir aber Jöns noch einen kurzen Besuch abstatten.«

»Aber das können wir doch morgen Früh …«

»Warum morgen Früh?« Westermann deutete auf die Tür, die zu der Zelle führte. »Das will ich jetzt genau wissen. »Warum soll der besser schlafen als wir.« Hartwig stand auf und folgte seinem Kollegen.

»So, mein Freund«, klopfte der Kommissar mit einem Schlüssel an die Tür. »Aufwachen, wir haben, glaube ich, eine Menge zu besprechen.« Dirk Westermann riss unsanft die Tür zur Zelle auf, in der Phillip Jöns auf einer schmalen Liege zu schlafen versuchte.

»Was wollt ihr. Es ist mitten in der Nacht, könnt ihr mich nicht in Ruhe lassen. Ich sage sowieso nichts ohne meinen Anwalt.«

Er winkte ab und drehte den beiden den Rücken zu.

»So, mein Lieber, jetzt wird hier mal Tacheles gesprochen und wenn du nicht so willst, wie wir wollen, dann lassen wir uns die ganze Geschichte haarklein von deiner Freundin erklären.«

Jöns sprang augenblicklich auf. »Ihr wisst, wo sie ist?« Plötzlich war er hellwach.

»Das möchtest du wohl gerne wissen.« Westermann griff zu einer taktischen List und zu seiner Pfeife, die er zwischen die Lippen schob. »Die wird gerade verhört. So wie die heult, kann es nicht mehr lange dauern, dann wird sie dich so richtig schön reinreiten.« Er zupfte einen Fussel von seinem Sweatshirt.

Jöns sprang auf. »Die Schlampe wird euch gar nichts erzählen, die weiß genau, was ihr dann passiert.« Wütend stand er vor den Polizisten. »Und mit deren Drogen habe ich nichts zu tun.« Westermann und Hartwig sahen sich kurz an.

»Das hört sich bei ihr aber ganz anders an«, log er weiter.

»Mitkommen.« Hartwig legte Jöns die Handschellen wieder an und sie setzten sich in das Büro von Schütt. »Setzen!«, befahl er und stieß Jöns unsanft auf einen Stuhl, der direkt vor dem Schreibtisch stand.

Westermann zog einen weiteren Stuhl heran und setzte sich Jöns unmittelbar gegenüber. Er ließ aus ermittlungstechnischen Gründen keinen Tisch zwischen sich und dem Verdächtigen. Hartwig behielt Jöns im Auge und verfolgte jede seiner Reaktionen. »So, Herr Jöns, dann noch einmal von vorn.« Westermann konzentrierte sich und strahlte eine unglaubliche Ruhe aus. »Was hat es mit den Drogen auf sich? Und keine Lügen, wir bekommen es sowieso heraus. Jöns fing an zu schwitzen und rieb die Hände.

»Also, Kaja, die Nutte, die hat mit Andrey Geschäfte gemacht. Die haben das Ding ganz alleine gedreht. Die wollten mich linken.« Seine Ohren wurden rot.

»Die wollten Sie linken. Und Sie haben überhaupt nichts mit der ganzen Sache zu tun?« Westermann fixierte Jöns. »Wie wollten die Sie denn linken?«

»Die haben mir Kohle geklaut und sind mit den Drogen abgehauen.«

Westermann spürte, dass der Mann Angst hatte. »Mit welchen Drogen?«

Jöns fing an zu stottern. »Da… das weiß ich doch nicht. Ich will endlich die Kohle.« Er wusste, dass er verloren hatte.

»Das wird wohl nichts. Im Knast brauchen Sie kein Geld, was glauben Sie denn«, sagte Westermann.

»Der gute Herr Jöns hat uns gerade mitgeteilt, dass die junge Frau und der Tote mit seinen Drogen abgehauen sind, um sie … wenn ich das richtig verstanden habe, zu verticken.« »Genau!«

»Und jetzt möchte der gute Herr Jöns das Drogengeld zurück. Wie blöd sind Sie eigentlich?« Hartwig lachte laut auf, als er ihn zitierte. Westermann sah seinen Kollegen scharf an.

»Tschuldigung. Aber das erzählen Sie mal dem Staatsanwalt. Sie werden morgen Früh dem Haftrichter vorgeführt und dann ist für eine lange, lange Zeit erst mal gar nichts mit Kohle«, beendete Hartwig seinen Satz.

»Ich …« Jöns ging die Puste aus.

»So, und jetzt erzählen Sie uns bitte noch, woher Sie den Doktor Matthias Blender kennen«, sagte Westermann.

Jöns wusste, dass er seinen Hals aus dieser Schlinge nicht mehr herausbekam. Es war nicht das erste Mal, dass sie ihn so in die Enge getrieben hatten. Und er vermutete, Kaja hatte längst gegen ihn ausgesagt.

»Also, wenn Sie es genau wissen wollen«, er wippte mit den Füßen nervös auf dem Boden. »Der Doktor kam ein, zwei Mal mit Max Hartmann. Der hat ihn mitgebracht. Die waren vorher auf irgendwelchen Seminaren und haben hinterher die Sau rausgelassen.«

Westermann nickte Hartwig zu, als wollte er das, was sie vorhin besprochen hatten, bestätigen. Sie hatten Recht gehabt. Indes plapperte Jöns weiter.

»Der Max war eigentlich ganz in Ordnung, aber dieser Doktor … der hat sie nicht mehr alle. Das ist ein Psycho! Der hat sich bei mir mit Drogen eingedeckt und …«

Dirk und Thomas blickten sich an. »Inwiefern ein Psycho?«

Jöns lief rot an. »Der hat meine Schlam… Freundin im zugedröhnten Kopf auf mieseste Art vergewaltigt«, schrie er. »Dieses Arschloch hat Kaja fertig gemacht, verstehen Sie?«

»Nein, versteh ich nicht«, sagte Westermann.

»Der hat sie bestialisch vergewaltigt und mit einem Messer an ihr rumgeschlitzt.« Jöns zeigte auf seine Wange und machte einen Strich von der Augenbraue bis zum Mundwinkel. »Der hat sie so fertig gemacht, dass sie wochenlang im Krankenhaus lag. Verstehen Sie?«

»Mhm, das verstehe ich. Warten Sie mal einen kleinen Augenblick, wir kommen sofort wieder.« Er winkte Hartwig hinter sich her. »Wir stehen vor der Tür. Also abhauen lohnt sich nicht.«

Jöns nahm die Hände hoch, die mit den Handschellen verbunden waren. »Wie sollte ich?«

»Hartwig, wir müssen diesen Arzt finden.« Thomas sah ihn fragend an. »Wenn der diese Kaja Lennart in seiner Gewalt hat, dann hat der noch eine Rechnung offen. Verstehst du?«

Hartwig nickte.

»Wir bringen den jetzt zurück in seine Zelle und fahren umgehend da hin. Der kann nicht verschwunden sein. Der wiegt sich in absoluter Sicherheit.«

Thomas ging auf Schütt's Büro zu. »So, Herr Jöns, Sie gehen jetzt brav wieder schlafen und morgen …«

»War das etwa alles, was Sie von mir wollten? Wo bleibt das Verhör? Das hier war doch Pipifax.«

»Kommen Sie.« Hartwig führte ihn zurück in seine Zelle.

»Blöde Bullen. Da weckt ihr mich und dann …«

»Schön sparsam bleiben, Jöns.« Hartwig lächelte und machte das Licht aus.

»He, die Handschellen.«

»Thomas, mach ihn los und dann ab zur Praxis. Schütt, Sie rufen bitte augenblicklich den Staatsanwalt an und fordern eine Hausdurchsuchung für diesen Arzt an. Bis dahin fahren Hartwig und ich los, um die Bude auf den Kopf zu stellen. Ich sage nur, Gefahr im Verzug. Wenn die Kaja Lennart wirklich dort ist, kann es um Minuten gehen.« Alle nickten. »Sie warten, bis der Hausdurchsuchungsbeschluss eintrifft, dann folgen Sie uns bitte unverzüglich mit all Ihren Kollegen zur Arztpraxis. Danke, meine Herren.«

Die Männer schoben ihre Stühle zurück und verließen auf Kommando das Büro.

»Los, ich habe ein saudummes Gefühl. Ich wusste doch, dass diese Kaja der Schlüssel für alles ist«, rief Westermann.

»Saudumm aus deinem Mund? Du machst dich, Dirk, du machst dich.«

Sie liefen im Regen zum Parkplatz, sprangen in den Wagen und fuhren Richtung Landkirchen.

»Lass das Blaulicht aus, wir wollen doch niemanden verschrecken«, sagte Westermann trocken.

Die Entfernung zum Haus erschien ihr endlos, lang wie der Vierhundert-Meter-Lauf um die Stadionbahn, den sie jeden zweiten Tag absolvierte. Sie hatte das Gefühl, als würde der Weg einfach nicht aufhören. Die Beine wurden mit jedem Schritt schwerer, als wären sie aus Blei. »Charlotte, Charlotte!«, schrie sie. Ihre Stimme überschlug sich. Die Flammen, die bereits den gesamten Dachstuhl ergriffen hatten, fraßen sich scheinbar mühelos durch das Mauerwerk. Da es kaum Wind gab, stieg die Feuersäule fast senkrecht in den diesigen Himmel. Es sah furchteinflößend aus. Der Regen schien dem Feuerfraß nicht das Geringste auszumachen. »Charlotte!«

Katrin stand vor dem Haus und überlegte, was sie tun sollte. Die Hitze, die das Feuer verursachte, hielt sie nicht davon ab, durch das Gartentor Richtung Haustür zu rennen. Den Qualm und die Asche, die auf sie herabregnete, atmete sie tief ein, weil das Gefühl zu ersticken sie dazu zwang. Sie hustete. Und je mehr sie hustete, umso mehr musste sie sich zwingen, gegen den Würgereiz anzukämpfen. In ihrer Kehle kratzte es. Geistesgegenwärtig zog Katrin ihren Schal über den Mund.

Sie erreichte die Eingangsstufen. Wie durch einen Wattemantel hörte sie entfernte Sirenen. Sie drehte den Kopf, konnte aber durch die dichte Rauchentwicklung nichts erkennen. »Feuerwehr, das ist die Feuerwehr!« Sie hustete und hielt den Handrücken vor die zusammengepressten Lippen.

Sie griff panisch in ihre Jackentasche, zog hastig den Haustürschlüssel heraus. Hektisch zerrte sie die Jackenärmel über die Hände und versuchte gleichzeitig, mit den herausragenden zitternden Fingerspitzen den Schlüssel in das Türschloss zu stecken. Die Hitze war unerträglich. Der Türknauf ließ sich kaum anfassen. Das Metall schien zu glühen.

Erneut quälte sie brennender Husten. Sie spuckte instinktiv aus. Mit beiden Händen schaffte sie es dennoch, die Tür zu öffnen. Das Feuermeer hatte sich über die rückwärtige Seite des Hauses komplett ausgebreitet.

Die angrenzende Garage war bereits völlig niedergebrannt. Es würde nicht mehr lange dauern, dann erreichten die Flammen den Eingangsbereich.

Als Katrin die Tür aufstieß, sprang sie neben die Türöffnung, damit das Feuer und die Hitze sie auf keinen Fall erfassten.

Es gab keine Möglichkeit mehr, ins Haus zu gelangen, das wurde ihr augenblicklich klar. Die Feuerwalze hatte den gesamten Flur eingekesselt und die Treppe nach oben war nur noch ein Gerippe aus Holzresten, die aussahen wie ein vermodertes Skelett.

Katrin wusste nicht, was sie tun sollte. Sie wankte einen Schritt zurück, tastete sich rückwärts die Stufen hinunter, bis sie auf dem Gartenweg stand, dann sank sie auf die Knie.

»Charlotte!« Ihr gellender Schrei hallte durch den glühenden Nachthimmel.

IN LETZTER SEKUNDE

Thomas spürte, dass Dirk diese Nacht an die Nieren ging. Sie hatten die letzten Tage kaum geschlafen und der zweite Mord brachte alle hier fast um den Verstand.

Sieben Minuten später erreichten sie das Haus des Doktors. Sie fuhren den Wagen wieder ein paar Meter weiter in die dunkle Seitenstraße, in der die Kollegen seit geraumer Zeit warteten.

»Los, raus. Wir versuchen es durch den Garten.« Leise stiegen sie aus, um keinen Lärm zu erzeugen, der den Doktor, wenn er denn da war, aufschreckte. Westermann klopfte leise gegen die Scheibe der Kollegen aus Burg. Sie saßen in ihrem Wagen.

»War was?«, fragte Hartwig.

»Ne, hier ist niemand.«

»Dann sucht ihr weiter, wir übernehmen.« Die Kriminalkommissare aus Oldenburg schlichen im Dunkel an der Hauswand entlang und betraten die Einfahrt, die in den hinteren Teil des Grundstückes führte. »Der ist tatsächlich nicht da«, flüsterte Hartwig.

»Pass auf, wir können bei dem nicht sicher sein. Wenn der wirklich psychopathisch ist, linkt der uns vielleicht«, mahnte

Westermann leise. Er stellte sich neben das Fenster und versuchte hineinzusehen. »Milchglas, verdammt.«

Hartwig kam zurück. Sie schoben sich durch die schmale geöffnete Holztür in den Garten. »Alles dunkel. Wir müssen rausfinden, ob irgendeine Tür ins Haus führt.«

Westermann nickte. Nacheinander zogen beide ihre Waffen aus der Halterung und entsicherten sie. Westermann deutete mit seiner P99 auf eine Kellertür. »Vielleicht haben wir da Glück.« Geräuschlos schlichen sie zehn Steinstufen hinunter. Hartwig atmete wie ein Walross durch die Nase. »Pst, sei still, du Anfänger«, presste Westermann leise durch die Lippen. Hartwig öffnete den Mund und atmete tief ein. Sein Kollege drückte die alte Klinke der Tür herunter und schüttelte den Kopf. »Zu!«

»Lass mich mal«, flüsterte Hartwig. Er schob sich an Dirk vorbei, steckte seine Waffe in den rückwärtigen Hosenbund und zog sein Portemonnaie aus der Hosentasche. Angespannt zückte er eine Sparkassenkarte aus dem Portemonnaie und klemmte sie zwischen die Lippen. Als er die Geldbörse wieder zurückgesteckt hatte, nahm er die Karte und schob sie zwischen Tür und Rahmen in Höhe des Schlosses zweimal hin und her. Es knackte, dann war die Tür auf. Die Männer lauschten, ob sich etwas verdächtig bewegte. Alles war ruhig.

»Wo hast du das denn gelernt?«, fragte Westermann erstaunt.

»Tatort?«, antwortete Hartwig und grinste.

Sie drängten in den dunklen Kellerraum.

»Jetzt hoffe ich nur noch, dass auch eine Tür nach oben führt, sonst sind wir am Arsch«, raunte Hartwig.

Westermann nickte, was sein Kollege allerdings im nachtschwarzen Keller nicht wahrnehmen konnte. »Lass ja die Taschenlampe aus. Du weißt nicht, was uns erwartet«, flüsterte Westermann. Hartwig tastete sich als erster durch den dunklen Raum. Es gab kein Kellerfenster, durch das auch nur der kleinste Lichtstrahl fiel. Vorsichtig setzten sie einen Fuß vor den anderen.

Hartwig fühlte etwas Hartes am Fuß. Er bückte sich und griff danach. »Wäschekorb«, sprach er mit gedämpfter Stimme. Mit den Armen voran bewegte er sich weiter. Westermann folgte ihm mit der Waffe im Anschlag. »Da! Hier ist was.« Er berührte eine kalte Eisenfläche. Es war voraussichtlich die Tür, die sie in den oberen Teil des Hauses brachte. Thomas suchte tastend nach dem Griff und drückte ihn herunter. Als die Tür einen Spalt offen war, konnten die Männer einen schwachen Lichtschein erkennen, der von einer Straßenlaterne herrührte. Sie nahmen die Umrisse des Kelleraufganges wahr und schlichen Stufe für Stufe nach oben. Thomas Hartwig zog seine Waffe wieder aus dem Hosenbund und hielt sie mit gestreckten Armen vor seinen Körper.

Er schaute als Erster über die Treppenkante in den langgestreckten Korridor. Niemand zu sehen. Seine Blicke fokussierten den oberen Bereich. Dann hechtete er auf eine offene Tür zu. In dem Raum war es dunkel. Westermann folgte ihm. Sie standen in der Küche und blickten sich vorsichtig um. Vom Flur gingen mehrere Türen ab. »Behandlungszimmer«, hauchte Hartwig und wies mit der Hand auf ein Messingschild, das von außen an der Tür angebracht war. »Wir müssen vorsichtig sein.« Westermann nickte.

»Wir wissen nicht, was der vorhat, falls er hier ist. Der Typ ist mega gefährlich«, flüsterte Hartwig heiser. Sie schoben an der Wand entlang, die zum letzten Raum führte. Hartwigs Hände schwitzten. Er schluckte und hoffte, die Waffe nicht benützen zu müssen. Da hörten sie einen gellenden Schrei aus dem Zimmer. Ohne nachzudenken, stürmten beide los und liefen auf die offene Tür zu.

»Halt! … Blender, Arme hoch! Waffe weg«, schrie Hartwig so laut er konnte und tastete nach einem Lichtschalter, der sich neben der Tür befand. Verblüfft blieben beide im Raum stehen. »Hier ist niemand. Das Zimmer ist leer.« Sie nahmen ihre Waffen herunter und blickten sich um.

»Der verarscht uns«, rief Westermann wütend und zeigte auf ein eingeschaltetes Funkgerät. »Die Stimme kommt aus dem Gerät. Das war ganz klar eine Frauenstimme. Ich werd verrückt.«

Irritiert sahen sie sich sprachlos an. Thomas Hartwig ergriff als erster das Wort. »Ich habe eine Idee. Ich weiß nicht, ob ich richtig liege, aber könnte es nicht sein, dass er sich einen anderen Ort für seine Greueltat ausgesucht hat?«

Westermann blickte ihn an. »Wie meinst du das?«

»Vielleicht bringt er sein Spiel dort zu Ende, wo er niemanden vermutet. Komm Dirk, wir haben keine Wahl. Ich glaube, wir sind ihm näher, als er denkt.«

»Red schon!«, brummte Westermann.

»Es ist nur ein Gefühl, aber es könnte doch sein dass er sich im Leichenkeller von Hartmann aufhält. Da vermutet ihn doch garantiert niemand.«

»Dann los«, rief Westermann und hechtete zur Eingangstür, die nicht verschlossen war. In weniger als einer Minute saßen sie im Wagen und rasten Richtung Petersdorf. Hartwig informierte die Polizeistation in Burg und forderte alle Kollegen der Dienststelle an. »Das Bestattungsunternehmen, dass ich da nicht gleich drauf gekommen bin. Wie bist du … ?«

»Darauf gekommen? Na, ist doch einfach. Es liegt einsam, niemand stört, weil wir ja schon alles auf den Kopf gestellt haben und alles versiegelt ist. Da hab ich eins und eins zusammengezählt.«

»Alle Achtung«, sagte Westermann und nickte. Ein scharfes Bremsmanöver brachte den Wagen direkt vor dem Leichenkeller zum Stehen. Hartwig rüttelte an der Tür. Sie war verschlossen. Westermann zog seine Waffe, drängte Hartwig zurück und schoss zweimal auf das Türschloss. Die Tür gab nicht nach. »Lass mich doch noch einmal.«

»Blödsinn«, rief Westermann und schoss noch zweimal auf das Schloss. Die Eisentür sprang auf. Westermann riss sie auf, und hechtete die Stufen hinunter. Thomas Hartwig folgte ihm mit gezogener Waffe. Das Bild, das sich ihnen bot, war als wäre es einem Horrorfilm entsprungen.

Kaja Lennart lag völlig nackt und gefesselt auf dem Seziertisch.

Westermann sah, dass es um Sekunden ging, wenn sie der jungen Frau helfen wollten. Er sprang zum Pathologietisch und riss den Arzt herum, als der ein Messer in Kajas linke Seite der Taille bohrte. Hartwig schrie: »Kaja, nein, lassen Sie das Messer fallen. Der ist es nicht wert. Fallenlassen sage ich!« Er sprang zu der Frau, die gefesselt auf dem Metalltisch lag und in der freien Hand ein blutverschmiertes Messer hielt.

Weinend vor Erleichterung ließ sie den Arm herunter und das Messer fiel aus ihrer Hand auf den Boden.

Westermann bog Blender den Arm mit der Klinge in der Hand nach hinten, verdrehte ihn nach oben, bis der Doktor das Messer schreiend fallen ließ. Hartwig hielt die Waffe auf ihn gerichtet.

In diesem Moment hörten die Polizisten lautes Sirenengeheul.

Westermann nickte Hartwig zu. Der sprang die Stufen hoch und leitete die Beamten den Kellergang hinunter.

»Na, auch schon da?«, grinste der junge Kommissar.

Schütt schob die Mütze zurück. »Wieso, sind wir schon wieder zu spät?«

»Nein, gerade richtig.« Thomas Hartwig winkte die Polizisten herein, sicherte die Waffe und schob sie zurück in das Halfter. Dann ging er zurück in den Keller. »Das sind die Kollegen.«

»Nehmen Sie mir den Mann hier ab.« Westermann hatte mittlerweile seine Handschellen aus der hinteren Hosentasche gezogen. »Das sieht nach Mordversuch aus. Ich nehme Sie hiermit vorläufig wegen Verdacht des versuchten Mordes fest. Alles was Sie sagen, kann vor Gericht gegen Sie verwendet werden.«

»Ach, halt's Maul. Ihr Vollidioten. Ich hätte euch befreit von diesem Straßenmüll. Ihr verdammten Vollidioten.« Er starrte mit irrem Blick auf Kaja und fing spöttisch an zu lächeln. »Und dich hole ich mir später, du verstehst? Und pass schön auf meinen Sohn auf.« Er spuckte auf die nackte Frau. Dann sackte er plötzlich zusammen und lag zwischen den Männern auf dem Boden. Sein Atem wurde schwach.

»Was ist mit dem los?«, fragte Hartwig und drehte Blender auf den Rücken. Aus einer klaffenden Wunde quoll Blut. Der Kopf lag bereits in einer tellergroßen Lache.

»Verdammt, sie hat ihn erwischt!«, rief Westermann. »Ruft einen Krankenwagen!«

Hartwig hockte sich hin und fühlte den Puls des Verwundeten. »Ich glaube, der Doktor braucht keinen Arzt mehr.« Die Augen des Mannes, der blutüberströmt am Boden lag, waren starr und gebrochen. »Der ist tot.«

»Thomas, ruf die Spurensicherung an. Die sollen sich auf den Weg machen.« Dirk Westermann wirkte auf einmal müde und erschöpft. Er zerrte die Manschetten los, die Kaja immer noch gefangen hielten. »Mensch, wo haben Sie denn bloß gesteckt? Wir suchen Sie seit Tagen«, sagte er und inspizierte die Wunde, die Matthias Blender ihr zugefügt hatte. »Ist nicht lebensbedrohlich«, zwinkerte er ihr zu, um sie zu beruhigen, suchte nach einem Mulltuch, das er vorsichtig auf die Schnittwunde legte. Er reichte ihr eine Decke, damit sie ihre nackten Brüste bedecken konnte.

Westermann nahm sein Handy und rief ein weiteres Mal den Notarzt. »Bitte … ja sofort … nein … nicht in der Pension … in das Bestattungsunternehmen Hartmann … ja, danke.«

»Das muss versorgt werden«, sagte Hartwig, räusperte sich und wurde rot.

»Danke«, hauchte Kaja und schloss für einen Moment ermattet die Augen. »Ich muss zu meinem Sohn, der ist alleine …«

»Sie müssen jetzt erst einmal ins Krankenhaus, sonst nirgends hin«, sagte Hartwig und lächelte die blasse Frau aufmunternd an. »Und Ihrem Sohn … Tim?«

Kaja nickte.

»Tim geht es gut. Er ist bei Frau Martin.«

»Wieso? Was ist passiert.« Kaja schreckte hoch und presste gleichzeitig mit schmerzverzerrtem Gesicht die Hand auf das Tuch, unter dem die Wunde wie Feuer brannte.

»Alles gut. Machen Sie sich bitte keine Sorgen. Sie fahren jetzt ins Krankenhaus und wir«, er zeigte mit dem Finger auf sich und Westermann, »kümmern uns um Tim. Einverstanden?«

Kaja legte sich stöhnend zurück. »Ja.«

»Und morgen kommen wir zu Ihnen und Sie erzählen uns, was genau hier heute Nacht passiert ist.«

»Das ist eine lange Geschichte. Nur eins schon«, quälte sie die Worte heraus. »Dieser Arzt hat Andrey auf dem Gewissen.«

Westermann und Hartwig blickten erstaunt zu Kaja. »Was?«

»Das wird immer verrückter. Wir …« Westermann verschlug es die Sprache.

In diesem Moment traf der Rettungswagen ein.

»Moin«, sagte der Sanitäter. »Lange nicht gesehen.« »Jupp«, antwortete Hartwig. Sie untersuchten die zweite Frau in dieser Nacht und machten sie transportfähig.

»Nun wird die Inselklinik langsam voll«, sagte der diensthabende Arzt und verabschiedete sich von den Kriminalbeamten. »Reicht für heute.«

»Jupp«, sagten beide wie aus einem Mund.

Westermann wollte Thomas gerade mitteilen, dass an Schlaf wohl noch immer nicht zu denken war, wenn sie Kaja noch verhören wollten, als sein Handy klingelte.

»Westermann … Was?« Er drückte auf den roten Knopf und wurde blass. »Ich muss sofort los.«

»Warum, was ist denn jetzt schon wieder?«

Westermann fing an zu stottern. »Das war Becker aus Burg.«

»Ist was mit Jöns?«

»Neiiin, das Haus … das Haus von Charlotte Hagedorn …«

»Was ist mit dem Haus?«

»Es brennt!«, schrie Westermann und rannte aus der Praxis.

Hartwig griff sich an die Stirn. »Und das Haus hier?« Er schnaubte, redete kurz mit den Beamten der Burger Dienststelle. »Bleiben Sie bitte hier, bis die Spusi kommt. Die kann sich nachher um alles Weitere hier kümmern.« Dann rannte er hinter Westermann her, der den Motor bereits aufheulen ließ.

Dirk Westermann raste mit seinem Kollegen, wie ein paar Monate zuvor bei seinem letzten Fall, der ihn bereits damals zum Sund führte, durch den Strukkamp, als wäre der Teufel persönlich hinter ihm her. Die Mitteilung der Kollegen aus Burg verhieß nichts Gutes.

»Was ist denn bloß los auf dieser Insel. Haben die beiden

nicht schon genug durchgemacht?« Schweißperlen standen ihm auf der Stirn, als er den Wagen am Ende der Schotterstraße endlich zum Stehen brachte. So hatte Hartwig seinen Kollegen allerdings noch nie erlebt. Er schien völlig von der Rolle zu sein.

»He, Dirk! Mann das wird schon gut gehen!«

Ohne darüber nachzudenken, riss Westermann die Wagentür auf und rannte los. Es war, als hätte er Hartwigs Worte überhaupt nicht wahrgenommen.

Die Flammen loderten wie ein riesiger Feuerball. Als sie das Haus erreichten, schlug ihnen der Rauch entgegen und nahm beiden die Luft zum Atmen. Hartwig folgte ihm schnaubend und hielt sich die Seite. »Verdammt, das sieht aber gar nicht gut aus«, schrie er, als er das lichterloh brennende Gebäude sah.

Die ansässigen Feuerwehren waren mit allen zur Verfügung stehenden Fahrzeugen angerückt. Was bei dem schlechten Weg allerdings eine Herausforderung darstellte. Der Pfad war zu schmal, um mit den Löschfahrzeugen direkt vor das Grundstück zu fahren, und so wurde alles an Schläuchen angeschlossen, was zur Verfügung stand. Ein Teil reichte gerade, um Charlotte Hagedorns Haus zu erreichen. Zwei Wehren hielten die Schläuche direkt in die Ostsee und pumpten das Wasser von dort bis zum Haus.

Westermann und sein Kollege hielten die Hände vor den Mund. Funken und Asche flogen ihnen entgegen. »Warum regnet es verdammt noch einmal jetzt nicht richtig!«, schrie Westermann seinen Kollegen an.

»Es regnet doch sonst … wie aus Eimern«, entgegnete Hartwig.

»Hoffentlich ist Katrin … den Frauen nichts passiert«, röchelte Westermann.

Thomas sah seinen angsterfüllten Kollegen fragend von

der Seite an. Es wunderte ihn, dass er zuerst von Katrin … überhaupt in letzter Zeit ständig von ihr … er verstand zuerst nur ansatzweise und auf einmal erleuchtete ihn nicht nur das Feuer.

Ich glaub 's ja nicht. Der Westermann ist verknallt!, dachte er und klopfte Dirk auf die Schulter. »Wird schon nichts passiert sein. Die sind hier bestimmt irgendwo.«

Dirk Westermann spürte einen Stich in der Magengegend. Ihm war plötzlich unwohl und sein Herz raste.

Er ging auf ein paar Männer der Wehr zu, die direkt am Löschwagen standen. »Wo sind die Eigentümer?« Keine Antwort. »Wo sind die Besitzer des Hauses, verdammt«, schrie er wie von Sinnen die Worte heraus.

»Wer sind *Sie* denn? Sie sehen doch, dass wir zu tun haben. Zur Seite, wenn Sie nicht hierher gehören! Augenblicklich! Das ist zu gefährlich. Sie haben hier überhaupt nichts verloren. Gaffer sind das Letzte, was wir hier gebrauchen können.«

Der Mann der freiwilligen Feuerwehr bölkte Westermann an.

»Stopp!«, rief Thomas Hartwig. »Kripo Oldenburg.« Er zog seine Marke, spürte, dass er seinem Kollegen zu Hilfe eilen musste. »Wo sind die Bewohnerinnen des Hauses?« Der Mann sah ihn auf einmal erstaunt an. »Kripo? Wer hat *Sie* denn gerufen?«

Westermann hatte sich wieder unter Kontrolle und winkte ab. »Das hat mit unserem Fall zu tun. Also noch einmal: Wo sind die Bewohner?«

Der Feuerwehrmann zuckte mit den Schultern. »Ich glaube, eine sitzt da hinten beim Löschwagen.«

Westermann, der sich so gut wie nie auf die Gefühlsebene herabließ, schrie: »Wo ist *sie*!«

Der Mann, der ihm gegenüber stand, zeigte wortlos auf die Steinkante, die zum Sund führte und vor der einer der großen Löschfahrzeuge parkte. Dazwischen entdeckte er Katrin und sein Herz schlug bis zum Hals.

»Katrin«, brüllte er. Die weinende Frau, die eingehüllt in eine Decke ausharrte, drehte erschreckt ihren Kopf in seine Richtung.

Thomas Hartwig blieb stehen und beobachtete die Szene aus ein paar Metern Entfernung. Ihm war auf einmal völlig klar, warum Dirk sich ständig nach der Beziehung zu Katrin erkundigte. Weil er selbst Interesse an ihr hatte. Thomas musste lächeln. »Alter Schwede. Das is ja ein Ding«, murmelte er. »Dagegen hatte ich *natürlich* keine Chance.«

Der Hauptkommissar Dirk Westermann stand Katrin Duvenstedt erleichtert gegenüber.

»Frau Duvenstedt, Gott sei Dank ist Ihnen nichts passiert! Wo ist Ihre Tante?«

Er sah Katrin, die plötzlich erneut heftig zu weinen anfing, irritiert an.

Sie zog schluchzend die Schultern hoch und ließ hilflos die Arme sinken.

»Ich weiß es nicht. Ich weiß es nicht«, schrie sie gegen den Wind, der von Südwesten aufkam.

»Das kann nicht sein«, sagte er. »Vielleicht ist sie nicht da.«

»Wo soll sie denn sein?«, weinte Katrin wie von Sinnen. »Ich muss da rein!« Sie ließ die Decke von ihren Schultern fallen und rannte hysterisch auf das Haus zu.

»Halten Sie die Frau zurück«, rief der Feuerwehrmann dem Kommissar zu.

»Frau Duvenstedt … Katrin!« Dirk hechtete ihr hinterher. Vor dem Gartenzaun blieb sie widerwillig stehen. Die Flammen wehten in ihre Richtung und hatten den Zaun entzündet.

Westermann hatte sie erreicht und riss sie zurück.

»Ich muss«, rief sie, »ich muss zu *Charlotte*!« Es war ein markerschütternder Schrei, der durch die Nacht hallte.

Dirk Westermann hielt Katrin fest umklammert und zog sie ein paar Meter zurück. Wie ein Häufchen Elend stand sie vor ihm. Die Tränen liefen ihr über die Wangen und dann sackte sie zusammen. Dirk fing sie auf und nahm ihren leichten Körper auf seine Arme. Ein Tränenschleier legte sich plötzlich auch auf seine Augen. Auf einmal überkam ihn, trotz der grausamen Situation, ein warmes Gefühl. Die Nichte von Charlotte Hagedorn öffnete die Augen und sah Dirk Westermann schmerzvoll an.

»Lassen Sie mich bitte wieder runter.«

Langsam setzte er sie zurück auf den Boden.

Dirk hielt sie trotz allem fest, damit sie nicht noch einmal zusammenbrach. Ihre Blicke trafen sich. Dirk Westermann, der sonst so souveräne, abgeklärte Kommissar, bekam weiche Knie, zitterte am ganzen Körper und dann …

»Was ist hier denn los?«, kreischte auf einmal eine Stimme im Hintergrund, die sie nur zu gut kannten.

Hartwig, der abseits den Dialog von Katrin und Dirk verfolgt hatte, sah erstaunt zu der Frau, die den Weg entlanggelaufen kam.

»Charlotte, du lebst!«, schrie Katrin, riss sich von Dirk los und rannte auf ihre Tante zu.

»Kann man denn nicht mal in Ruhe einen Fall lösen, ohne dass irgendetwas passiert?«, sagte sie und sah traurig auf die lodernde Ruine. »Der Schütt hat mich hergefahren. Das haut mich aber jetzt doch um.« Ein verräterischer Glanz stand plötzlich auch in ihren Augen. »Oh Gott … Mein ganzes Leben befindet sich darin. Meine Bilder … meine …«, sie schluckte und konnte nicht weitersprechen.

Hilflos hielt sie sich die Hand vor den Mund. Das Haus war mittlerweile bis auf die Grundmauern niedergebrannt.

Die Löscharbeiten gingen zügig voran und die Wehr hatte den Brand unter Kontrolle.

Thomas Hartwig strich Charlotte sanft über den Rücken. »Aber es gibt nichts, was man nicht ersetzen kann. Hauptsache, Ihnen ist nichts passiert«, versuchte er die Künstlerin zu beruhigen.

Charlotte Hagedorn drehte sich zu dem jungen Kommissar. »Jetzt müssen wir wohl oder übel nach einem neuen Domizil Ausschau halten. Aber wir werden schon eine Lösung finden«, sagte sie und nickte unaufhörlich mit dem Kopf. »Nun werde ich hier wohl nicht mit den Füßen zuerst rausgetragen werden.«

»Ach, meine kleine Miss Marple, alles wird gut. Das Wichtigste ist doch, dass wir uns haben und uns nichts passiert ist«, sagte Katrin und fiel ihrer Tante lachend in den Arm.

Westermann und Hartwig standen etwas abseits und sahen sich ernst an.

»Wir werden wohl nicht das letzte Mal auf dieser Insel sein. Das habe ich irgendwie im Gefühl.«

Dirk löste sich von Thomas, ging langsam auf Katrin und ihre Tante zu …

In diesem Moment wusste er, was ihm die ganze Zeit Magenschmerzen verursacht hatte. Es war plötzlich, als fiele ein Vorhang, der schwer auf seiner Seele lastete. Dieses Gefühl hatte er seit Jahren verdrängt.

Es überkam ihn wie eine Woge. Wie eine Marionette, ferngesteuert bewegte er sich auf Katrin zu, nahm sie in den Arm und blickte ihr tief in die Augen.

»Ich fühle mich gerade wie Phönix aus der Asche. Ich habe lange meine Wunden lecken müssen, aber du hast mir gezeigt, dass es eine andere Zukunft geben kann. Du bist wie ein Rohdiamant, den ich erst jetzt entdeckt habe.« In Katrins

Augen glitzerten wundervolle Tränen und dann fanden sich ihre Lippen zu einem langen innigen Kuss.

ENDE

EPILOG

Zwei Wochen später fuhr Jöns wegen Drogenmissbrauchs und Zuhälterei für lange Zeit wieder in Santa Fu ein.

Das Massageinstitut übernahm übrigens Jan Louis Traviér. Es läuft seitdem besser denn je. Sein Tattoo mit dem roten Skorpion ist der Renner in der Szene.

Lena verkaufte das Bestattungsinstitut Hartmann und erwarb mit dem Erlös eine Immobilie direkt am Wasser und eröffnete ein kleines Café mit Blick auf die Ostsee. Sie hatte im wahrsten Sinne die *Schnauze* voll von den Toten. An ihrer Seite befinden sich seit ein paar Wochen eine hübsche dunkelhaarige Frau mit dem Namen Kaja und ein fünfjähriger Junge namens Tim. Die beiden Frauen sind ein Herz und eine Seele. Sie haben sich offen zu ihrer Liebe bekannt und erziehen den kleinen Mann gemeinsam. Den Glauben daran haben sie trotz ihrer Vergangenheit nicht verloren und die Sprossen ihrer Beziehung gedeihen prächtig.

Kaja wurde freigesprochen, da sie zur Dealerei genötigt und der Tod von Matthias Blender eindeutig als Notwehr eingestuft wurde. Bessere Zeugen als die Kriminalkommissare aus Oldenburg konnte sie gar nicht vorweisen.

Im Kajüthus nimmt die Saison langsam wieder Fahrt auf.

Der Mörder, Doktor Matthias Blender, wurde anonym beerdigt.

Er, der Lena in Marielyst schwer verletzte, weil er vermutete, dass sie Hartmann zum Umdenken bewegt hatte und für ihn eine eklatante Bedrohung darstellte. Der mehrere Menschen, unter anderem mindestens fünf Frauen in Hamburg tötete, und Kaja den krönenden Abschluss seiner Mordserie darstellen sollte, entging einer gerechten Verurteilung. Oder doch nicht? Hätten nur nicht die Kommissare Dirk Westermann und Thomas Hartwig dummerweise seinen Weg gekreuzt. In seinem Labor stellten die Beamten Drogen und den Computer sicher, der alle Informationen enthielt, die die Polizei für ihre Aufklärung benötigte.

ENDE

REZEPT

Für Freunde und Liebhaber fehmarnscher Kröpel, die Charlotte ebenfalls liebt, hier das Rezept.

*

500 Gramm Mehl
500 Gramm Magerquark
175 Gramm Zucker
1,5 Tassen Speiseöl
1 Päckchen Backpulver
6 Eier
Rosinen, wenn Sie mögen.

Vermischen Sie alle Zutaten zu einem geschmeidigen Teig.

Stechen Sie mit einem Esslöffel kleine Bällchen ab und backen Sie diese in heißem Fett schwimmend aus.

Die Backzeit beträgt zirka 7-8 Minuten.

Im Anschluss auf Küchenkrepp abtropfen lassen und in Zucker wälzen.

Vergessen Sie nicht, sich die Zuckerkrümel hinterher von den Lippen zu wischen!

Guten Appetit wünscht Ihnen

Heike Meckelmann

DANKSAGUNG

Ganz herzlich danke ich meiner Lektorin, Claudia Senghaas. Du bist einfach wunderbar … machst mir Mut, lässt mich an meine Grenzen gehen und spornst mich zu immer neuen Taten an.

Dem gesamten Team vom Gmeiner-Verlag, der es mir ermöglicht, mich auf Papier auszutoben. Es macht einen Riesenspaß mit euch allen. Danke.

Ich danke meiner Freundin Marina Kienitz. Deine Ausdauer ist unbeschreiblich. Deine Lesewut ebenso. Deine Tipps sind Gold wert.

Thomas meinem Medizinmann. Auch wenn es manchmal recht knifflig war, freue mich auf unsere nächsten Experimente.

Danke der Polizeistation Burg, dem Polizeihauptkommissar Stefan Newe und seinem Kollegen Jörg Ehlert, für das nette Gespräch in Sachen Kriminalistik. Es war sehr hilfreich, die Statuten der Burger Dienststelle näher kennenzulernen.

Doro. Dein Modelädchen ist wirklich besonders.

Mirella's Haifischbar, der Aalkate, dem Margaretenhof dem Café Liebevoll und ganz besonders dem Kaufhaus Stolz.

Petra, du bist der Beginn meines kleinen Wunders.

Martin, ohne dich wäre das alles nicht möglich. Du bringst mich runter, wenn ich unter der Decke langgehe, und hältst mich jederzeit fest, wenn ich das Gefühl habe, zu fallen. Deine uneingeschränkte Liebe und deine selbstlose Hilfe im Kajüthus, wenn ich nicht mehr kann, ist unbeschreiblich.

Ich liebe Dich.

Toll, dass ihr alle immer für mich da seid und mich auf meinem Weg begleitet.

Ein besonderer Dank gilt der Malerin Miriam Lange, die meine Lieblingsbrücke wunderschön für mich und den Krimi gestaltet hat. Danke Miriam. Ich wünsche mir mehr …

Danke lieber Gregor Wilczek. Du hast zu meinen Texten wunderbare Melodien komponiert, die der Krimireihe gut zu Gesicht stehen. Ich freue mich auf weitere Zusammenarbeit und danke für deine Freundschaft.

Und zuletzt danke ich meinen Lesern. Ohne euch wäre dieser Erfolg nicht möglich gewesen. Ich hoffe, dass euch auch der zweite Teil gefallen hat.

Über eine Rezension bei Amazon würde ich mich sehr freuen.

Falls ich irgendjemanden vergessen habe, verzeiht mir.

Weitere Krimis finden Sie auf den folgenden Seiten und im Internet:

WWW.GMEINER-SPANNUNG.DE

CHRISTIANE MARTINI
Tote Oma auf Eis

978-3-8392-2035-1 (Paperback)

MASKERADE Hochzeit auf Eiderstedt! Oma Else kann es kaum erwarten, endlich mit allen Freunden ihr großes Glück zu feiern. Natürlich ist auch die bayerische Combo »Gevatter Blechschuss« wieder mit an Bord und sorgt für Bombenstimmung. Doch dann bricht ausgerechnet der Totengräber Rudi zusammen – vergiftet durch ein Stück von Omas Friesentorte! Für Polizist Hinercks ist schnell klar, dass der Anschlag eigentlich einem anderen Dorfbewohner gegolten hat – und so muss er erneut die hübsche Kommissarin Denkewitz aus Husum um Hilfe bitten …

Das Neueste aus der Gmeiner-Bibliothek

Unser Lesermagazin

Bestellen Sie das kostenlose Krimi-Journal in Ihrer Buchhandlung oder unter www.gmeiner-verlag.de

Informieren Sie sich …

www … auf unserer Homepage:
www.gmeiner-verlag.de

@ … über unseren Newsletter:
Melden Sie sich für unseren Newsletter an unter www.gmeiner-verlag.de/newsletter

f … werden Sie Fan auf Facebook:
www.facebook.com/gmeiner.verlag

Mitmachen und gewinnen!

Schicken Sie uns Ihre Meinung zu unseren Büchern per Mail an gewinnspiel@gmeiner-verlag.de und nehmen Sie automatisch an unserem Jahresgewinnspiel mit »mörderisch guten« Preisen teil!